메콩의 슬픈 그림자,

인도차이나

유재현의 역사문화기행

메콩의 슬픈 그림자, 인도차이나

초판 1쇄 발행/2003년 12월 10일
초판 8쇄 발행/2019년 5월 15일

지은이/유재현
펴낸이/강일우
편집/강일우 김종곤 임선근
펴낸곳/(주)창비
등록/1986년 8월 5일 제85호
주소/10881 경기도 파주시 회동길 184
전화/031-955-3333
팩시밀리/영업 031-955-3399 · 편집 031-955-3400
홈페이지/www.changbi.com
전자우편/nonfic@changbi.com

메콩의 슬픈 그림자,

유 재 현 의   역 사 문 화 기 행

인도차이나

창비

전쟁과 문명과 자연의 매혹이 공존하는 땅

인도차이나라는 단어가 내 기억에 처음 새겨진 해는 1975년이었음이 분명하다. 세상이 '인도지나반도(印度支那半島)의 공산화'라는 대사건으로 떠들썩하던 것이 바로 그해였으니까. 한국군이 베트남에 파병된 것은 1965년, 철수한 것은 1973년이었다. 인도차이나는 내 어린시절의 대부분을 관통했음이 분명하지만 남아 있는 기억은 빛바랜 앨범에 남겨진 사진 몇장처럼 볼품없다. '대한뉴스'에서 보았던 '싸웠노라, 이겼노라, 돌아왔노라'라고 씌어진 플래카드들이 펄럭이고, 봉황 아래 박정희의 얼굴이 카드섹션으로 펼쳐지던 파월장병 귀국 환영행사와 1975년 온 나라에 물결쳤던 반공궐기대회가 그나마 어렴풋이 남아 있는 영상이다. 8년이나 계속되었고 30만명이 넘는 한국군이 머나먼 이역만리에 파병된 현대사의 굵직한 사건이었음에도 인도차이나가 이처럼 볼품없는 기억으로만 남게 된 것은 1975년 이후 인도차이나가 공산주의라는 금기의 영역으로 사라져버렸기 때문이리라.

반공의 장막 뒤로 퇴장해버린 인도차이나는 1980년대에 와서야 '킬링필드'라는 충격적인 영상으로 느닷없이 나타났다. 해골로 요약된 킬링필드는 이데올로기에 대해 조금은 유연한 태도를 취하게 된 때였음에도 고개를 젓게 했다. 시간이 흘러 베트남의 캄보디아 침략이 정당하다는 주장이 소개되었을 때 별다른 저항감이 없었던 것도 그 때문이었을 것이다. 그러나 그뿐. 인도차이나는 다시 사라졌다. 도대체 인도차이나가 나와 또, 우리와 무슨 상관이 있었겠는가.

1990년대 말 몇차례 캄보디아를 찾을 기회가 있었다. 그곳에 전쟁의 그림자가 여전히 걷히지 않았음을 알았을 때 내가 떠올린 것은 1975년의 빛바랜 흑백영상들이었다. 세상에, 이 사람들은 아직도 전쟁에서 벗어나지 못하고 있었구나.

그뒤 나를 인도차이나에 몰입하게 한 것이 어떤 종류의 힘이었는지는 설명하기 어렵다. 그러나 그중 하나가 일종의 노스탤지어였다는 것만큼은 말할 수 있다. 다시 말해 1975년의 어렴풋한 기억이 나의 한발을 이끌었다면, 다른 한발은 이데올로기가 종말을 고했다는 시대에 여전히 그 논리가 살아 숨쉬는 나라에 대한 모호하고도 희미한 향수(鄕愁)가 이끌었을 것이다. 몇년간 나는 틈나는 대로 캄보디아와 베트남, 라오스를 돌아다니고 반년쯤은 캄보디아에 눌러앉기도 했다. 아마도 나는 궁금했을 것이다. 1975년의 인도차이나가 우리에게 과연 무엇이었는지, 1999년까지 인도차이나에서 멈추지 않았던 전쟁이 이데올로기에 대해 무엇을 증언하는지.

나는 이번 기행에서 내가 인도차이나에 몰두했던 지난 5년을 정리라도 하듯이 속도를 내어 35일 만에 세 나라를 돌았다. 5년 동안에도 많은 것들이 바뀌었다. 어떤 것들은 알아보지 못할 정도로 바뀌었고, 또 어떤 것들은 그저 흔적만을 남길 뿐이었다. 그러나 상흔은 여전했다. 그것들은 여간해서는 쉽게 치유되거나 자취를 감출 수 없는 것들이었다. 네이팜탄으로 모든 것들이 불타고 사라졌던 들판에 풀과 나무가 다시 자라나 뒤덮고 있었지만 전쟁을 겪은 사람들과 사회에 남아 있는 상처는 지금도 손을 대면 신음소리가 새어

나올 것 같았다. 80여년의 식민지시대와 40여년의 전쟁이라는 고통의 역사를 헤쳐나온 인도차이나의 어느 한구석도 전쟁의 기억에서 자유롭지 못했다. 인도차이나에서 전쟁이 일어나기 전, 전쟁의 불길에 휩싸였던 곳이 한반도였다는 점을 상기하면 그것은 동변상련의 저릿한 아픔이었고, 그럼에도 이 전쟁에 30만의 병력으로 참전했던 것이 우리라는 점을 생각하면 더없는 부끄러움이기도 했다.

독재정권시대에 일어난 일에 대해 '이제는 말할 수 있게' 된 지금 우리는 베트남에게 '미안하다'고 말한다. 그러나 좀더 옳게는 인도차이나에게 말해야 한다. 왜냐하면 1965년부터 1973년까지 한국군이 참전했던 전쟁은 베트남전쟁이 아니라 인도차이나전쟁이었기 때문이다. 미국은 인도차이나전쟁이 베트남전쟁으로 호도(糊塗)되기를 바라겠지만 비밀폭격과 군사작전으로 덧없이 스러져간 100만이 넘는 캄보디아와 라오스 민중의 희생은 진실을 베일 뒤에 가리기에는 너무도 크고 참혹했다. 전쟁이 끝난 후에도 비극은 멈추지 않았다. 미군의 폭격으로 인도차이나 전역이 황폐화되었다. 전후의 캄보디아는 의심할 바 없이 킬링필드였다. 수십만명의 아사자들이 주린 배를 움켜쥐고 쓰러져야 했다. 1960년대까지 쌀을 수출하던 캄보디아는 전쟁이 끝나자 식량자급률 20%라는 참담한 현실을 목도해야 했다. 누가 수십만명의 크메르인들을 아사로 몰아넣었는가? 폴포트인가, 곡창지대를 불모지로 만들었던 미국인가?

제2차 인도차이나전쟁에서 승리의 주역이었던 베트남은 미국이 패퇴한 인도차이나에서 스스로 패권주의자가 되고자 했다. 그들은 '인도차이나의 쏘비에뜨'이기를 원했던 것이다. 통일베트남의 군사엘리뜨들은 라오스에 병력을 주둔시켰고 형제국인 캄보디아를 무력으로 침공하는 길을 택했다. 스딸린주의의 망령이 깃든 인도차이나에 동서냉전과 중소분쟁의 모순이 가세

했다. 다시 전쟁이었다. 이 길을 자처했던 전후 베트남의 군사엘리뜨들은 호찌민 유훈통치의 그늘 아래 숨어 권력을 유지했다. 안으로는 철권의 강압통치가, 밖으로는 호전적 패권주의가 초래할 수밖에 없었던 온갖 모순과 갈등이 호찌민의 썩지 않는 시신과 초상화 아래 덮였다. 어쩌면 그것은 1920년대의 인도차이나공산당 이후 호찌민이 견지했던 베트남 우선주의 노선이 배태한 비극이기도 했을 것이다. 최대의 희생자는 인도차이나민중이었고 현대세계사의 가장 위대한 승리는 그렇게 빛을 바랬다.

한때 제2차 인도차이나전쟁의 가해자 편에 가담했던 우리가 뒤늦게나마 '미안하다'고 말하고 있다. 그러나 우리가 진심으로 사과해야 할 대상은 인도차이나의 민중이다. 그래야 우리는 전쟁으로 연결되었던 인도차이나와 한반도의 과거를 극복하고 인도차이나와 아시아, 세계의 평화라는 대의 아래 미래를 함께할 수 있을 것이다.

35일간의 인도차이나기행에서 나는 지난 5년 동안 다녔던 방문지 모두를 다시한번 찾아보고 싶었다. 그렇게 하기에 35일은 턱없이 빠듯한 시간이어서 나는 마치 100m 달리기에 나선 선수처럼 정신없이 두 개의 배낭을 양손에 들고 덜렁거리며 뛰어다녀야 했다. 강행군이었지만 나는 슬프고 행복했다. 그곳은 인도차이나였던 것이다. 천년의 세월을 버텨온 앙코르는 여전히 신비롭고 아름다웠다. 처음 앙코르를 보았을 때, 나는 이보다 더 큰 불행이 없다고 탄식했다. 앙코르를 보았으니 세상에 남겨진 그 무엇을 본들 마음이 쉽게 움직일 수 있을 것인가. 이번에도 나는 다르게 생각하지 않았다. 위대한 문명의 요람이었던 똔레삽호수는 건기의 정점이었지만 여전히 바다처럼 드넓었고 그 위로는 장쾌한 바람이 불어왔다. 인도차이나를 관통하는 메콩강은 여전히 도도하게 흘렀다. 홍깅과 메콩깅의 심깈주는 어머니의 품처럼 아늑했고, 눈이 시리도록 푸른 남중국해는 코발트빛 하늘과 하나였다. 길가의 망고나무와 삼각주의 너른 들판에서 바람에 일렁이는 푸른 벼들, 그리고 어느 숲길 옆의 바나나들 모두모두 반갑고 즐거웠다.

아, 인도차이나. 식민지와 전쟁의 비극과 위대한 문명과 자연의 매혹이 공존하는 땅. 한반도를 닮은 인도차이나. 인도차이나를 닮은 한반도. 내가 인도차이나에 끌렸던 것은 어쩌면 운명이었는지도 모르겠다.

원래는 베트남에서부터 캄보디아와 라오스를 환형(幻形)으로 돌려던 기행이 출발에 임박해 발생한 하노이의 사스(SARS) 때문에 부득이 바뀌었다. 그러나 책에서의 순서는 그대로 두는 것이 읽기에 수월할 것이라는 주변의 의견을 따른다.

기행에서 돌아온 뒤 얼마 지나지 않아 돌아가신 아버님에게 이 책을 드린다. 읽으시는 동안에라도 적적하지 않으셨으면 좋겠다. 베트남과 라오스를 함께 기행한 김주형 화백에게도 감사드린다. 이런저런 핑계로 틈만 나면 밖으로 돌아다닐 궁리만 하는 아버지를 그리 괘씸하게 생각하지 않는 딸 유재인과 아내에게도 고맙다. 이 글을 먼저 읽어주고 조언을 아끼지 않았던 이아정에게도 역시 고맙다는 말 전한다.

2003년 12월

유재현

차 례

책머리에   005

전쟁과 평화의 살아있는 박물관
베트남 기행 —— VIETNAM ■
호찌민 혹은 사이공, 쁘레노꼬   017
미토의 차이나타운이 차이나골목이 된 이유   026
작은 캄푸치아크롬, 짜빈   031
메콩삼각주의 중심지 껀토   037
어찌해도 피해갈 수 없는 것이 호찌민이라면   040
메콩삼각주, 강과 운하와 사람들   044
쌀풍선과 쌀국수   051
팜응우라오의 사랑스러운 키취   054
꾸찌터널과 악몽   064
전쟁과 평화   070
박물관 옆 미술관   073
다랏, 작은 보석이 어울리는 곳   078
냐짱 가는 길의 잊혀진 왕국   092
그때 그 나트랑, 냐짱   097
후에, 씨멘트로 덧발라진 고풍스러움   107
내 앞에 있는 두 개의 비무장지대에서   118
혁명과 호수와 36의 도시   124
「인도차이나」와 하롱만   137

앙코르와트의 영광과 킬링필드의 오욕
캄보디아 기행 —— CAMBODIA ■
국경 소묘   145
픽업트럭은 달린다, 차렁차페이와 함께   149
천년고도에 등장한 평양   154
달빛 아래 천년의 고도   157
프놈바껭의 풍선   160
앙코르의 새해 맞이   166
하루이거나 또는 한달이거나   168

오, 나의 귀여운 압사라   181

250m 상공에서의 앙코르와 풍선   183

앙코르와트   186

"나는 신이다"   191

여인의 성(城), 야즈나바라하의 보석   197

'태국을 물리친 도시'와 전쟁   201

시엠립에서의 마지막 밤   209

위대한 호수 톤레삽, 크메르의 아버지   211

톤레삽을 가로질러 프놈펜으로   218

프놈펜이라고 불렸던 낙원   222

4월의 프놈펜   227

킬링필드의 상징 뚤슬렝박물관   232

'하트 오브 다크니스'   234

새해 첫날 프놈펜 풍경   239

루트 넘버 4   242

헬로우 시하눅빌   245

마지막 폭격과 최초의 전투   248

와이어리스 캄보디아   254

깜뽓, 손톱만큼도 변하지 않은   256

보꼬산의 프렌치메모리   262

메콩삼각주에 신고하고 프놈펜으로 돌아오다   268

스베이리엥으로 바벳으로   274

고요한 코끼리와 우산의 나라

라오스 기행 —— LAOS

100만마리의 코끼리와 우산   283

역사박물관에서 보는 라오스   296

수직으로 날아가는 승리문   303

또 하나의 천국   310

에어아메리카, CIA 그리고 헤로인   323

루앙파방으로 가는 길, 20명이 죽었어요?   329

코끼리와 우산의 고도(古都) 루앙파방   334

인 도 차 이 나 　 전 도

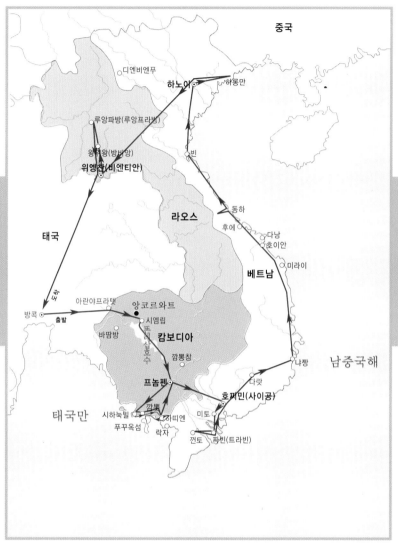

여행경로

일러두기

1. 이 책에 등장하는 지명과 인명 등 고유명사는 현지음에 가깝게 표기했다. 단 이미 굳어버린 경우에는 관용을 따랐다.

2. 특히 인도차이나반도의 고유명사는 문화관광부 국어심의회 표기법분과위원회에서 2003년 7월 심의한 「동남아시아 3개 언어 표기법 제정안」을 참고했다.

3. 그에 따라 무성파열음을 된소리로 적었고, 베트남어에서 'tr'을 'ㅉ'으로, 'nh'를 'ㄴ'로 표기했다. 또 말머리와 모음 사이의 ng도 '응'으로 적었다.

4. 그간 잘못 사용해온 표기는 로마자나 베트남의 표음문자인 꾸옥응우 뒤에 안롱웽(Anlongveng, 안롱벵)이나 응오딘디엠(Ngo Dinh Diem, 고딘디엠)처럼 병기했다.

VIETNAM

전쟁과 평화의 살아있는 박물관

베트남 기행

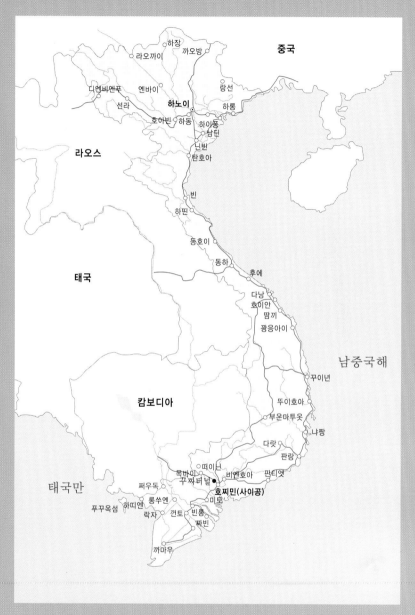

호찌민 혹은 사이공, 쁘레노꼬 ◎◎ 　국경은 한산하다. 프놈펜(Phnom Penh)의 카피톨게스트하우스에서 제공하는 프놈펜과 호찌민(Hô Chi Minh)을 운행하는 버스에서 내린 여남은 외국인들만이 출국검사소에서 여권을 내밀고 있다. 그나마 캄보디아국경 검문소에서 유쾌한 일이 있다면 캄보디아인·아시아인·서양인의 여권에 스탬프가 찍히는 속도가 다르다는 것이다. 아니나 다를까 이번에도 서양애들보다 늦게 내민 여권이 외국인 중에서는 가장 먼저 손에 들어온다. 비바 아시안 퍼스트.

배낭 두 개를 짊어지고 뙤약볕 아래 터덜터덜 베트남국경을 향해 걷는다. 캄보디아국경에서부터 택시를 타라며 따라오던 삐끼가 여전히 주변에서 맴돈다. 먹고살자고 하는 일이겠지만 짜증스럽기 짝이 없다. 그저 묵묵히 앞만 보고 걸을 수밖에.

목바이(Moc Bai)의 베트남 출입국관리사무소 관리들은 3년 전과 달라진 것이 하나도 없다. 베트남의 경찰·군인·공무원은 사복을 입혀놓아도 인상과 태도만 보면 직업을 알 수 있다.

출입국관리사무소까지는 변한 것이 없는데 바깥은 사뭇 변했다. 우선 시원스럽게 넓은 길이 뚫려 있다. 멀리 길가에는 없었던 건물도 한 채 서 있다. 가장 먼저 나왔으니 기다리면서 눈치부터 살펴야 한다. 주변에는 20달러에 호찌민까지 태워다주겠다는 인심 좋아 보이는 호객꾼들이 모여들었지만 쾌히 응할 일이 아니다. 잠시 기다리고 있으니 서양여자가 가방 하나만 달랑 들고 종종걸음으로 바리케이드를 지나 새로 지어진 건물로 들어선다. 두말할 필요없이 호찌민으로 가는 길은 그 건물 안에 있을 것이다. 과연 건물 뒤편의 주차장에서 떠나는 버스는 3달러에 배낭여행객들이 모이는 호찌민의 팜응우라오(Pham Ngu Lao, 팜구라오)까지 운행한다.

버스가 떠나기를 기다리며 대합실 의자에 앉아 빵 한조각으로 허기진 배를 채우고 있는데 옆자리의 썬글라스를 낀 사내가 아무래도 낯익다. 상대편도 마찬가지이다. 유심히 힐끔거리다 보니, 세상에 이럴 수가. 프놈펜의 '권총아저씨'가 아닌가. 내가 처음 프놈펜에 갔을 때 만났던 50대 후반의 한국인으로 그 무렵 프놈펜에서 한국산 오토바이의 수입과 부품상을 했다. 양말에 중국제 38구경 권총 한 자루를 차고 있었기에 '권총아저씨'로 기억에 남아 있던 것인데 목바이에서 이렇게, 그것도 바로 옆자리에 앉아 있다니 세상에 원 이런 일이. 베트남에서 보내온 가스렌지의 덮개가 잘못되어 호찌민으로 가던 중이라고 한다. 오토바이뿐만 아니라 가스렌지도 수입해서 판매하고 있다는 말.

오랜만에 한국말로 지껄이게 된 것도 기분 좋은 일이거니와 권총아저씨의 후일담을 들을 기회를 얻었으니 이런 행운이 또 어디에 있을까. 우선 이 양반이 어떻게 권총을 양말 속에 넣게 되었는지에 대한 설명부터 하자. 1990년대 초에 프놈펜에 온 후 오토바이 수입으로 제법 경기가 좋았단다. 중국계 캄보디아인과의 동업이었다. 이런저런 이유로 1998년 즈음에 동업관계를 청산했던 것인데 그뒤 누군가 찾아와 모씨가 당신을 죽여달라고 청부를 했는데 당신이 돈을 더 주면 그쪽을 없애주겠노라고 했다는 것이다. 역청부도 할 짓이 아니고 금액에 오락가락하는 신용없는 킬러도 믿을 것이 없어서 호신용으로 권총을 구해 차고 다니게 된 것이다. 버스에 올라탄 후 무엇보다 궁금해, 만사 제쳐두고 그 뒷일을 물어보니 다행히 별일은 없었다고 한다. 그보다 더 다행스러운 일은 없겠지만 스토리가 밋밋해져 조금 실망스럽다. 역시 세상일은 소설이나 영화와는 퍽 다른 법이다.

목바이에서 호찌민을 왕래하는 버스는 한국산 관광버스이다. 좌석의 커버도 원래의 것이어서 그대로 한국어 광고문구가 새겨져 있다. 호찌민에는 한국산 차량들이 많다. 특히 버스와 승합차 그리고 소형트럭은 예외가 거의 없다. 호찌민의 한국산 버스에 붙여 전해지는 유명한 에피쏘드.

한국의 성남에 사는 누군가 호찌민에서 버스를 타려고 기다리는데 집에 가는 버스가 눈앞에 섰다. 땡볕에 아질아질 머리가 흐려 있어서 그랬던 것이겠지만, 무심코 그 버스를 집어타고 자리에 앉아 한참을 달리다가 문득 여기가 성남이 아니라 멀고먼 타지인 베트남의 호찌민임을 깨닫고 망연자실했다는 이바구. 한국에서 중고로 수입된 버스의 표지판과 번호를 그대로 두고 운행했던 탓에 생긴 실화라고 전해진다.

목바이에서 호찌민으로 향하는 길은 많이 달라졌다. 버스는 중앙분리대를 두고 시원스럽게 포장된 왕복 8차선의 도로를 맹렬하게 달린다. 도로는 포장이 끝난 지 얼마 되지 않은 것으로

목바이에서 호찌민으로 가는 도로.

보인다. 여하튼 캄보디아를 떠나 베트남에 들어선 것을 실감한다.

호찌민이 지금의 이름을 갖게 된 것은 물론 1975년 4월 30일 사이공(Sai Gon) 함락 이후 통일된 베트남에서이다. 그 이전까지는 오랫동안 사이공이었고 또 그 이전에는 쁘레노꼬(Prei Nokor)라고 불렸다. 이름의 변천에는 역사가 숨어 있다.

어떤 사람들은 베트남의 역사가 외침의 역사였다고 말한다. 베트남을 침략한 것은 중국·독일·포르투갈·프랑스·미국 등이다. 중국을 제외한다면 근대 이후 서구제국주의자들의 침입이다. 외침의 역사라 할 만하다. 그러나 동시에 베트남의 역사는 남진(南進)을 시작했던 15세기 이후 줄곧 침략의 역사이다. 지금의 영토는 그 침략과정에서 얻어진 것이다. 중부베트남은 원래 짬빠(Champa)왕국이 지배하던 영토였지만 베트남은 18세기 초에 이를 지도에서 지워버렸다. 지금의 남부베트남은 원래는 크메르민족의 땅이었다. 베트남이 이 땅을 침탈한 것은 18세기에 들어와서이다. 그리 오래된 일도 아니다. 홍강(Sông Hông, 홍하紅河)삼각주 유역에서 시작해 이른바 수백년의 남진을 통해 얻은 것이 지금의 베트남영토이다.

크메르(Khmer)왕조의 영토였던 쁘레노꼬를 비엣(Viet)족이 넘본 것은 17세기 초인데 당시 북조와 나뉘어 대립하던 남조는 쁘레노꼬지역의 무역권을 크메르왕조한테서 얻어낸다. 이 무역권의 획득에는 당시 크메르왕조의 왕비였던 베트남 출신의 응곡반(Ng Gog Ban)이 적잖은 영향력을 발휘했다. 5년간의 조차(租借)를 조건으로 한 것이었지만 그후에도 남조는 물러가지 않았고 오히려 병력을 증강하는 등 야욕을 드러냈다. 이미 쇠락해가던 크메르왕조로서는 방관할 수밖에 없었다. 18세기 초 응우엔(Nguyen)왕조를 세워 황제를 자처하고 자롱(Gia Long)으로 불린 응우엔안(Nguyen Anh)이 떠이선(Tây Son)의 반란을 피해 도주했을 때 크메르왕조는 그에게 망명처를 제공

베트남 남진도

했다. 후일 응우엔안은 크메르왕조의 군사적인 도움과 지원을 받으며 마침
내 남북조를 통일해 후에(Huê)왕조를 세우지만 크메르왕조에게 돌아온 것
은 지금의 메콩(Mekong)삼각주지역까지의 침략으로 19세기에 이르면 베트
남의 실질적 영토는 태국만과 남중국해에 이르게 된다. 이때 쁘레노꼬는 사
이공으로 이름이 바뀌었다. 사이공이란 이름은 프랑스 식민지시대와 제2차
인도차이나전쟁이 끝날 때까지 유지되다 베트남의 통일 이후 호찌민으로 바
뀐 것이다.

현재 캄푸치아크롬(Kampuchea Krom)으로 불리는 지역은 17세기 베트남
의 남조가 쁘레노꼬와 바리아(Ba Ria)의 무역권을 획득했던 때, 그러니까 이
지역에 남조의 군사들이 주둔하기 시작하던 때까지는 명실상부하게 크메르
왕조의 영토였다. 19세기 프랑스의 식민지지배가 본격화되던 싯점에 캄보디
아의 노로돔(Norodom)왕조는 프랑스의 나뽈레옹 3세에게 이 지역의 반환을
요청해 약속을 받기도 했는데 물론 프랑스는 후일 이 약속을 없었던 일로 하
고 오히려 코친차이나(Cochinchine)에 대한 식민지지배를 강화했다. 제국주
의의 후안무치를 탓하기 전에 힘이 없음을 탓해야 할 일이지만 여하튼 캄보
디아로서는 천추의 한으로 남았을 것이다.

버스는 꾸찌(Cu Chi)를 지나 호찌민으로 접어들기 시작했다. 지금의 호찌
민은 한때의 사이공보다 훨씬 넓은 지역을 행정구역으로 삼고 있다. 도로는
이제 오토바이들과 차량들로 넘쳐나고 있다: 호찌민은 아마도 세계에서 가
장 오토바이가 많은 도시일 것이다. 정부는 오토바이를 1인당 한 대로 제한
했다고 하는데 1인당 한 대의 오토바이를 허용하는 것이 제한인지 아닌지 아
리송하다.

시내에 진입해 넘쳐나는 오토바이들 사이로 호찌민 여자들의 안전무장이
눈에 띈다. 모자를 쓰고 복면 같은 두건을 두른 것은 물론 팔에까지 긴 장갑

완전무장한 호찌민의 여성들. 햇볕과 매연을 막기 위한 필사의 노력 혹은 고육지책. ⓒ 로이터-뉴시스

을 끼고 다니는 이 신기한 모습은 처음 보는 이에게는 어리둥절하기까지 한 풍경이다. 모두 흰 피부를 유지하기 위해 햇볕과 매연 등을 차단하려는 것이 다. 아름다움을 유지하기 위한 고육지책인 것이야 이해하지 못할 바는 아니 지만 여전히 선뜻 받아들이기는 쉽지 않은데 북에서 남으로 내려온 민족의 기후와 문화의 불일치 때문은 아닐지 생각해본다. 어떤 쪽이어도 호찌민 여 자들의 흰 피부에 대한 집착은 거의 병적이라고 설명할 수밖에 없을 듯하다.

팜응우라오에 도착해 권총아저씨와도 헤어지고 숙소를 잡는 대신에 메콩 삼각주로 내려갈 방법부터 찾았다. 방법이야 돈을 쓰는 것 이외에 없다. 하 룻밤을 묵고 내일 메콩삼각주투어에 참가할 수도 있겠지만 일정으로 볼 때 하루가 아쉽고 무엇보다 내가 가려는 짜빈(Tra Vinh, 트라빈)을 포함하는 투 어가 없다는 것이 문제다. 결국 여행사 몇군데를 둘러보고 차 한 대를 대절해 미토(My Tho)로 내려가 하룻밤을 묵고 내일 미토와 짜빈을 둘러보기로 했다. 내친 김에 모레 껀토(Cân Tho)까지 돌아보고 호찌민으로 돌아오는 일정을 잡았다. 덕분에 금전적 출혈이 심하다. 눈 딱 감고 돈을 지불하자 10분 만에 한국산 라노스 한 대가 도착한다. 이번 여행을 떠난 후 거친 차들 중에서는 으뜸으로 좋은 차이다.

초강력 에어컨바람으로 한기까지 느껴지는 차의 뒷좌석에 홀로 편히 앉아 미토로 향한다. 차는 베트남의 1번 국도를 달린다. 베트남도 역시 만만치 않다. 틈만 나면 중앙선을 넘는다. 언제부터 졸기 시작했는지 알 수 없는데 언뜻 미토라는 운전사의 목소리가 귀를 스친다. 눈을 들어 앞을 보니 막 미토로 들어서고 있다. 시내로 들어서자 주위는 어둑어둑하다. 오늘은 메콩삼각주에서 하룻밤을 묵는 것으로 만족할 일이다.

미토에 오니 떠오르는 추억이 있다.

수년 전에 단신으로 미토에 도착해 할 일 없이 메콩강변으로 산책을 나왔다. 해거름이 길게 깔리고 강바람이 산들산들 불어오는 기분 좋은 산책길은 분위기가 그만이어서 아오자이(Ao Dai)자락을 살짝 날리는 여인이 저 앞에서 손수건을 떨어뜨리거나 그도 아니면 돌부리에 걸려 슬쩍 넘어지면 딱 영화의 한 장면이 될 법한 그런 '씬'이 머릿속을 어지럽히는데 아니나 다를까 내 앞에 등장하는 인물이 있었으니 이제 막 메콩강변의 가로등에 희미한 불빛이 밝혀지기 시작할 즈음이었다. 헌데 아오자이는커녕 몸빼바지의 아줌마도 아닌 이제 스물도 안되었을 미토의 껄렁패 여남은명이 주위를 에워싸는 것이었다.

"너, 어디서 왔어?"

그중의 왕초인 듯한 녀석이 되지도 않는 영어로 말을 걸어오는 것이 가히 일촉즉발의 상황이라고 할 수 있었다. 나는 바짝 얼었지만 겉으로는 미소를 잃지 않았다. 아니, 잃을 수 없었지만 등에서는 식은땀이 주욱 흐르고 있었음은 두말 할 나위가 없다.

세상에는 절대 건드리지 말아야 할 것이 세 가지가 있으니 그 첫째는 쥐덫이요, 둘째는 쥐약을 먹다 만 도사견이고, 셋째가 십대 후반의 사내아이들이다. 이 세 가지 중 가장 멀리해야 할 것이 떼 지어 있는 십대 후반의 사내자식들이라고 했다. 물론 어쩔 수 없이 가까이 해야 할 때에는 그중 왕초에 해당하는 녀석을 골라 전광석화로 요절을 내라는 매뉴얼이 있기는 하지만 이역만리 미토에서 그게 가당키나 한 지침이겠는가. 나는 그저 맹구스타일의 웃음을 실실 흘리면서 도망갈 구멍만 찾고 있을 뿐이었다. 바야흐로 나를 둘러싼 아이들은 실없이 내 팔을 툭툭 치기도 하고 그중 대담한 놈은 내 주머니에 슬쩍 손을 넣어보기도 하니 이보다 더한 곤경은 내 여행사(史)에는 일찍이 없었다.

그때, 어디선가 회색 가로등 불빛을 헤치고 나타난 사나이가 있었으니 쉰이 넘어 보이는 늙수그레한 사내였다.

"자넨 어디서 왔는가?"

주변을 에워싼 아이들을 아랑곳하지도 않고 사내는 의뭉스럽게 내게로 다가와 앞뒤가 맞는 영어로 물어왔다.

"한국에서 왔는데요."

목소리가 떨렸는지 제대로 나왔는지는 기억나지 않는다. 사내는 '아 그렇구나' 하며 마침 앞에 있던 벤치로 끌고가더니 자신이 호찌민에 있었을 때에 친구로 지내던 따이한이 있었다며 그럭저럭 알아들을 수 있는 영어로 이런저런 말을 늘어놓았다. 일이 그쯤 되자 미토의 껄렁패들은 잠시 주변을 어슬렁거리다 시끄럽게 뭐라뭐라 떠들며 해가 넘어간 편으로 몰려갔다. 늙수그레한 베트남사내는 껄렁패들이 어둠속으로 멀리 사라지자 그제야 더는 말이 없이 윗주머니에서 꼬깃꼬깃한 담배갑을 꺼내 한 개비를 물고는 강을 바라보며 천천히 한 개비를 모두 피운 후 일어나 사라졌다. 어이없게도 나는 사내에게 고맙다는 말 한마디 하지 못했다.

오늘 나는 다시 그 강변에 나와 어둠이 깔리는 메콩강을 바라보면서 그때 그 사내를 생각한다. 고맙다는 말이라도 해야 했었는데. 혹시나 하고 주변을 두리번거리지만 그 사내가 있을 턱이 없다. 무슨 일이건 다 해야 할 때에 해야 하는 것이다.

미토의 차이나타운이 차이나골목이 된 이유 ◉◉   설명에 따르면 메콩삼각주의 메콩강 북쪽에 위치한 미토는 원래 타이완(臺灣)에서 박해를 피해온 중국인들이 거주하던 차이나타운이었다고 한다. 중국인들이 처음 이곳에 발을 디딘 것은 1680년대이다. 1624년 네덜란드의 침공으로 37년간의 지배 아래 놓였던 타이완은 1661년 대륙의 명나라가 침공하여 다시 한족(漢族)의 지배를 받았다. 아마도 이후 타이완 원주민들과 대륙에서 건너온 한족 지배세력 간의 갈등이 심화되어 일부 원주민들이 미토까지외 정착했을 법하다.

미토 차이나골목의 폐가.

미토의 동쪽 수로 옆에 있는 차이

나타운은 옹색하기 짝이 없다. 100m 남짓한 골목에 불과하고 골목의 입구에 중국인식당이 하나 있어 흔적만을 보여줄 뿐이다. 식당 하나로야 명맥인들 유지하고 있다고 말하기도 쑥스럽다.

전아시아에 걸쳐 화교자본과 네트워크를 배경으로 막강한 영향력을 행사하는 차이나타운이 맥을 추지 못하는 나라로는 단연 베트남과 남한이 으뜸이다. 박정희(朴正熙)정권 시절 남한이 차이나타운을 어떻게 요절을 냈는지는 잘 알려진 사실이다. 베트남에서 남한보다 더 참혹하게 차이나타운이 멸절한 시기는 1975년 통일 이후이다. 북베트남에서는 이보다 일찍 화교들에 대한 억압이 공공연하게 이루어졌기 때문에 그 역사는 좀더 길다고 할 수 있겠다. 그러나 베트남 전역에서 대대적으로 또 본격적으로 뿌리를 뽑은 것은 이때였으니 그 배경에는 인도차이나의 복잡한 정세가 도사리고 있다.

1978년 12월 베트남이 캄보디아를 침공한 후 중국은 인민해방군을 앞세워 베트남국경을 넘었다. 명분은 '버릇 고치기'였다. 소련이 개입할 수 있는 가능성이 높았기 때문에 시작부터 전면전이 아님을 분명히했다. 또 베트남은 그 직전 소련과 25년짜리 상호우호협력조약을 체결하기도 했다. 중국이 베트남을 침공한 명분은 물론 베트남의 캄보디아 침공에 대한 응징이었다. 쏘비에뜨진영을 자처했던 베트남이 친중국의 캄보디아를 침략한 것을 중국으로서는 용납할 수 없었던 것이다. 중국은 국경 너머 랑선(Lang son)을 점령하고 버릇을 고쳤다고 선언한 뒤 물러섰지만 베트남의 버릇이 고쳐졌는지에 대해서는 지극히 회의적이었다. 한국전쟁 이후 변변한 실전경험도 없이 뒤처진 화력으로 국경을 넘은 인민해방군은 제2차 인도차이나전쟁을 치렀고 소련제와 미제 첨단무기로 무장한 베트남군에게 추풍낙엽처럼 쓰러져갔다. 인민해방군은 시체를 넘고 넘는 인해전술만으로 힘겹고 고통스러운 진격을 계속할 수밖에 없었다. 10여일의 전투 끝에 무려 2만여명의 인민해방군이 전사한 말뿐인 승리였다.

중국이 베트남의 버릇을 고치겠다고 벼르게 된 이유는 캄보디아 문제만은 아니었다. 그 이면에는 화교들을 집요하게 탄압한 베트남에 대한 분노가 도사리고 있었다. 베트남은 화교들을 자본주의의 구악(舊惡)으로 몰아 재산을 일방적으로 몰수했고 거주지에서 추방하는 정책을 펼쳤다. 1975년 남북통일 이후에는 베트남 전지역에서 화교에 대한 탄압이 벌어졌는데 남부에서는 상당수의 화교들이 보트피플 신세가 되었고, 북쪽에서는 국경을 넘어 밀물처럼 중국으로 쏟아져들어갔다. 1970년대 말에서 1980년대 초, 남중국해를 가득 메웠던 보트피플에는 남베트남 피난민들도 있었지만, 특히 초기에는 화교들이 압도적인 다수를 이루었다. 베트남은 금을 받고 탈출을 묵인하는 방법으로 화교들을 몰아내면서 재산도 압수하는 일거양득의 효과를 얻을 수 있었다. 한편 중국으로서는 국경을 넘어 밀려들어오는 화교들을 되돌려보낼 수도 없는 처지여서 이래저래 베트남의 버릇을 고칠 날만 벼르던 형편이었다.

여하튼 중국조차도 어금니를 악문 침공에서 체면만 상하고 물러날 수밖에 없게 되자 인도차이나에 대한 베트남의 패권주의는 그 누구도 막을 수 없는 형국이 되어버렸다. 베트남 차이나타운의 운명은 그때에 이미 결정된 것이나 마찬가지였을 것이다.

1990년대 이후 화교들이 다시 베트남으로 하나둘씩 돌아오면서 호찌민에도 차이나타운이 들어섰다. 1980년대의 도이머이(Đoi Moi) 이후 베트남에 있어 중요한 유치자본 중의 하나가 된 화교자본은 1975년 이후의 뼈아픈 경험을 쉽사리 잊지 않아 조심스럽게 진출했다가 베트남의 비도이머이적인 태도에 썰물처럼 빠져나가기도 했다. 이들은 1990년대 이후 사정이 나아지자 다시 진출하기 시작했다. 타이완·홍콩·태국·말레이시아 등의 화교자본이 먼저 베트남시장을 기웃거렸다. 특히 남부베트남에서 이제 차이나타운은 하나둘씩 예전의 영화를 되찾아나가는 것으로 보인다. 베트남도 베트남이지만 중국인들도 대단한 뚝심의 소유자임에 분명하다.

화교들의 강인한 생명력이 초토화된 베트남에서 이들이 다시 어떻게 뿌리 내릴지는 두고보아야 하겠지만 오늘 너무 초라한 미토의 차이나골목을 보고 나니 그리 만만치는 않을 것이라는 생각이 절로 든다.

미토의 차이나골목을 돌아서 나와 시장에 들른 후 까오다이(Cao Đai)사원 과 중국인 사당을 찾았다. 사 당에는 호찌민의 위패가 모셔 져 있다. 그렇지 않아도 5월 19일은 호찌민의 탄생일이라 벌써부터 길가에는 포스터가 즐비하다. 길가의 포스터가 아니더라도 베트남의 어디에 서도 호찌민의 초상·흉상·동 상은 쉽게 찾아볼 수 있다.

호찌민의 탄생일을 알리는 포스터.

호찌민이 없으면 존재할 수 없었던 나라 베트남. 일찍이 레왕조를 일으킨 레러이(Le Loï)의 오른팔이자 학자였던 응우엔짜이(Nguên Trai)는 이렇게 말했다고 한다.

"우리 민족은 강할 때도 있었고 약할 때도 있었지만 영웅이 없어 고난을 겪은 때는 없었다."

어느 민족에게나 혹은 어느 나라에게나 영웅은 필요한 법이다. 지금 베트 남에서는 호찌민이란 죽은 영웅이 그 역할을 대신하고 있다. 그러나 이제는 베트남에게도 살아 있는 영웅이 필요한 것은 아닐까. 문득 그런 생각이 든다.

호찌민 위패를 뒤로하고 사당을 나서 짜빈으로 향하기 전에 나는 마지막으

미토에 있는 까오다이사원.

로 미토의 까오다이사원에서 잠시 걸음을 멈추었다. 베트남에만 있는 까오다이의 본산은 호찌민 북쪽의 떠이닌(Tây Ninh)에 있지만 이번 여행에서는 떠이닌까지 갈 여유가 없어 대신 미토의 까오다이사원을 찾았다. 규모가 작을 뿐 사원의 양식은 비슷하기 때문에 크게 섭섭해할 일도 아니다.

대로변에 있는 사원의 입구 안쪽으로 좌우에 대칭을 이룬 탑을 둔 전형적인 까오다이 본당이 우뚝 서 있다. 가운데 건물의 벽에 그려진 부릅뜬 천안(天眼)은 까오다이가 숭배하는 신의 상징이다. 1920년대 창시된 기불선(基佛禪) 종합의 까오다이는 '메이드 인 베트남' 종교이다. 나는 까오다이가 신흥종교이거나 시쳇말로 짬뽕종교라고 해서 폄하할 생각은 조금도 없다. 사실 까오다이사원은 양식을 가톨릭성당에서 빌려왔다고는 하지만 별로 그런 느낌이 들지 않을 만큼 독특하게 보인다. 특히 외벽을 장식하는 갖가지 종교적 상징들은 나름대로 개성있게 느껴진다. 태양 아래 새로운 것은 없다고 말한 게 아리스토텔레스였던가.

까오다이의 창시자인 응오반찌에우(Ngo Van Chieu)의 깊은 사상이야 헤아릴 수 없는 일이지만 확실히 까오다이는 베트남 근현대사의 산물이라는 생각을 지울 수 없다. 우선은 프랑스 식민지시대에 창시되었으니 가톨릭의 영향을 받은 것이고 중국에서 전래된 베트남의 유교와 도교를 받들고 메콩삼각주의 상좌부(上座部)불교를 혼합하였으니 다양한 종교적 배경에서 방황하는 중생을 구원하기에는 일면 적절하였을 것이다.

까오다이는 가톨릭의 영향을 받았다고는 하지만 가톨릭세력과 행보를 같이했던 것은 아니다. 베트남의 가톨릭세력이 프랑스 인도차이나 식민통치의 첨병역할을 하고 1954년 이후에는 남베트남 응오딘디엠(Ngo Dinh Diem, 고딘디엠) 독재정권의 버팀목이 되어줄 동안에 까오다이는 불교와 함께 남베트남에서 반독재투쟁을 벌였던 양대 종교세력 중의 하나였던 것이다. 핏줄보다는 어떻게 살았느냐가 중요한 것이다.

사원 본당의 내부는 예배시간이 아니어서 들어갈 수도 없어 단지 창문 너머로 엿볼 수 있을 뿐이다. 그저 어둑하기만 하다. 사원의 왼쪽 뜰에는 검은 중절모를 머리에 쓴 여인이 나물을 다듬고 있다. 시계를 보니 점심때가 멀지 않았다.

작은 캄푸치아크롬, 짜빈 ◉ ◯　미토에 들어섰을 때부터 나는 이미 메콩삼각주에 발을 딛고 있었던 셈이다. 지금 향하는 짜빈은 메콩강과 바싹(Bassac)강, 베트남에서는 띠엔장(Tiên Giang, 상강上江)과 하우장(Hau Giang, 하강下江)으로 불리는 두 개의 강 사이에 위치한 지역에 자리잡고 있다.

미토를 벗어난 지 얼마 지나지 않아 버스와 트럭이 부딪쳐 길가에 처박힌 꼴이 눈에 띈다. 광란의 추월과 질주가 빚어낸 사필귀정의 현장이건만 정작 운전사는 아무런 감흥도 없는지 라노스는 추월을 밥먹듯이 해치우며 짜빈으로 질주한다.

짜빈으로 가는 도로변, 모내기를 하는 베트남 아낙들.

　길가에는 끝없이 논들이 이어진다. 푸른 벼들이 한창 커나가고 있다. 어쩔 수 없이 캄보디아의 그 황량한 논들이 그 위에 겹쳐 떠오른다. 땅도 기후도 다를 일이 없건만 똑같은 시기에 한쪽에서는 잡초가 거뭇거뭇한 논에 소들과 돼지들만이 풀을 뜯고 다른 한쪽에서는 이렇게 벼들이 푸르게 자라고 있다.

　이게 바로 농사인 것이다. 베트남의 메콩삼각주에서는 대개 석 달에 한 번씩, 삼모작을 한다. 캄보디아는 이모작에 불과하고 그도 못해 일모작에 그치는 논들도 숱하다. 깜뽓(Kampot) 주변에서 내내 지나쳤지만 텅 빈 들판을 자세히 보면 모내기를 하지 않고 볍씨를 직파(直播)한 흔적이 역력했다. 벼포기를 자른 밑둥치도 무질서하게 널려 있다.

　지금 베트남은 태국에 이어 세계 제2위의 쌀 수출국이다. 그런 베트남이 1980년대 초반인가 중반인가까지는 자급자족을 하지 못하는 쌀 수입국이었다. 이제는 메콩삼각주의 소출만 가지고도 베트남인구 전체가 자급할 수 있

32

게 되었다. 이처럼 농사는 사람이 짓는 것이다. 어떻게 짓느냐에 따라서 땅은 풍요롭게 또는 인색하게 쌀을 준다. 인도차이나의 쌀바구니 메콩삼각주의 교훈이다.

메콩강을 건너 한참을 달리던 차는 1번 국도를 벗어나 메콩강을 따라 내려간다. 빈롱(Vinh Long)을 지나 짜빈에 도착한 것은 해가 중천에 떠 이글거리는 11시경이다. 에어컨의 찬바람에 맛을 들여 차문을 여는 것도 고역이다.

짜빈은 메콩삼각주에서 크메르인들이 모여 사는 도시이다. 한때는 이 땅의 주인이었던 그들은 지금은 소수민족 취급을 받으며 살아간다. 그러니까 캄푸치아크롬의 크메르인들은 지금 캄보디아의 크메르인들보다 더 험하고 사나운 수백년을 견뎌내며 살아왔다. 응우엔왕조가 세워지고 북의 홍강삼각주와 남의 메콩삼각주에 운하를 건설하기 시작할 때에 운하 건설에 동원된 것은 크메르인들이었다. 베트남군대는 이들이 도망가지 못하도록 발에 족쇄를 채우고 운하 바닥에 지어진 오두막에서 지내게 했다. 마침내 운하가 완공되고 바싹강의 물이 채워질 때 노역에 동원된 크메르인들은 운하 바닥의 오두막에서 족쇄가 채워진 채 자신들을 향해 해일처럼 밀려오는 강물을 목격해야 했다. 수천명의 크메르인들이 고스란히 수장당했다.

베트남왕조는 쉼없이 북부의 베트남인들을 캄푸치아크롬으로 이주시켰다. 이 지역의 크메르인들은 피지배민족 대우를 받아야 했다. 캄푸치아크롬의 크메르인들은 끊임없이 반란을 일으켰고 그때마다 잔인한 보복을 당했다. 프랑스가 코친차이나를 식민지령으로 했을 때 이들은 반겼지만 프랑스가 베트남인들을 식민지 통치에 앞장세우면서 사정은 크게 나아지지 않았다. 오히려 캄보디아와 라오스는 하급관리부터 기술자에 이르기까지 프랑스가 부린 베트남인들로 들끓었던 것이다.

현대사에서 이들이 겪어야 했던 비극은 1945년 이후 호찌민의 베트민이 캄푸치아크롬의 크메르인들을 살육한 사건과 미군에 협조했던 '화이트스카프'라고 불리는 크메르인들이 겪어야 했던 비극으로 요약된다. 제2차 인도차이나전쟁이 벌어져 남쪽에서 이른바 '써치 앤 디스트로이'(Search and Destroy)로 명명된 베트콩 토벌작전이 전개될 때 미군은 남베트남의 크메르인들로 비밀부대를 만들어 이 작전에 동원했다. 1975년 프놈펜과 사이공이 함락된 후 이들은 캄보디아로 넘어와 크메르루주(Khmer Rouge)에 투항했다. 이들은 잠시 억류된 후 결국 처형당해야 했다. 이데올로기가 우선이었던 것이다. 물론 미군은 이들에 대해 어떤 대책도 세우지 않았다. 화이트스카프는 미군에게도 공식적으로는 존재하지 않는 부대였던 것이다.

캄푸치아크롬, 메콩삼각주의 크메르인들은 예전과 다름없이 농사를 지으며 살아가고 있다. 그러나 크메르말과 베트남말을 모두 쓰는 베트남 속의 소수민족으로서이다. 베트남인들은 대체로 캄보디아인들을 발뒤꿈치의 때만도 못한 존재로 여긴다. 심지어는 먹고살기 힘들어 캄보디아로 흘러들어간 베트남인들조차 그렇다. 이들이 입에 달고 다니는 '깜푸치~'라는 말은 '깜푸치가 그러면 그렇지'라는 조롱 섞인 말이기 쉽다. 베트남 내에서 이들의 목소리는 약하기 짝이 없지만 해외에서는 캄푸치아크롬의 캄보디아 반환을 목표로 하는 단체들이 활동하고 있다. 공식적으로 이들은 150만명에서 200만명으로 추산되고 있지만 해외단체들은 800만명에 달하는 크메르인들이 캄푸치아크롬에서 살아가고 있다고 주장한다.

짜빈으로 접어드는 입구에 캄보디아에서 눈에 익은 풍경이 눈에 띄었다. 앙코르와트의 탑이 연상되는 탑을 머리에 얹은 사원의 입구였다. 가이드북에는 나와 있지 않은 사원이다. 그저 지나치다 눈에 띄어 차를 세운 것이다. 차에서 내려 입구를 지나니 안전한 크메르사원의 풍경이다. 사원의 이름은 삼론엑(Sam Rônek)이다. 지금 캄보디아에서도 쉽게 볼 수 없는 전통양식을 그대로 따르고 있다.

1990년대 이후 베트남정부의 종교와 소수민족에 대한 완화정책으로 메콩 삼각주에는 크메르불교의 사원들이 공식적으로 문을 열고 전통에 따라 사원의 승려들은 시주를 받을 수 있게 되었다. 이들은 한때 사회의 기생충으로 취급받아 자취를 감추었던 존재였다.

대웅전 뒤로는 어린 승려들이 눈에 띈다. 전통에 따라 잠시 사원에 의탁한 크메르 젊은이들일 것이다. 사방을 기웃거리다 석가모니의 생애를 조각으로 표현한 장면들을 보았다. 그중의 하나는 부처를 유혹하는 마귀의 네 딸들인데 젖가슴이 생생한 것이 못 볼 것을 본 것처럼 눈길이 민망하다.

그 앞에는 석가의 탄생을 묘사한 조각들이 있다.

천상천하 유아독존. 갓 태어난 석가가 몇발짝을 뗀 후 말했다는 그 목소리가 들리는 듯하다. 대웅전을 기웃거리니 한구석에 침상과 책상이 있다. 책상 위에는 책들이 가지런한데 침상 앞의 해먹에는 내가 들어설 때부터 책에서

석가의 탄생.

눈을 떼지 않는 어린 학승(學僧)이 있다. 저 나이에 무슨 공부를 저리도 열심히 하고 싶을까 하는 불경한 생각이 든다. 학승은 나를 보자 보던 책을 접고 해먹에서 내려와 슬그머니 불당을 나간다. 공부를 방해한 모양이다. 카메라까지 들이대는 것이 짜증스러웠을지도 모른다. 노는 것은 방해할지언정 공부는 방해하지 말라는 것이 우리네 정서이거늘 이역만리까지 나와 그것도 어린 학승의 공부를 방해하고 말았으니 공연히 뒤통수가 간지럽다. 불당의 부처도 혀를 차는 듯하다. 쯔쯧쯧.

사원을 나와 시내로 들어가니 사람들 대부분이 크메르사람들이다. 사원의

아오자이 차림으로 자전거를 타는 크메르 여학생.

사방에 보이는 문자들이 모두 크메르문자였는데 시내에서는 찾아볼 수 없다. 게다가 아오자이를 입은 크메르 여자아이도 눈에 띈다. 차들은 눈에 띄지 않고 온통 자전거와 오토바이들만 오간다. 미토와는 또다른 풍경이다.

모두 절반은 베트남인으로 살아가는 것이다. 다시 차를 몰아 사원 몇군데를 다녔지만 사원에서만 크메르 분위기가 역력할 뿐 일상에서는 생김새가 다른 것을 빼고는 딱히 구분하기 어렵다. 하긴 잠깐 와서 주마간산격으로 지나치는 입장이라 무슨 말을 할까만.

크메르박물관이 있다고 해서 찾아갔는데 정문만 열려 있지 전시관들은 모두 닫혀 있다. 어린애 주먹만한 자물쇠가 채워져 있는 것으로 봐서는 정상적

으로 운영하지 않는 것 같다. 손으로 빛을 가린 채 창문 사이로 훔쳐보니 사진들만 잔뜩 전시되어 있다. 설핏 보기에는 소수민족에 대한 베트남정부의 선정(善政)을 강조하는 정부선전물과 다를 바 없는 사진들이다. 들어가보지 못했다고 해서 크게 아쉬울 것도 없을 듯하다.

박물관 건물은 다소 특이하다. 중앙의 홀을 인공연못으로 만들어놓은 것이다. 물이 더러워 눈여겨보지 않았는데 맞은편 사원의 승려들이 연못가에 모여 있기에 힐끗 넘겨보니 잉어 한 마리가 한가롭게 헤엄치고 있다.

맞은편에는 역시 크메르사원인 안붕(An Vuong)이 있다. 사원과 박물관의 맞은편인 아오바옴(Ao Ba Om)호수는 연꽃이 피어 있는 네모난 호수로 크메르인들에게는 종교적인 의미가 있는 장소이지만 베트남인들에게는 그저 놀러와 잠시 쉬어가는 장소이다. 호수는 앙코르와트 주변의 연못과 같다. 잠시 호숫가에 멈춰 서서 호수에 한가롭게 떠 있는 연꽃을 바라보다 걸음을 옮긴다. 연못 맞은편의 들판에서는 목동이 여남은마리의 소를 치고 있으니 우리네 절간의 목우도가 튀어나왔나보다.

메콩삼각주의 중심지 껀토 ◉ ◉　　오후 3시경 짜빈을 출발해 왔던 길을 거슬러올라 1번 국도를 타고 껀토(Cân Tho)로 향했다. 바싹강(하우장)에 접해 있는 껀토는 위치로 보아도 역시 메콩삼각주의 중심이다. 껀토로 가려면 메콩강은 다리로, 바싹강은 배를 타고 건너야 한다. 이틀 전 프놈펜에서 스베이리엥(Svey Rieng)을 갈 때에는 바싹강은 모니봉(Monivong)다리로 건넜고 메콩강은 배를 타고 건넌 것과 반대인 셈이다. 두 나라는 그렇게 마주보고 있는 것이다.

베트남정부가 붙여놓은 선전포스터.

바싹강을 건너자 껀토는 곧 모습을 드러낸다. 미토나 짜빈에 비하면 한눈에 봐도 큼직한 도시이다. 그러나 내일 새벽 보트를 타고 수상시장을 보고 운하를 돌아보는 것말고는 사실 다닐 곳은 많지 않다. 그저 시내를 이리저리 쏘다니는데 유난히 선전포스터들이 눈에 띈다. 모두 정부선전물들이다.

사진은 찍지 못했지만 어떤 포스터들은 집에 가져가 벽에 걸어놓아도 손색이 없을 만큼 밝고 명랑하다. 불과 몇년 전에 비해서도 무척 세련된 것이선도 색도 산업디자인의 냄새가 물씬 풍겨 마치 상업광고인 듯한 느낌까지준다. 그러나 찬찬히 훑어보면 낫과 망치의 베트남공산당 창당 73주년 기념포스터와 산아제한 계몽포스터 등 정부 주도의 구호 일색이거나 체제 옹호및 수호 차원의 포스터이다. 그리하여 이 포스터들은 "노동자들을 공산주의정신으로 개조하고 교육하기 위하여 현실을 혁명적 발전 속에서 정확하게역사적 구체성을 가지고 묘사할 것을 예술가들에게 요구한다"는 그 유명한1930년대의 '즈다노프(Zhdanov)선언' 이후 사회주의리얼리즘 노선에서 한

걸음도 비껴나지 못한 것인데 사정은 껀토시립박물관에서도 마찬가지였다. 전시관 한구석에 제목도 없이 표지판 뒤에 걸려 있는 그림 한 점을 보고 있으니 양손을 치켜든 아오자이 입은 처녀의 함박웃음이 고스란히 전해져와 기분이 밝아지지만 이 역시 키취(Kitsch)적 냄새에도 불구하고 여전히 즈다노프 선언의 연속선상에 있는 것이다.

여하튼, 어떤 도시에서건 박물관을 빼놓지 않고 보아야 하는 이유는 박물관이 모든 것을 일목요연하게 볼 수 있는 최선의 장소이기 때문이다. 메콩삼각주의 껀토박물관에서도 그것은 마찬가지였는데 아쉬운 것은 문자를 해독할 수 있는 능력이 없어서 그 즐거움이 반감될 수밖에 없는 것이다. 그렇지 않았으면 더 많은 시간을 새로운 사실들을 공부하면서 즐겁게 보냈을 것이 분명하다. 문맹의 처지란 이처럼 안타깝기 짝이 없다.

껀토박물관을 나와 맞은편의 호찌민박물관으로 향했는데 문이 닫혔다. 3시를 조금 넘겼는데 폐장인지 아니면 다른 이유가 있는지 알 수 없다. 하릴없이 박물관 앞의 호찌민 동상 앞을 서성거리다 돌아나온다. 크게 아쉬울 것은 없다. 베트남의 거의 모든 도시에는 호찌민박물관이 예외없이 존재하고 소장품들도 하노이(Ha Nôi)의 것을 제외한다면 대개는 사진자료 일색이어서 껀토가 아니라면 호찌민에서 보아도 충분하다.

껀토박물관에 있는 밀랍인형. 감옥에 갇힌 독립투사를 형상화했는데, 썩 잘 만들었다.

어찌해도 피해갈 수 없는 것이 호찌민이라면 ◉ ◉　마침 4월이어서인지 입

간판에서부터 공공기관

그리고 사당과 사원에 이르기까지 호찌민을 피해갈 수 있는 길이 없다. 결국 나 역시 이쯤에서 호찌민에 대해서 발언하지 않고는 베트남을 말할 방법을 찾을 수 없다.

　호찌민은 인도차이나에서뿐만 아니라 세계에서도 가장 잘 알려진 혁명가 중의 한 사람이다. 그는 또 인류역사상 가장 행복한 혁명가 중의 한 사람이다. 세계근현대사에서 호찌민만큼 행복한 혁명가는 쉽게 찾을 수 없다. 그가 평생 꿈꿔왔던 혁명은 이루어졌으며 그 영예는 다른 누구도 아닌 호찌민 자신에게 바쳐졌다. 무엇보다 그는 사후의 오욕을 피해간 몇 안되는 공산주의 혁명가 중의 하나다. 그는 또 자신의 조국 베트남에서뿐만 아니라 세계의 진보주의자들의 존경과 애정을 한껏 누렸으니 혁명가로서 그 이상의 영예는 없을 것이다.

　나는 호찌민이 쌓은 위대한 업적을 조금도 훼손할 의도는 없지만 그를 숭배할 생각 역시 추호도 없다. 왜냐하면 인간을 신에 가까운 존재로 만드는 것은 결국 불행과 비극을 배태하기 때문이다. 지난 30여년 동안 베트남에는 그런 종류의 불행이 움터왔다. 혹자는 그것이 호찌민 사후의 베트남공산당 지도부의 책임이라고 말하겠지만, 절반은 인정할 수 없다. 그 절반은 호찌민의 몫이기 때문이다.

　호찌민이 남긴 최악의 유산은 인도차이나에서 베트남 패권주의의 기틀을 다진 것이다. 인도차이나공산당의 주도권을 쥐었던 그는 캄보디아와 라오스 공산주의운동의 자주성을 인정하지 않았다. 쏘비에뜨와 코민테른의 영향을 강하게 받았던 그는 인도차이나에서 스딸린(I. V. Stalin)식 노선을 견지했다. 스딸린의 소련이 동유럽에 대해서 그랬던 것처럼 호찌민 역시 베트남을 다

작전회의중인 호찌민.

른 두 나라에 비해 비타협적으로 앞세웠다. 심지어는 인도차이나공산당을 각국 공산당으로 분화시킨 것도 베트남혁명의 필요성 때문인 것으로 평가받고 있다. 후일 베트남이 라오스와 캄보디아에 군사적으로 개입하고 결과적으로 이 두 나라를 자국의 영향력 아래 두려 했던 것은 호찌민이 생전에 견지했던 노선의 자연스런 계승이자 귀결이었다. 때문에 호찌민 사후 혁명이 승리를 거두고 뒤이어 폭발한 인도차이나 삼국간의 갈등은 예정된 것이나 다름없었다. 중소간의 분쟁과 베트남과 중국 간의 역사적 구원(舊怨) 같은 배경을 고려한다 해도 인도차이나에 대한 베트남의 패권주의는 결과적으로 혁명에 대한 회의를 불러일으키고 인도차이나 인민을 형제간의 전쟁에 몰아넣어 피흘리게 한 점에서 혁명의 대의를 비켜간 것이었다.

　호찌민 사후 베트남을 지도한 것은 군사주의였다. 물론 혁명이 장기전의 형태를 띤 상황에서 이는 불가피했다. 초강대국이자 이미 한반도에서 피범벅이 된 손을 인도차이나에 들이민 미국과 싸울 다른 방도는 없었을 것이다.

그러나 1975년 마침내 혁명이 완전한 승리를 거둔 후 통일베트남이 직면한 과제는 군사주의적 혁명을 건설적 혁명으로 바꾸는 것이었다. 세네바협정에 따른 분단에서부터 사이공 함락에 이르기까지의 기나긴 여정에서 호찌민을 포함한 군사엘리뜨인 혁명 1세대들은 남북문제와 군사적 투쟁에 있어 적잖은 오류를 범했다. 호찌민의 적자들인 통일베트남의 군사엘리뜨들은 그 오류를 비판하고 시정하는 건설적 방안 대신 남베트남의 민족해방전선(NLF)을 무자비하게 숙청하고 통일베트남을 군사주의적으로 통치하는 길을 택했다. 가장 쉬운 길이었다. 자연스럽게 그들은 또 가장 익숙한 전쟁을 선택했다. 이번에는 형제간의 전쟁이라 불리는 캄보디아와의 전쟁이었다. 결과적으로 베트남의 이같은 군사주의적 대외정책은 인도차이나를 동서냉전과 중소분쟁의 화약고로 바꾸어버렸다. 모든 고통은 인도차이나인민들의 몫이었지만 통일베트남의 공산주의정권은 호찌민의 이름으로 그 모든 것을 덮어버렸다.

호찌민이 항상 틀렸다는 것도 아니지만 항상 옳았던 것도 아니었다. 그도 인간이었고 역사의 수레바퀴는 한 인간이 좌우할 수 있는 것이 아니었다. 가장 큰 문제는 과오에 대한 평가 없이 호찌민 사후 그에 대한 베트남식 영웅화가 진행되면서 모든 과오가 묻혀버리고 재생산되었다는 데 있다. 베트남의 캄보디아 침략과 군사적 지배, 라오스에 대한 군사적 개입, 경제정책의 실패와 외교정책의 실패, 베트남 공산주의식 관료주의와 군사주의의 만연 등은 주변여건을 고려한다고 하더라도 더 나은 선택을 할 수 있었다는 점에서 호찌민이 남긴 과오의 재생산일 뿐이었다. 언젠가 그것이 이 위대한 혁명가의 모든 공을 덮어버리게 된다면 우리는 20세기의 가장 위대한 혁명가 한 사람을 또 잃어버리게 될지도 모른다.

베트남국기는 붉은 바탕에 큼직한 별이 단 한 개 노란색으로 박힌 황성적기

(黃星赤旗)이다. 적과 황의 배색이 강렬하기 짝이 없는 이 국기는 적색 바탕에 노란색 낫과 망치가 그려진 전통적인 공산당기와 함께 베트남 어디에서나 펄럭인다. 별은 공산주의국가의 국기에서 흔히 볼 수 있는 상징이다. 별은 언제나 공산당과 인민을 나타낸다. 중국의 오성홍기(五星紅旗)는 아주 전형적이다. 붉은 바탕은 혁명을 의미하고 큰 별은 인민을 영도하는 중국공산당을, 큰 별을 반원으로 감싼 작은 네 별은 각각 노동자와 농민, 소자산계급과 민족자산계급을 의미한다.

베트남국기인 황성적기.

별이 하나만 등장하는 것이 베트남국기만은 아니지만 그저 붉은 바탕에 별이 딱 하나인 것은 찾기 힘들다. 베트남은 이 별이 통일과 승리를 의미한다고 한다. 그럴지도 모른다. 그러나 현실적으로 이 별은 베트남공산당이며 일당독재의 권위를 상징하고 있다. 결국 국가의 권위인 이 별은 또 호찌민이기도 하다.

한때 호찌민과 베트남에 대한 비판은 세계 진보주의자들에게 있어서 일종의 터부였다. 그것은 냉전이 격화하던 시기에는 어쩔 수 없는 선택이었을지도 모른다. 그러나 이제는 아니다. 베트남도 세계도 새로운 시대를 향해 이미 발걸음을 옮겨놓았다. 인도차이나 역시 새로운 시대를 맞고 있다.

28년 전인 1975년 4월 30일 사이공 함락과 113년 전(1890)의 호찌민 탄생일인 5월 19일을 기념하는 포스터가 가는 곳마다 붙어 있다. 5월 19일은 그렇다 하더라도 너무 오랜 세월을 그는 다른 날에도 편히 잠들어 있지 못하다.

메콩삼각주, 강과 운하와 사람들 ◉ ◉   메콩삼각주의 명물, 운하를 오가는
                                         보트투어는 이번이 두번째이다. 정
식 투어가 아니었던 탓에 다섯 명을 태울 만한 작은 보트를 독점하고 바싹강
으로 나선다. 앞에서는 작은 노를 들고 방향을 잡는 논(Non)을 쓴 중년의 아
낙이, 후미에서는 스크루엔진 겸 방향키를 부여잡은 청년이 관광객을 모신다.
  껀토의 수상시장은 관광객을 위한 것이 아니라 시장 본연의 기능에 충실
한 진짜 시장이다. 따라서 눈요기로 찾아오는 관광객들을 상대로 노를 저어
달려오는 장사치들은 찾아볼 수 없다. 오히려 한가롭게 시장 주변을 기웃거
리는 관광객들이 귀찮기만 한 눈치다. 바로 그래서 껀토의 수상시장은 메콩

껀토 수상시장의 아침.

강과 운하에서 살아가는 사람들의 모습을 훔쳐보기에 딱 그만이다.

대저 운하라는 것은 길을 놓을 수가 없어 종과 횡으로 땅을 파 닦아놓은 물길이다. 우기면 메콩삼각주를 삼킬 듯이 범람하는 메콩강과 바싹강은 속절없이 사람들의 발을 묶어놓게 마련이다. 교통할 수 없으면 아무리 기름진 땅이라도 사람에게는 그 가치가 반감된다. 사람과 우마(牛馬)가 지나갈 수 있는 길을 닦으려면 꼼짝없이 물이 차들어오는 위로 둑을 쌓아야 하는데 아무래도 흙을 쌓는 것보다는 파고들어가는 것이 수월할 수밖에. 이것이 메콩삼각주를 거미줄처럼 연결하는 운하를 탄생하게 한 것이다. 이 운하가 만들어진 비극적인 역사는 거론한 바 있으니 더는 말하지 않겠다.

강에 다리가 놓이고 길들이 사방으로 뚫리면서 운하와 수상시장의 가치는 그만큼 떨어졌다. 현대식 토목공사는 물길을 막는 둑을 쌓고 길을 뚫는 것도 가능하게 해 바야흐로 메콩삼각주에도 운하를 대신하는 도로를 뚫는 공사가 이곳저곳에서 한창이다. 그러나 도로가 운하를 완전히 대신하려면 아직도 오랜 세월을 기다려야 할 것이다. 메콩삼각주의 운하는 그처럼 방대하고 복잡하다.

운하는 기실 둑을 쌓고 아스팔트로 덮는 현대식 도로와는 비교할 수 없이 자연친화적이다. 둑은 우선 물길을 인위적으로 가로막는다. 물길을 가로막은 둑은 많은 문제를 파생한다. 우선 메콩삼각주의 생명줄이기도 한 비옥한 흙의 흐름을 왜곡하는가 하면 어족자원들의 자연스러운 교통도 방해하여 결국은 메콩삼각주의 생태계에 바람직하지 못한 결과를 초래하기 십상이다.

보트는 까이케(Cai Khê)운하를 빠져나와 바싹강의 도도한 물길과 만난다. 지천인 껀토강도 이 지점에서 바싹강과 합류하니 가히 물길의 중심이라 할 수 있는 곳에 수상시장은 열린다. 보트는 미안하게도 시장의 한복판을 서슴없이 가로질러 관통한다. 익숙한 풍경일 테니 시장의 장사치들과 장 보러 나

바싹강의 수상가옥. 방주(方舟)처럼 생긴 배는 한곳에 오랫동안 머물
수도 움직일 수도 있다.

온 아낙들도 관광객들에게는 무심하다.

눈길을 끄는 것은 수상가옥들이다. 강 위에서 살아가는 사람들의 집이다. 똔레삽(Tonle Sap)호수와 삽(Sap)강을 가로질러 시엠립(Siem Reap)에서 프놈펜으로 오는 동안에도 그랬지만 그 물이 이어지는 바싹강에서도 변함이 없다. 채소나 과일 따위의 농작물을 팔기 위해 마을에서 운하를 돌고돌아 시장까지 나온 아낙네들의 작은 보트들이야 예외이지만 제법 큼직하다 싶은 배들은 살림까지 해결하는 물 위의 작은 수상가옥들이다. 흔히 정크(junk)선이라고 불리는 배들이다. 관광객에게는 영락없이 신기한 눈요기거리에 불과하지만 정작 그렇게 살아가는 사람들의 삶은 고단하기 짝이 없다. 땅 위에서는 살아갈 수 없어 물 위에서 살아가는 사람들인 것이다.

여하튼, 운하가 유일한 교통로였던 시기에 껀토의 수상시장은 메콩삼각주에서는 둘째 가라면 발끈 성을 낼 시장이었다고 하는데 운하가 아닌 길이 하나둘씩 생기고 땅 위에 시장들이 늘어나면서 예전처럼 성을 내지는 못한다고 한다.

시장은 한창때를 지난 다음이어서 다소 늘어져 있는 게 파장분위기에 가깝다. 껀토의 수상시장은 한낮의 맹렬한 더위를 피해 새벽과 이른 아침에 열린다. 시간은 이미 9시에 가까워 있으니 생선비늘처럼 번뜩이는 활기를 기대하는 것은 후안무치한 일이다.

시장의 가운데를 질러가고 있을 때, 작은 목선이 경망스러운 엔진소리를 내며 지나친다. 보트에는 하나같이 복면을 한 세 명의 베트남여인들이 주저앉아 있다. 에그 이럴 수가. 목선의 선두에서 양 노를 엇갈려 젓던 베트남여인들은 어느새 사라지고 강의 오토바이격인 소형 스크루보트에 쭈그리고 앉은 여인네들이 그 자리를 차지한 모양이다. 자전거가 사라지고 그 자리를 오토바이가 대신한 셈인데 한줄기 섭섭한 바람이 가슴 한구석을 지나칠 즈음에 웬걸, 그녀들은 껀토의 수상시장을 완전히 버리지는 않았다.

보라, 저 의연한 자태. 논을 머리에 쓰고 노를 양손으로 엇갈려 잡고 물길을 헤치며 나타난 껀토의 처녀뱃사공. 반가운 마음에 달려가 손이라도 잡고 싶지만 사방은 물이라 속절없이 손만 크게 흔들 뿐인데 섭섭하게도 눈길조차 주지 않아 쑥스럽기 짝이 없다.

노 젓는 방법은 각양각색이라 나라마다 지역마다 물마다 다르다. 그중 압

목선의 노 젓는 사공. 두 개의 노를 엇갈려 양손에 잡고 밀거나 당겨 젓는다.

권은 노에 다리를 걸치고 휘휘 돌리며 젓는 휴먼 엔진형 노 젓기요, 역시 다음은 이제 본 베트남여인들의 엇갈려 노 젓기이다. 이렇게 노를 저으려면 앉아서는 가당치 않으니 허리를 곧추세우고 서서 균형을 잘 잡고 노를 밀고 당겨야 한다. 노를 받치는 받침대가 높이 솟아 있는 것도 그 때문이다. 흔들리는 배 위에서 균형을 잡기 위해 탄탄해질 수밖에 없는 자세는 자연스레 도도해지고 어여차어여차 노를 밀고 당기는 자세는 무척 역동적이어서 힘과 아름다움이 말끔하게 조화를 이루는 노 젓기가 되는 것이니 절로 감탄스럽다.

이렇게 내가 극찬을 아끼지 않으니 '앉아서도 노를 젓던데'라며 시비를 걸지도 모르겠다. 하지만 알아두시라. 처녀사공은 엔진을 돌리기 어려울 때이거나 또는 방향을 잡을 때 선두(船頭)에 앉아 노를 하나만 젓는다. 여러 명이 타고 있어 배의 균형을 잡기 위해 서지 않을 때도 있다. 그러나 역시 정석은 서서 양손에 노를 엇갈려 잡고 젓는 것이다.

역학적인 연구는 학자들의 몫이니 내가 상관할 바는 아니지만 그냥 양손에 노를 잡고 젓는 것보다는 엇갈려 잡고 젓는 것이 훨씬 큰 힘을 줄 수 있음은 분명하다. 물론 그렇다고 해서 스크루엔진을 당할 수 있는 것은 아니겠지만.

보트는 수상시장 주변을 원을 그리며 한바퀴 돌고 가운데를 가로지른 후 운하 하나를 찾아 초입으로 들어간다. 운하에 들어선 지 얼마 되지 않아 제법 큼직한 철제 교각이 운하를 가로지르는 것이 보인다. 보트 위에서 보기에는 허공에 매달려 있는 다리와 같다. 우기가 되면 물이 저 높이까지 차는구나 생각하며 강의 범람이 보여주는 위력에 감탄을 금치 못했는데 그것이 아니라 좀 큼직한 배가 다니는 운하라 다리 밑이 높다고 말한다. 아하, 그렇구나. 멋쩍은 웃음을 날릴 수밖에. 운하의 폭과 용도에 따라 크기의 차이는 있지만 운하를 가로지른 다리들은 대개 중앙이 불룩하게 솟아 있다. 운하를 지나는 배의 교통을 위한 것이다.

보트는 운하에 들어서자 곧 다른 관광객들이 탄 보트와 함께 선착장이랄 것도 없는 운하변의 댓돌을 모아놓은 곳에 멈춘다. 쌀방앗간이 있는 곳인데 관광코스로 자리잡았다. 1월에 왔을 때에는 그래도 피대(皮帶)가 돌고 쿵덕쿵덕 기계방아가 쌀을 찧고 있었는데 지금은 기계는 멈추었고 한동안 사람의 손길이 닿지 않은 몰골로 남아 있다. 방앗간 앞에는 마을이 있고 쌀종이 만드는 공장(?)이 있다. 반짱(Banh Trang)이라고 불리는 쌀종이는 쌀국수와 함께 빠질 수 없는 베트남음식이다. 만드는 방법이야 간단해서 쌀가루를 아주 묽게 반죽한 후 그 반죽을 불에 올린 솥뚜껑 위에 국자로 떠 둥글게 골고루 퍼지게 한 후 곧바로 천을 감은 방망이로 스윽 말아 낚아올리면 우리 눈에도 생소하지는 않은 쌀종이 꼴이 나온다. 아마도 지금은 좀더 현대적인 방법을 쓸 것 같기는 하다.

이렇게 만들어진 쌀종이, 반짱은 고기나 해물을 야채와 함께 싸서 쏘스에 찍어먹는 고이꾸온(Goi Cuon)에도 쓰이는데 쌈의 속이야 각양각색일 테니 반짱의 쓰임새가 폭넓을 것은 두말할 나위가 없다. 또 심심하면 기름에 튀겨서 먹기도 하는데 이른바 베트남식 스프링롤이라 불리는 그 유명한 짜조(Cha Gio)이다. 바싹 말라 딱딱한 쌀종이를 쌈으로 먹기 전에 미지근한 물에 슬쩍 담그면 책받침처럼 굳은 쌀종이가 물을 먹으며 신통하게도 금세 흐물흐물해진다. 오로지 원료가 쌀이기에 가능한 것이다.

쌀종이 공장 견학을 마치고 운하변 길가를 기웃거리다보니 변한 것은 크게 없지만 깔끔하

묽은 쌀반죽을 담아놓은 항아리들. 멀건 쌀뜨물 같지만 휘휘 저어 쌀종이를 만든다.

게 단장한 집들이 늘어난 듯싶기도 하다. 형편이 좀 피는 것인가.

　보트는 운하를 나와 다시 메콩강으로 빠져나온다. 갑자기 가슴이 터억 막힌다. 운하를 도는 것이 아니라 이대로 돌아간단 말인가. 다행스럽게도 보트는 빠져나온 운하보다 작은 운하로 다시 접어든다. 아하, 대여섯명이 타는 작은 보트이므로 도는 운하가 다른 것이다. 일전에 탔던 보트는 열댓명이 탔던 제법 큼직한 보트였는데 그때에는 폭이 넓다 싶은 운하만 돌았던 것이다. 이래서 보트는 아기자기한 운하의 물길을 따라 주유(舟遊)하는데 따갑게 쏟아지는 땡볕만 아니라면 이처럼 넉넉하고 여유로운 유람이 또 어디 있을까 싶다. 물길은 이리 돌고 저리 돌아 구불구불하니 속도를 낼 수 없고 하늘은 하늘대로 땅은 땅대로 물은 물대로 수시로 모양을 바꾸어 어느 곳에서는 밀림을 헤치며 나가는 해방전선 전사가 된 듯한 기분이고 어디에서는 맹그로브(mangrove)숲 사이로 뚫린 천연의 물길처럼 이름 모를 나무의 뿌리가 물위로 솟아 있고 운하 옆으로는 구멍가게가 나오는가 하면 빨래하는 아낙이

올빼미처럼 눈을 부릅뜬 동력목선. 교통사고 예방 차원이랄까. 폭이 좁고 굴곡이 심한 운하에 어울리는 사려 깊은 디자인인 듯하다.

보이기도 하고 운하의 수상가옥이 나타난다.

손을 뻗치면 닿을 듯이 좁은 물길을 미끄러지듯 달리던 보트는 갑자기 대로에 해당하는 운하로 접어든다. 그래봐야 폭 10m나 됨 직한 운하인데 골목에서 빠져나와 대로에 접어든 것처럼 교통이 복잡하다. 동력선이 분주하게 오가는가 하면 크고 작은 목선들이 노를 젓거나 엔진소리를 내며 오간다.

눈길을 끄는 것은 동력선들은 하나같이 올빼미눈을 부릅뜨고 있다는 것이다. 듣기에는 운하의 깊이가 깊지 않아 구불구불한 운하에서는 커브를 돌 때 특히 배들이 박치기할 공산이 큰데 땅 위가 아니라 물 위이기 때문에 신통한 브레이크가 없어 안전거리가 무엇보다 중요하지 않겠는가. 해가 지면 더 말할 것도 없겠다. 이리하여 쉽게 눈에 띄고 상대편 배에게 경계심을 고취할 수 있는 디자인이 필요했을 것인데 시뻘건 눈두덩에 부리부리한 눈알을 양쪽에 매단 선두의 디자인은 그럭저럭 효과가 있음 직하다.

쌀풍선과 쌀국수 ◉ ◐ 　메콩삼각주에서 호찌민으로 돌아오면서 점심을 먹었던 미토 근처의 식당에서 본 쌀풍선을 소개한다. 물론 공중으로 날리거나 발로 차고 노는 풍선이 아니라 쌀로 만든 음식으로 반란(Banh Ran)이라 불린다. 먼저 쌀반죽을 한움큼 떼어 끓는 기름에 넣고 국자처럼 생긴 도구 두 개를 이용하여 절묘한 솜씨로 굴린다. 그 솜씨가 마치 공중에 공 여러 개를 띄운 곡예사 같다. 이렇게 10여분을 굴리면 마침내 크고 작은 쌀풍선이 만들어지는 것이다. 큰 것은 배구공만 하고 작은 것은 멜론만 하다. 인도차이나의 쌀바구니인 메콩삼각주의 풍취를 물씬 풍기는 음식이다. 정작 먹을 때에는 이렇게 공을 들여 만든 풍선을 사정없이 가위로 잘라

쌀풍선을 튀기는 요리사.

쌀국수인 퍼를 전문적으로 파는 노천식당.

토막을 내 접시에 담는다. 한껏 부푼 쌀풍선이 비참하게 잘려져 접시에 담기면 마치 군은 인절미를 기름에 지졌을 때와 비슷한 맛이 난다.

먹는 이야기가 나왔으니 하나 더. 베트남의 전통음식 중에서 세계적으로 가장 많은 애호가들을 확보하고 있는 쌀국수 퍼(Pho)는 베트남의 서민들이 가장 즐겨 찾는 음식이다. 고급스러운 레스토랑에서도 길가의 노점식당에서도 쌀국수는 어김없이 메뉴의 한구석을 차지하거나 메뉴의 전부이다.

쌀국수 사리에 육수를 붓고 숙주와 야채를 따로 접시에 담아 내놓는 간단한 음식인 쌀국수는 집마다 골목마다 맛과 모양이 다르다. 지역별로도 달라 남과 북의 차이는 제법 큰 편이다.

쌀로 만든 국수는 베트남뿐 아니라 태국이나 라오스에서도 즐겨 먹는다. 쌀의 생산이 풍부하고 쌀을 주식으로 하니 쌀국수라는 음식이 탄생하는 것은 자연스러운 노릇이다. 남부의 쌀국수는 국물에 있어서만큼은 북부보다는 캄보디아식과 비슷하다. 캄보디아에서는 국물이 들어가는 요리 중 국물이 담백한 경우가 드물다. 아마도 기후차 때문일 것이다. 추운 지방의 음식이 더운 지방 음식에 비해 시원하고 담백한 것은 우리네 음식을 떠올려봐도 쉽게 알 수 있는 일이다. 게다가 남부는 그 전통이 비엣족의 문화에 있기보다는 크메르 쪽과 맞닿아 있어 그 영향이 알게 모르게 맛에 밴 탓이리라. 그 때문일까, 하노이 같은 곳에서는 남부의 쌀국수를 동류에 포함시키기를 꺼린다. 국물이 걸쭉한 편인 남부의 쌀국수는 베트남 전통의 쌀국수가 아니라는 주장이다. 굳이 따진다면 하노이 식도락가들의 항변이 전혀 근거없는 것은 아니다. 묘한 것은 남부. 예컨대 메콩삼각주 쪽에서는 북부의 쌀국수에 대해 이러쿵저러쿵 시비를 거는 일은 없다는 것이다. 시비는 대체로 북부지역을 여행할 때 접할 수 있다. 말하자면 '남부의 쌀국수가 쌀국수란 말인가'라는 식인데 자기 고장의 음식에 대한 자부심을 고려하더라도 어쩐지 그런 타박이 귀에 거슬리는 것은 남부와 북부 사이의 미묘한 역사적 긴장감을 연상시키기 때문일 것이다.

미토에서 아침에 먹은 쌀국수는 사골과 쇠고기를 우린 뜨거운 국물에 달걀 노른자도 하나 얹혀 있었다. 쌀국수는 이제 세계적으로 베트남을 대표하는 음식 중의 하나가 되었다. 밀가루로 만든 국수가 아니고 쌀로 만든 국수여서 한국이나 일본의 국수와도 다르고 조리된 야채가 아니라 생야채를 그대로 얹어 먹는 특이함 때문에 세계 식도락가들의 구미를 당겼을 것인데 쌀국수가 이렇게 세계적 음식이 된 계기는 아무래도 1970년대 말 남중국해를 떠돌았던 보트피플에서 찾아야 할 것이다. 오세아니아는 물론 유럽과 북미 등지로 퍼져나갔던 이들 난민은 베트남음식을 세계로 전파한 주역이 되었다. 우리에게 쌀국수와 베트남음식을 본격적으로 소개한 베트남인들도 한국이 받아들인 약간의 난민들이었으니 쌀국수를 세계적인 음식으로 만든 공은 누가 뭐래도 보트피플에게 돌아가야 하겠다.

팜응우라오의 사랑스러운 키취 ◉ ◉　　　팜응우라오의 호텔 하나를 잡아 여
장을 풀었다. 호텔에는 한 층에 객실
이 단 둘뿐이다. 나선형으로 오르는 계단을 사이에 두고 길가에 하나 그 맞
은편에 하나. 이렇게 턱없이 폭이 좁고 길이가 길면서 키만 멀뚱하게 큰 건
물은 호찌민에서는 흔히 볼 수 있다. 그 모양이 마치 장난감빌딩 같은데 건
물 외벽을 색색으로 단장해 앙증맞기 짝이 없다.

공산주의 베트남에서 땅은 모두 국가의 소유로 개인은 토지를 소유할 수
없다. 토지에 대해서는 임차권만 인정되고 건물에 한해서는 개인의 소유권
을 인정하고 있다. 그 결과 이렇게 호리호리한 건물들이 자주 눈에 띈다. 마
당 딸린 주택이 있었음 직한 대지에 건평을 늘리려다보니 잭의 콩나물처럼
위로위로 하늘을 향해 솟구친 것이다.

내가 묵은 호텔도 그런 건물 중 하나이다. 길이가 길어 앞뒤로 객실을 하
나씩 들일 수는 있지만 공연히 객실 수를 더 늘리려 복도를 두었다가는 사태
가 심각해지기 때문에 시원스럽게 길 쪽으로 하나 반대쪽으로 하나 두고 말
았다. 그 결과 방은 시원스럽게 큼직하다. 침대가 무려 세 개나 있다. 호텔
축에 들기는 하지만 일박 15달러짜리인데 여독을 푼다는 핑계로 스위트룸이
나 VIP룸에라도 든 기분이다. 예전에 팜응우라오에서는 이런 방을 공동객실
(dormitory)로 주로 운영했었는데 이제는 객실 하나로 내주고 있다. 공동객
실에 대한 수요가 준 것이다. 덕분에 이 침대에서 저 침대로 활개를 치며 구
를 수 있다. 침대에서 침대로 점프를 해보기도 한다. 아, 호연지기가 절로 되

살아난다.

시간은 오후 네 시가 되어 영락없는 자투리시간이다. 팜응우라오를 한바퀴 돌고 시장이나 다녀오면 딱 적당하다. 신까페(Sinh Cafe)에서 추억의 딸기셰이크. 예전에 머물 때에는 하루에 다섯 잔씩 마셔댔던 바로 그 딸기셰이크를 한 잔 거나하게 걸친 후에 어슬렁거리다보니 역시 눈에 띄는 것은 볼 때마다 추억이 새로운 팜응우라오만의 키취(Kitsch)화랑이다. 누가 공식적으로 키취화랑이라 이름 붙인 것은 아니다. 온갖 명화들을 모사하여 판매하는 화랑들인데 장선우(張善宇)의 좀 짜증스러운 키취에 비하면 정통 키취의 현장으로 나는 팜응우라오에서 이곳을 가장 사랑한다. 보라, 고흐(V. van Gogh)의 「해바라기」. 불타오르기보다는 천박하기만 한 황색과 고흐의 정열이 묻어나는 터치가 아닌 고단함과 짜증스러움이 여실히 배어 있는 붓의 터치가 난무하는 「팜응우라오의 해바라기」. 아니면 팜응우라오판(版) 밀레(J. F. Millet)의 「만종」이거나 르누아르(A. Renoir)의 「피아노 치는 소녀」, 그도 아니면 삐까쏘(P.R. y Picasso)의 「아비뇽의 처녀」이거나 렘브란트(H. van R. Rembrandt)의 「야경」, 다빈치(L. da Vinci)의 「모나리자」에 이르기까지 당신의 서양미술사 상식에 들어 있는 아니, 당신도 알지 못하는 명화들이 팜응우라오판으로 생생하게 되살아나는 현장인 것이다. 더욱 나를 즐겁게 하는 것은 주문생산도 얼마든지 가능하다는 점이다. 이 화랑들의 어느 구석에서도 찾을 수 없는 명화가 있다면 벗이여, 주저 말고 주인에게 청하도록 하라, 내가 그랬듯이.

"디에고 리베라(Diego Rivera)의 벽화를 유화로 그려줄 수 있겠습니까?"

"그게 대체 어떤 놈이요?"

"………"

리베라를 설명하기가 난감하여 잠시 멈칫하는 내게 쉰은 넘었을 주인은

디에고 리베라가 교육부 청사에 그린 벽화 「싼따아니따운하의 슬픈 금요일」.

두툼한 종이뭉치를 내밀었다. 때와 물감에 절고 전 그 뭉치는 그만의 노하우가 담긴 거대한 컬렉션(collection)이었다. 어느 화첩에서 뜯어낸 것으로 보이는 사진과 잡지에서 오려낸 사진, 포스터를 접어놓은 것, 그도 아니면 폴라로이드카메라로 찍은 사진까지 그 자료들의 두께는 이미 20cm에 가까웠다. 나는 눈을 번뜩이며 그 자료들 사이를 헤엄쳐 그 밑바닥 어딘가에서 디에고 리베라가 교육부 청사인 듯한 건물에 그렸던 벽화사진 한 장을 찾아냈고 떨리는 손으로 그 조막만 한 사진을 주인에게 내밀었다. 그는 돋보기안경을 꺼내 코 위에 걸치고는 그 작은 벽화사진을 이리저리 훑어보더니 고개를 끄덕였다.

"언제 필요하시우?"

"……저는 내일 떠납니다."

나의 대답에 그는 돋보기안경을 천천히 벗어 윗주머니에 넣고는 고개를 들어 나지막한 소리로 내게 말했다.

"내일 아침까지 해달라면 해줄 수는 있소만 그리 해서는 작품이 제대로 나올 수가 없수. 보시오. 사진이 너무 작고 그림이 너무 복잡하우. 그리고 당신이 리베라라고 말했던 이 친구도 만만한 친구는 아니구려. 나도 당신도 좋아할 수 있는 그림을 만들 수 있는 시간이 아니우."

그의 대답은 완곡한 거절이었다. 나는 숙연한 마음으로 고개를 끄덕이고 그에게 마음 깊숙한 곳에서 우러나오는 인사를 남기고는 화랑을 빠져나왔다. 문 앞에서 고개를 돌려 화랑 안을 보니 그는 한구석에서 내가 오기 전까지 그리던 뭉크(E. Munch)의 「절규」에 다시 몰두하고 있었다. 멕시코의 민중벽화운동을 주도해 수많은 공공건물의 벽에 대규모의 작품을 남긴 디에고 리베라. 따라서 어차피 사진이거나 모사한 것으로 지닐 수밖에 없는 그의 벽화 한 점을 유화로 베껴보려고 들렀던 팜응우라오의 화랑에서 득도의 경지에 오른 한 키취예술가를 만났던 것이다.

그때 그 화랑은 내가 묵은 호텔에서 불과 몇집 떨어져 있지 않았는데 지금 그곳은 여행사가 되었고 화랑은 오간데 없다. 대신 들른 몇군데의 화랑에는 그때의 그만큼 나이든 주인이 보이지 않는다. 모두 젊은 아이들이다. 어쩐지 화랑에 걸린 그림들과 그들에게서는 열정과 진지함이 엿보이지 않는다. 내가 지레 그리 생각하는 것인가.

팜응우라오도 많이 변했다. 몇년째 공사로 이가 갈리는 소음을 토해내던 팜응우라오 맞은편에도 이제 건설이 끝나 보기 좋고 푸른 공원이 생겼다. 구역도 확장되어 팜응우라오 뒷길인 부이비엔(Bui Viên)길에도 음식점들과 여행사들이 즐비하다. 세상만사 변하는 것이지만 변하지 않았으면 하는 것이 있을 것인데 팜응우라오의 키취화랑이 그렇다.

팜응우라오를 빠져나와 쩐응웬한(Trân Nguen Han)의 동상을 끼고 돌아 벤탄(Bên Thanh)시장 쪽으로 걷는다. 우리네 동대문시장이나 남대문시장과 크게 다를 것 없는 시장이다. 대로변의 상점에서는 전쟁기념품을 팔기도 한다. 탄피나 군용나침반, 지포(Zippo)라이터, 군표 따위인데 베트남전쟁 당시

두 명의 소년이 베트남전쟁에서 사용된 총탄을 사라며 들이민다. ⓒ로이터-뉴시스

의 물건이라고 주장하지만 대개는 관광상품용으로 변조(?)되거나 생산된 것들이어서 이 방면으로 관심을 둔 사람일지라도 별 흥미를 가지기는 어렵다. 오히려 탄피, 볼베어링, 쇳조각 등을 사용해 오토바이며 자동차를 만들어놓은 금속공예품이 더 눈길을 끄는데 물론 수공예품으로 손재주가 보통은 넘는다.

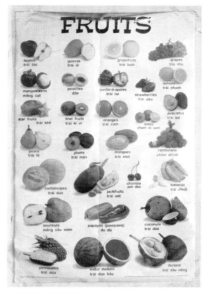

팜응우라오의 한 음식점 벽에 붙어 있던 베트남 과일 도해(圖解).

벤탄시장 뒷길의 과일가게에서 람부탄(rambutan)과 롱간(longan) 그리고 망고(mango) 몇알을 샀다. 난신 것은 딱 질색이어서 과일을 탐하는 편은 아닌데 동남아시아에서는 제법 과일에 손을 댄다. 아열대과일이란 게 달콤한 것들이 대부분이고 또 입이 짧아 어딜 가나 볶음밥 아니면 튀김닭 그리고 달걀에만 손을 대다보니 입맛을 돋우기에는 과일이 제격이어서 그렇기도 하다.

아열대과일의 왕으로는 대개 두리안(durian)을 쳐주는데 여왕에 대해서는 설이 분분하다. 망고라는 사람, 망고스틴(mangosteen)이라는 사람, 파파야(papaya)라는 사람, 잭프루트(jack fruit)라는 사람 등이 설전을 벌인다. 하지만 이게 다 쓸데없는 말다툼이다. 두리안이 왕이 된 것은 가장 비싸기 때문이다. 만약 두리안이 망고처럼 흔하고 값싼 과일이었다면 누가 두리안에게 '과일의 왕'이라는 헌사를 바쳤겠는가. 따라서 과일의 여왕은 계절에 따라 좀 달라지겠지만 망고스틴이라고 보는 것이 마땅하다. 망고나 파파야보다는 비싸니까. 이렇게 말하면 나의 썰렁함과 운치없음이 사방의 논전을 제압하고도 남으리라 본다. 너무 타박하지 마시라. 과일의 왕과 여왕은 다 먹는 사람들이 정하는 것이다. 값의 높고 낮음이 무슨 상관이랴.

그 맛에 대하여 말해보자. 두리안은 이미 그 명성에 걸맞게 그 고약한 냄새와 독특한 맛에 대해서도 잘 알려져 있을 터인데 두세번 먹다보면 눈앞에 삼삼하게 아른거린다. 톡 쏘는 맛이 있으며 육질이 제대로 된 것은 탄력이 있는데 딴 지 오래된 것은 흐물흐물한데다 냄새도 강하다. 처음 먹는 사람들에게 이런 게 걸렸으면 제대로 걸린 것이다. 물론 홍어회만은 못하지만. 베트남에서는 쫌쫌(Chôm Chôm)이라 불리는 람부탄과 중국인들이 즐겨 먹는 롱간은 하나는 털이 숭숭하고 다른 하나는 민대가리 꼴이지만 육질과 즙의 맛으로 말하자면 사촌격이다. 육질은 비교적 쫀쫀하고 즙은 달달하다. 열매의 크기는 어릴 적 물고 다니던 왕사탕만하다.

그리고 흔하고 흔해 쳐주지도 않는 망고와 바나나. 바나나에 대해서는 무슨 말을 더 할까만 예전에는 소풍이나 가야 한번쯤 먹어볼 수 있는 귀하고도 귀한 열대과일의 왕 아니었던가. 동남아에서는 구워먹는 일이 많으니 숯불에 노릇하고 시커멓게 구워진 바나나는 군고구마와 맛이 흡사하다. 원래 고구마와 바나나는 그 성분이 오십보백보라 한다. 바나나 중에서도 원숭이의 그것만하다고 해서 몽키바나나라고 불리는 손가락 크기의 바나나는 육질이 좀더 질기고 당도가 높다.

망고 얘기. 망고가 왜 그리 흔한가 하면 망고나무가 천지에 널려 있기 때문이다. 꼭지가 제 몸통 길이의 두서너배가 되는 탓에 가지에 걸려 있으면 과일을 보는 것이 아니라 대추나무에 걸린 연을 보는 느낌인 망고는 우리네 감나무나 대추나무, 그도 아니면 밤나무처럼 농가 마당에 턱하니 자리잡고 있는 대표적인 농가 과실수이다. 게다가 열리기는 또 왜 그리 많이도 열리는

지 따지 않고 내버려둔 망고를 보고 있으면 밤하늘의 별을 보는 기분이다. 망고는 길쭉한 편인데 씨 또한 큼직하게 길쭉하고 과육이 씨에 죽고살기로 붙어 있어 이빨을 세우고 긁어먹는 기분으로 먹지 않으면 낭비가 심하다. 맛은 잘 걸리면 입안에 침이 좌악 돌 만큼 달콤하지만 설익은 것이 걸리면 시큼하다.

　망고와 바나나만큼 흔한 야자열매. 야자나무는 망고나무보다 더 흔하게 널려 있다. 키가 좀 작은 것도 있고 큰 것도 있지만 대개는 최소한 5m는 넘고 10m에 육박한다. 잎은 꼭대기에 달리고 열매 또한 꼭대기에 달려 저절로 떨어지기를 기다리지 않을 양이면 기어올라가 칼로 쳐서 따야 한다. 야자나무에 잘 오르는 아이를 원숭이 같다고 하는데 필리핀에서는 실제로 원숭이를 훈련시켜 야자열매를 딴 적도 있다고 한다. 야자열매를 따러 나무꼭대기에 올라갔을 때는 거기 서식하는 개미를 조심해야 한다. 손톱만한 붉은개미에 물리면 1m는 허공에 뜰 만큼 짜릿하게 아파서 자칫하면 나무에서 떨어질 수도 있다. 야자는 다른 과일들과 달리 과육이랄 것이 없고 무지하게 단단한 껍질을 쪼갠 후 그 안의 즙을 마시고 껍질 안쪽의 백색 섬유질을 긁어먹는다. 즙의 맛은 그저 밍밍하지만 갈증을 해소하기에는 그만이며 물과 비교하면 짭짤달달하기 때문에 생수 먹는 기분과는 비교할 수 없다. 야자는 크기가 제각기인데 큰 것은 한번에 다 마시기 어려워 나눠 마셔야 할 만큼 즙이 많이 들었다. 야자의 뚜껑을 따내는 데에는 숙련된 기술이 필요하다. 반드시 서너번 만에는 열어야 한다. 야자를 열 때에는 물론 안의 즙이 새지 않도록 해야 한다. 이것이 기술의 요체이다. 시장에 나온 야자 중에는 색깔이 허옇고 위는 삼각형이요 아래는 원형이고 바닥은 밋밋한 게 있는데 이것은 야자를 선반에 걸고 돌려 깎아낸 것이다. 다 먹고 난 야자통은 여러가지 용도로 쓰는데 대표적으로는 밥그릇·국그릇·반찬그릇·컵 등의 공예품을 만들며 그중에는 옻칠까지 해놓은 상품(上品) 중의 상품도 있다.

다음으로는 종려(棕櫚)가 있다. 팜트리(palm tree)라고도 불리는 종려나무

어른의 주먹만 한 종려열매.

는 특히 캄보디아에서 자라는 것이 제격인데 로스앤젤레스나 마이애미 따위에서 꺼덕이는 종려나무와는 그 품격이 다르다. 종려나무 열매는 색깔이 검고 언뜻 보면 망고스틴 같은데 아주 다른 과일이다. 이것을 까면 백색의 반투명한 육질이

나와 람부탄이나 롱간과도 같은데 맛은 한마디로 밍밍하여 야자의 즙과 매한가지라고 할 수 있다. 또한 육질은 흐물흐물한 편이다. 큰 것은 어른 주먹보다 조금 크고 작은 것은 망고스틴만 하다. 야자를 수통으로 들고 다니기가 어려우면 종려를 들고 다니는 것도 생활의 지혜이다. 게다가 이것은 과육이 있어 섬유질을 섭취할 수 있으니 야자보다 낫다고 할 수 있다. 종려나무 열매는 그리 흔하지는 않다. 그 이유를 추측해보건대 종려나무는 대개 키가 10m를 웃돌고 20~30m까지 가는 것들이 많아 열매 따기가 제법 위험하다. 그렇다고 해서 값을 비싸게 받을 수도 없는 과일이 종려이니 흔하지 않을 것이다.

그리고 파인애플. 바나나와 더불어 온대지방에서 보기에는 아열대과일의 대표선수 중 하나이나. 파인애플은 애플처럼 나무에 열리는 것도 아닌 풀의 일종이다. 무와 비슷한데 뿌리는 아니고 엄연한 열매이다. 열매의 껍질은 거

북등이나 솔방울 같은데 격자 하나가 과일 하나에 해당한다. 그 맛은 시큼하고 달콤하다. 과육이 은근히 거칠어 주둥이를 박고 험하게 먹다보면 입술과 그 주변이 몹시 아리다.

잭프루트. 바라밀이라고도 불리는 잭프루트는 언뜻 보면 두리안과 비슷하고 과육도 그 색깔과 모양이 두리안과 엇비슷하여 초보자들은 이것을 먹고 두리안을 먹었다고 큰소리를 치기도 한다. 잭프루트 열매는 뾰족뾰족한 돌기가 솟아 있는 두리안과 달리 그저 두둘두둘할 뿐이고 역한 냄새가 없다. 과육은 가로로 죽죽 찢어지는 느낌을 주고 끈적끈적하며 달콤하지만 강하지 않다. 씹히는 맛은 제법 졸깃하다. 또 두리안보다 크기가 크고 긴 편이다. 잭프루트도 농가에서 흔히 볼 수 있는 과실수 중 하나이다. 망고처럼 가지가 무성하고 잎이 많아 자랄수록 넉넉한 그늘을 제공한다.

또 별과일(star fruit). 단면이 마치 별처럼 삐죽삐죽한 이 놈은 아사삭아사삭하는 맛에 씹는다. 씹으면 물이 흠뻑 배어나 갈증을 가시기에는 그만이다. 씹을 때에는 밍밍하지만 고소한 뒷맛이 남는 게 특징이다.

마지막으로는 수박과 사과, 배, 딸기. 특별히 할 말은 없지만 이것들은 우리 기후에서 나는 것이 제격이라는 것만 밝힌다. 수박은 큰 것이 없고 길쭉한 게 많으며 당도가 별로 높지 않다. 사과는 수입품이 판을 치는데 크기는 갓난아이 주먹만하고 맛은 푸석푸석하기 이를 데 없다. 배는 옹색하기 짝이 없어 더 말할 것이 없고 딸기는 그저 비슷비슷하여 딸기셰이크를 만들어먹는 데에는 하자가 없다.

벤탄시장 뒷길의 과일가게에서 산 망고의 맛이 아주 그만이어서 과일에 대한 이야기를 떠들었더니 제법 장황해졌다. 호찌민의 밤은 이렇게 저물어가고 있다. 과일은 감칠맛을 내고 에어컨은 씽씽 돌아 소름까지 돋을 지경이니 어디선가 시베리아의 자작나무가 자작자작 소리를 내며 흔들리는 듯하다. 내일은 아침에 꾸찌터널로 간다.

꾸찌터널과 악몽 ◉ ◉

꾸찌는 목바이에서 오던 길을 다시 돌아가는 길에 있다. 목바이에서 호찌민으로 들어올 때에 이미 나는 꾸찌라는 표지판을 보았다. 아주 잠깐이었지만 등줄기가 오싹해지는 느낌에 몸을 떨었고 그 느낌에서 도망치기 위해 서둘러 시선을 돌려야 했다.

처음 꾸찌터널에 들어갔던 때를 기억한다. 관광객들이 찾는 두 개의 터널 중 하나인 벤즈억(Bến Dược)이었다. 40대 초반의 가이드는 어디서 배웠는지 한국어를 흠 없이 구사했다. 입구의 비디오상영실에서부터 가이드를 맡은 그는 어느 터널의 입구에서 터널의 구조와 길이에 대해 담담하게 설명하고 있었다. 터널은 사이공강까지 뚫려 있으며 전사들은 이곳에서 2km나 떨어진 사이공강을 왕래했다고 했다. 그러면서 말했다.

"여러분들 같으면 이 터널로 2km를 갈 수 있겠어요?"

그 말을 건네면서도 그는 별 표정이 없었고 나 또한 무심코 대답했다.

"필요하다면."

내 대답을 귓전으로 흘리지 않은 그의 표정이 아주 잠깐이었지만 묘하게 일그러졌다. 그리고 그는 말했다.

"따라와."

거의 반말투였다. 그에게는 외국어이기 때문이라고 생각했지만 별로 좋은 기분은 아니었다. 나와 함께 있던 두 명의 한국인은 그의 제안에 고개를 흔들었다. 한 명은 이미 다녀온 듯했고 다른 한 명은 50대였기 때문에 동행인

다른 사내가 만류했다. 결국 나만이 그를 따라 터널로 내려갔고 그것은 아마도 그가 바라던 것이었다.

벤딘의 꾸찌터널.

길이는 100m였다. 그는 성큼성큼 허리를 굽히고 앞장서 걸어갔다. 엉거주춤 허리를 90도로 굽히고 힘겹게 그를 따라가던 내 앞에서 그는 곧 사라졌고 희미한 백열전구가 띄엄띄엄 불을 밝힌 어두운 터널에서 어느 순간 나는 혼자 남겨졌다. 끔찍한 공포가 온몸을 덮쳤다. 그만 주저앉아 울어버릴 만큼 극심한 공포였다. 그럴 리가 없지만 영영 이곳에서 나가지 못할지도 모른다는 터무니없는 절망감과 금세라도 무너져내릴 것만 같은 좁디좁은 터널의 어둠속에서 나는 사정없이 후들거리는 다리를 부여잡고 사라진 그의 흔적을 쫓아 걸음을 옮겼다. 온몸은 금세 식은땀으로 젖어들었고 땀에 젖은 바지가 허벅지와 종아리를 붙들고 늘어져 걸음은 계속 엉켜들었다. 그리고 앞에 두 갈래 터널이 나타났다. 나는 힘이 빠진 허벅지를 부여잡고 그만 주저앉았다. 얼마가 지났을까, 그가 되돌아와 나를 일으켰다. 그는 말없이 다시 되돌아 이번에는 천천히 앞장서 걸어갔다. 나는 그렇게 100m의 나머지 절반쯤을 얼이 빠진 상태에서 빠져나왔다. 햇볕이 새어 들어오는 출구를 보았을 때에도 나는 제정신이 아니었다.

벤즈억의 그 100m짜리 터널은 관광객을 위하여 원래 크기의 두 배로 넓혀 놓은 터널이었다. 또 하나의 꾸찌터널인 벤딘(Bên Dinh)터널에서 아직 손을

서양인의 몸집으로는 출입할 수 없는 꾸찌터널의 입구.

대지 않은 원래 크기의 터널을 확인했다. 그것은 벌레처럼 기지 않으면 움직일 수조차 없는 '구멍'이었다. 나는 벤즈억에서 나를 덮쳤던 공포를 이해할 수 없었다. 나는 벤즈억에서 나를 끌고 들어가 제멋대로 사라졌던 가이드사내를 증오했다. 터널을 빠져나와 내가 느꼈던 것은 한없는 모멸감이었다. 나는 벤딘에서 다시 터널에 들어가기를 청했고 벤즈억의 사내보다 스무살은 젊어 보이는 벤딘의 가이드는 사람 좋은 웃음을 지으며 나를 임산부들을 위해 뚫었다는 터널로 안내했다. 벤즈억에서는 90도이기는 했어도 허리만 굽혔지만 이번에는 속절없이 오리걸음을 걸어야 했다. 가이드는 친절하게 내 앞에서 손전등을 들고 내 발밑을 비추어주면서 내 걸음에 맞추어 천천히 걸었다. 빌어먹을. 나는 다시 견딜 수 없는 공포에 시달렸다. 영영 이곳에서 나갈 수 없을 것만 같은 공포, 터널이 금세라도 무너져내릴 것만 같은 공포. 숨은 두 배 세 배로 거칠어졌다. 그것은 죽음에 직면한 공포보다 그닥 나을 것도 없는 공포였다. 다시 그 지옥 같은 터널을 빠져나와 내 얼굴에 쏟아지던 따가운 햇살 아래에서 나는 벤즈억의 그 사내가 내게 건넨 무언의 의미를 깨달았다. 그건 필요하다고 해서 할 수 있는 일이 아니었다. 해야 한다고 해서 할 수 있는 일이 아니었다. 나는 벤딘의 젊은 기이드에게서 얼굴을 돌리고 무거워진 눈시울을 눌러 억지로 울음을 참았다.

그것은 인간이 죽음이라는 극한의 공포에 몰렸을 때에만 어쩌지 못하고서야 할 수 있는 일이었다. 벤딘의 앙상한 나뭇가지 사이를 뚫고 내리꽂히던 따가운 햇살 아래 나는 오한을 참지 못하고 사시나무처럼 떨며 진저리를 쳤다.

우리는 베트남전쟁에서 그들이 승리했다는 사실만을 기억하고 싶을 뿐이지 꾸찌의 인민들이 전쟁에서 겪어야 했던 끔찍한 고통과 비극에 대해서는 눈을 감고 있는지도 모른다. 미군 폭격기들이 네이팜탄을 쏟아붓던 이 지역은 풀 한포기 제대로 자라지 못하는 황무지로 변했다. 그 폭격에서 살아남아 미국과 싸우기 위해 그들은 터널을 파고 어둡고 습한 땅 밑으로 숨어들어야 했다.

나는 비무장지대(DMZ)의 빈목(Vinh Môc)터널에도 다녀왔지만 빈목터널은 사람이 서서 걸어갈 수 있는 터널이었다. 내 조국의 상처인 철원의 땅굴은 사람이 서고도 남을 만한 크기였다. 꾸찌는 남베트남에서 싸워야 했던 민족해방전선의 극악한 현실을 그대로 웅변하고 있었다. 꾸찌의 게릴라들은 터널을 크게 팔 수 없었다. 꾸찌터널은 호찌민에서 불과 50km밖에 떨어지지 않은 곳에 존재했다. 미군과 남베트남정부군은 수시로 이 지역을 수색할 수 있었다. 꾸찌의 게릴라들은 미군이 침입할 수 없는 터널을 뚫어야 했고 겨우 자신들이 벌레처럼 기어서나 통과할 수 있는 터널을 뚫어야 했다.

꾸찌는 전쟁이라는 광기의 신이 만든 지옥이었다. 1만 6천명의 전사들 중에서 고작 6천명이 살아남았다. 베트남인들이 다른 민족보다 더 강한 민족인지는 모르겠지만 꾸찌에서 그들이 버티고 감내해야 했던 전쟁은 꾸찌를 지옥이라고밖에는 달리 말할 수 없는 극한을 넘어선 땅으로 만들었던 것이다.

벤즈억과 벤딘을 다녀온 그날 밤 나는 호찌민의 호텔에서 악몽에 시달려야 했다.

팜응우라오를 출발한 꾸찌 투어버스는 한 시간이 지나서야 벤딘에 도착했다. 벤딘은 4년 전에 비하면 아주 깔끔하게 단장되었다. 비디오영사실에서는 4년 전에도 보았던 다큐멘터리를 여전히 상영하고 있었다. 1960년대에 북베트남이 만든 필름이다. 낡은 흑백필름 속 꾸찌의 전사들은 명랑했고 용맹스러웠다. 꾸찌지역에 대한 미군의 본격적인 폭격은 1960년대 말부터 시작되었다.

다시 찾은 꾸찌의 벤딘터널에서 나는 30m를 들어갔다가 지상으로 나오는 통로를 찾아 혼자 기어나왔다. 여전히 참을 수 없는 두려움으로 심장은 터질 것만 같았고 힘이 풀린 다리는 걷잡을 수 없이 후들후들 떨려왔다. 30m마다 출구가 있다는 사실을 알고 있었지만 영영 그 출구가 나오지 않을 것 같은 공포감은 지상으로 나올 때까지 사라지지 않았다.

꾸찌의 터널은 제2차 인도차이나전쟁이 아니라 제1차 인도차이나전쟁부터 시작되었다. 1948년 만들어진 1차 터널과 1966년 이후 만들어진 2차 터널은 광대한 지역의 지하를 거미줄처럼 연결하고 있으며 남베트남의 수도인 사이공을 압박하는 배후의 게릴라 근거지이기도 했다. 그 때문에 이 지역은 미군이 벌인 맹폭의 제물이 되어야 했을 것이다. 터널은 B-52의 폭격에서 안전한 지대는 아니었다. 폭격은 지하 3층, 곧 8~10m 깊이까지 파내려간 터널의 지하 2층까지 파괴할 수 있었으며 꾸찌지역에서 숨겨간 게릴라들 중 일부는 이런 폭격으로 무너진 터널과 함께 암매장되어야 했다.

벤즈억의 터널방문지 근처 꾸찌전쟁박물관의 중앙에는 거대한 호찌민 흉상이 세워져 있고 삼면의 벽에는 꾸찌에서 죽어간 전사들의 이름이 새겨져 있다. 1만여명의 이름이 새겨진 이 벽 앞에 서면 소름이 끼친다. 그 수많은 인간들 히니히니의 목숨이 어떻게 스러져갔는지를 생각하면. 꾸찌에서 게릴라들이 어떻게 미군이라는 강대한 적과 맞서 싸웠는지를 듣고 보면서 감탄하기가 끝없이 죄스러워지는 것도 그 때문일 것이다.

꾸찌가 남긴 것은 미군과 싸워 이긴 용맹스러운 전사들의 영웅적인 활약과 초인적인 의지가 아니라 전쟁이라는 참극과 맞서야 했던 인간들의 비명과 고통, 공포와 절망이 밴 터널의 끝없이 이어진 바닥과 벽이었다.

벤딘터널 방문코스 중간에는 이전에는 없던 슈팅레인지가 들어섰다. 전쟁중에 사용된 총기가 전시되어 있고 원한다면 탄알 하나에 1달러를 지불하고 직접 사격해볼 수 있다. 슈팅레인지뿐 아니라 코스 전체가 예전보다 깔끔하게 단장되었고 기념품과 뱀술들을 판매하는 휴식처가 생겼다. 어쩔 수 없이 벤딘도 관광상품으로 탈바꿈하고 있는 것이다. 그러나 전쟁의 참극을 되새기게 하는 장소에서 관광객들에게 총을 쏴보도록 하는 것만큼은 받아들이기에 편치 않다.

벤딘의 꾸찌터널 한구석에 세워놓은 민족해방전선 게릴라의 마네킹.

한때의 적이 사용한 구식기관총으로 사격에 나선 베트남전 참전 미국인.

꾸찌터널에서 돌아오는 길에 버스는 길가의 고무나무농장 앞에 잠시 멈추었다. 나무들은 젊고 푸르다. 수령이 10~20년 남짓한 나무들이다. 꾸찌의 땅 위에서 자라는 나무들은 전쟁이 끝난 후에야 비로소 심어진 것이다. 나무들

뿐만 아니라 이 땅 위에서 살아 숨쉬는 모든 것들은 전쟁 후에야 비로소 존재할 수 있게 되었을 것이다.

전쟁과 평화 ◉ ◉   꾸찌를 떠나 호찌민으로 돌아온 것은 오후 2시경. 팜응우라오로 돌아가는 길에 버스는 전쟁유물박물관을 지나쳤고 나는 그 앞에서 내려달라고 했다. 도시 전체가 한산해지는 씨에스터(siesta)가 막 지나서인지 박물관은 때맞춰 문을 열고 있었다. 횡단보도를 건너기 전에 보니 박물관 안쪽에 얼기설기 세워놓은 비계가 어지러운 신축공사중인 건물이 눈에 띈다. 마치 콘센트막사와 같았던 전시관건물들이 이제는 제대로 된 건물로 바뀔 모양이다.

한때 미국정보관(US Information Service Building)이기도 했던 이 박물관은 미국 관광객들의 편의(?)를 위해 이름을 전쟁범죄박물관에서 전쟁유물박물관으로 바꾸었다. 물론 이름을 바꾸었다고 해서 내용을 바꾼 것은 아니기 때문에 박물관의 모든 전시관들은 미국의 전쟁범죄를 상기시키는 전시물들로 가득 차 있다. 미군의 민간인 학살, 화학전, 베트콩 포로에 대한 고문, 폭격현장을 담은 사진자료들은 역설적이게도 그 대부분이 미국인 사진기자들이 찍고 폭로한 것이다. 한때 미국인들을 분노와 수치에 떨게 하고 또 그들을 반전운동의 대열에 서게 했던, 내 눈에도 익숙한 사진들이다.

눈에 띄는 사진은 네이팜탄을 투하한 폭격기에서 찍은 것으로 조종사의 헬멧 아래로 이제 막 네이팜탄의 붉은 화염이 검은 연기와 뒤섞여 지상의 모든 것들을 삼킨 후 허공으로 뭉게구름처럼 피어오르는 장면이다. 마치 화염이 사진에서 튀어나와 눈앞에서 퍼지는 것처럼 생생하게 느껴지는 것은 이제 막 꾸찌를 다녀온 때문인지도 모르겠다.

뒷모습을 보이는 폭격기 조종사. 매일처럼 반복되는 폭격에 동원되어 또 한 번의 폭탄 투하버튼을 눌렀을 그에게는 아무런 죄의식도 남아 있지 않았을 것이다. 자신이 떨어뜨린 화염의 불지옥 속에서 한줌 재로 변해버려야 했을 생명이 있었을 것인데.

다른 전시관의 다른 사진. 미라이(My Lai) 양민학살. 평범한 논을 사이에 둔 길에 아이와 어른, 여자와 남자 들이 차곡차곡 포개져 누워 있다. 홍건한 핏자국과 흉하게 일그러진 얼굴이 아니라면 마치 오수(午睡)

미라이에서 벌어진 양민학살 현장.

라도 즐기려 누워 있는 것으로 착각했을지도 모르겠다. 크게 팔을 벌리고 하늘을 향해 누운 어린아이의 모습이 섬뜩하다. 어찌어찌 세상에 폭로가 되어 베트남에서 자행된 미군의 양민학살을 대표하게 된 미라이 양민학살은 1968년 3월에 벌어졌고 504명의 양민이 목숨을 잃었다. 이 학살을 지휘했던 미군 중위 윌리엄 켈리(William Kelly)는 군법회의에 회부되었고 종신형을 언도받았다. 그는 무고하지는 않았지만 의심할 바 없이 이 폭로된 만행을 무마하기 위한 희생양이었다. 책임져야 할 범죄자들은 더 높은 곳에 있었다. 종신형을 언도받아야 할 범죄자들은 대통령 존슨(L. B. Johnson)과 닉슨(R. M. Nixon)을 비롯한 위정자와 미국의 군산복합체였다. 물론 그들은 책임지지 않았다.

전쟁범죄자들에게 책임을 묻고 나선 것은 세계의 민중들이었다. 박물관의 한 전시관은 전세계의 민중들이 전쟁에 반대해 일어선 기록들을 사진과 포스터 그리고 기록들로 보여준다. 유럽과 아시아, 아프리카, 라틴아메리카 그리고 미국에서 벌어진 대대적인 반전운동은 결국 제2차 세계대전 후 세계의 괴물로 등장한 미 제국주의를 궁지에 몰아넣었다.

베트남에서 전쟁의 총성이 멈춘 지 30여년. 베트남전쟁은 이렇게 박물관에서 잠자고 있지만 전쟁이란 광기의 괴물은 여전히 살아 지구의 구석구석을 피와 불로 물들이고 있다. 오늘은 이라크이지만 내일은 또 어디가 될지 알 수 없다.

박물관 뜰의 나무 아래에 있는 돌의자에 앉은 나는 턱없이 지쳐 있었다. 이제 막 중천을 비껴났지만 여전히 불화살 같은 볕을 천지에 뿌리는 태양과 온통 달구어진 공기는 손바닥만한 나무그늘로는 피할 수 없었다. 이 지랄 같은 날씨 때문에 지친 것이라고 나는 생각하고 있었다. 넋을 잃고 물끄러미 박물관의 입구 쪽을 바라보고 있을 때 한무리의 베트남 젊은이들이 재재거

호찌민 전쟁유물박물관 입구 왼쪽의 벽화.

리며 들어섰다. 모두들 환한 얼굴이었다. 입구에서 나누어준 팸플릿들을 하나씩 손에 들고 그들은 즐겁고 명랑한 얼굴로 범죄의 음습한 그늘 속으로 걸어들어왔다. 묘한 느낌이었다. 그들 뒤로 평화를 상징하는 비둘기가 그려진 벽화가 보였다. 두 손 중 하나는 전쟁을 누르고 다른 하나는 비둘기를 받들고 있는 벽화였다. 그렇게 전쟁과 평화는 양립할 수 없는 것이었다. 하나가 눌리면 다

른 하나가 서게 되는 그런.

그러니 진실은 얼마나 간단한가. 평화를 지키면 전쟁은 사라질 것이고 전쟁을 반대하면 평화는 지켜질 것이다. 나는 자리에서 일어났다. 젊은이들은 나를 지나쳐 전시관으로 걸어들어갔다. 한바탕 밝은 웃음이 더운 공기를 다시 가볍게 흔들었다.

박물관 옆 미술관 ◐ ◑ 호찌민에서의 마지막 날. 껀토에서 들르지 못했던 호찌민박물관을 다녀왔다. 거리는 오토바이와 자동차들 그리고 인파로 정신이 없다. 사람들은 저마다 바쁘게 어디론가로 가고 또 온다. 모두 이유가 있어서 저리 바쁠 것이다. 배낭여행자들의 거리인 팜응우라오는 사스 때문인지 좀 한산한 편이다. 그러나 관광산업만이 베

오토바이로 물결치는 호찌민 시내.

트남의 오늘을 지탱한다고 할 수는 없으니 팜응우라오가 한산하다고 해서 호찌민 전체가 울상을 지을 리도 없다.

1986년의 도이머이 이후 호찌민은 베트남에서 가장 바쁘게 변화하는 도시가 되었다. 호찌민의 활력은 도이머이 이후 시장경제의 폭넓은 도입에 따른 경제적 활력으로 설명할 수 있을 것이다. 공산주의체제가 시장경제를 도입하는 새로운 실험이 얼마나 많은 문제를 야기하는지는 별로 새로운 이야깃거리도 아니다. 호찌민 곳곳에 수없이 나붙은 포스터들 중에 에이즈와 마약의 위험성을 경고하는 내용이 흔한 것도, 거리에서 걸인들이 손을 벌리는 것도, 로또가 판을 치는 것도, 사람들의 표정이 더욱 각박하게 바뀌는 것도 모두 그것과 무관할 리 없다.

껀토에서도 미토에서도 그랬지만 호찌민에서도 거리를 걷다보면 어린아

베트남과 복권, 그 기묘한 조합을 보여주는 복권판매상.

이들이 달려와 소매를 붙잡고 복권을 내민다. 써소끼엔띠엣(XSKT)이라는 이름의 복권이다. 당첨금은 5천만동(VND), 우리 돈으로는 400만원에 불과해 베트남 사람들에게도 인생을 역전시킬 만한 금액은 아닌데 어디서나 복권이 넘쳐 흘러

난다. 복권은 판매액의 50%를 국가가 챙기는 국영사업이다. 아이들이 치근거리며 복권을 파는 이유도 20%쯤의 마진을 챙기기 때문이다. 복권을 파는 공산주의국가와 그 복권에 꿈을 거는 국민들. 체제는 도대체 어떻게 유지되는 것일까. 어쩔 수 없이 고개가 갸웃 돌아간다.

호찌민으로 흐르는 지천(支川)에 놓인 다리를 건너자 왼편으로 사이공강 변에 우뚝 서 있는 호찌민박물관이 나타난다. 1962년에 지은 프랑스 선박회사의 건물이었는데, 건물의 외벽은 새로 칠한 것처럼 보이고 보수공사중인지 뜰에는 인부들이 오가고 있다. 계단을 오르면 오른쪽에는 호찌민의 위패를 모신 작은 방이 있다. 마침 누군가 향을 올리고 절을 하는데 또 한 사람은 그 모습을 사진기로 담고 있다.

박물관에 전시된 것들은 대개 호찌민 생전의 사진자료들이다. 2층의 한 전시관에서는 한 무리의 단체관람객들이 호찌민의 금빛 동상 아래 모여 기념사진을 찍고 있다. 그 모습을 카메라로 찍고 있으니 촬영이 끝난 후 모두들 '와' 하고 웃음을 터뜨린다. 밝은 모습이다. 모두들 열성으로 호찌민의 동상이나마 함께 있는 사진을 남기는 것을 보면 이들에게 각인된 그의 위치를 짐작할 수 있을 듯하다.

독립의 아버지, 해방의 아버지, 혁명의 아버지 호찌민. 미혼으로 자식을 남기지 않았던 그는 이처럼 베트남 인민이라는 자식을 남겼다. 호찌민 사후 베트남에는 호찌민의 이름과 겨룰 수 있는 그 누구도 존재하지 않았다. 지난 30여년 동안 베트남공산당의 통치는 호찌민의 유훈통치나 다름없었다. 호찌민이란 거대한 권위를 전면에 내세운 베트남공산당은 일사불란한 일당독재 체제를 완성했고 그동안 문제없이 유지해왔다.

도이머이로 시장경제란 괴물과 대적하고 있는 오늘도 그것은 마찬가지이다. 정권은 좀처럼 흔들리지 않고 개방 이후 중국이 겪은 톈안먼(天安門)사태는 강 건너의 불이었다. 심지어 오랫동안 베트남의 대부 노릇을 했던 소련이 무너지는 순간에도 도이머이로 나아갔을망정 베트남 공산주의정권은 요동도 하지 않았다. 감탄할 정도로 튼튼한 정권이다.

호찌민박물관을 나와 왼쪽으로 즐비하게 늘어선 포스터들을 보면서 다리

호찌민박물관 앞의 포스터.

를 향해 걸었다. 그 짧은 시간 동안 수도 없이 본 낫과 망치의 공산당 적기(赤旗)와 호찌민 그리고 기념일들과 구호들. 도로를 가득 메운 오토바이들은 쉼없이 달리고 다리 건너 은행건물 게양대에는 황성적기만이 강바람에 나부끼고 있다.

솔직히 나는 베트남 그 어딜 가도 눈앞에 어른거리는 저 붉은 깃발에 그만 질렸다. 어지간하면 미 제국주의와 싸워 승리한 위대한 혁명의 나라에서 그 혁명의 상징인 깃발에 숙연해질 만도 하건만 마음은 착잡하게 가라앉는다. 마음이 이렇게 불경하게 바뀌게 된 것은 저 깃발이 인민들에게 주는 공포감을 알게 되면서이다. 특히 남부베트남에서 경찰과 군인은 저 멀리서 손짓만 해도 달려가 부동자세로 서야 하는 무소불위의 권력을 가진 존재였다. 그 앞에서 힘없는 사람들은 비루 먹은 개처럼 슬슬 눈치를 보며 꼬리를 내리기 일 쑤였다. 제복 입은 인간들이 고개는 여간해서는 굽혀지는 법이 없었으며 표정은 사납기 짝이 없고 태도는 오만방자하기 이를 데 없었다. 오죽하면 베트남사람들의 그 천성적인 듯 보이는 불친절함과 강퍅함도 결국 이렇게 살다 보니 그리 된 것은 아닌지 의심할 정도였다. 그렇다고 해서 베트남의 권력자들이 도덕적으로 혁명적 순수성을 유지하고 있느냐 하면 그런 것도 아니다. 부정과 부패는 이미 소문난 것이고 도이머이 이후 돈맛을 들인 그네들의 극성은 여러차례 구설수에 올랐지만 단 한번도 문제가 되었다는 소식을 들은 적이 없다.

결국은 호찌민의 유훈통치가 문제였던 것이다. 죽은 호찌민을 내세우고 산 자들이 면죄부를 얻으니 개혁이란 언감생심이다. 그 세월이 30년을 훌쩍 넘겼다. 예전 같으면 강산이 세 번 바뀌고 말 시간이지만 요즘에야 열 번이라도 바뀌고 남을 세월이다. 호찌민의 적자(嫡子)들이 권력을 틀어쥐고 한번도 내놓은 적이 없으니 고인 물이 썩지 않을 리 없었을 것이다. 게다가 권력을 틀어쥔 자들은 보응우엔지압(Bo Nguyen Giap, 武元甲, 보구엔지압) 같은 1세대 전쟁엘리뜨들이었다. 베트남이 무력에 기초한 경찰국가가 된 것은 사필귀정이었다. 이들은 호찌민을 신격화하고 그를 사상적 통제의 근간으로 삼아 지난 30여년 동안 체제와 권력을 지켜냈던 것이다.

몹시 불경하게 들릴지도 모르겠지만, 나는 호찌민 유훈통치에서 벗어나지 않는 한 베트남의 내일은 그리 밝지 않을 것이라고 본다. 검은 고양이건 흰 고양이건 쥐만 잘 잡으면 된다는 떵샤오핑(鄧小平)의 개방노선은 필요하다면 공산당이 다시 그 고양이를 때려잡을 수 있다는 자신감에서 비롯된 것이다. 그것은 떵샤오핑식 실용주의노선의 명분이자 근거이기도 할 것이다. 베트남에서도 그것은 여전히 포기할 수 없는 도이머이의 명분이자 근거이다. 그런데 떵샤오핑의 중국 공산당은 마오쩌뚱(毛澤東) 격하운동 후에 개방으로 나아갔다. 왜 그래야 했을까? 죽은 마오쩌뚱에 매달려 있는 한 개방도 개혁도 가능하지 않기 때문이었을 것이다.

미술관 2층에서 본 동양화 한 점.

호찌민박물관에서 나와 팜응우라 오로 걸어가는 길 한구석에 미술관이 자리잡고 있다. 미술관의 뜰 계단 옆에는 작은 연못이 있고 마침 보라색 연꽃이 봉우리를 열고 있었다. 물은 탁하기 짝이 없다.

전시된 회화들은 그저 그렇다. 회화와 조각이 프로파간다(propaganda)풍이어서 그런 것이 아니라 딱히 눈길을 끄는 독창적인 기법의 작품들이 없어서 그렇다. 쏘비에뜨풍이거나 아니면 남미풍인 것들이지만 그중에 동양화로 그려진 것이 있어 눈길을 끈다. 그림 아래쪽에 1965년이라 씌어 있다. 아마도 북베트남의 병사를 그린 것이리라. 베트남인의 특성을 잘 살렸다는 생각이다. 모델이 되었던 병사는 그후 어떻게 그 험한 격랑의 세월을 헤쳐갔을까, 또 목숨은 부지했을까 하는 생각이 들어 어쩐지 그 표정이 조금은 안쓰럽다.

다랏, 작은 보석이 어울리는 곳 ◉ ◉ 호찌민에서 냐짱(Nha Trang, 나트랑)까지 열차로 갈까 아니면 버스로 갈까 고민한 끝에 버스를 댔했다. 칠로로는 고산지대에 자리잡은 다랏(Da Lat)을 지날 수 없기 때문이다. 하긴 알프스도 아닌데 철로가 험준하고 높은 산악지대를 지나갈 이유가 없다. 다랏은 초행이다.

장거리버스를 타면 늘 모자란 잠을 보충하게 마련이다. 언제부터 졸았는지 모르지만 눈을 뜨니 버스는 좌우로 흔들리며 산길을 달리고 있다. 산에 인색하여 변변한 동산 하나 없는 메콩삼각주의 남부를 벗어나 바야흐로 중부에 들어선 것이다. 광활한 평야가 설어 눈을 둘 곳이 마땅치 않았는데, 오랜만에 편안하게 안주할 곳을 찾는다. 산의 나라인 한반도에서 나고 자랐기 때문이다. 산이 시선을 가로막고 산에 숲이 있으니 눈이 이렇게 편할 수가 없어 마음까지 아늑하다.

비엔호아(Biên Hoa)를 지나 1번 국도와 헤어져 20번 국도를 타고 산길에 들어선 후 얼마나 지났을까. 산세는 험해지고 버스는 가파르면서도 구불구불한 산길을 오른다. 문득문득 소나무가 눈에 들어오고 산길을 빼곡히 메운 나무들은 내 눈에도 낯이 익어 온대수종들이 분명하다.

경사가 완만해지기 시작할 무렵부터 길가의 구릉에는 울창한 나무들이 사라지고 그 자리에 밭이 들어서 있다. 시선이 닿는 곳 어디 하나 빈틈없이 차〔茶〕와 뽕나무 밭이 나타나고 사라지는가 하면 고랭지채소밭이 경사면을 채우고 있다. 이방인에게는 한적한 전원의 풍경이지만 살아가는 사람들에게는 고산지의 척박한 땅들이어서 밭에서 일하는 농부들이며 길을 걷는 아낙들의 어깨에서는 남부와는 비할 수 없는 남루함이 배어난다.

흔들리는 차창으로 새어 들어오는 햇살은 그지없이 청명하고 눈부시다. 마치 가을햇살 같다. 하늘은 코발트빛으로 눈이 시리도록 투명하고 사방을 가로질러 첩첩이 쌓인 능선 위에 피어나는 뭉게구름도 방금 딴 목화 같은 순결한 백색으로 부드럽게 빛난다.

버스는 그런 능선을 타고 달리다가 어느 한적한 마을 외곽의 식당 앞에서 멈추었다. 5시간쯤을 달려온 버스에서 묵은 여독은 차에서 내리자 살짝 물기

다랏 가는 길에서 잠시 쉬다 만난 베트남청년들의 환한 웃음.

를 머금은 듯한 싱그러운 공기와 선선한 기후 그리고 따갑지만 뜨겁지 않은 햇살에 슬며시 녹아버렸다. 이쯤 되어야 사람이 살 만한 날씨 아닌가. 그래 봐야 우리네 초여름 날씨 정도여서 목덜미에 슬쩍 땀이 배는데도 나는 '살 만해 살 만해'라고 끊임없이 중얼거리며 식당에는 들어갈 생각도 않고 길가에서 활개부터 쳤다. 경운기 한 대가 털털거리며 지나가다 나를 보고 환호작약이다. 길가에서 닭처럼 활개를 치고 껑충껑충 팔을 휘저으며 돌아다니는 꼴이 우스웠던 모양이다. 여하간 저리도 환히 웃는 꼴이란 베트남에 와서는 처음으로 구경하는 터라 기분이 나쁠 리 없다.

식당을 떠난 버스는 다시 능선을 달리다 제법 가파른 산세를 헤치고 힘겹게 오른다. 이제 이 산을 넘으면 다랏이다.

랏(Lat)족의 강이란 뜻의 다랏. 해발 1,475m의 산 위에서 흐르는 랏사람들이 강. 그 강이 있는 다랏에 점점이 흩어진 호수들. 7중 하나인 뚜엔람(Tuyen Lam)호수 위에 동그마니 떠 있는 작은 섬에서는 더없이 평화로운 시

간이 구름처럼 천천히 흐른다.

　뚜엔람호수가 내려다보이는 쭉람(Truc Lam)사원의 초입 그늘에서 언덕 위로 불어오는 선선한 바람에 몸을 맡기고 오랜만에 고즈넉한 시간을 보낸다. 한낮의 햇살은 그저 따사로울 뿐이고 20도를 웃돌거나 밑도는 기온과 어우러진 맑은 하늘과 신선한 공기가 더없이 쾌적하다. 고도가 높아 가끔 숨이 차는 것이 작은 흠이지만 격하게 움직일 일도 없으니 흠이랄 것도 없다.

중부 베트남 밑의 고원지대에 자리잡은 다랏은 일찍이 이 지역에 유럽풍의 작은 도시를 건설한 프랑스인들이 추어올린 것처럼 '작은 보석'이란 별칭이 어울리는 곳이다. 또다른 별명인 '작은 빠리'는 글쎄이다. 향수병에 걸린 프랑스인들의 눈에는 그렇게 보였을까. 그러나 메콩삼각주와 사이공의 숨막히는 무더위에 지친 프랑스인들이 다랏을 찾았을 때 느꼈던 그 미칠 것 같은 서늘함과 아기자기한 풍광의 평화로움에 보냈을 찬사는 무엇이 되었더라도 이해할 수 있을 듯하다. 하여 1912년 프랑스 코친차이나 총독부는 랏족의 강이 흐르는 이곳에 작은 도시를 건설했으니 코친차이나에서는 으뜸가는 휴양도시가 되었다.

나는 다랏에 도착하기도 전에 다랏에서 가장 멋지고 폼 나는 곳에 묵으리라 작정을 했다. 보름을 넘게 삐질삐질 땀을 흘리고 살을 태우며 어깨에는 배낭 두 개를 짊어지고 돌아다녔으니 하루쯤은 기품(?)있게 놀아보리라 했던 것이다. 호찌민과 다랏을 오가는 버스는 제멋대로 다랏 초입의 게스트하우스 앞에 서서 그곳에 묵을 것을 은근히 강요했지만 나는 부득부득 고집을 부리며 버스 안에서 가이드북을 뒤지며 가장 멋있는 곳을 찾아 그곳으로 데려다달라고 요구했다. 중간급 숙소 중 하나인 항응아(Hang Nga) 게스트하우스였다. 가이드북에는 이렇게 씌어 있었다.

"세계적인 것은 아니지만 베트남에서는 가장 놀랍고 독특한 숙소이다. 이 이국적인 게스트하우스는 사실 아트갤러리이며 까페이다. 객실은 모두 인공의 나무둥치와 동굴에 만들어져 있다. 항응아는 베트남의 전 부주석의 딸이다. 트윈 룸은 29달러에서 54달러까지. 4인용은 74달러에서 84달러."

투덜거리는 차장을 이튿날 투어티켓을 사겠노라고 구슬려 마침내 버스를 항응아게스트하우스 앞에 멎게 만들었다. '독특한, 이국적, 나무둥치, 동굴' 이란 단어들이 주는 환상적인 분위기에 잔뜩 부풀어 있었음은 말할 것도 없는데, 이런.

이것은 중학생만 되어도 유치빤쓰라고 단정할 조잡하고 천박한 씨멘트 놀이동산, 아니 유령의 집이 아닌가. 나무둥치가 아니라 해골을 연상케 하는 구멍 뚫인 부정형의 건물에 사방에 널린 씨멘트 사자와 기린 따위의 동물들, 그리고 씨멘트 동굴. 싯싯싯. 나는 벌어진 입을 다물지 못하고 부지불식간에 안내인을 따라 객실이란 곳에 끌려갔다. 헌데 객실은 한술을 더 떠 천장과 벽에 붙은 거울도 엽기적이거니와 제멋대로 뚫어놓은 창문하며 기품 있고 폼 나는 하룻밤이 아니라 악몽에 시달리는 하룻밤이 되어

유령의 집, 항응아게스트하우스.

도 살아만 나온다면 그것으로 다행일 그런 장소였던 것이다. 한반도 남단에 그 수도 없이 널려 있는 러브호텔의 객실도 이보다는 편안한 하룻밤을 약속한다는 것을 나는 맹세할 수 있다.

꽁지에 불이 붙은 쥐처럼 부리나케 그곳을 빠져나와 어찌나 놀랐는지 잘 돌아가지도 않는 혀를 놀려 어서 나를 애초의 그 게스트하우스로 데려다달라고 사정을 하기에 이르렀다. 버스운전사는 버럭 화부터 낸다. 그쯤 되니

유구무언이지만 그래도 이 귀신 나올 집에서 하룻밤을 묵느니 차라리 길에서 노숙을 하는 편이 나을 성싶었다. 고개를 절레절레 흔드니 하는 말이 택시를 불러 타고 가란다. 1초의 망설임도 없이 나는 그럴 테니 택시만 불러달라고 했다. 그리하여 잠시 후에 택시가 도착했고 나는 줄행랑을 치듯이 항응아게스트하우스 앞을 빠져나와 처음 버스가 멈추었던 곳으로 돌아왔다.

돌아오면서 나는 가이드북에 그따위 요설을 늘어놓은 녀석을 만나기만 하면 다짜고짜 양손으로 목부터 부여잡고 사정없이 흔들어주리라 작정했다. 독특하고 이국적이라니 가당키나 한 말인가. 돌아온 후 얼마인가 지난 뒤에 문득 기억이 나 가이드북의 홈페이지를 방문했다. 뒷사람들을 위해 편집자에게 한마디 남길 요량이었는데 벌써 몇건의 불평이 접수되었는지 편집자 명의의 정정문이 게시되어 있다. 다음 쇄에는 바로잡은 정보가 실릴 것이라는 설명과 함께.

나중에 알고 보니 다랏의 명소 중의 하나라는 항응아게스트하우스는 몇년 전부터 딱 어울리는 별칭으로 불리고 있었다. 크레이지하우스(Crazy House). 이제는 항응아게스트하우스라고 하면 오히려 모르는 사람들이 많고 크레이지하우스로 불러야 알아듣는다. 이 기괴한 건축물은 1981년부터 1988년까지 베트남의 부주석을 지낸 쭈옹찐(Truong Chinh)의 딸인 항응아가 설계했다. 항응아는 소련에서 14년 동안 수학했다는데 쏘비에뜨건축이 이런 것을 가르친다고 믿고 싶지 않을 정도이다. 크레이지하우스는 입장료를 내고 구경할 수도 있는데 손님이 투숙하지 않은 객실은 당연히 개방된다. 객실에는 호랑이, 곰, 기린, 거미 따위의 이름이 붙어 있고 그 이름에 걸맞게 호랑이스럽게, 곰스럽게, 거미스럽게 꾸며져 있다. 여하튼 다랏의 시민들은 이 기묘한 집을 '재수 옴 붙는 집'으로 여긴다는데 나도 그 의견에 기꺼이 한 표를 던진다.

우여곡절 끝에 여장을 푼 다랏 초입의 게스트하우스는 새로 단장해 문을 연 지 얼마 되지 않아 깨끗하다. 발코니로 나서는 육중한 철창문을 열면 맞은편 구릉에 빼곡히 들어선 오래된 집들이 한눈에 들어오고 발코니 옆의 난간에서 허리를 내밀면 다랏 시내의 전경을 볼 수 있다. 길을 오가는 사람들의 모습을 방해받지 않고 구경할 수 있는 것도 마음에 든다. 나무로 만든 작은 책상과 의자가 있고 밤에는 4시간 동안 인터넷을 무료로 쓸 수 있다고도 하니 금상첨화이다. 이렇게 행복의 파랑새는 산 너머에 있는 것이 아니라 늘 코앞의 새장 안에 있는 것이다.

한숨을 돌리고 나니 늦은 오후. 시내 구경에 나선다. 구름이 잔뜩 끼고 바람까지 산들산들 불어 쾌적하기 이를 데 없는 날씨이건만 거리를 오가는 사람들의 복장이 그리 간단하지 않다. 긴팔은 기본이고 스웨터를 입거나 가죽점퍼를 입은 사내들도 간간이 눈에 띈다. 낮에도 반팔 옷으로 버티기에는 만만치 않은 날씨로 여기는 모양이다.

다랏의 한낮, 스웨터 입은 여인이 오토바이를 몰고 있다.

쑤언흐엉(Xuân Hương)호수를 목적지로 삼은 산책길이지만 그 간단하기 짝이 없는 길을 어느새 잃어버리고 헤매다 어느 길목에서 쏟아지는 비를 만났다. 지나가는 비이겠거니 했는데 양동이로 쏟아붓듯이 내린다. 우산도 없고 급할 일도 없어 마침 앞에 있는 튀김집에 뛰어들어가 게다리튀김을 시켜놓고 아작아작거리면서 비가 그치기를 기다린다.

늘 있는 일인지 사람들은 어느새 우비며 우산으로 무장하고 그대로 가던 길을 걷고 있다. 시끄러운 소리를 내며 쏟아지는 비를 보고 있으니 언젠가 말레이시아 키메론하이랜드에서의 첫날밤이 생각난다. 추적추적 비가 흩뿌리던 날, 적도가 멀지 않은 말레이시아인데도 어찌나 추웠던지 오들오들 떨지 않았던가. 해발 2,000m와 1,450m의 차이일까.

세상을 집어삼킬 듯이 쏟아지던 비는 게다리튀김 두 접시를 비울 쯤에는 감쪽같이 그친다. 새끼손가락만한 게다리를 튀긴 것인데 제법 구미를 돋운다.

다랏의 상쾌한 아침. 떨어지는 맑은 햇살은 전신주와 포장도로, 건물의 모서리에 부딪혀 보석처럼 반짝인다. 바람은 싱그럽기 짝이 없고 공기는 청명하다. 전날 예매한 다랏투어의 참가자가 단 두 명이라 불과 12달러에 승용차 한 대를 대절해 다니는 격이 되어버렸다. 물론 가이드와 운전사까지 포함해.

가이드를 맡은 베트남인은 40대 후반의 호찌민(사이공) 출신이다. 징집될 나이인 18살 때 전쟁이 끝나 요행으로 목숨을 건졌다고 한다. 어린시절 미국의 한 기관이 운영하는 학교에서 자랐다는데 베트남말을 못하게 했던 미국인들 덕분에 유창한 영어를 구사하지만, 결국 이렇게 고향을 떠나 이 산간벽지에서 관광가이드를 하며 고단하게 사는 것 또한 그 때문일 것이다. 돌아다니는 동안 내내 그의 표정에서는 고단함이 사라지지 않았다. 그의 영어실력에 감탄한 내가 왜 호찌민에서 일자리를 알아보지 않느냐고 물었지만 냉소가 분명한 미소를 지을 뿐이었다.

1912년 프랑스 코친차이나 총독부가 다랏에 도시를 건설하기 전까지 이 고산지대에는 이름처럼 랏족이 살았다. 도시가 건설된 후 비엣족들의 이주가 시작되었고 다랏의 원주민들은 소수민족이 되어 명맥만을 유지하고 있다. 다랏과 주변의 농민들 대부분은 남부에서 이주한 비엣족들이다. 투어의 첫번째 기착지인 랏마을은 다랏 주변의 랑비안(Langbian)산 기슭에 있는 랏족의 마을이다. 가이드는 랏족에 대해 피부가 검고 생김새가 다르다는 명쾌

랏족마을의 천 짜는 여인(좌)과 닭마을 입구에 서 있는 거대한 닭상(우).

한 설명을 건넨다. 그 뉘앙스가 마치 열등한 종족을 이야기하는 것처럼 들려 흔쾌하지 않은데 문득 얼굴에 복면을 두르고 팔까지 긴 장갑으로 덮은 채 오토바이를 타고 거리를 달리던 호찌민의 여인들이 떠오른다. 그녀들이 뜨거운 태양 아래 살면서 기를 쓰고 그을리는 것을 피해 하얀 피부를 드러내고 싶어하는 것은 자신들은 검은 피부를 가진 메콩삼각주의 크메르인들이나 지금 이 랏족들과는 달라 보여야 한다는 강박관념 때문이 아닐지 모르겠다.

다랏지역에 사는 소수민족으로 랏족과 함께 칠족, 마족 그리고 코호족이 있다. 다랏투어에 포함된 닭마을은 코호족의 마을로, 마을 입구에는 항응아가 좋아했음 직한 기괴한 닭 모양의 콘크리트상이 버티고 서 있는 까닭에 이름이 그렇다.

코호족의 마을에 이렇듯 거대한 콘크리트닭이 서 있는 이유에 대해서는 설이 구구하다. 발이 아홉 개 달린 닭을 혼인선물로 구해야 했던 처녀가 산을 헤매다 죽은 것을 위로하기 위한 것이라는 설과 닭처럼 열심히 농사를 지으라는 뜻에서 세운 것이라는 설이 유력하다. 어느 편이건 마을사람들이 스스로 세운 것은 아니고 정부에서 세워준 것만큼은 틀림없는데, 마을사람들 스스로도 이유를 모르는 조상(鳥像)을 세웠으니 불가사의한 선물을 준 셈이다. 역시 닭처럼 열심히 일하라는 쪽이 설득력이 있다. 그런 취지라면 쟁기를 든 농부와 아낙의 상이 더 어울릴 법한데 이런 자이언트 콘크리트닭을 세웠으니 역시 내심으로는 자꾸만 항응아에게 의혹이 간다.

코호족처녀들은 크메르처녀들과 생김새가 퍽 비슷하다. 닭상 뒤의 기념품 상점에 앉아 있는 그녀들은 그저 행인의 얼굴을 바라보고 미소만 띨 뿐 호객을 한다거나 손짓을 하지도 않는다. 가난하기로 소문난 마을에서 그나마 현금을 만질 수 있는 상점의 처녀들이 이런 품성을 가지기란 결코 쉬운 일이 아니다.

다랏 쩐꾸거리에 있는 대성당.

다시 다랏으로 돌아온 차는 응오꾸옌(Ngo Quyên)언덕에 자리잡은 수녀원 '도맹 드 마리'(Domaine de Marie)에 멈추었다. 이곳에는 한때 300여 명에 달하는 수녀들이 있었다고 하지만 지금은 단지 9명의 수녀들만이 이 큰 수녀원을 돌본다고 한다. 가톨릭은 북베트남에서는 1954년 이후, 남베트남에서는 1975년 이후 일소되었지만 1990년 이후 불사조처럼 되살아나고 있다. 현재 베트남의 가톨릭인구는 전체 인구의 8~10%를 헤아린다.

가톨릭만큼 베트남의 근현대사와 밀접한 종교는 없을 것이다. 16세기 포르투갈과 스페인 그리고 프랑스의 선교사들을 통해 뿌리내리기 시작한 가톨릭은 17세기 말엽에는 80만명의 신자를 가질 만큼 세를 확장했지만 왕조의 박해를 받았고 중국에서처럼 제국주의 침략의 빌미가 되었다. 프랑스가 식민지로 지배하던 인도차이나에서 가톨릭은 국교처럼 번성했고 그 시대가 막을 내린 것은 프랑스의 퇴장과 함께였다. 1954년 제네바협정 이후 북베트남에 정권을 수립한 베트남 공산주의자들은 가톨릭을 탄압했고 무려 90만명에 달하는 가톨릭신자들이 북위 17도선 이남으로 내려왔다. 이들은 응오딘디엠 정권의 절대적인 지지층이 되었다. 1975년 이후 남베트남에서 가톨릭의 운명은 정해진 수순을 밟았다.

1990년 이후 가톨릭은 믿을 수 없을 만큼 빠른 속도로 예전의 영화를 되찾고 있는 것처럼 보인다. 호찌민에서 다랏까지 오는 동안 길가에는 많은 성당들이 눈에 띄었다. 이 산간벽지에서까지 성당들이 먼지와 때를 벗고 원래의 기능을 되찾고 있거나 또는 새로 지어지는 것은 사실 놀라운 일이었다. 외국의 전폭적인 지원이 있다고는 하지만 30여년의 간극을 뛰어넘어 이처럼 쉽사리 부활할 만큼 가톨릭의 뿌리가 깊었던 것이라고 해석할 수밖에 없다. 도이머이 이후 상좌부불교와 북방불교, 도교와 까오다이(Cao Đai), 호아하오(Hoa Hao), 개신교에 이르기까지 백가쟁명으로 피어나는 종교의 르네쌍스 시대에 베트남정권이 어떤 태도를 보일지 궁금해진다.

다랏의 서쪽 언덕에 자리잡은 수녀원은 그 자체가 유럽풍인데 언덕에서 바라보이는 맞은편 언덕의 풍경 역시 몽마르트르(Montmartre)나 니스(Nice)의 어느 언덕을 연상시킬 만큼 프랑스, 그러니까 유럽냄새가 물씬 풍긴다. 누군가 굳이 이곳을 베트남의 다랏이라고 일깨워주지 않는다면 무심결에 프랑스의 어느 작은 도시로 착각하기 십상이다. 이 도시를 만들었던 프랑스인들의 집착을 엿볼 수 있다.

그리고 투어는 다따라(Datanla)폭포와 뚜엔람호수 그리고 호수 맞은편의

쭉람사.

쭉람(Truc Lam)사를 차례로 돈다. 뚜엔람호수에 대해서는 이미 적은 바 있고 다딴라폭포는 다리품을 모질게 팔며 내려가고 또 올라와야 하는 장소여서 트레킹을 다녀온 느낌인데 다랏의 산중을 산책한 셈이어서 나쁘지는 않았다. 쭉람사는 방금 지은 양 깨끗한 절인데 달마선사의 황동부조가 큼직하게 벽에 매달려 있는 뒤뜰 조경도 깔끔해 절이라는 느낌이 와 닿지 않으니 웬일인지 모르겠다.

이렇게 다랏투어는 끝나고 숙소로 돌아온 것은 오후 1시경. 원래는 3시쯤에야 끝나는 투어인데 승용차를 대절해 다닌 셈이어서 초고속으로 끝이 나고 말았다. 내친 김에 점심을 먹고 마지막 황제 바오다이(Bao Đai)의 여름궁전으로 향했다. 바오다이의 황궁은 후에(Huê)에 있고 냐짱에는 별장이, 이곳 다랏에는 1933년에 지은 여름궁전이 있다. 여름궁전이라고는 하지만 그지 별징이지 궁전이라고 이름붙일 민큼 대딘한 긴물은 아니다.

나는 '마지막 황제'가 주는 어감의 그 허망함과 쓸쓸함이나 비애를 맛볼 수 있지 않을까 하고 찾은 것인데 입구에 들어설 즈음부터 고위관료가 나가는지 군용지프에 올라탄 헌병들이 눈을 부라리고 최고급 독일제 승용차들이 줄을 지어 나가는 꼴을 보고는 김이 샜다. 궁전에 들어서니 잠시라도 황제의 기분을 느껴보려는 관광객들로 북새통이라 내 기대는 완전히 아니올시다가 되어버렸다. 여름궁전이 이처럼 인기가 좋을 줄은 미처 몰랐던 것이다.

젊은 시절의 바오다이.

중국 청조의 마지막 황제 푸이(溥儀)처럼 비극적인 최후를 맞지는 않았지만 인생이야 그와 별반 다르지도 않았던 바오다이는 1945년 호찌민에 의해 퇴위당했지만 홍콩으로 망명한 후 1949년 프랑스가 코친차이나와 안남(Annam), 통킹(Tonking)을 합병하면서 세운 베트남국의 꼭두각시 국가수반으로 세워져 돌아왔다. 결국 바오다이는 1954년 제네바협정 이후 1955년 8월의 총선으로 남베트남에 응오딘디엠정권이 수립되면서 그 자리에서도 물러나게 된다. 응오딘디엠은 말뿐인 바오다이정권에서 실세인 수상을 지낸 인물이다.

평생을 꼭두각시황제이거나 국가수반으로 보낸 바오다이의 꿉꿉한 심정은 1945년 퇴위당했을 때 " '나는 이제 자유'라고 고함을 지를 뻔했다"는 바오다이 자신의 회고에 잘 나타나 있다. 1955년 이후 그는 프랑스에서 죽을 때까지 지냈으며 놀랍게도 1997년 7월에야 빠리에서 영욕으로 가득했던 인생을 마감했다.

다랏의 여름궁전은 공원이나 마찬가지여서 관광객들이 자유롭게 돌아다니며 한때 황제가 앉았던 의자에 앉아 사진을 찍기도 하고 물건들을 만지기도 한다. 그러나 침대에는 그냥 누울 수 없다. 침대에 눕고 싶은 관광객들은

40달러를 내고 이곳에서 하룻밤을 묵으면 된다. 거실의 벽난로 위에는 호찌민의 초상이 걸려 있다고 가이드북에 적혀 있는데 보이지 않는다. 치웠다면 잘한 일이다.

쌀계란빵을 파는 아낙.

바오다이의 여름궁전에서 돌아오는 길에 길가의 낯익은 광경에 그만 주저앉아 별식을 맛보았다. 우리네 붕어빵을 굽는 것과 비슷하게 보였는데, 붕어빵은 아니고 쌀계란빵이다. 묽은 쌀반죽을 둥근 틀에 붓고 물에 푼 계란을 다시 부은 후 굽는다.

밀가루반죽이 아니라 쌀반죽을 쓰기 때문에 노릇하게 탄 바닥은 누룽지 같은 맛을 낸다. 그러나 붕어빵처럼 심심풀이 간식인 것 같지는 않다. 작은 완자를 띄운 쏘스를 쌀계란빵과 함께 주는데 간단한 한끼로도 충분하다.

냐짱 가는 길의 잊혀진 왕국 ◉◉ 천국 같은 날씨에 사람들도 도시에 비하면 덜 그악스러운 다랏을 떠날 생각을 하니 아쉽기만 한 저녁. 쑤언흐엉호숫가를 거닌다. 가로등이 있어도 별 도움이 되지 않아 호수는 시커먼 어둠속에 잠겨 있는데 털옷을 껴입은 음침한 미소의 시내기 디기와 온근히 속삭인다. 미싸지이기니 기리오게이기니. 이런 어둠속에서 낮은 목소리로 권한다면 간단한 써비스가 아니라는 것이야

상식인데, 이 산간벽지까지 매춘산업이 진출해 있다고 생각하기는 정말 내키지 않는다.

서둘러 시장 쪽을 향해 걸어가니 우리네 포장마차촌처럼 한잔 하거나 출출한 배를 채우는 노점식당들이 모여 있다. 신통하게도 주메뉴는 조개며 해물이다. 산간이라 귀하다면 귀한 먹거리이니 필경 그 값이 만만치 않을 것이다. 포장마차촌을 지나쳐 걸어가니 중앙시장. 시장건물은 문을 닫았지만 그 앞길에는 노점들이 여전히 좌판을 벌여놓고 있다. 두툼한 겨울양말이며 스웨터와 오리털점퍼따위의 겨울옷들이 눈에 띈다. 해가 지고도 한참이 지나 사람들은 두툼한 옷을 입고 거리를 오가건만 나는 반팔에도 그저 조금 선선하기만 할 뿐이니 기후 앞에서 사람이 모두 같지 않은 것이 신기하다.

이른 아침 다랏을 떠난 버스는 조심스럽게 험한 산세를 타고 굽이굽이 산길을 내려 달린다. 낙락장송(落落長松)이 가지를 늘어뜨린 그 길은 마치 강원도 준령을 넘어 내리는 아리랑길 같다. 여러 겹의 산들로 둘러싸인 길하며 낯익은 수종들, 그리고 결국은 바다를 향해 줄달음치는 길이다.

바다를 향하는 아리랑고갯길.

꾸준히 흔들리면서 험준한 산맥을 아리랑으로 타고 내려온 버스는 이제 평지를 달린다. 창밖은 보는 것만으로도 머리꼭지가 달구어지는 느낌이라 떠난 지 몇시간 되지도 않았고 버스 안에는 에어컨이 찬바람을 내뿜건만 다랏이 그리워진다. 바다는 보이지 않지만 간간이 나타나는 염전들이 해안을 따라 달리고 있음을 일깨워준다.

이윽고 판랑(Phan Rang)을 만나고 길은 20번 국도에서 다시 1번 국도로 바뀐다. 판랑을 지난 버스는 잠시 후 다시 1번 국도를 벗어나 지방국도를 기웃거리는데 뽀끄롱가라이(Po Klaung Garai)유적지에서 잠시 머물기 위해서이다. 버스가 굳이 뽀끄롱가라이에 멈추는 것은 승객의 편의 때문만은 아니겠지만 나로서는 이보다 더 좋을 수는 없다. 이렇게 가는 중에 들르지 못하면 냐짱에서 다시 돌아와야 했을 것이다.

판랑의 뽀끄롱가라이는 한때 베트남 중부를 지배하던 짬빠왕국이 남긴 유적으로 지금은 가장 남쪽에 위치한 유적이다. 짬빠의 유적으로는 여기 냐짱 근처의 뽀끄롱가라이와 냐짱의 뽀나가르(Pô Nagar)가 대표적인 것으로 손꼽히며 다낭(Đa Nang)의 박물관이 훌륭한 유적을 가장 많이 보유하고 있다. 이번 여행에서는 촉박한 일정으로 냐짱에서 다낭을 뛰어넘어 후에로 갈 예정이기 때문에 남부의 대표적인 짬빠유적지인 뽀끄롱가라이를 빠뜨릴 수 없다.

정오 무렵이다. 그림자도 한 점 없는 한낮의 땡볕이 천지를 달구고 있다. 뽀끄롱가라이는 선인장이 가득한 언덕을 오르는 가파른 계단의 끝에 있다. 냐짱 주변은 선인장으로 유명하다. 아니, 정확하게는 선인장에서 나는 열매의 일종인 탕롱(Thang Long, 드래곤프루트)의 산지로 유명하다. 이름이 생소하면 역시 선인장에서 열리는 제주도의 백년초를 연상하면 된다. 다만 크기는 백년초와 비교할 수 없이 크다. 탕롱은 냐짱의 남쪽 해안과 남부의 몇지역에서만 자랄 뿐 다른 곳에서는 구경할 수 없는 귀한 과일이라 별미라고 칭찬이 자자하지만 나는 키위와 비슷한 속과 밍밍한 맛에 별로 미각이 동하지 않았다. 언덕에 무성한 선인장들은 탕롱을 거두기 위해 재배중인 것으로 보기에는 크기가 좀 작다.

언덕에 오르자 불현듯 숨이 막힌다. 선인장언덕 위에 마술처럼 솟아 있는 붉은 사원은 한눈에도 앙코르의 그것과는 다르게 보인다. 13세기 말에 지어

진 힌두사원이다. 링가(linga)를 모신 사원은 하나의 탑이 작은 네 개의 탑을 3층으로 두르고 있다. 앙코르 초기 유적지의 탑과 비슷하다면 비슷하다. 이래서 앙코르에 있는 힌두사원들의 전형적 구조인 중앙의 탑, 사방의 탑과는 다르게 보이는 것인데 결국 탑이 수메루(Sumeru)산을 상징하는 것은 마찬가지일 것이다. 칼란(Kalan)이라고 불리는 사원 입구의 위에는 여섯 개의 팔을 가진 춤추는 시바(Siva)의 부조가 있다. 유별나게 색이 하얀데 복원된 것이다. 고증이 철저했는지는 알 수 없지만 앙코르의 시바보다는 인상이 둥글둥글하고 비교적 단순하다. 13세기 말이면 앙코르에 지어진 대부분의 사원보다는 후기의 것이다.

사원은 붉은 흙벽돌로 지어져 있다. 외벽은 지금처럼 흙벽돌로 쌓고 만 것인지 아니면 덧칠을 했던 것인지 궁금하다. 입구의 기둥만을 돌로 처리한 것으로 보면 외벽은 그대로일 것 같아 보인다. 입구 맞은편의 것은 마치 또 하나의 작은 사원처럼 보이지만 사원의 문이다. 그 아래 언덕을 오르는 계단이 있었을 테지만 지금은 남아 있지 않다. 13세기 말이라고는 하지만 흙벽돌로 지었는데도 지금까지 이만큼 형체를 유지할 수 있었던 것은 앙코르와 달리 정글이라는 자연의 힘이 미치지 못하는 해안의 언덕에 지어졌기 때문일 것이다.

15세기까지의 짬빠왕국은 한때 크메르제국과 지역의 패권을 다투던 강력한 왕국이었으며 2세기에 출현했으니 역사로 말하자면 크메르제국을 앞선다. 짬빠왕국의 본거지는 지금의 베트남 중부였으니 변변한 평야도 없고 산만 널려 있는 지역이라 농업을 근간으로 하기에는 벅찼을 것이다. 그러니 바다로 진출하거나 육지로는 서진하거나 남진하여 크메르제국과 부딪치는 수밖에 없었을 텐데 짬빠는 바다로 나가 거의 해적질에 가까운 활동을 벌이는 한편 육지로는 빈번하게 크메르제국과 전쟁을 벌였다. 1117년 짬빠와 크메르와의 일전은 가히 이 지역의 판도를 바꿀 만한 것이었다. 해전에 능한 짬빠는 산맥을 넘고 메콩강을 따라 똔레삽호수까지 이르러 앙코르를 공격해 심대한 타격을 입혔다. 크메르제국은 휘청할 수밖에 없었고 짬빠는 크메르제국의 자야바르만 7세(Jayavarman VII)가 다시 전열을 정비하고 왕국의 수도를 수복할 때까지 4년 동안 앙코르를 지배했다. 그만큼 짬빠는 강력한 왕국이었다.

그렇게 1,300여년을 이어온 짬빠의 명맥은 15세기 이후 비엣족의 남진에 무릎을 꿇고 지도에서 사라졌다. 현재 짬(Cham)족은 베트남의 소수민족으로 중부 산악지대에서 간신히 명맥을 유지하고 있다. 왕국의 영화가 오늘 이 선인장언덕 위 뽀끄롱가라이의 유적지에서 바라보는 뭉게구름의 덧없음과 같다. 그 뭉게구름 아래 또 하나의 덧없음이 언덕 아래 흉한 모습으로 남아 있다. 프랑스군과 미군이 남기고 간 콘크리트의 잔해들이다. 뜨거운 태양 아래 언덕 위의 고사목 너머로 마치 성냥갑을 쌓아놓은 것 같은 콘크리트구조물은 미군이 만든 물탱크의 잔해이다. 스르르 한숨이 새어나온다. 이 넓은 땅 어디에서 전쟁의 흔적으로부터 자유로운 땅을 찾을 수 있을까.

그때 그 나트랑, 냐짱 ◉ ◉ 　언젠가 처음 호찌민에 와서 사흘을 보내고 돌아가야 할 때의 일이었다. 문득 예까지 왔으니 냐짱에는 가야 하지 않을까 싶어 열차를 집어타고 냐짱에 갔던 적이 있었다. 마침 감기에 걸려 골골하던 차라 냐짱에서 하룻밤을 보내고 다음날 다시 열차로 돌아와 곧바로 떤선녓(Tân Sơn Nhât)공항으로 직행했다. 방콕행 비행기를 타고 방콕에 도착했을 때에는 거의 인사불성이 되어야 했다. 시간이 지나고 생각하니 고작 하룻밤을 보내고 올 것을 무에 그리 아쉬워 냐짱까지 가야 했는지 고개가 갸웃거려진다.

　1970년대 초 김추자의 「월남에서 돌아온 김상사」가 동네 꼬마들 사이에서도 유행할 즈음에 월남(越南)은 사우디아라비아, 쿠웨이트와 함께 내가 현실로 느낄 수 있었던 유일한 외국이었다. 아직 『김찬삼의 세계여행』을 탐독하기 전이어서 그랬을 테지만, 그뒤에도 김찬삼은 내 옆에 있지 않았지만, 월남에서 돌아온 문병장, 즉 나의 외삼촌이 있었던 터라 월남에 대한 느낌만큼은 변하지 않았다. 아마도 문병장의 심심한 입에서는 걸핏하면 월남에서의 용맹무쌍한 활약담이 끝도 없이 흘러나왔을 것이고 얼굴에 여드름이 솟을 무렵 박영한(朴榮漢)의 「머나먼 쏭바강」과 황석영(黃晳暎)의 「낙타누깔」 같은 소설을 읽으면서 그 심오한 뜻은 제쳐두고 야자나뭇잎이 흔들리고 바나나가 천지에 널려 있다는 월남에 대한 상상의 나래를 펼쳤던 터라 그랬을 것이다. 헌데 사이공도 있고 다낭이나 퀴논(꾸이년Quy Nhơn)도 있었을 터인데 하필 '나트랑(냐짱)'이라는 이름이 머리에 와서 박혔다. 이름이 멋있어서였을까. 나트랑에는 베트남전 당시 참전했던 한국군의 야전사령부와 청룡부대, 십자성부대 뭐 이런 부대들이 주둔했기 때문에 우리에게는 익숙해졌을 것이다. 그런저런 이유로 나트랑이라는 이름 석 자는 내 머릿속 어디엔가 집요하게 박혀 있다가 처음 호찌민에 갔을 때 무리한 일정에도 불구하고 기어이 그 땅을 밟게 했던 것이다. 그런데 막상 현지를 돌아다녀보니 내 머리에 박힌 나트랑이라는 지명은 현지 발음과 크게 차이가 났다. 나트랑이 아니라 냐짱이었다.

아무튼 그날 아침 호찌민을 떠난 열차는 해가 질 무렵에야 냐짱역에 도착했다. 열차가 호찌민역을 출발해 역을 벗어나기 전에 차창으로 굵은 소금 한 움큼이 뿌려졌다. 땀에 젖은 옷 속으로 굵은 소금이 흘러들어가자 몹시 아려왔다. 역 구내에서 달러 환전을 하려다 환율이 터무니없어 바꾸지 않은 덕택이었다. 그나마 차창이 철망으로 가려져 있어 소금으로 끝났지만 그렇지 않았다면 더 심한 낭패를 겪어야 했을지도 몰랐다. 가이드북에는 열차가 움직이는 동안 차창으로 손을 넣어 가방을 훔쳐가는 도둑들 때문에 철망을 쳤다는 설명이 있었지만 소금을 뿌린다는 말은 없었다. 화 대신에 당혹감과 씁쓸한 비애가 가슴 한구석을 헤집어 상처를 냈다. 내 덕분에 굵은 소금세례를 함께 받은 사람들에게 미안했다. 그들 중에는 맞은편에 앉아 있던 러시아 처녀가 있었다. 생김새는 동양인과 다르지 않으므로 나는 소금이 뿌려진 후 그녀가 내뱉은 러시아말로 그녀의 국적을 알 수 있었다. 그녀는 러시아인과 베트남인의 피가 섞인 혼혈이었다. 손짓 발짓에 작은 공책을 꺼내 세계지도와 베트남지도까지 그린 끝에 그녀가 시베리아 어딘가에서 출발해 베트남 냐짱 아래 어딘가에 있는 외가를 찾아가는 중임을 알았다. 말이 통하지 않아 그 이상은 알 수 없었지만 나는 상상력을 발휘해 그녀의 인생을 짐작했다. 소련에서 베트남에 온 러시아 사내와 남부베트남 처녀와의 만남과 국적을 뛰어넘은 애틋한 사랑 그리고 사내를 따라 황량한 동토의 시베리아로 간 그 처녀. 내 앞의 처녀는 이제 스물이 갓 넘었을 나이였다. 그녀는 1월의 아열대 기후에 녹초가 되다시피 했고 마침내는 앞가슴을 드러내기까지 하며 축 늘어지기도 했다. 냐짱에 도착하기 한 시간 전쯤의 어느 역에서 그녀는 시베리아의 웃음을 남기고 작별을 고했다.

그 여행에서 나는 호찌민에서 냐짱에 있는 제법 고급스러운 해변리조트를 예약했다. 몸도 좋지 않았지만 무엇보다 마지막 여행지였던 것이다. 난 지금도 늘 여행의 마지막을 호화판(?)으로 장식하는 습관을 따른다. 일종의 기념행사 같은 것이다. 호텔의 밴이 역까지 마중을 나왔고 나는 지어진 지 얼마 되지 않는 유럽풍 빌라에 여장을 풀었다. 그리고 호텔을 나서 릭샤를 타고 시내로 향했다. 해가 진 후 해변으로 불어오는 바닷바람은 제법 쓸쓸했고 1월의 냐짱은 비수기에 접어들어 한산했다. 말이 통하지 않는 릭샤운전사에게 나는 그저 시내로 가자고 했다. 릭샤는 해변도로를 따라 천천히 달린 후 이윽고 어느 음침한 골목으로 들어가 붉은 벽돌건물 앞에 나를 내려놓았다. 식당은 분명히 아닌 그곳에서 내가 주춤하고 있을 즈음 건물에서는 짧은 머리에 험상궂은 인상의 사내가 나와 나를 1층의 홀로 끌고 들어갔다. 나는 그곳이 유곽 같은 곳임을 직감적으로 알아채고 돌아나왔지만 내가 타고 왔던 릭샤는 오간 데 없이 사라진 다음이었다. 정신없이 어두운 골목길을 빠져나왔을 때 나는 그 릭샤가 대로변에서 나를 기다리고 있음을 보았다. 너무 빨리 나온 나를 그는 의아스러운 눈초리로 훑었다. 봉변을 당할지도 몰랐던 나는 어이가 없어 그를 타박했지만 말은 통하지 않았고 나는 그에게 호텔로 돌아가자고 손짓으로 말했다. 그 말을 알아들었는지 릭샤는 나를 태우고 호텔쪽 방향으로 가더니 이번에는 네거리의 담배 파는 좌판 앞에 차를 대는 것이었다. 나는 윗주머니에 있던 담배를 꺼내 보여주며 고개를 흔들었지만 그는 막무가내로 나를 내려놓고는 담배를 파는 여자를 가리키는 것이었다. 점입가경인 그에게 나는 몹시 화를 냈다. 나는 남자였고 어디서나 좀더 많은 것을 보기를 원했기 때문에 어디에나 있게 마련인 유곽 따위의 장소를 마다하는 사람은 아니었다. 그러나 그때 내게 베트남은 초행길이었고 내 머리와 가슴을 가득 채웠던 것은 소련조차 몰락한 이 지구에 몇 남지 않은 공산주의의 나라 베트남이었으며, 1975년 이 땅에서 제국주의 미국을 패퇴시킨 바로 그 베트남이었다.

버스는 냐짱의 어느 호텔 앞에 멈추었다. 다랏 항응아게스트하우스의 선례도 있고 해서 나는 방 몇개를 둘러보고는 그중 하나에 여장을 풀었다. 호텔에서 오토바이를 빌려 타고 나와 기억을 더듬으며 천천히 달렸다. 호텔은 냐짱시내의 중심지 이면도로에 있었고 담배를 팔던 좌판이 있던 해변도로 초입의 네거리 그 자리에는 신기하게도 여전히 담배좌판이 있었다. 다만 늙은 노인이 좌판을 지키고 있다.

해변에서는 제법 후텁지근한 바닷바람이 불어왔다. 오토바이를 달려 뽀나가르부터 찾았다. 판랑의 뽀끄롱가라이와 함께 대표적인 중남부의 짬빠유적지 중 하나인 뽀나가르는 뽀끄롱가라이보다 한참 전인 7세기에서 12세기 사이에 지어진 사원이다. 역시 언덕 위에 자리잡고 있는데 냐짱 앞바다로 흘러들어가는 까이(Cai)강을 굽어보는 언덕이어서 강과 다리 그리고 냐짱해변을 한눈에 내려다볼 수 있다.

오토바이를 보관소에 맡기고 언덕으로 오르는 돌계단 옆에는 인래의 입구인 만다파(Mandapa)가 있다. 애초에는 24개의 기둥이 세워져 있었던 모양

나짱의 뽀나가르 짬빠유적지.

인데 지금은 10개만 남아 있다. 탑들은 모두 동쪽 바다를 바라보고 있다. 뽀끄롱가라이사원에 비하면 단순한 양식 때문이기도 하겠지만 복원흔적이 역력해 판랑에서 느꼈던 감동을 되살리기에는 부족하다. 7~8개의 탑이 있었다고 하지만 지금 남아 있는 것은 4개뿐이다. 7세기에는 목조탑이었다고 하는데 8세기 말 자바의 침입으로 파괴된 것을 다시 돌과 흙벽돌로 지었다고 한다. 가장 큰 탑인 북쪽의 탑은 뽀끄롱가라이사원과 비슷하다. 입구의 위쪽에는 네 개의 팔을 가진 시바의 부조가 둘 있고, 그중의 하나는 황소모습을 한 나딘(Nardin)의 머리 위에 서 있다. 탑의 중앙에는 시바의 화신인 샤크티(Shakti)의 석상이 모셔져 있다. 역시 힌두사원이고 힌두신화에서 유래한 캐릭터들이건만 그 생김새는 앙코르의 그것과 다르고 분위기도 다르다. 결국은 짬과 크메르의 차이일 것이다. 오늘날 뽀나가르는 불교사원으로 이용된다. 베트남 중부에서 짬빠의 흔적과 대면하는 것은 냐짱의 뽀나가르가 마지막이다. 다낭의 짬(Cham)박물관에도 가보고 싶지만 아쉽게도 다음 기회로 미루어야 한다.

다시 오토바이를 몰고 혼쫑(Hon Chông)곶을 찾았다. 벌거벗고 목욕을 하던 선녀를 훔쳐보다 하늘에서 떨어진 거인이 만들었다는 혼쫑곶은 '전설 따라 삼천리'에 나옴 직한 장소이다. 거인은 그후 선녀와 행복하게 살다가 신의 노여움을 사 재교육수용소로 보내졌고, 선녀는 거인을 기다리다 돌아오지 않자 슬픔에 겨워 자리에 누워 그대로 산이 되었다. 이 전설을 전하는 글에서도 그렇게 말하고 있지만 거인이 재교육수용소로 보내졌다는 내용은 1975년 이후에 윤색된 것이다. 심각하다면 심각한 윤색인데도 슬며시 웃음이 나오는 것은 어쩔 수가 없다. 전설의 거인이 재교육캠프에 수용되다니 원, 상상력하고는……

혼쫑곶은 냐짱의 대표적인 유원지이다. 쌍쌍의 연인들이 곳곳에 눈에 띄

노을 진 냐짱해변. ⓒ이시우

고 부대식솔한 가장들도 그 틈에 끼여 남중국해의 바람과 시원한 경치를 만
끽한다. 자릿세를 받는 상인들은 널려 있지만 가장 기본적인 욕구를 해결하
는 데에는 미처 신경을 쓰지 못한 탓인지 똥무더기가 여기저기 풀숲 사이에
살짝살짝 숨어 있다. 모두 이해할 수 있는 일이지만 그중의 하나는 거의 절
벽에 가까운 낭떠러지에 붙어 있어 엽기적인 상상력으로도 쉽게 그 탄생의
현장이 그려지지 않는다. 바람은 몹시 거세다. 내 몸무게로는 게처럼 저절로
옆걸음을 치게 된다.

　나짱해변은 베트남의 에메랄드로 일컬어지는 최고의 해변 중 하나이다.

동부의 해안선만 1,600km에 달한다는 베트남에서 이만한 해변이 흔하지 않다는 사실이 믿겨지지는 않지만 그렇다고 해서 냐짱이 그저 평범한 해변이라는 것은 아니다. 거의 일직선으로 뻗은 6km의 천연백사장과 크고 작은 섬들 그리고 에메랄드빛으로 투명한 바다는 냐짱의 명성이 과장이 아님을 말해준다. 게다가 베트남의 배꼽쯤에 자리를 잡았으니 북에서 내려온 사람들에게는 따뜻할 것이요 남에서 올라온 사람들에게는 시원할 것이다.

다랏이 고산의 휴양지라면 냐짱은 해변의 휴양지이다. 수영은 물론 낚시와 스노클링, 스쿠버다이빙을 즐기기 딱 좋은 곳이고 섬들을 돌아다니다 적당한 곳에서 수영을 즐길 수 있는 보트투어로도 유명하며, 해변에서는 보트패러글라이더를 타고 하늘을 날 수도 있다. 이렇게 천혜의 휴양지이다보니 최고급에서 여관 수준까지 다양한 숙박시설은 물론 갖가지 해물요리와 마싸지 등의 써비스를 모두 해변에서 해결할 수 있다. 해변을 따라 4차선 도로가 일직선으로 시원스럽게 뻗어 있고, 그 양편에 그 모든 것들이 모여 있기 때문이다. 오토바이를 타고 그 도로를 달려보니 놀이공원에 수영장까지 들어섰다. 시내를 중심으로 조금만 벗어나도 한산하던 것이 그동안 이렇게 달라졌다.

시내의 반대편인 남쪽 언덕에는 바오다이의 별장이 있다. 이곳은 다랏의 여름궁전과 함께 마지막 황제 바오다이의 양대 휴양지에 든다. 여름궁전과 달리 냐짱의 바오다이별장은 아예 고급호텔로 바뀌었다. 모두 다섯 채인 이 별장이 서 있는 언덕의 남쪽 끝은 혼쫑곶과는 또다른 전망과 분위기를 자아내는데 역시 격조와 품위로 보면 바오다이별장이 한수 위임에는 분명하다. 초입부터 나무들이 울창하고 그 숲 사이와 언덕 위에 프랑스풍의 별장들이 도도하게 고개를 내밀고 있거나 숨어 있다. 별장의 내부를 구경하려면 입장료가 아니라 숙박료를 내야 하니 속절없이 돌아설 수밖에 없다. 하긴 그나마 별장이 있는 언덕의 입구를 지나는 데에도 입장료와 오토바이 보관료를 물어야 했다. 언덕을 내려오는 길가에 바라밀나무와 망고나무가 열매를 푸짐하게 매달고 바람에 잎들을 흔들고 있다. 손을 대는 자가 없으니 역시 한때의 바오다이별장의 품격을 유지하고 있다. 바오다이별장은 바오다이가 베트남을 떠난 후 남베트남의 대통령 응우엔반티우(Nguyen Van Thieu, 阮文紹, 구엔반티우)가 사용하기도 했고 1975년 이후에는 팜반동(Pham Van Đong) 수상 같은 이들이 사용했다. 오랫동안 황제별장의 격조를 최소한 유지해오다 이제는 고급이기는 해도 호텔로 전락(?)했으니 다랏의 여름궁전처럼 안쓰러운 신세보다야 낫지만 크게 다를 것도 없는 처지가 되어버린 셈이다.

다음날 저녁 후에로 떠나는 열차표를 예약하고 아침 일찍부터 한나절 가깝게 스쿠버다이빙에 나서기로 했다. 냐짱의 그 에메랄드빛 바다에 대해서는 하도 여러번 떠들었던 터라 동행인 베테랑다이버 김주형 화백의 물속탐을 어찌할 재주가 나로서는 없다.

스쿠버다이빙투어는 두 번 다이빙을 시켜준다. 냐짱의 가장 인기있는 레저스포츠의 하나인지라 매일 있는 투어이지만 10여명의 멤버들이 보트를 꽉 메웠다. 다이빙 지점은 이른바 마돈나섬을 지나 제법 큼직한 섬의 뒤편. 슈트(suit)를 입고 공기통을 메고 레귤레이터(regulator)를 물어야 하는 등 번거롭기 짝이 없는지라 간단한 레저가 아니지만 일단 물 속에 잠기면 눈앞에 펼쳐지는 풍경은 물 위에서는 볼 수 없는 것이어서 힘들게 내려간 보람이 있다. 가시거리는 기대처럼 확보되지 않지만 제주도 근해만큼은 된다. 기기묘묘한 산호초들과 색색의 열대어들이 오가는 냐짱의 바다 속. 수심계는 15m까지 가리키지만 대개는 10m를 오르내린다. 도통 패류가 보이지 않는 것이 섭섭하다.

다이빙투어에서 돌아온 오후. 호텔은 이미 체크아웃을 한 다음이라 변변히 민물로 몸을 헹굴 곳도 없어 보트에서 대충 헹군 것으로 만족하고 배낭들을 다이브숍에 맡기고 호텔 옥상에 올라가 한참 정신없이 단잠을 자다 해변을 거닐기도 하면서 열차시간에 맞추어 다이브숍에 돌아오니 젖꼭지에 아령을 매달아 기억에 남은 강사가 입간판에 '한국어'라는 글자를 써달라며 분필을 내민다. 말인즉슨 한국어도 가능하다는 선전문구인 셈인데 한국말을 할 수 있는 사람이 있냐는 물음에는 대답을 얼버무린다. 결국은 과장, 허위광고에 동참하는 셈이긴 하지만 그래도 생사를 같이하며 남중국해의 바다 속을 함께 유영했던 동지의 부탁이라 매몰차게 거절하지 못하고 칠판 한구석에 '한국어'라고 적어주었다. 모쪼록 냐짱에 들르는 한국인 관광객들은 다이브숍의 입간판에 한국어라고 적혀 있는 것을 액면 그대로는 믿지 마시라.

냐짱역은 사람들로 제법 번잡하다. 냐짱에서 후에까지는 하룻밤을 꼬박 달려야 한다. 역의 매점에서 음료수 하나를 사는데 값이 또 터무니없다. 돈을 도로 달라니 그제야 값을 좀 깎아준다. 기분이 들척지근하기는 매한가지이다. 베트남정부가 시행하는 공식적인 이중가격제는 외국인에게 열배가 넘기도 하는 요금을 물리지만 그럭저럭 참고 넘어간다 하더라도 상인들이 너나없이 자발적으로 동참하는 비공식적인 이중가격제는 베트남을 여행하는 사람들을 피곤하게 하고 기분을 상하게 하는 주범이다. 관광지에서 바가지 쓰는 일과는 또다른 것이다. 한적한 시골길의 구멍가게에서도 대개는 예외가 없으니 공연스레 신경은 곤두서고 불친절하고 거친 사람들이라는 느낌을 받게 된다.

후에, 씨멘트로 덧발라진 고풍스러움 ◉ ◯

베트남의 열차 침대칸은 두번째 타보는 것이다. 굳이 비교하자면 유럽식이라고 할 수도 있지만 그보다는 소련식에 가깝다. 시간이 맞지 않아 일반열차의 침대칸 표를 구했다. 누워서 가는 침대칸은 앉아서 가는 일반칸과 마찬가지로 딱딱한 칸과 부드러운 칸으로 구분된다. 물론 부드러운 쪽이 더 비싸다. 한 칸에 침대는 두 개씩 양쪽에 놓여 있고 중간에는 잡동사니를 올려놓을 수 있는 작은 접이식 탁자가 있다. 어디에서 몰려나오는지 먼지보다 조금 큰 것에서부터 새끼손톱만한 것까지 바퀴벌레가 쏟아져나온다. 차창은 철창으로 막혀 있어 운치 있는 열차여행은 난망(難望)한 일이다. 잠들었을 때 바퀴벌레가 몸을 기어다니다가 집으로 삼아 눌러앉지만 않았으면 하는 마음이 간절하다.

역에 정차하기 전후를 빼놓고 열차의 모든 출입구는 자물쇠로 잠겨 있다. 창에 철창까지 매달아놓았으니 열차가 달리는 도중에 불이라도 나거나 전복이라도 되면 꼼짝없이 염라대왕 앞에 신고를 해야 할 판이라 슬며시 등골이 오싹해지지만 그동안 해외토픽에서 베트남의 열차사고를 접했던 기억은 없어 그나마 마음이 놓인다.

열차는 단조롭게 덜커덩거리고 어느새 깜빡 잠이 들었다가 눈을 뜨니 훤히 동이 트는 새벽이다. 어디서나 등만 붙이면 이렇게 잠이 드니 참으로 장하다. 유재현.

후에에 도착하려면 아직도 몇시간은 족히 달려야 한다. 열차 안이나 구경하자고 칸을 건너 오갈 때 뜻밖의 장면이 눈에 들어온다. 차량 사이 자물쇠로 잠긴 출입구 너머에서 사람의 머리가 보였던 것이다. 어떻게 나갔는지도 의아하지만 저렇게 달리는 열차에 매달려 있으니 사고라도 나면 어쩔까 싶어 마음이 조마조마한데 아뿔싸 그 비좁은 철창 사이로 여인네 하나가 마술

후에의 응오몬성.

이라도 하듯 비집고 들어온다. 모르긴 해도 무임승차중인 아낙일 것이다. 저렇게라도 안전한 열차 안으로 들어올 수 있으니 다행이다.

열차는 15시간 만에 고도(古都) 후에에 도착했다. 예정보다 한 시간 가량 늦은 셈이다. 역은 후에의 한가운데를 도도히 흐르는 흐언(Hương)강을 코앞에 두고 있다. 늦은 아침이라 해는 중천에 가까운데 날은 뜻밖에도 무덥지 않다. 하긴, 북위 17도선을 지척에 두고 있는 후에인 것이다. 남에서 북으로 향하는 여정이 문득 실감으로 다가온다.

베트남에서 호찌민과 하노이를 제외한다면 가장 널리 알려져 있고 유네스코(UNESCO)로부터 세계문화유산으로 지정까지 받은 후에는 그 명성에 비하면 그저 어느 작은 지방소도시 같은 느낌이다. 고도라고 서슴없이 부르기에는 역사도 그리 장구하지는 않다. 거슬러올라가도 후에에 성(城)을 들인 것은 17세기 말엽이고 남조의 수도가 된 것은 18세기 중엽이다. 이후 떠이선의 반란을 제압하고 남북조를 통일했으며 스스로를 황제로 칭한 자롱이 세운 응우엔왕조의 도읍이 되는데 그때는 이미 19세기에 들어서이다. 그러니 길게 보아도 고도 후에의 역사는 200년이요, 짧게 보면 150년이 고작이다. 또 응우엔왕조는 그 왕조사의 대부분을 프랑스제국주의의 간섭과 지배에서 벗어나지 못했다. 고도라고 말하기가 그리 마땅치 않을 수밖에 없다.

그러나 후에야말로 베트남 근현대사의 오욕을 온몸으로 겪은 곳이니 식민지와 전쟁과 혁명의 소용돌이에서 조금도 비껴서지 못하고 그 중심에 있어야 했다. 응우엔왕조는 코친차이나를 프랑스에게 내주었고 안남과 통킹을 보호령으로 내주었다. 후에는 1954년 제네바협정 뒤에 남북의 피비린내 풍기는 전쟁의 한가운데에서 폐허가 되어야 했다. 혁명의 승리 뒤에도 그 처지는 별로 달라지지 않아서 하노이를 혁명수도로 한 북베트남은 전쟁으로 폐허가 된 후에를 그대로 방치해 도이머이 이후 관광객들이 후에를 찾아 달러를 뿌리기 전에는 그야말로 찬밥신세를 면치 못했다.

프랑스 식민지시대에도 근근이 유지되던 후에에 불똥이 튄 것은 아무래도 1954년 이후이다. 남북이 대치하고 미군이 몰려와 전쟁을 벌이던 시기에 후에는 비무장지대인 북위 17도선의 바로 아래에 있어 치열한 격전지 중 하나가 되어야 했던 것이다. 1968년의 구정공세는 그무렵 후에가 겪은 가장 큰 사건일 텐데 후에는 남베트남 전역에서 봉기했던 구정공세의 와중에 25일 동안이나마 민족해방전선이 점령한 도시로 기록되었다. 그 댓가는 처참한 것이어서 후에를 둘러싼 전투에서만 무려 1만여명이 전사했고 연일 벌어진 전투로 황궁과 성은 폐허로 변했다. 구정공세에서 전사한 민족해방전선 게릴라는 모두 3만 5천여명으로 추산되는데 1만여명이 전사한 후에전투는 단일전투로서는 가장 치열한 전투였다. 미군은 단 150명이 전사했다.

북베트남이 주도했던 구정공세는 군사적으로는 무모하기 짝이 없는 공격으로 정평이 났다. 그러나 그 결과는 북베트남보다는 남베트남의 민족해방전선에 더욱 치명적이었다. 남베트남의 민족해방전선은 구정공세 이후 기력을 회복하지 못하고 지리멸렬한 행보를 거듭할 수밖에 없었고, 그 사정은 1975년 남북이 통일될 때까지도 마찬가지여서 통일 이후 북베트남이 주도한 대대적인 숙청에서 남베트남 민족해방전선은 속절없이 당해야 했다. 북베트남은 이후 남베트남의 경찰서 하나에까지 북베트남 출신을 내려보내 남북의 골이 깊게 파이게 했다. 그 과정에서 야기된 모든 갈등을 무력으로 봉쇄했음은 두말할 나위가 없다. 1945년 해방 이후 남로당과 빨치산의 운명을 익히 잘 알고 있는 우리로서는 남베트남의 민족해방전선이 통일 후 걸어야 했던 길에 무심할 수 없는데 베트남에서 이 문제가 공식적으로 제기되었던 적은 한번도 없었다.

터무니없는 것은 구정공세가 미군이 베트남에서 패퇴하는 극적인 계기였다고 평가하는 것이다. 물론 사실이다. 구정공세 이후 미국 내의 반전운동은 더욱 치열해졌다. 군사적으로 승리한 전투임에도 불구하고 전쟁을 주도했던 미국의 군산복합체는 심각한 정치적 위기로 몰릴 수밖에 없었다. 그러나 구정공세를 주도했던 하노이의 베트남공산당 지도부가 미국 내의 반전운동에 영향을 주기 위해 구정공세를 계획했을 리는 없다. 따라서 군사적 과오인 구정공세만을 놓고 보면 통일 후 어떤 형태로건 책임공방이 벌어졌어야 마땅한데 지금까지도 구정공세는 남북베트남 인민들의 영웅적인 투쟁 그 이상도 이하도 아닌 것으로 취급된다. 통일 후의 권력에서 남베트남 출신들이 철저히 배제된 결과이다.

이처럼 후에는 응우옌왕조와 남베트남 민족해방전선의 몰락이 기묘하게 교차하는 도시이자 역설적이게도 베트남 공산주의정권의 오늘이 있게 한 도시이기도 하다. 호찌민은 후에에서 북으로 꽤 널리 벌어져 있시만 중부베트남인 응혜안(Nghe An) 출신으로 후에의 국립중학에 잠시 다닌 적이 있다.

게다가 이 학교는 보응우엔지압과 팜반동 수상 그리고 도무오이(Đo Muoi) 수상을 배출한 학교로 후일 베트남 공산주의정권에서 권력의 핵심을 이룬 엘리뜨의 산실이었다. 국립중학은 지금 후에에서 호찌민박물관과 함께 가장 훌륭한 건물 중 하나여서 그 내력을 말없이 드러내고 있다.

고도 후에. 발음은 '훼'에 가깝다. 여하튼 베트남현대사의 족적을 훑어볼 수 있는 흔적은 남아 있지 않지만 황성 앞에 버티고 있는 거대한 국기게양대 가 그 모든 것을 압축해서 보여준다.

황성의 응오몬(Ngo Môn)을 마주보고 3층의 콘크리트기단 위에 세워진 국 기게양대는 베트남에서 가장 크고 높은 것이면서 세계 어디에 내놓아도 그 자리를 쉽게 위협받지 못할 규모이다. 규모에 압도되는 것은 37m에 불과한 높이 때문이 아니라 게양대를 떠받치는 콘크리트기단의 장대함 때문이다. 연원으로 따지면 이미 1809년에 세워져 '왕의 기사'라는 별명을 얻었지만

황궁을 짓누르듯 우람하게 세워진 국기게양대. 그 규모가 상상을 초월한다.

1975년 이후에는 황성적기를 펄럭이고 있다.

　나는 중부베트남을 거쳐오면서 응우엔왕조가 후에를 도읍으로 정한 이유를 이해하지 못했다. 메콩삼각주를 벗어난 후 지나친 중부베트남의 풍경은 사람이 운신할 수 있는 산등성이란 산등성이에는 모두 화전을 일구는 연기가 피어오르고, 바위의 틈에까지 바나나를 심어놓은 척박한 땅의 연속이었다. 비엣족에 앞서 이 지역을 지배했던 짬빠왕국 역시 그런 한계로 바다로 나가거나 산맥을 넘어 서쪽으로 향할 수밖에 없었다. 남북조를 통일한 응우엔왕조가 하노이 대신 굳이 후에를 수도로 정한 것이 오로지 이곳이 남조의 도읍이었기 때문이라니 선뜻 납득하기 어려웠다. 그러나 갑작스레 넓은 평야가 펼쳐지고 시원스럽게 흐언강이 흐르는 후에에 와서는 그도 이해 못할 바는 아니었다. 또한 곰곰이 생각해보니 응우엔왕조를 세운 자롱은 와신상담 시절에 자신을 도와준 크메르왕조의 등을 쳐 메콩삼각주에 군대를 보내 점령할 정도로 남부의 땅에 큰 집착을 보였으니 그로서는 홍강삼각주만을 바라보는 하노이를 도읍으로 하기보다는 홍강삼각주와 메콩삼각주를 모두 공평하게 통치할 수 있는 후에를 더욱 마땅하게 여겼을 것이라 짐작할 수 있었다. 게다가 후에는 언뜻 보기와는 달리 만만치 않은 요새이다. 도도한 흐언강과 사주(砂洲)가 발달하여 군함이 접근하기 어려운 해안 그리고 산맥으로 막혀 있는 서쪽으로는 여간해서는 침범하기가 어렵게 되어 있는 것이다. 게다가 황성 주위로는 폭 30m, 깊이 4m의 해자가 둘러싸고 있어 수비에도 만전을 기했다. 흐언강의 물을 끌어온 것이다.

베이징(北京)의 자금성(紫禁城)처럼 '금단의 황도'로 불리는 후에의 황성은 1804년 황제 자롱의 명으로 건설되기 시작했다. 중국과 전쟁을 벌이면서도 그 영향을 강하게 받았던만큼 후에에 지어진 황성의 근본은 중국의 것과 크게 다르게 보이지 않는다.

황성은 복원되고 있다고는 하지만 '황성옛터'를 연상하면 딱 좋을 만큼 폐허이다. 하긴 제국주의의 침략과 1947년 이후 프랑스와의 본격적인 전쟁, 이후 미국과의 전쟁만으로 이 황성터는 폐허가 되기에 충분했다. 마침내 총성이 멈추고 1975년 이후 성 안에는 민가들이 들어서고 농토로 개간되어 제법 오랜 세월을 보냈다. 지금의 황성유적지는 1993년 유네스코가 세계문화유산으로 지정한 후 복원을 시작해 지금에 이른 것이다. 그래서인지 아직도 복원이 한창이고 그다지 볼 만한 것이 많이 남아 있지는 않지만 오히려 그런 폐허의 쓸쓸함과 비애가 훌륭하게 어울리는 곳이 이 황성이다.

따져보면 황성의 수난은 1885년 통킹에서 프랑스의 간섭에 저항한 황제 함기(艦旗)를 응징하기 위한 프랑스군에 의해 사흘간 불길에 휩싸였다는 바로 그날부터 시작된 것이다. 당시 황성에 남아 있던 책이란 책은 모두 깨끗하게 소실되었으며 재물은 모기장과 이쑤시개에 이르기까지 약탈되었다. 강화도를 덮쳐 외규장각(外奎章閣)을 불사른 프랑스의 무지한 군인들은 일부는 태우지 않고 고스란히 집어가 오늘날 반환요구라도 할 수 있으니 그나마 좀 낫다고 해야 할지. 여하튼 프랑스군이 태워버린 황성은 프랑스의 손을 빌려 다시 근사하게 태어났다. 지금 황성은 프랑스의 입김이 만만찮게 스며들어가 있는 그 즈음의 황성으로 복원되는 참이다.

헌데 수수께끼 같은 의문은 지금 눈에 띄는 대부분의 건물들과 석상들이 대개는 씨멘트로 만들어졌다는 것이다. 언뜻 보면 검은 이끼가 끼고 군데군데 헐어 마치 수백년은 되어 보이지만 그것도 눈에 힘을 주고 보면 모두 씨멘트가 부리는 요술이다.

황궁 정원 한편에 세워진 조각. 청동으로 만들어진 듯하나, 자세히 보면 이것도 씨멘트로 만들어졌다.

쉽게 이끼가 끼고 변색하는 특성 탓에 수삼년의 세월로도 수백년의 분위기를 유감없이 연출하는 것인데 씨멘트가 유적지의 건물을 복원하는 데 이처럼 신묘한 효능을 갖고 있음을 좀더 일찍 알지 못한 것이 억울할 뿐이다. 건물과 기와뿐 아니라 애초에는 청동이나 돌로 만들어졌을 것이 분명한 조각에서도 씨멘트는 여전히 그 절묘한 힘을 발휘한다. 금색을 칠해두어 청동인가 했던 사자상도 가까이서 보니 역시 씨멘트였다. 그 기술을 인정해주어야 하는 것은 이것들 중에는 거푸집에서 찍어낸 것도 없지는 않겠지만 대개는 씨멘트 그 자체로 조각을 한 것이다. 동행한 김화백은 벽의 부조 같은 경우는 씨멘트를 바르고 천 같은 것을 이용해 굳기 전에 모양을 만들어냈을 것이라고 추측하는데 그렇다면 이 또한 이미 예술의 경지에 오른 것이 분명하다. 돌이나 금속을 다루어야만 예술이고 씨멘트를 다루면 기술이라고 비하할 법은 누구도 만들지 못할 것이다.

또 짧게 보면 불과 100여년 전에 지어진 것인데 당시에도 씨멘트를 사용했다면 고증과 복원이 결코 잘못된 것만은 아니리라. 과연 씨멘트는 언제부터 건축에 이용되었던가? 돌아와 알아보니 수천년 전부터 인류는 씨멘트를 사용했다고 한다. 피라미드를 세워올릴 때에도 석회와 석고를 섞은 일종의 씨멘트가 사용되었고, 로마시대에도 석회와 화산재를 섞은 씨멘트가 있었다고 한다. 또 19세기 초에 영국의 한 벽돌공이 오늘날의 씨멘트와 성분이 비슷한 씨멘트를 개발해 특허를 얻었다고 하니 내 의심은 가설로 발전해간다.

후에의 압권은 사실 폐허와 다름없는 황성의 유적보다는 그나마 형체를 좀더 온전하게 보존하는 황릉들이다. 후에 주변에는 응우엔왕조의 능들이 산재해 있어 당장 가볼 만한 곳으로 회자되는 것만도 4대인 뜨득(Tư Đức)의 능과 뜨득의 조카인 동칸(Đông Khanh)의 능, 티에우찌(Thiêu Trị)의 능, 민망(Minh Mang)의 능과 시조인 자롱의 능을 꼽을 수 있다. 그들에 비하면 조선왕조의 능은 단순미와 소박미가 넘친다고밖에는 달리 할 말이 없다. 규모와 구조, 조경 등에 있어서 당장 비교하기가 어려운데 압권 중의 압권은 역시 뜨득의 능이라고 하겠다.

감자처럼 둥글게 둘러싼 담 안의 능은 섬과 정자를 둔 인공연못과 구불구불한 길을 따라 꾸며진 호사스러운 정원, 사원, 탑, 밧짱(Bat Trang, 베트남 전통도기)벽돌이 깔린 보도(步道), 심지어는 극장까지 지어져 있어 작은 왕궁을 방불케 한다. 뜨득의 능은 1864년부터 3년간 지어진 것으로 이집트의 왕처럼 뜨득이 생전에 직접 지은 것이다. 뜨득은 1883년에 죽은 후 이 능에 묻혔으니 살아서 19년 동안이나 자신의 능을 틈틈이 돌보았을 것이다.

이처럼 호사스러운 능을 생전에 지은 뜨득은 응우엔왕조 역사상 가장 치욕스러운 일생을 보낸 황제 중 하나로 꼽힌다. 1848년에 즉위한 뜨득은 선황

뜨득황릉의 담. 벽돌에 씨멘트를 덧발랐다.

인 티에우찌가 가톨릭선교 사들을 처형한 것을 빌미로 프랑스가 다낭을 공격한 이 듬해에 즉위한다. 프랑스는 1859년에 사이공을 점령하 고 마침내 1862년에 코친차 이나를 넘겨받는 조약을 체 결했다. 어이없게도 그는 코 친차이나를 프랑스에 넘겨 준 후 화답이라도 하듯 곧 자신의 능을 짓기 시작했다. 뜨득은 그 어느 황제 보다도 오랫동안 황위에 있었다. 그 때문에 사나운 꼴은 모두 죽기 전에 자 신의 눈으로 보았다. 결국 프랑스가 1882년 하노이를 점령하는 꼴을 보았고 그는 이듬해에 마침내 죽어 생전에 손질하던 능에 묻혔다. 프랑스는 그가 죽 은 1883년 후에 군대를 끌고 들어와 통킹과 안남의 보호령조약을 체결했 고 베트남식민지화의 일단락을 지었던 것이다.

당시 조선은 개항기말, 열강들의 각축장이 되었던 시기여서 이처럼 비참 한 꼴이 되려면 좀더 시간이 필요했지만 묘하게도 이후 베트남과 한반도는 닮은꼴의 길을 걷게 되고 급기야는 한반도의 군대가 베트남의 전쟁에 참전 하는 악연까지 겪게 되니 그 인연의 끈질김을 한탄하게 한다.

뜨득의 능을 돌아본 소감을 굳이 말하자면 얼마나 무료했기에 자신의 무 덤에 이토록 정성을 쏟았을까 하는 것이다. 한편으로는 딱한 심정이 들기까 지 한다.

후에에서 눈길을 끄는 것은 황성이나 능보다도 티엔무(Thiên Mu)로 불리 는 불교사원이다. 1954년 제네바협정 이후 남북으로 분단된 베트남의 남쪽에서는 응오딘디엠이 정권을 장악했는데 그가 얼마나 부패하고 타락한 독재 자였는지는 새삼 거론할 필요도 없다. 남베트남에서 그 응오딘디엠정권에 대항하던 세력들 중 하나는 불교승려들이었는데 후에의 티엔무사원은 그 본 산 가운데 하나였다. 그 시기 전세계의 해외토픽란을 장식했던 사진 한 장이

분신을 결심한 틱꽝득이 탔던 승용차.

있다. 남베트남의 승려인 틱꽝 득(Thich Quang Du'c)이 응오 딘디엠정권의 폭정에 항거해 가부좌를 틀고 분신하는 장면 을 찍은 사진이었다. 1963년 6 월 11일 사이공의 판딘풍(Phan Dinh Phung)거리와 레반두엘 (Le Van Duyel)거리의 교차로 에서였다. 티엔무사원의 뒤뜰 에는 당시 틱꽝득을 사이공으로 태워다준 바로 그 승용차가 전시되어 있다. 틱꽝득은 이 차에서 내리자마자 가부좌를 틀고 자신의 몸에 기름을 부은 후 불을 붙였다. 결국 1963년 11월에 남베트남에서는 군사쿠데타가 일어나 응 오딘디엠은 권좌에서 물러나게 된다.

이 충격적인 분신은 응오딘디엠정권의 몰락을 가속화하는 계기가 되기도 했지만 이후 남베트남에서 반정부투쟁에 나선 승려들의 연이은 분신항거의 시작이기도 했다. 어찌 보면 우리의 민주화투쟁에서 분신을 택했던 이들도 종교와 이념을 떠나 틱꽝득의 분신과 무관하지는 않은 것이어서 티엔무사원 의 승용차 앞에서 한동안 서성일 수밖에 없었다. 언젠가 한강성심병원에서 의 기억을 떠올리면서.

4월 30일. 하늘을 가린 먹구
름으로 사방이 어둑하다. 28
년 전 사이공이 함락된 날을 기념이라도 하는 것일까. 6시부터 서둘러 동하
(Dông Ha)로 가는 버스를 기다려 올라탄다.

벤하이강 다끄롱다리 앞에 세워진 기념탑.

비무장지대로 향하는 길이다. 1954년
제네바협정에 따라 북위 17도선을 경계
로 남북이 나뉜 베트남은 그 위도를 따
라 비슷하게 흐르던 벤하이(Bên Hai)강
남북으로 한시적인 비무장지대를 설정
했다. 한반도가 그랬듯이 베트남의 그
누구도 이 비무장지대가 20여년의 분단
으로 이어지리라고 예측하지는 못했을
것이다. 그러나 역사는 반복되었고 베
트남은 한반도가 걸었던 길을 그대로
따라 걸었다.

쉽사리 이해할 수 없는 것이 있다. 제네바협정의 의제가 '한반도와 인도차
이나에서의 평화를 위한 회담'이었음에도 불구하고 무슨 이유로 베트남은 제
2차 세계대전 후 가장 치열하고 참혹했던 한국전쟁에서 아무런 교훈을 얻지
못했을까? 1956년으로 예정되었던 남북베트남 총선은 한반도에서처럼 단독
선거로 귀결되고 분단은 고착되었으며 결국은 전쟁으로 폭발하고 말았다.
그 결과 300만명의 베트남인이 목숨을 잃어야 했다. 오늘 베트남의 허리를
잘랐던 과거의 비무장지대로 가는 길에서 나는 다시 안타까움을 떨쳐버릴
수 없디.

후에를 떠나 북으로 달리는 버스는 얼마 뒤 거센 폭우를 만났다. 장대 같

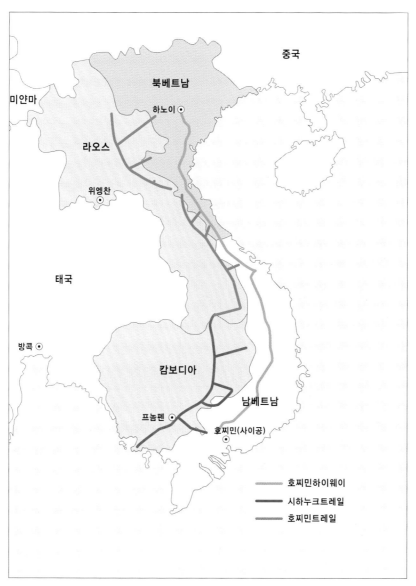

중국

미얀마

북베트남

하노이 ⊙

라오스

위엥찬 ⊙

태국

방콕 ⊙

캄보디아

남베트남

프놈펜 ⊙

호찌민(사이공) ⊙

━━ 호찌민하이웨이
━━ 시하누크트레일
━━ 호찌민트레일

호찌민트레일.

은 빗줄기가 쏟아져내리는 하늘은 이미 먹구름으로 가득 뒤덮여 있고 길가로 간간이 나타나는 저수용 구덩이에는 삽시간에 붉은 물이 가득 찬다.

전쟁이 비무장지대에 남긴 상흔은 아직도 역력하다. 잘록하게 좁아든 베트남의 허리를 가로지른 비무장지대 주변지역은 미군과 북베트남 정규군의 격전지였으며 호찌민트레일(Hô Chi Minh Trail)이 지나는 요충지 중 하나이기도 했다. 호찌민트레일은 북베트남과 남베트남을 잇는 군수물자와 병력의 보급로로 라오스와 캄보디아를 거쳐 뚫린 수많은 루트의 총칭이다. 미군은 호찌민트레일의 존재를 명분 삼아 라오스와 캄보디아를 폭격하기도 했다. 전쟁 후 호찌민트레일의 일부는 도로로 개발되기도 했고 다리가 되기도 했으며 흔적없이 사라지기도 했을 것이다.

그 트레일의 어느 한 루트였을 길옆에는 라오족이 모여 사는 작은 마을이 있어 산란한 마음을 누그러뜨리게 한다. 해발 400~500m를 다투는 고산이랄 것도 없는 산간지대이지만 이 지역에는 소수민족들이 광범위하게 분포해 있다. 전쟁이 한창일 때, 이들은 미군과 남베트남군에 협조하거나 아니면 북베트남군과 민족해방전선에 협조해야 하는 양자택일에서 벗어날 수 없었다. 사정에 따라 다른 길을 걸었겠지만 지금 이들 소수민족은 중부에서 가장 빈곤한 계층으로 분류된다. 남과 북을 가르고 사상을 기준으로 양자택일을 강요받았을 그들도 결국은 전쟁의 희생양이었을 뿐이다.

동하에서 라오스와의 국경으로 향하는 9번 국도를 타고 깊숙이 들어가면 라오바오(Lao Bao) 못 미쳐 베트남전쟁에서 가장 잘 알려진 지명 중 하나를 만나게 된다. 케산(Khe Sanh)이다. 1968년 초 최대의 격전지였던 케산에서 1만여명의 북베트남군과 수많은 베트남 민간인들이 목숨을 잃었다. 미군 전사자는 500여명으로 추산되었다.

베트남은 승리했지만 케산을 둘러싸고 벌어진 전투에서 사망한 사람 수가 말해주듯이 참담한 희생을 치러야 했다. 우리가 베트남을 존경하는 이유가 그들이 초강대국 미국과 싸워 이겼다는 사실만 기억하기 때문이라면 다시 한번 생각해볼 필요가 있다. 네이팜탄에 불타고 포탄에 찢겨 숨진 수많은 인간들의 혼은 지금도 케산의 고지와 계곡을 떠나지 못하고 떠돌 것이다. 빗발이 흩날리는 450m 고지의 수풀 사이에서 나는 그것을 볼 수 있다. 벤하이강이 남중국해로 흘러들어가는 길목에 있는 빈목

빈목터널 안에 있는 우물.

에서도 나는 꾸찌 같은 터널을 보았다. 사람이 서서 걸을 수 있을 만했지만 그 역시 폭격의 광기에서 생명을 보존하기 위한 막바지 선택이었다. 그 터널 안에는 아이를 낳기 위한 네모난 산실(産室)이 마련되어 있었다. 동굴 안의 길옆에 그저 가로세로 1m 남짓의 네모난 공간을 마련한 것뿐이었다. 새 생명을 탄생하기 위한 산실이었다, 그것이.

캄보디아의 동부에서, 메콩삼각주에서, 꾸찌에서 나는 인도차이나를 휩쓸고 간 전쟁의 광기에 희생된 헤아릴 수 없는 원혼들이 구천을 떠돌고 있음을 보았다. 벌어진 전쟁에서 치열하게 싸울 것이 아니라 전쟁이 일어나지 않도록 치열하게 싸워야 한다. 전쟁지도자들은 손쉽게 전쟁을 결정하고 국민과 인민을 선동하고 민족과 민족을, 종교와 종교를 이간한다. 그 뒤에는 언제나 비열하고 무책임한 호전주의자들이 버티고 있다. 그들은 오직 승리라는 목표를 달성하기 위해 인간을 처참한 죽음의 구렁으로 몰아넣고 땅과 집과 논들을 불태울 뿐이다.

1967년 10월, 반전데모대가 미 국방부 청사 앞에서 베트남전쟁에 반대하는 시위를 벌이고 있다. ©로이터-뉴시스

종전 후 베트남에 돌아온 한 퇴역미군이 베트남군 장성에게 물었다.

"이 전쟁기간 동안 미군은 사실 단 한 번도 전투에선 패배한 적이 없소."

베트남군 장성은 이렇게 답했다.

"사실이오. 그러나 당신들은 괴로웠을 것이오. 그렇지 않소?"

인해전술로 인민해방군의 시체를 넘으며 싸워 승리한 것을 마오쩌뚱은 자랑스러워할 것인가? 1968년 1월 남베트남에서 민족해방전선의 전사 3만 2천명과 16만 5천여명으로 추산되는 민간인들을 죽음으로 몰아넣은 구정공세를 호찌민은 자랑스러워할 것인가? 단지 500명의 전사자를 낸 미군을 괴롭혔다는 이유로?

전쟁주의자와 군사주의자는 전쟁을 두려워하지 않는다. 그들에게 인명이란 군수품에 불과하기 때문이다.

전쟁이 끝난 후 베트남에도, 비무장지대에도 평화가 찾아들었다. 그러나 베트남전쟁을 이끌었던 북베트남의 군사엘리뜨들은 평화에 쉽사리 적응하지 못했다. 캄보디아와의 분쟁을 전쟁으로 해결하려 한 것은 그들 군사주의자들이었고 라오스에 베트남군을 주둔시킨 것도 그들이었다.

베트남전쟁의 영웅은 누구인가? 유감스럽게도 승리의 실질적인 주역은 미국의 더러운 전쟁을 반대한 미국민중과 세계의 민중, 그리고 세계의 민중을 반전운동으로 몰아넣은 베트남민중의 참혹한 죽음과 참상이었다. 이라크전쟁에서 미국의 전쟁주의자들은 누구와 싸웠는가? 후세인의 친위대가 아니라 세계의 반전시위대와 싸웠고 앞으로도 그럴 것이다. 따라서 이라크전쟁은 진정 끝난 것이 아니리라. 전쟁의 비극을 막는 것은 전쟁에서 승리하는 것이 아니라 전쟁을 반대하는 것이다.

동하와 케산에서, 벤하이강과 다끄롱(Da Krông)다리에서 보는 오늘의 비무장지대는 더없이 평화롭다. 네이팜탄과 고엽제로 초토화된 산과 들에는 다시 생명이 싹트고 나무와 풀과 바나나, 바라밀과 커피와 얌(yam)이 자라고 있다. 그 앞에서 나는 어쩌지 못하고 또 하나의 비무장지대를 떠올렸다.

이번 여행을 떠나기 보름 전 나는 철원에 다녀왔다. 군사분계선을 눈앞에 두고 나는 지금처럼 봄기운이 무럭무럭 골짜기와 능선을 뒤덮은 그 산야에서 평화로움을 느꼈다. 베트남에서 이 비무장지대는 20여년 만에 역사의 흔적으로 남아 지금 관광지가 되어 있다. 철원의 비무장지대는 50여년이 지나도록 생생하게 살아 아직도 역사의 매듭을 풀지 못하는 현장으로 관광객들을 맞고 있다. 언젠가, 언젠가 철원의 비무장지대도 오늘 이곳 북위 17도선의 벤하이강을 가로지른 비무장지대처럼 평화로움 속에 잠겨 관광객들을 맞을 것이다. 그러나, 벤하이강의 비무장지대가 내게 말하는 것은 그 평화가 어떻게 한탄강과 태백정맥이 가로지르는 비무장지대에 놓일 것이냐는 것이었다.

혁명과 호수와 36의 도시 ◐ ◐　후에에서 하노이를 향하는 야간특급열차의 침대칸은 깨끗하다. 바퀴벌레도 보이지 않는다. 그곳에서 하룻밤을 함께 지새운 '만'이란 이름의 베트남사내는 호찌민에서 하노이까지 간다고 했다. 하루하고도 여덟시간이 꼬박 걸리는 그 길을 그는 이제 절반을 넘어 달리고 있다. 그동안 무료했던 탓일까, 마흔 뒷줄의 사내는 마실 차를 주기도 하고 말을 붙이기도 한다. 말은 조금도 통하지 않지만 손짓과 발짓, 표정 그리고 그림으로 그만그만하게 의사소통이 된다. 하노이의 구시가지에서 은세공을 한다는 그는 가게도 가졌다고 한다. 얼마나 어려운 대화였는지 직업을 묻는 대목에서 그 뜻을 헤아릴 때까지는 무려 30분에 가까운 시간이 걸렸다. 6성(聲)의 베트남말은 어렵기도 하다. 시키는 대로 똑같이 발음을 해보건만 만은 측은한 표정을 지으며 고개를 가로 젓는다. 반면에 내가 주문한 한국말은 그럭저럭 알아들을 수 있게끔 발음한다. 베트남어보다 한국어가 발음하기에 수월한 셈이다.

　말이 달라도 이렇게 다른 베트남과 한국은 모두 한자문화권에 속했던 탓에 문화적 공감대가 없다고 말할 수 없다. 문자만 해도 한자를 빌려 쓰다 지금은 꾸옥응우(Quoc Ngu)라는 표음문자를 사용한다. 한글도 표음문자이지만 다른 점이라면 한글은 세종대왕이 창시한 것이요, 꾸옥응우는 로마자를 빌려 표기하는 것이다. 이래서 조금만 애를 쓰면 의미를 눈치챌 수 있는 단어들이 적지 않다. 예를 들어 하롱(Ha Long)은 하룡(下龍)이요, 호찌민이 가

명으로 사용했다는 아이꾸옥(Ai Quoc)은 애국(愛國)이며 남(nam)은 남(南)이고 박(bǎc)은 북(北)이다.

같은 한자문화권이라고는 하지만 베트남이 한국보다 중국의 문화를 받아들이기에 더 수월할 수밖에 없었던 이유가 있다. 발음에 성조(聲調)랄 것이 없는 한국어에 비해 베트남어의 6성조는 고작(?) 4성조의 중국어쯤은 소화하고도 남았던 것이다. 이런 차이가 두드러지게 나타나는 것이 시문학(詩文學)이다. 중국의 율시(律詩)란 성조를 골고루 섞는 법칙을 지켜야 하는 시로 우리가 제대로 받아들이기에는 어려움이 많았지만 베트남은 썩 잘 받아들여 훌륭한 당율시(唐律詩)를 남겼다. 한자로 표기하기에 어려움이 많았던 베트남에서는 한자의 음을 빌리거나 고유어의 음을 표기하는 한자와 그 뜻을 나타내는 한자를 합성하거나 한자의 의미를 합성한 쯔놈(Chữ Nôm, 字南)이란 문자가 만들어졌다. 이 문자를 쓴 문학작품들은 13세기에 들어 등장하는데 프랑스 식민지지배의 역사를 거치지 않았다면 아마도 이 문자는 베트남의 고유문자로 발전했을 것이다. 프랑스인에게는 한자건 쯔놈이건 헷갈리고 생소하기는 마찬가지였을 것이다. 그래서 그들은 로마자로 6성에 맞게 악쌍(accent)을 추가로 만들어 『성경』부터 번역했고 식민통치가 본격화되면서 이것을 국어로 만들었다. 문자의 독창성으로 보자면 크게 훼손된 셈인데 문맹률을 낮추는 데 적잖이 기여한 것은 분명하다. 여하튼 베트남은 식민지시대의 상처를 숨긴 문자를 국어로 받아들여 자신들의 것으로 사용하고 있다.

마오쩌뚱이 노력했던 것처럼 호찌민 역시 시쓰기를 즐겨했는데 대개는 훈육적인 것이다. 수감시절에 쓴 「글자놀이」란 시는 이렇다.

수(囚)에서 인(人)을 뺀다.
혹(惑)을 더해 국(國)을 만든다.

환(患)에서 머리를 떼니

충(忠)이 되는구나.

우(憂)에 인(人)을 더하니 우(優)가 되고

농(籠)에서 죽(竹)을 빼니 용(龍)이 된다.

감옥에서 나온 사람이 나라를 세우고

불행은 사람의 충성을 시험한다.

불의에 항거하는 사람은 진정으로 훌륭한 사람이니

감옥의 문이 열리면 용은 승천하리라.

또 하나, 쯔놈시로 유명한 여류시인 호쑤언흐엉(Hô Xuân Hương, 胡春香)의 시조 한수.

금침(衾枕)을 덮는 년과 추위에 떠는 년이 있으니,

시팔, 첩의 운명이다.

열 번 중에 다섯 번도 있을까 말까,

한 달에 두 번도 있으나마나.

매를 견디며 먹으려 하나 밥은 쉬었고,

머슴살이와 같으나 새경을 주지 않는 머슴이구나.

이 몸이 이 길을 알았다면,

관두고 혼자 살았을 것을.

「첩살이」란 제목이 붙은 시이다. 강퍅한 여성의 처지를 단숨에 씹어뱉는 호기가 절로 느껴신다.

열차는 동이 채 트기도 전에 하노이역(가항꼬Gahang Co)에 도착했다. 베트남에서의 마지막 시간이 다가온다고 생각하니 잠시 만감이 교차한다. 목바이에서 시작해 남으로 다시 북으로 거슬러올라와 보름간 약 2,200km를 달린 끝에 하노이에 도착한 것이다.

만이 길을 인도했다. 이제 막 동이 트는 하노이 구시가지의 거리는 사람들의 부지런한 발소리로 잠에서 깨어나고 있다. 택시는 그 거리의 어느 좁은 길에서 멈추었다. 은세공품가게인 만의 집에 짐을 잠시 놓아두었다. 만이 아침을 대접했다. 길바닥에 앉은뱅이의자와 좌탁(座卓)을 놓고 쌀국수를 말아주는 골목 언저리의 작은 식당이다. 국수발은 칼국수처럼 넓적하고 굵다. 기름기가 적어 먹

하노이의 구시가지.

기에도 수월하다. 남부의 퍼(Phở)는 대개 질탕한 고깃기름으로 담백하기보다는 걸걸했다. 고등학교에 다니는 만의 큰아들이 등장해 그럭저럭 의사소통이 된다. 아버지는 아들이 자랑스러운 눈치이다. 고등학교를 졸업하면 싱가포르나 한국의 대학에 유학을 보내고 싶단다. 자식사랑이 교육으로 줄달음치는 것은 하노이에서도 다르지 않다.

홍강과 호안끼엠(Hoan Kiêm)호수 사이에 있는 하노이의 구시가지에는 볼 만한 구석이 많다. 한때 하노이에는 36개의 서로 다른 종류의 물건들을 취급하는 길드(푸옹phuong)와 거리(포Phô)가 있었고 지금도 이 고풍스러운 도시에는 36개의 거리이름이 남아 있다. 예컨대 쌀을 팔았던 쪼자오(Cho Giao)가, 북을 팔던 항쫑(Hang Trông)가, 관을 팔던 로수(Lo Su)가, 기름을

팔던 항다우(Hang Đau)가, 은세공품을 팔던 항박(Hang Bac)가……

만의 가게는 은세공품을 파는 항박가에 있다. 하노이에 이런 36개의 거리가 완성된 것은 13세기 즈음이라고 한다. 그 전통은 지금도 면면히 내려와 여전히 수백년 전과 똑같은 종류의 물건을 파는 상점들이 늘어서 있는 거리가 많다. 하노이를 36거리로 부르는 이유이기도 하다. 문득 하노이에 관한 책 한귀퉁이에서 보았던 민요가 떠오른다.

하노이의 36거리.

항자우(Hang Đau), 항드엉(Hang Đương), 항무오이(Hang Muoi) 모두 깨끗해.

매일매일 그 거리를 마음에 담지.

한번 들으면 잊혀지지 않는 거리.

친구를 사귀거나 헤어지거나 모두 이 거리에서라네.

친구를 사귀거나 헤어지거나 모두 36거리에서였으니 하노이사람들의 일상은 모두 이 거리에서 흘렀을 것이다. 36거리의 중요한 기능은 시장이었을 것이다. 지금도 하노이의 구시가지는 마치 거대한 쇼핑타운과 같다. 36개의 길드는 또 도시기능의 기본단위였다. 하노이사람들은 누구나 36개의 길드 중 하나에 소속되어야 했으니 행정단위였던 것이다.

구시가지는 넓지 않아 한 1km를 걸을 양으로 나서면 그 구석구석을 다녀볼 수 있다. 쌀국수로 아침을 먹고 만의 아들은 돌아갔다. 만이 직접 호안끼엠호수를 구경시켜준다. 말은 통하지 않지만 하룻밤의 인연으로 따뜻해진 인심은 가감 없이 진해온다.

4월 30일 해방절과 5월 1일 노동절을 막 지낸 호안끼엠호숫가는 길게 늘

어진 황성적기와 공산당기 옆으로 이른 아침부터 운동 나온 사람들로 붐빈다. 호찌민과는 다른 풍경이다. 팜응우라오의 새로 단장한 공원에서도 이른 아침에 사람들이 산책을 하거나 운동을 하는 모습이 눈에 띄었지만 이렇게 붐빌 정도는 아니었다. 1,700km를 사이에 둔 하노이와 호찌민. 북부베트남과 남부베트남. 그 차이는 사람들의 얼굴에서 묻어난다.

호안끼엠호수의 작은 섬에 있는 옥산사(玉山祠, 덴옥선Đền Ngog Sơn) 입구에는 노인들이 모여 맨손체조를 하고 있다. 기억을 더듬어보니 베트남에 와서 이렇게 노인들이 한데 모여 있는 풍경은 처음이다. 노인들은 박장대소하고 떠들기도 하면서 즐겁게 앞에 나선 노인의 시범을 따라 체조에 열심이다. 하노이의 사람들은 이렇게 호찌민의 사람들보다 여유가 있고 표정도 덜 각박하게 보인다. 그러나 도이머이 초기 베트남에 질린 외국기업들은 차선으로 북부를 버리고 호찌민으로 몰려갔으니 체제의 배타성은 하노이가 위에서는 것인데 체제에 대한 자부심도 그만큼 강했다는 의미일 것이다.

하노이, 베트남의 혁명수도. 베트남의 모든 권력은 하노이에서 나온다. 총

레닌처럼 방부처리된 호찌민의 시신이 안치된 거대한 호찌민의 묘.

호안끼엠호수변의 석상. 기단(基壇)에는 '조국을 위하여'란 글자가 새겨져 있다.

과 사상이 하노이에 있기 때문이다. 하노이는 지난 반세기 이상 베트남을 지배해온 상징이며 실체이다. 이 도시는 또 세계사에 기록된 가장 유명한 전쟁과 혁명의 진지였다.

바딘(Ba Dinh)광장은 그런 하노이를 대변한다. 하노이에서 가장 큰 떠이(Tây)호수를 바라보는 바딘광장은 1945년 9월 2일 호찌민이 베트남의 독립과 민주공화국의 수립을 선언한 곳이다. "만인은 평등하다"라는 문구로 시작하는 선언서는 미국의 독립선언서와 프랑스혁명선언을 언급하고 "우리 베트남민주공화국 임시정부의 각료들은 세계만방에 베트남이 자유롭고 독립될 권리가 있음을 엄숙하게 선언하며 이미 우리는 그 권리를 쟁취했다. 베트남의 전인민은 독립과 자유를 수호하기 위해 몸과 마음을 바치고 목숨을 아끼지 않을 것"이라는 구절로 끝난다. 베트남인민이 이 선언서의 마지막 구절을 따랐음은 역사가 증명하고 있다.

그 바딘광장 주변에는 호찌민의 묘와 박물관이 있다. 해방절과 노동절이 지났지만 하노이는 여전히 기념일의 한가운데에 버티고 있다. 5월 7일은 1954년 디엔비엔푸(Diên Biên Phu)에서의 승리를 기념하는 날이며, 5월 19일은 호찌민의 탄생일이다. 호찌민박물관 앞의 계단에는 마침 군악대의 연주회가 열리고 있다. 방송국의 카메라 앞에서 장중한 행진곡을 연주하는 군악대의 옆을 돌아 들어선 박물관은 베트남 전역에 있는 수많은 호찌민박물관 중 정점에 서 있는 박물관이다. 박물관은 미술전시관이라고 해도 손색이 없다. 평화와 반전, 투쟁과 자유를 노래하는 베트남 공산주의예술의 총화를 보는 듯하다. 사진 일색인 다른 도시의 호찌민박물관과는 큰 차이를 보인다.

전시관 중 하나인 반파시즘전시관의 벽에는 이렇게 씌어 있다.

"전세계에서 벌어진 반파시즘투쟁은 호찌민의 영도 아래 진행된 베트남혁명에 크게 영향받았다."

삐까쏘의 「게르니까」(Guernica)를 재현해 만든 전시관이다. 1937년 스페인내전의 와중에 벌어진 게르니까에서의 학살을 고발하는 삐까쏘의 그림은 의심할 바 없이 반파시즘운동의 반영이겠지만 호찌민의 영도라고 말한다면 역시 억지일 뿐이다. 전시관에는 초현실주의와 입체파 화가의 대표격인 달리(S. Dali)와 깐딘스끼(Kandinsky), 클레(P. Klee)의 그림 복사판까지 걸려 있다. 이건 또 반파시즘과 무슨 연관을 갖고 있는 것일까. 전달하고자 하는 메씨지가 혼란스럽다.

박물관을 나서면 맞은편에 거대한 대리석구조물이 버티고 있는데, 호찌민의 묘이다. 이곳은 베트남혁명에서 호찌민의 위치를 상징적으로 보여주는 건물이다.

몰락 이전 소련에서 레닌(N. Lenin)이 차지했던 위치를 고스란히 재현한 이 거대한 묘는 레닌과 마찬가지로 방부처리된 호찌민의 시신을 경배할 수 있도록 꾸며져 있다. 호찌민이 흙으로 돌아가지 못하는 것은 물론 살아남은 자들 탓이다. 생전의 호찌민은 화장을 원했다고 한다. 살아남은 자들은 그 유언조차도 널리 선전하고 있다. 죽은 자에게는 매우 가혹한 일이다. 머리는 아프더라도 살아서 책임을 지는 피델 까스뜨로(Fidel Castro)가 더 행복할는지도 모른다.

호찌민박물관은 소련과 체코슬로바키아의 지원으로 지어졌다. 5층 건물은 연꽃을 모티프로 설계되었다고 한다. 연꽃(호아센Hoa Sen)은 베트남의 국화(國花)이다. 그러나 정말 연꽃처럼 지어진 건물을 보고 싶다면 호찌민박물관 코앞의 일주사(一柱寺, 쭈어못꼿Chua Môt Côt)를 찾아라.

하노이의 일주사. 1955년 보수했으나 그후 전쟁으로 많은 참화를 입었다.

리(李)왕조의 황제인 리따이똔(李太宗)이 1049년에 지은 이 사원은 인공연못에 돌기둥을 박고 그 위에 지어올린 정자 같은 목조 사원이다. 연못은 시름의 바다를 뜻하고 사원은 활짝 핀 연꽃을 묘사하고 있다. 숨겨진 사연은 통속적이다. 이들을 갖지 못한 리따이똔이 시름에 젖어 세월을 보내다 연꽃 위에 앉은 관세음보살이 아들을 건네주는 꿈을

꾸고 우연히 농부의 딸을 만나 비(妃)로 맞았다. 그뒤 아들을 얻었는데 그것을 감사히 여겨 이 사원을 지었다는 것이다. 일주사는 그동안 중국·프랑스·미국과의 전쟁에서 수도 없이 부서졌다가 다시 지어지기를 반복했다.

연꽃은 두루두루 의미심장한 꽃이니 인도에서는 다산(多産)과 힘 그리고 생명의 창조를 의미하고 영원불사(永遠不死)를 상징하며 불교에서는 부처의 탄생을 알리는 꽃이다. 중국에서도 불교의 전래 이전부터 연꽃은 진흙 속에서 꽃을 피우는 모습으로 속세에 물들지 않은 군자를 상징하였다. 중국이나 베트남에서 사찰의 경내에 연못을 만들고 연을 띄우는 것도 연꽃이 이처럼 신성하기 때문이다. 베트남은 무슨 이유로 연꽃을 국화로 만들었을까.

송학(宋學)의 시초인 주무숙(周茂叔)의 「애련설(愛蓮說)」 중 한 대목이다.

나는 홀로 연꽃이 진흙 속에서 나왔으면서도 진흙에 물들지 않고

맑은 잔물결에 씻기면서도 요염하지 않은 것을 사랑한다.

줄기 속은 비었고 겉은 곧으며 덩굴로 자라거나 가지를 치지 않으며 향기는 멀수록 더욱 맑고

우뚝 깨끗하게 서 있어 멀리서도 바라볼 수 있지만 함부로 가지고 놀 수는 없다.

予獨愛蓮之出於泥而不染

濯清漣而不夭

中通外直 不蔓不枝 香遠益清

亭亭淨植 可遠觀而 不可褻翫焉

바딘광장에서 그리 멀지 않은 곳에 문묘(文廟, Văn Miêu)가 있다. 일주사와 마찬가지로 리따이똔이 1070년에 세운 것으로 우리네 국자감(國子監)이

나 성균관(成均館)과 같다. 관리의 자제들을 교육시키는 기관으로 시작해 관리들을 배출하는 최고교육기관으로 자리를 잡았다. 1484년부터 과거에 급제한 이들을 위해 급제비를 세우기 시작했으며 1778년까지 모두 116번의 과거가 치러졌지만 지금 남아 있는 급제비는 82개이고 이것들은 모두 문묘의 경내에 보관되어 있다. 자라의 등 위에 비석을 세우고 이름과 출생지 등을 한자로 새겼다. 우리 눈에는 익숙한 비들인데 정작 비석보다도 비석을 떠받치고 있는 자라의 대가리에 눈길이 쏠린다. 어떤 대가리는 시골장터에서나 굴러다니면 딱일 만큼 투박하기 짝이 없고 어떤 대가리는 경복궁 한구석에 세워도 크게 흠잡을 데 없을 정도로 구색을 갖추었다.

문묘에는 모두 다섯 개의 뜰이 담으로 나뉘어져 있다. 가장 안쪽의 건물에

문묘에서 전통악기를 연주하는 여인.

는 1인당 1달러를 주면 그때그때 관광객들을 상대로 전통음악을 연주해주는 여자들만의 악단이 있다. 연주자들은 모두 아오자이차림이다. 선율은 서글프다. 중국의 영향을 받았다고는 하지만 결국은 이 땅의 정서를 담았을 악기들의 선율에는 그것이 비록 궁중에서 연주되었던 것이라고 해도 비엣민족의 숨결이 실려 있을 것이다. 10여분의 연주가 끝나고 노래까지 한가락 곁들인 후에 아리랑을 연주한다. 한국인임을 어찌 알았는지 감탄스럽다. 베트남가락의 아리랑이라. 이질적이지는 않다. 정서가 통한다는 증좌(證左)이리라. 타지를 떠도는 나그네의 심금 또한 아리랑의 선율을 따라 울린다. 몇푼의 팁을 넣고 CD 한 장을 샀다. 황공하옵게도 방금 전에 한가락 곱게 노래를 뽑은 연주자 겸 가수의 CD이다. 사인이라도

134

받을 것을 그냥 지나쳤으니 아쉽다.

하노이에는 호수가 많다. 홍강 기슭에 도시를 세웠으니 우기마다 강의 범람을 피할 수는 없어도 제방과 이런 호수들이 하노이를 지키고 있다. 가장 큰 호수는 서쪽의 떠이호수이다. 원래는 하나였던 것을 귀퉁이에 제방을 쌓고 길을 만들어 두 개의 호수가 되었다. 양편에 호수를 둔 탄니엔 (Thanh Niên)로는 연인들이 찾는 대표적인 데이트길이다. 세상에서 제일 추레한 짓 중 하나가 연애하는 남

떠이호수변에서 밀어를 나누는 연인.

녀를 몰래 훔쳐보는 것이지만 아직 환한 대낮이고 호수변의 산책길이어서 벤치에 앉아 있는 그들의 모습을 피할 수 없는데 부둥켜안고 있는 자세들이 여간이 아니다. 탄니엔로 초입의 까페에서는 음료수와 담배를 시중의 두 배를 받고 팔아 가난한 아베끄족들의 가벼운 주머니를 털어간다.

하노이에 있는 호수의 백미는 멋대가리 없이 크기만 한 떠이호수보다는 구시가지인 36거리를 끼고 있는 호안끼엠호수이겠다. 호수의 도시 하노이에서 으뜸으로 치는 호안끼엠호수에 왜 전설이 없겠는가. 레왕조를 세운 레러이는 옥황상제에게 신검(神劍)을 하사받아 중국과의 전쟁에서 승리할 수 있었다. 그 전쟁 뒤 어느날 호안끼엠호수에서 뱃놀이를 하고 있을 때에 갑자기 거대한 금거북이 나타나 레러이한테서 신검을 빼앗고는 홀연히 호수 속으로 사라졌다. 옥황상제가 하사한 신검을 회수한 것이다. 그뒤로 사람들은 호수를 호안끼엠(還劍)이라 불렀다. 의외로 전설은 이름만으로 남아 있는 것이 아니다. 호수 한가운데에 자리잡은 작은 섬에 세워진 탑의 이름은 거북탑

(Thap Rua)인데, 전설의 그 거북을 위해 세운 것이다. 가끔씩 이 섬으로 진짜 거북이 올라온다고 한다. 그것이 전설만은 아닌 게 호수 북쪽에 자리한 옥산사에는 무척 큰 거북의 박제가 네모난 유리상자에 갇혀 있는데 바로 호안끼엠에서 살던 수백년 묵은 거북이라고 한다. 박제가 된 거북말고도 호수에는 다른 거북도 살고 있어 호수 한가운데의 섬에 올라올 때가 있다는 것이다. 호수에서 살던 거북의 박제까지 있으니 호수에 거북이 살고 있음을 의심할 바는 아니고 바로 그 거북과 중국을 물리친 영웅 레러이를 접합해 만들어진 전설이 호안끼엠의 전설일 것이다.

베트남역사에서 영웅의 칭호는 대개 중국과 싸워 이긴 황제나 장수에게 헌정된다. 명(明)과 싸워 이긴 레왕조의 시조 레러이도 그렇고, 박당(Bach Đang)강에서 당(唐)을 물리쳐 중국의 1천년 지배에서 벗어나게 한 응오꾸엔(吳權), 장군 쩐응엔한 등은 모두 중국과 한판 승부를 겨루어 승리한 인물들이다. 이처럼 베트남역사에서 중국이란 존재는 떼려야 뗄 수 없다. 베트남이 중국과 치른 마지막 전쟁은 1979년에 일어났던 중국 인민해방군의 침공으로 비롯된 것이다. 이 전쟁에서도 베트남은 판정승을 거뒀다. 전쟁으로는 베트남을 당할 수 없었던 중국은 도이머이 이후 막강한 화교자본으로 베트남에 밀려들어오고 있다. 이런 종류의 침공에 대해서는 사실 별다른 노하우가 없는 것이 베트남의 역사여서 이번 싸움에서는 중국인들이 판정승을 거둘지도 모르겠다.

저녁, 지친 몸을 이끌고 서둘러 찾아간 시립수상꼭두각시공연극장. 홍강 범람 때 농부들이 시작했다는 물 위에서의 꼭두각시놀이는 물밑으로 고작해야 두어 개의 끈을 연결해 꼭두각시를 놀게 하는 것으로, 믿기 어려울 정도로 사실적이다. 벼를 베고 고기를 잡는 농민들의 신솔한 일과 놀이가 악사들의 연주와 추임새와 함께 흐드러진 놀이판을 만들어낸다. 15세기에 사라진 후 다시 복원되었다는 베트남의 수상꼭두각시놀이는 지금은 멋진 무대장치와 폭죽이 터지는 가운데 연출되지만 원래는 강물이 넘친 논에서나 강, 그도 아니면 호수에서 했던 것이다. 농번기에 놀았을 리는 없고 농한기에 한바탕 흐드러지게 농민들이 축제 삼아 놀았을 테니 우리네 꼭두각시놀이나 탈춤놀이와 비교할 수 있을 것이다.

꼭두각시놀이는 동서양을 막론하고 존재하지만 베트남이 자랑하는 이 수상꼭두각시놀이는 스케일 면에서 확실히 압도적이다. 동행한 김화백은 줄이 물밑으로 감춰지는 까닭에 액자형의 꼭두각시놀이와는 다르게 동작반경과 규모가 커진 것이라는 의견을 준다. 꼭두각시놀이들이 으레 취하게 마련인 풍자와 해학이 사라진 대신 사실성이 두드러지고 황제의 나들이가 묘사되는 등 궁중놀이가 아닌지 의심스러울 만큼 지배문화가 강하게 반영된 장면도 등장하는 것으로 보아서 원래의 놀이도 그랬던 것인지 알 수 없다.

「인도차이나」와 하롱만 ◉ ◉ 　후에에서 특급열차를 타고 도착한 하노이에서 하룻밤을 묵은 뒤 나는 어두운 구름이 가득 깔린 홍강삼각주를 달려 하롱(Ha Long, 下龍)만으로 향하고 있다. 푸른 논들이 펼쳐진 평원이 끝없이 이어진다. 홍강삼각주와 메콩삼각주. 나의 베트남여행은 이렇게 메콩삼각주에서 시작해 홍강삼각주의 *끄트머리*인 하롱만에서 끝나고 있다.

하롱만을 말할 때마다 빠지지 않고 등장하는 영화 「인도차이나」. 부모를 잃은 황족 출신의 까미유는 이제는 일선에서 물러선 고무농장주의 나이든 딸인 엘리안느의 양녀가 되었다(나는 몇번씩 헷갈렸지만 고무농장은 사이공에서 멀

어두운 구름과 만난 하롱만의 섬, 섬들.

리 떨어져 있지 않다). 사이공으로 온 프랑스제국군의 장교 장은 엘리안느를 유혹하지만 까미유는 그런 장을 사랑한다. 남부베트남에서 군인으로서는 유배지와 다름없는 북부의 하롱만으로 전출된 장을 찾아 멀고먼 길을 떠나는 까미유. 프랑스 식민지 치하의 베트남. 프랑스 양모의 따듯한 손길에서 온실 속의 화초로 자란 까미유가 그 길에서 본 것은 식민지학정에 신음하는 동족의 참담한 현실이다. 마침내 하롱만의 용도(龍島)에서 장을 만난 까미유는 동포를 잔인하게 살해한 프랑스 장교의 머리에 총을 겨누고 방아쇠를 당긴다. 장이 택한 것은 조국이 아닌 사랑이었고, 아이까지 낳은 까미유가 택한 것은 사랑이 아닌 조국이었다. 시간은 흘러 1954년 평화회담이 열린 제네바. 엘리안느는 까미유와 장의 아들에게 모든 것을 회고하고 어미를 만나도록 하지만 아들은 결국 그것을 거부한다. 자신에게 어머니는 엘리안느일 뿐이라고 말하면서.

이 영화는 까뜨린느 드뇌브(Catherine Deneuve)의 완숙한 연기와 프랑스계 베트남인인 린낭쌈(Linh Dang Pham)의 침신한 동양적 매력에 힘입어 한 편의 서사적인 러브스토리를 연출했다. 연인이 비극적인 사랑에 빠지는 무대는 잔잔한 바다 위의 수없이 솟은 섬들 사이로 황포돛단배가 흐르는 하롱만이다. 확실히 화면은 고혹적이고 인상적이다. 혹여 중국 꽝시좡족(廣西壯族)자치구에 있는 꾸이린(桂林)에서나 이와 비슷한 느낌을 가질 수 있을 텐데 하롱만은 또 꾸이린과는 비교할 수 없는 바다 위의 장관을 보여준다. 영화를 보고 하롱만에 가야겠다고 나선다 해도 딱히 우스워할 일은 아니다.

황족 출신에다가 프랑스인의 양녀로 자란 여자가 공산주의자가 되고, 그것도 1954년 제네바회담에 파견된 대표단의 일원이 되는 실력자가 된다는 것은 누가 뭐래도 설득력이 떨어진다. 제네바협정은 북베트남이 주도했고 그네들의 정서에 까미유 같은 공산주의자가 설령 있더라도 협상단의 일원이 된다는 것은 언감생심이었을 것이다. 게다가 까미유와 장의 아들은 결국 까미유를 부정하는 셈이니 영화는 인도차이나를 잃은 프랑스의 섭섭한 속내를 대변하고 있다. 1954년 이후 베트남은 식민지시대와 전쟁 못지않은 거칠고 험난한 길을 걸어야 했으니 영화가 제네바 레만(Leman)호수를 물들이는 황금빛 노을 아래 등을 돌린 까뜨린느 드뇌브의 씰루엣으로 끝내는 것이 얼마나 부적절한 것인지는 누구나 알 수 있다. 물론 프랑스는 1954년에 끝났지만.

아침 일찍 하롱만을 향해 떠나는 버스에 몸을 실었을 때에는 온통 어두운 구름이 홍강삼각주의 하늘을 가득 메우고 있었다. 과연 넓은 곡창지대였다. 논이 끝나는 곳은 숲과 야트막한 구릉으로 지평선을 그리고 있지만 그 너머 다시 논들이 펼쳐지고 있을 것이다. 이 또한 비옥한 땅이니 남부의 메콩삼각주와 더불어 두 개의 광활한 곡창지대를 가진 베트남이 세계 제2위의 쌀 수출대국이라는 사실은 당연하다.

버스가 너른 홍강삼각주를 가로지르고 하이퐁(Hai Phong)을 지날 때까지 먹먹하던 하늘은 조금씩 구름이 걷히기 시작해 하롱시에 도착할 즈음 사방은 어지간히 밝아졌다. 김화백은 그림 그리기에 좋은 날씨라고 하지만 사진을 찍기에는 그럴 것 같지 않다. 수평선은 희부연 안개가 덮인 것처럼 희미하다.

하노이에서 하롱만으로 가는 투어를 이용했는데 가이드가 다시 바뀐다.

하롱만의 명물 대나무배.

여간해서는 있기 어려운 일이다. 가이드 단위로 투어가 이루어지는데, 비용을 나누고는 마치 인신매매라도 하듯이 사람을 넘긴다. 사정이 이러니 미리부터 돌아갈 일이 걱정된다.

관광객이 많지 않아서인지 큼직한 보트는 10여명이 타자 매어둔 밧줄을 풀고 바다를 향해 나간다. 긴 자리 하나를 모두 차지해도 누가 탓할 일이 없지만 하롱만에 온 까닭이야 바다의 비경을 보고자 한 것이니

선실에 있을 까닭이 없다. 보트 머리의 난간에 기대어 멀어져가는 선착장을 바라보다 시선을 돌리니 하롱만의 그 신비롭기 짝이 없는, 난데없이 불쑥불쑥 물 위로 가파르게 솟은 섬들이 수평선 너머로 나타나기 시작한다. 구름이 낮게 드리운 하롱만의 수평선을 빼곡히 메운 섬들은 흐린 시야에 갇혀 씰루엣으로 시야에서 천천히 흘러간다.

보트는 겁나게 느리고 바다는 장판인 양 잔잔하다. 보트의 엔진소리도 희미하게 사라지고 모두들 난간 앞에 무릎을 세우고 침묵의 늪으로 빠져들어간다. 시간은 그렇게 흐르고 수평선의 요상하고 수상한 섬들을 향해 배는 천

천히 조금씩 다가가는 듯싶더니 어느새 섬들은 코앞에 바짝 고개를 들이민다. 기암으로 솟은 절벽의 섬들. 그 사이에 나타난 목선과 손바닥만한 대나무보트들. 배들은 섭섭하게도 돛대를 두어개씩 장만했건만 황포돛은 올리지 않고 있다. 엔진으로 가는 유람선들이니 돛대는 눈요기로만 족한 것인데 손님이 없어서인지 돛을 올릴 흥이 나지 않는 모양이다.

섬들은 수평선에서 만나고 헤어지며 사방에서 밀려온다. 산속의 용이 바다로 떨어지면서 꼬리로 쳐 만들었다는 하롱만의 전설은 그저 전설이겠지만, 그 전설을 만든 사람들의 심정이 고스란히 가슴에 와 닿는다. 자연이 창조한 이 비경을 어찌 생긴 그대로 설명할 수 있었을까.

홍강삼각주의 끄트머리에서 베트남전쟁의 신호탄이 된 폭격의 통킹만과 미군이 벌인 맹폭의 단골공습지였던 하이퐁을 지척에 두고 베트남의 어제와 오늘을 묵묵하게 바라보고 있었을 하롱만의 구슬처럼 흩어진 섬과 바다. 한때 이 땅을 고통과 비탄의 소리로 젖게 했던 전쟁의 광기를 모두 보듬고 섬은 섬대로 바다는 바다대로 말없이 무심하다.

"내가 살아온 인생에서 떠나고 싶어. 행복으로부터 떠나고 싶어."

이제 아이까지 포기하고 이데올로기의 격랑에 몸을 싣기로 작정한 까미유가 엘리안느에게 말한다. 누구나 한번쯤은 그렇게 하고 싶을지 모르겠다. 더욱이 하롱만에서는. 그러나 그것은 혁명이 아닌 낭만일 뿐이겠지.

앙 코 르 와 트 의   영 광 과   킬 링 필 드 의   오 욕

캄보디아 기행

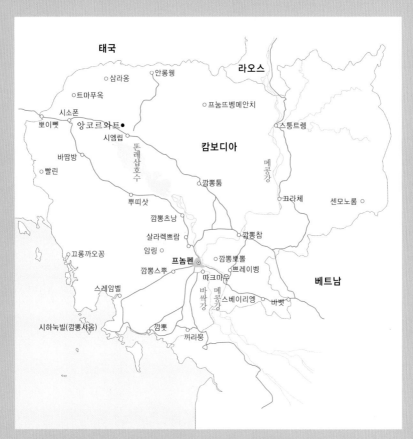

태국

라오스

○삼라옹   ○안롱웽

○트마푸옥

프눔뜨벵메안치○

시소폰○
앙코르와트●   스퉁트렝○
뽀이뻿○   캄보디아
    시엠립○
                메
                콩
바땀방○   뚜레삽호수   강

빨린○
                깜뽕툼○

뿌띠삿○   끄라체○   센모노롬○

깜뽕츠낭○

살라렉쁘람○   깜뽕참○
암링○

끄롱까오꽁○   프놈펜◎ ○깜뽕뽀뽈
깜뽕스뿌○   따크마유○ 쁘레이벵○
                바   베트남
스레암벨○   싹   메
            강   콩 스베이리엥○
시하눅빌(깜뽕사옴)○   ○바벳

           깜뽕○
              끼리룽○

캄 보 디 아 전 도

국경 소묘 ◐ ◓ 방콕의 북부터미널을 새벽에 떠난 버스는 정오를 코앞에 두고 국경도시 아란야프라텟(Aranyaphrathet)에 도착했다. 뚝뚝이라고 불리는 오토바이택시를 집어타고 국경으로 향하는 길에는 대형 화물트럭들이 줄을 지어 있다. 여간해서는 사람들이 길바닥에 나서지 않는 한낮인데도 국경은 사람들과 손수레들로 번잡하기 짝이 없다. 이곳이 4년 전 한산하기만 했던 바로 그 국경인가 싶다. 그런 풍경은 태국 국경을 넘어 캄보디아 국경을 넘을 때까지 바뀌지 않았다. 산처럼 짐을 싣고 구슬땀을 흘리는 손수레짐꾼들의 머리는 대개 캄보디아 국경을 향하고 있다. 손수레들이야 소소한 국경무역의 첨병을 자임할 뿐이지만 전용도로를 가득 메운 컨테이너들은 태국에서 캄보디아를 향하는 물동량이 비약적으로 늘었음을 보여준다.

방콕에서 아란야프라텟으로 오는 동안 지방도로는 확장공사로 분주했다. 캄보디아로 향하는 무역도로를 정비하고 있는 셈인데 잠재적으로는 관광도로를 염두에 두고 있기도 하다. 동남아시아에서 가장 매력적인 관광지로 부상하고 있는 앙코르, 그곳으로 향하는 도로에 대한 태국의 집착은 캄보디아 국경인 뽀이뻿(Poipet)과 앙코르의 시엠립(Siem Reap)을 잇는 도로의 건설을 태국이 지원하고 있는 것으로 드러나고 있다. 아란야프라텟과 뽀이뻿 국경은 지금까지는 배낭여행자들만이 주로 이용하는 육로이지만 방콕에서 시엠립까지의 도로사정이 원활해지면 태국으로서는 앙코르를 찾는 관광객들을 방콕으로 끌어들이는 데에 좀더 유리한 위치를 차지할 수 있게 된다.

관광이건 무역이건 태국과 캄보디아를 잇는 유일한 육로인 이 길이 이렇게 분주하게 바뀐 것은 한때 이 지역을 뒤덮은 전쟁의 그림자가 걷혔기 때문이다. 길게 보면 40여년, 짧게 보아도 30여년을 끌어오던 전쟁의 마지막 총성을 듣기까지는 1991년 빠리평화협정이 체결된 후에도 꼬박 10여년에 가까운 세월이 필요했다. 전후 캄보디아는 세계 최빈국의 대열에서 벗어나기 위한 몸부림에 여념이 없다. 국경의 분주함 속에 떠밀린 사람들의 얼굴에 드리워진 고단함은 그렇게 전쟁의 폐허를 딛고 일어서는 사람들의 몸부림을 말해준다.

1975년 이후 공산주의정권이 들어선 인도차이나 3국(베트남·캄보디아·라오스)에서 캄보디아는 최초로 공산주의정권이 아닌 정권을 경험하고 있다. 자본주의는 베트남과 라오스에서처럼 개방 '정책'이 아닌 체제로 캄보디아를 지배하고 있다. 역설적이게도 캄보디아가 이처럼 인도차이나에서 이질적인 요소가 된 것은 인도차이나 스스로의 선택이다. 좀더 정확하게 말한다면 인도차이나의 패권국이던 베트남의 선택이다. 1978년 베트남이 캄보디아를 침공하지 않았다면 전쟁은 없었을 것이고 캄보디아는 지금과는 다른 길을 걷고 있었을 것이다.

배낭 둘을 짊어지고 뙤약볕 아래 국경을 걷고 있으니 머리가 어질하다. 출국사무소까지는 50m 정도를 걸어야 하는데 그 짧은 거리를 걷는 동안 이마에서 흘러내린 땀으로 눈이 아리다. 국경의 변모는 걸음을 옮길수록 놀랍다. 출국스탬프를 찍고 나와 캄보디아 국경으로 들어서자 눈에 띄는 가장 큰 변화는 카지노가 들어선 것이다. 태국은 카지노사업이 금지되어 있어 캄보디아영토에 있는 이 외국인전용의 카지노를 태국인들이 즐겨 찾는데, 슬쩍 훔쳐본 것만으로도 별세상이다. 건물의 외관은 심심한 편이지만 값비싼 대리석으로 치장된 내부와 야자나무와 아열대화초로 꾸며진 안뜰의 정원은 붉은 흙먼

아란야프라텟과 뽀이뻿 국경 사이에 있는 카지노와 사람들. 캄보디아로 입국하지 않고 카지노 출입을 목적으로 삼는 태국인들이 즐겨 찾는다.

지가 피어나는 국경의 길과 대조적이다. 카지노는 언뜻 한산해 보인다. 불과 한달 전까지 있었던 태국과 캄보디아 간의 분쟁의 여파일 것이다.

1월 말 태국의 한 유명한 여배우가 앙코르와트(Angkor Wat)가 태국의 것이라고 발언했다는 라디오방송이 있었다. 발끈한 캄보디아의 군중들이 프놈펜의 태국대사관에 몰려가 불을 지르며 강력하게 항의했다. 그러자 태국은 자국민의 캄보디아 카지노 이용을 금지했고 이에 맞선 캄보디아가 국경검문소를 폐쇄했다. 국경무역의 대부분이 태국의 소비재를 캄보디아로 반입하는 것이어서 아란야프라텟과 뽀이뻿의 경제는 적잖은 타격을 받아야 했다. 문제의 보도는 사실무근으로 밝혀졌고 7월 총선을 앞둔 캄보디아의 훈센(Hun Sen) 정권이 애국주의를 조장하려고 벌인 정치적 해프닝이라는 의혹을 샀지만 일파만파로 번진 '앙코르와트와 여배우' 소동은 한때 국경의 전면적인 폐쇄로까지 이어지기도 했다. 손해보상과 사과를 요구하는 태국정부와 이에 맞서 국경까지 폐쇄하며 모르쇠로 일관하는 캄보디아정부의 대결국면은 국경의

활발한 분위기로 봐서는 진정국면에 접어든 듯했다.

국경의 비자발급소에서 비자를 받은 후 검문소를 빠져나와 뽀이뼷에 들어섰다. 캄보디아의 첫번째 기착지이다. 국경을 넘어온 트럭들, 짐이 실린 손수레와 인파로 북새통을 이루고 있는 뽀이뼷은 한때 시골 읍내의 장터 같던 그 뽀이뼷이 아니다. 지난 몇년 사이에 사람들이 뽀이뼷으로 몰려 인구는 급증했다고 한다. 총성이 멈춘 서북부의 넘쳐나는 빈농들이 떼를 지어 뽀이뼷으로 몰려드는 것은 태국으로부터의 물동량이 급증하면서 일거리가 생겨나고 아란야프라텟을 오가면서 보따리장사라도 할 수 있기 때문일 것이다. 결과적으로 한산했던 국경도시는 거대한 빈민촌이 되어 있었다. 시엠립을 향해 떠나기 전에 잠시 들른 대로변 안쪽의 마을에는 대나무로 기둥을 세우고 갈대로 지붕과 벽을 막은 집들만 그득했다. 하늘과 바람만 가릴 수 있도록 만든 집들은 우기(雨期)에는 힘없이 쓰러지기 십상으로 보여 천막보다도 못한 집이다.

전쟁은 오래전에 끝났다고 하지만 상처까지 아문 것은 아니다. 전쟁으로

뽀이뼷의 빈민촌.

부모를 잃은 고아들이 몰려드는 도시 중 하나인 뽀이뺏에서 아이들은 국경을 넘나들며 구걸을 하거나 도둑질을 해가며 요령껏 살아가는 방법을 터득하고 있다. 농토가 없는 농민들 역시 뽀이뺏으로 몰려들어 빈민으로 전락하고 있다. 총성은 멈추었고 활기가 넘치는 국경으로 모여드는 사람들에게는 생존이라는 또다른 전쟁이 기다리고 있다.

픽업트럭은 달린다, 차렁차페이와 함께 ◉ ◎   뽀이뺏에서 시소폰(Siso-phon)을 거쳐 시엠립까지의 167km 구간은 이제 버스가 다닌다고 하지만 오전에만 출발할 뿐이어서 오후에 도착한 사람들은 여전히 픽업트럭을 개조한 승합택시를 타야 한다. 말이 좋아 개조지 태국의 트럭버스 송태우(Songthaew)처럼 의자도 놓고 지붕을 씌운 것도 아니어서 그저 용도만 변경했다고 보는 것이 옳을 듯싶다. 하기야 더러는 진짜 개조한 구석도 있기는 있다. 적재용량(?)을 늘리기 위한 고육지책으로 운전석을 두 줄로 나눈 것이다. 앞줄의 운전사와 승객이 겪는 불편함도 이루 말할 수 없지만 뒷줄의 승객들이 겪는 고초 또한 만만치 않다. 그 좁은 공간에서 무릎도 변변히 펴지 못한 채로 최소한 서너 시간은 '도'를 닦아야 하는데 신기한 것은 불평을 늘어놓는 사람이 없다는 것이다.

이 픽업트럭의 제일 아슬아슬한 볼거리는 운전석이 있는 앞줄의 중간이라 할 것이다. 운전석 옆의 조수석에 두 명이 올라타는데 중간에 끼인 사람은 묘한 꼴을 당할 수밖에 없다. 기어전환스틱이 사타구니 사이에 솟아 있기 때문에 운전사는 승객의 사타구니를 1단에 4단까지, 그리고 후진까지 더듬게 되는 것인데 우리네 사내라면 그 꼴을 보는 것만으로도 가슴이 졸아들지만

뽀이뻿에서 시소폰으로 향하는 픽업트럭. 주유구에 깔대기를 꼽고 휘발유를 넣는다. 이 구간에는 아직 이렇다 할 주유소가 없어 인간주유기가 써비스한다.

정작 운전사나 승객이나 덤덤하기 짝이 없이 태연한 표정이다. 그러나 중간에 여자를 앉히는 일은 결코 없으니 그 이상의 불순한 상상은 하지 말기 바란다.

이래저래 짐칸에 타는 것이 가장 속 편한 일인데 그게 또 생각처럼 만만치 않다. 작열하는 태양과 뭉게구름처럼 피어오르는 흙먼지. 더 궁금하면 나중에 직접 타보시라.

뽀이뻿에서 짐칸에 승객과 짐을 그득 실은 픽업트럭은 트림 한번 내뱉고는 뒤뚱거리며 출발한다. 운전사는 차에 그득 실린 생명을 좌우하는 신 같은 존재이지만 승객의 목숨은 물론 자기 목숨까지도 그리 중하게 여기는 것처럼 보이지는 않는다. 운 없게도 뽀이뻿과 시소폰 사이의 도로는 말끔하게 포장이 끝나 있다. 우기에도 별 문제없이 왕래가 가능해진 셈이지만 한껏 속도를 낼 수 있게 된 픽업트럭은 목숨 걸고 달린다는 표현이 적당할 만큼 하늘이라도 날 기세로 도로를 질주한다.

픽업트럭은 한번에 시엠립까지 가지 않는다. 뽀이뺏과 시소폰을 왕래하는 차와 시소폰과 시엠립을 왕래하는 차가 다른 것이다. 관광객을 상대로 한 승합차와 버스가 생겨 이 구간을 한번에 왕래하기도 하지만 뽀이뺏을 떠난 픽업트럭은 시소폰까지이다. 해가 지면 차는 왕래하기를 꺼리고 시소폰을 떠난 화물과 승객 적재의 픽업트럭은 시엠립까지 가서 같은 날 해 떠 있는 동안에 돌아오기 난망하기 때문이다. 시소폰까지 오는 이 길만 해도 지금은 길이 좋아져 3시간이 채 걸리지 않았지만 예전에는 5시간이 걸리기도 했다.

차를 갈아타고 시소폰을 떠나자 시엠립까지의 길은 포장도로와 비포장도로가 오락가락한다. 비포장이라고는 하지만 길은 불도저가 오가며 닦아놓았는데 붉은 흙먼지가 구름처럼 피어나 앞을 분간할 수가 없다. 길이 패여 있어서가 아니라 이 흙먼지 때문에 차는 속도를 줄일 수밖에 없다. 그만큼 굉장한 먼지이다. 먼지가 가라앉을 만하면 다시 차가 지나며 먼지를 피우기 때문에 짐칸에 몸을 실은 사람들은 캄보디아의 전통 스카프인 *끄라마*(Krama)로 이집트의 미라처럼 머리를 친친 동여매지 않으면 차에서 내린 후 하루쯤은 코에서 흙이 질질 샐 판이다.

동남아에서 길을 망치는 것은 우기와 대형트럭이다. 포장이 안 된 신작로는 우기에 컨테이너라도 실은 대형트럭이 몇번 지나가면 도로아미타불 신세를 면치 못한다. 포장되기 전 이 길을 지나갈 때 그 목불인견으로 패인 꼴을 보고 '폭격이 이토록 심했다니' 하며 지레 '오버'했던 것인데 폭격이 아니라 우기에 망가진 길이 보수되지 않았다는 말을 듣고는 머쓱했다. 하긴 베트남 공군이 태국과의 국경을 대상으로 폭격을 하기는 했지만 규모는 크지 않았고 빈번하지도 않았다.

그나저나 우기가 닥치면 비포장도로는 다시 패이기 시작해 같은해 말 건기(乾期)에는 다시 공사를 시작해야 한다. 어지간하면 때를 맞추어 공사를 시작하고 끝낼 만한데 별로 급한 기색도 없다. 패이면 천천히 메우고 차는 그동안 패인 길을 재주껏 굴러가면 되는 것이다. 내게도 그것이 적당해 보인다. 덕분에 일자리를 얻어 먹고사는 사람도 있을 것이고 패인 웅덩이에 자갈이며 돌을 깔아두고 그 옆에 앉아 지나가는 운전자의 팁을 받아 살림에 보태는 아이와 노인도 있으니 모두 그렇게 도와가며 살아가는 것이다.

국경에서 출발해 프놈펜(Phnom Penh)에 도착해야 끝나는 6번 국도의 폭군은 컨테이너트럭이거나 그에 못지않은 대형트럭들이다. 그 가공할 하중으로 길을 망가뜨리는 주범도 이들인데 몸집이 두툼한 이 차들의 차주는 길을 만들거나 보수하는 데에 일절 보탬이 되지 않는 자들이다. 우기에도 아랑곳하지 않고 도로를 질주하는 이것들은 어지간히 패인 웅덩이는 그대로 지나가면서 더 깊은 웅덩이를 만든다. 픽업트럭은 이런 웅덩이를 조심해 넘어가지 않으면 전복되기 십상이어서 여간 신경쓰이는 것이 아니다.

흙먼지 속을 달리는 픽업트럭. 흙먼지 덕에 트럭은 속도를 줄인다.

비포장도로를 달리면서부터 안개처럼 피어오르는 붉은 흙먼지로 차는 속도를 줄였다. 문득 카세트에서 흘러나오는 노래가 귀에 설지 않다. 때때로 짐칸에 실린 사람들까지 들을 수 있도록 볼륨을 한껏 올려 틀어두는 이 노래는 캄보디아의 전통가라에 실린 노래로 우리로 치자면 민요나

판소리와 같다. 혼자 부르기도 하지만 남녀가 짝을 지어 대화하듯이 부르는 노래가 많다. 마치「춘향가」에서 춘향이 이도령과 헤어지는 대목처럼 목청을 돋워 절규하는 듯하면서도 애절하기도 한 이 노래를 귀에 담고 있노라면 세상만사가 다 부질없이 느껴지고 눈시울이 무거워진다. 수년 전 건기가 시작될 무렵, 길 곳곳이 패어 휘청거리는 픽업트럭에서 한 손으로 운전대를 잡고 능숙하게 테이프를 갈아대는 운전기사 덕에 끊임없이 흘러나오던 이 노래를 10시간 넘게 들었을 때에는 그만 기가 질리고 말았다. 그뒤에 같은 길을 갔던 누군가 캄보디아 트로트에 돌아버리는 줄 알았다고 말했을 때에 트로트를 연상한 그의 엉뚱한 상상력에 박장대소했다. 이 노래는 '차렁차페이'라고 불리는 우리의 판소리와 같은 크메르의 전통 서사창(敍事唱)이다.

뽀이뺏과 시엠립을 오가는 픽업트럭에서 처량하게 울려퍼지는 차렁차페이는 비록 잡음 섞인 카세트에서 흘러나오는 노래이지만 크메르민족의 오랜 전통의 숨결이 살아 숨쉬며 지금도 크메르사람이라면 누구나 사랑하는 노래이다. 심지어는 거리의 거지들도 차렁차페이의 한 대목을 부르며 지나가는 사람들의 동정을 구하기도 하니 오랜 전쟁의 혼란 속에서도 전통의 창이 이렇게 살아남아 사람들의 사랑을 받고 있는 것은 부러운 일이다.

세계의 어느 도시나 팝송이나 록 같은 서양노래가 판을 치지 않는 곳이 없다. 동남아 역시 사정은 다르지 않아 방콕이건 호찌민(Hô Chi Minh)이건, 심지어는 위엥찬(비엔티안) 같은 한적한 도시에서도 젊은이들이 귀에 매달고 사는 노래는 그것들이다. 그러나 프놈펜이라면 사정이 다르다. 캄보디아만큼 서양노래가 인기 없는 나라는 흔치 않을 것이다. 외국인이 드나드는 나이트클럽이나 까페, 레스토랑을 예외로 한다면 캄보디아 어디에서나 흘러나오는 노래는 팝송이나 록이 아니라 바로 이 차렁차페이이기 십상이다.

이른 새벽 방콕을 떠난 지 11시간 만에 시엠립의 초입에 들어섰다. 실감나는 변화다. 4년 전에는 15시간이 넘게 걸렸던 길이다. 길이 바뀌었음에야 도시인들 변화하지 않을 수 없다. 길은 모두 깨끗하게 포장되어 있고 차도 부쩍 늘었으며

교차로에는 표지판과 신호등까지 서 있다. 신호등은 신호가 바뀔 시간을 디지털 방식으로 표시하는 첨단이다. 별것에 다 감동을 받는다고 생각할지 모르지만 신호등과 표지판이 길가에 걸렸으면 그밖의 급한 일들은 거의 해결되었음을 의미한

신호등과 깨끗하게 손질된 도로표지.

다. 예컨대 도로나 전기 같은 것 말이다.

금방 눈에 띄는 것은 부쩍 많아진 호텔이다. 강 양편으로 낡은 건물들이 서 있던 시내에도 깨끗한 신축건물이 드문드문 보인다. 시엠립은 캄보디아에서는 유일하게 하룻밤에 700달러를 지불해야 묵을 수 있는 초특급호텔이 있는 도시이다. 상주인구로는 캄보디아에서 네번째이지만 몰려드는 관광객으로 유동인구는 2, 3위를 다툴 것이다.

앙코르라는 세계적인 유적지를 옆에 두고 있는 시엠립은 프놈펜 못지않게 현금이 넘쳐나는 곳이다. 한때 앙코르의 입장료수입이 캄보디아 외화수입의 70%를 차지하던 때도 있었다. 입장권을 관리하던 앙코르 관리사무소장이 태국에서 입장권을 인쇄해 들여와 입장료를 착복하다 덜미가 잡혔을 때 사람들의 관심은 그 어마어마한 액수의 달러가 과연 어디에 숨겨져 있느냐는 것

이었는데 혼자 먹지는 않았다는 것이 중론이었다. 그 이후 캄보디아정부는 시행착오를 거쳐 지금은 믿을 만한(?) 민간업체에 관리를 위탁하고 있다. 여하튼 그처럼 현금이 넘쳐흐르니 사람들의 살림살이가 제법 나아졌을 만한데 인구는 늘었지만 길가를 지나는 사람들의 남루한 행색과 어두운 표정은 여전하다.

시엠립에서는 크메르청년 찬톤(Chan Ton)이 마중을 나왔다. 3년 전 시하눅빌(Sihanoukville)에 머물 때 내게 컴퓨터를 배운 찬톤은 1년 전에 시엠립으로 와 자리를 잡았다. 내가 시하눅빌을 떠난 후 결혼했다는 소식을 들었는데 그새 부인 셍라이(Seng Lai)의 허리에는 9개월 된 아들이 벙싯거리며 웃고 있다. 결혼을 해서인지 아이를 얻어서인지 점잖은 표정이다.

동남아에서는 대개 아이를 허리에 걸쳐 안는다. 등에 업는 것과 비교해 장단점이 있을 법한데 고온다습한 기후라 접촉면적을 줄일수록 어머니와 아이에게 유리하다. 기동성에 있어서는 업는 편이 유리할 듯싶은데 나는 동남아에서 아이를 들고 뛰는 어머니를 본 적이 없다.

늦은 오후이지만 폭염이 여전하다. 여장을 풀고 소금기를 씻어낸 후 잠시 동안 혼몽하게 침대에 누워 있었다. 건기 막바지 아열대기후에 아직 적응하지 못하고 있다는 증거이다.

찬톤 부부에게 뒤늦게 결혼도 축하할 겸 선생(?)인 내가 푸짐한 저녁식사 한턱을 내기로 했다. 마침 시엠립에 북한냉면집이 들어섰다는 소식을 익히 들었던지라 한반도의 전통음식을 먹여주고 싶은 욕심에 시엠립의 '평양랭면'으로 정했다. 찬톤과 셍라이는 깨끗한 옷을 골라 입고 머리까지 곱게 빗고 집을 나섰다. 헌데 가는 날이 장날이다. 시엠립 주지사의 파티장소로 예약이 되어 손님을 받을 수 없다고 해 문전에서 돌아서야 할 판이다. 그래도 혹시나 하고 안을 기웃거리니 한복을 곱게 차려입은 여자들이 분주하게 오가는

데 그중 검은 옷을 입은 중년의 여자가 눈에 띈다. 주인이거나 지배인인 듯하다. 자리 하나 얻을까 해서 말을 꺼낸 것인데 호기심에 이것저것 물어보게 되었다. 북한태권도협회의 동남아시아 위원장을 남편으로 두고 있다는 그녀는 6개월 전쯤 이 음식점을 열었다고 한다. 캄보디아에 온 지는 5년, 그 전에는 체코에서 지냈다는 그녀는 평양을 떠난 지 벌써 16년이 되었다는 해외통 북한인사이다. 액면 그대로 받아들여도 좋을지는 모르겠지만 '캄보쟈'에서 할 일도 없고 해서 자신이 소일거리로 시엠립에 '평양랭면'을 차렸다고 한다.

시엠립에 있는 평양랭면의 간판.

캄보디아는 전통적으로 남한보다는 북한과 친밀한 관계를 유지해왔다. 프랑스로부터 독립한 이후 시하누크정권이 그랬고 론놀(Lon Nol)쿠데타 이후에 북한과 외교관계를 단절하고 남한과 단독으로 수교하기는 했지만 1975년 이후에는 다시 국교를 회복했다. 1978년 베트남의 침략과 괴뢰정권 수립 이후에는 소원한 관계였지만 다시 망명길에 오른 노르돔 시하누크(Nordom Sihanouk)를 위해 김일성 주석은 평양에 망명처를 제공하는 등 돈독한 관계를 유지했다. 시하누크와 오랫동안 교분을 유지했던 김주석은 1991년 평화협정 후 망명생활을 청산한 시하누크가 캄보디아로 돌아갈 때 30여명의 특수경호원을 보내주었고 시하누크는 그후로 지금까지 북한경호원들의 경호를 받고 있다. 남한과의 수교에 적극적이었던 훈센정권이 결국 국교를 수립하기는 했지만 남북한과 모두 국교를 정상화한 인도차이나 3국 중에서 캄보디아는 북한의 입지가 가장 튼튼한 나라로 평가받고 있다. 시엠립에 평양랭면이 등장한 것도 이와 무관하지는 않을 것이다.

속절없이 평양랭면을 물러나와 엉뚱하게도 태국음식점에서 저녁을 대접해야 했지만 찬톤 부부는 그럭저럭 오랜만의 외식에 만족하는 눈치여서 다행이었다.

이틀 뒤 다시 평양랭면을 찾아 오랜만에 김치와 냉면 맛을 보았지만, 기분은 개운치 않았다. '아름다운 평양처녀들' 운운하는 큼직한 간판의 문구도 그렇고, 전문적인 고등교육을 받은 그녀들이 남한 관광가이드를 '오빠'라고 부르며 접대하는 것에 이르면 가슴 한구석이 저릿해지기까지 했다. 조선민주주의인민공화국은 지금까지 자존심 하나로 그 험난한 세월을 버텨오지 않았던가. 그날 밤 내가 왜 그토록 우울했는지 나는 찬톤에게 설명하지 못했다.

달빛 아래 천년의 고도 ◐ ◑   앙코르에 다녀왔다고 하면 이런 질문을 던지는 사람들이 있다.

"앙코르의 달밤은 보셨나요?"

그렇기도 하고 아니기도 하다. 북부의 안롱웽(Anlongveng, 안롱벵)을 다녀올 때에 자정을 넘겨 앙코르를 지나왔다. 그때 차창 너머로 슬쩍 달 구경을 했으니 그렇다고 우겨도 되지만 묻는 사람의 의도는 그게 아닐 테니 결국은 아니랄 밖에.

하여 절치부심. 이번엔 앙코르의 달밤을 몸소 당해보리라 작심했고 시엠립에 도착한 첫날 찬톤에게 11시에 앙코르로 행차할 것을 선언했던 것이다.

"티처. 우선 경찰에게 전화를 걸어 순찰을 하는지 물어보지요."

나의 달밤선언을 들은 찬톤이 특유의 낮고 느린 목소리로 말한다. 전화는 무슨 전화, 냉큼 채비부터 할 일이지. 속으로 궁시렁거리고 있는데 주머니에서 휴대폰을 꺼내 전화를 건 찬톤은 유창한 크메르말로 뭐라뭐라 하더니 이렇게 말한다.

"티처. 순찰이 없다는데요. 그래도 가시겠어요?"

"………"

말을 들어보니 한밤의 앙코르에서는 가끔씩 시엠립 불한당들의 출현으로 불미스러운 일이 벌어진다는 것이다. 크메르 설날에 즈음하여 경찰도 밤중에 유적지를 순찰할 겨를이 없는 모양이다. 아니, 그럴수록 더 열심히 순찰을 할 일이건만 뭔 짓으로 바쁘단 말인가. 캄보디아에서 불한당 중의 불한당은 모두 프놈펜과 시엠립에 모여 있다. 그도 그럴 것이 이 두 도시는 자본주의의 첨병을 자임하고 있으니 사람들의 심성이 그만큼 황폐해진 까닭이다.

내심 망설여졌지만 명색이 티처인데 약한 모습을 보이기가 면구스럽다. 짐짓 호탕하게 웃음을 날리면서 나는 찬톤에게 이렇게 말했다.

"네가 겁이 나면 그만두도록 하지."

"…… 티처. 티처가 가고 싶으면 가지요. 저는 괜찮습니다. 티처 마음대로 하세요."

"………"

예전부터 나는 되고 싶지 않은 사람이 있었으니 그것은 선생이었다. 필경 하고 싶은 일을 맘대로 하기가 어려울 것이라는 이유 하나 때문이었다. 어쩌다 시하눅빌에서 잠시 소일거리로 컴퓨터를 가르칠 때 선생이라 불리게 된 나는 점잖게 제자들에게 '나는 선생이 아니'라고 타이르곤 했다. 시하눅빌에서도 나는 하고 싶은 일을 하고 싶었기 때문이다. 이느 날인가에는 찬톤을 데리고 몸소 유곽구경을 나섰다. 내가 선생이 아니라는 증거를 보여준 것이었다. 그때도 제자인 찬톤은 선생의 그 깊은 속내를 헤아리지 못했다. 그리고 이제는 '티처 마음대로 하세요'라니. 역시 선생이란 내가 할 일이 아닌 것이다.

꼼짝없이 찬톤이 모는 오토바이의 뒷자리에 걸터앉아 오밤중에 앙코르로 나섰다. 앙코르의 초입에 들어서자 사방은 어둑하고 하늘로 치솟은 가로수들의 그림자가 스산하기 짝이 없다. 오토바이는 쉬지 않고 숲길을 벗어나 앙코르와트의 남쪽 호수를 끼고 달린다. 교교한 달빛이 검은 물 위에 번진다. 그 너머로 앙코르와트의 신비로운 자태가 실루엣으로 떠 있다. 마음의 근심이 씻겨나가듯 사라진 것은 그때였을 것이다. 비로소 나는 내가 1천년의 앙코르를 영접하고 있다는 느낌에 사로잡혔다. 불빛 한점 없이 무거운 어둠속에 슬그머니 자태를 드러내고 있는 앙코르와트의 탑들. 그리고 숲속에서 바람이 불었다. 숲의 어둠속에서 불어온 바람은 마치 쓰다듬듯 내 몸을 어루만지고 무언가 속삭였다. 천년의 고도. 등 뒤로 설핏 한기와도 같은 떨림이 지나갔다. 1천년의 시간만이 줄 수 있는 신비로운 속삭임이었다.

위대한 도시란 뜻의 앙코르톰(Angkor Thom)의 남문 앞에 오토바이가 멈추었을 때 희미한 달빛 아래 드러난 성문 위의 사면상(四面像)은 거인의 얼굴로 나를 내려다보았다. 이번엔 속삭임이 아니라 천지를 울리는 웃음소리가 내 귀를 울렸다. 입구의 양편에 늘어선 석상과 힌두신화에 나오는 머리가 여럿 달린 뱀인 나가(Naga)도 한꺼번에 웃고 있었다. 그 기괴한 웃음소리의 합창이 멈추었을 때, 나는 바리케이드로 가로막힌 앙코르톰의 남문 앞에 우두커니 서 있었다. 좁은 성문 안으로 끝없이 깊게 깔린 어둠속에서 누군가 손짓을 하는 환영이 보이는 듯했다. 제국의 신왕(神王). 800년 전 이 도시를 건설했던 자야바르만 7세(Jayavarman VII)의 영혼이었을까. 고개를 들자 달은 검은 하늘에 마치 동전처럼 박혀 흐리게 빛나고 있었다. 그 아래 사면상의 머리 위로 나뭇가지들의 그림자가 바람에 일렁였다. 나는 그만 고개를 숙이고 바리케이드에 걸터앉아 낮은 한숨을 토해냈다.

그것은 해가 떠 있을 동안의 앙코르가 아니었다.

누군가 내게 앙코르의 달밤을 보았느냐고 묻는다면 나는 고개를 저을 것이다. 내가 본 것은 앙코르의 달밤이 아니라 바람과 웃음소리 그리고 1천년의 시간이었다.

프놈바껭의 풍선 ◑ ◒　아침 5시. 시계의 알람소리가 아득하다. 묵직한 앙코르의 사암(砂巖)에 깔린 것처럼 몸은 말을 듣지 않는다. 방콕에서 시엠립까지 그리고 한밤중의 앙코르 나들이, 강행군은 강행군이었던 모양이다. 지렁이처럼 침대 위를 비비적거리다 용을 쓰며 일어나 이빨을 닦고 얼굴을 씻는다. 거울 속의 얼굴은 어느새 검게 그을렸다.

여독에 지친 몸을 늦잠으로 위로하는 대신 모질게 다잡아 일찍 호텔을 나선 것은 오늘 앙코르유적지를, 그리고 내일 프놈꿀렌(Phnom Kulen)을 다녀온 후 다음날 새벽에 프놈펜으로 향하는 보트를 타는 일정을 지키기 위해서이다. 이번 여행에서는 내가 마치 마징가제트라도 된 기분이다.

몽롱한 머리는 어젯밤 지나쳤던 바로 그 숲속에서 새어나오는 선선한 바람에 씻겼다. 앙코르는 벌써 희부옇게 밝아오기 시작했다. 불그스레한 기운을 등에 진 앙코르와트의 탑이 고개를 내민 서문을 지나 프놈바껭(Phnom Bakeng, 바껭산) 앞에 도착했지만 아무래도 산에 오르면 해는 평원의 밀림 위로 고개를 내민 후일 듯싶다. 주변은 이미 푸르스름한 기운이 가득하다.

프놈바껭은 앙코르유적지 중 평원이 아닌 산에 자리한 유일한 사원이다.

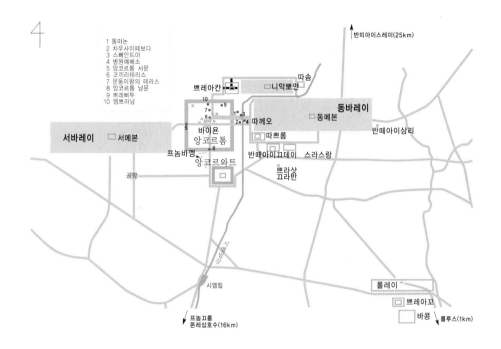

반띠아이스레이(25km)

1 톰마논
2 차우사이떼보다
3 스삐안트마
4 병원예배소
5 앙코르톰 서문
6 코끼리테라스
7 문둥이왕의 테라스
8 앙코르톰 남문
9 쁘레삐투
10 뗍쁘라남

따솜

쁘레아칸   니악뽀안

동바레이

쁘레아칸
10
7 9   동메본
1
6 2 4 따께오
8   반떼아이삼리

서바레이   서메본   바이욘
앙코르톰
프놈바껭   따쁘롬
앙코르와트   반떼아이끄데이 스라스랑

공항   쁘라삿
꼬라반

시엠립

프놈끄롬
똔레삽호수(16km)

롤레이

쁘레아꼬
바콩
롤루스(1km)

앙코르 약도

산이라고는 하지만 높이는 고작 100m 정도에 불과해 동산이라면 알맞다. 바위산의 머리를 깎아 다섯층의 기단을 만들고 층마다 돌아가며 탑을 쌓아올린 프놈바껭의 사원에는 힌두의 신화를 섬섬히 살려 우주를 뜻하는 108개의 탑이 있었다. 연구를 업으로 삼는 고고학자들은 신화와 탑의 위치와 구조를 샅샅이 뜯어 그 의미들을 밝혀냈지만 지금 사원은 폐허에 가까운 모습으로 산 위에 서 있다.

산을 오르는 비탈은 가파르다. 비지땀을 흘리며 길이랄 것도 없는 길을 올라야 하지만 양편의 숲에서 흘러나오는 이슬에 젖은 풀과 나무의 냄새가 기분 좋게 온몸을 휘감는다. 등은 금세 땀에 젖는다. 앙코르의 사원들을 돌아볼

라치면 이렇게 오르는 일이 태반이다. 이른바 '야소다라뿌라(Yasodarapura, 영광의 도시)의 산사(山寺)'로 불리는 앙코르이다. 산사라고 하지만 우리네처럼 산에 있다고 해서 산사가 아니다. 사원이 산과 같다고 해서 산사인 것이다. 앙코르와트에서 산사의 의미는 극명하게 드러난다. 층층의 기단과 하늘을 찌를 듯이 가파르게 세워진 탑들은 그 자체가 힌두의 메루산(수미산須彌山)을 상징하는 신의 산인 것이다. 그 산의 계단에서 인간은 모두 고개를 숙이고 손과 발을 모조리 써가며 기듯이 올라야 한다. 원해서 그렇게 하는 것이 아니다. 계단의 경사와 폭과 너비가 그렇게 만들어져 있다. 발가락을 겨우 걸치는 위태한 느낌이고 경사는 얼마나 가파른지 코앞에 계단의 모서리가 붙는다. 마치 암벽을 맨손으로 등반하는 기분이다. 처음 그런 사원의 계단을 오르면서 나는 앞 사람의 엉덩이나 발뒤꿈치를 핥아야 하는 끔찍한 일에 그만 넌더리를 냈다. 그러면서 이것은 아마도 구하기 힘든 돌을 아끼기 위한 것이거나 그도 아니면 당시 크메르인의 발과 몸집이 지독하게 작았기 때문일 것이라고 추측하며 불평을 늘어놓았다.

사원을 이렇게 만든 이들의 속내를 이해하기에는 그리 오랜 시간이 필요하지 않았다. 오르고 또 오르면서 자연스럽게 깨달았다. 인간에게 인색하기 짝이 없는 이 계단을 오르며 고통과 모욕을 감내하는 것이 신의 위대함과 인간의 보잘 것 없음을 자각케 하는 것임을.

프놈바껭을 오르는 동안 사방의 희부연 어둠은 조금씩 뒤로 물러섰다. 사원 초입에 올랐을 때에는 이미 평원의 밀림 너머로 해가 머리를 내민 후였다. 이마에 밴 땀을 훔쳐내니 사원을 맴도는 공기는 아래와 달리 싱그럽기 짝이 없다. 100m의 차이가 이처럼 만만치 않은 것은 프놈바껭이 솟은 이곳이 광활한 밀림의 성원이기 때문이다. 군계일학(群鷄一鶴)의 이치런 이치럼 학이 좌우하는 것이 아니라 닭이 좌우한다는 생각이 머리를 스친다.

889년에 신왕의 자리에 오른 위대한 사나이 야소바르만(Yasovarman)은 롤루스(Roluos)의 북서쪽인 이 지역에 위대한 도시를 건설했다. 지금 우리가 아는 도시는 앙코르톰이라 불리는 유적지이지만 야소바르만이 건설했던 도시 야소다라뿌라는 앙코르톰보다 더 큰 규모였을 것이라 한다. 프놈바껭은 그런 야소다라뿌라의 한가운데에 있었고 이 산 위에 세워진 사원은 힌두의 신인 시바(Siva)에 헌정된 사원이었다. 그런 까닭에 야소다라뿌라는 최초의 앙코르(도시)라고 불리며 프놈바껭의 사원은 최초의 앙코르가 남긴 유적으로 알려졌다.

사원은 기단을 가로질러 사면의 중앙에 각각 하나씩의 계단을 만들었다. 산 위의 산을 오르는 길이다. 계단 앞에는 두 마리의 사자상이 버티고 있다. 사원 수호라는 임무를 부여받은 수호상이다. 이 지역에는 사자가 없어 이 사자상은 힌두의 신화에 등장하는 사자의 모습을 상상으로 조각한 것이다. 1천 년하고도 100년이 지난 사원의 계단 위쪽은 폐허에 가깝다. 꼭대기의 탑들은 겨우 형체만을 유지하고 있고 돌무더기만이 이곳저곳에 흩어져 있어 세월의 무상함을 느낄 수 있을 뿐이지만 여전히 부조들이 원래의 모습을 짐작할 수 있게 남아 있다.

1,100년 전의 그때나 지금이나 사원에서 변하지 않은 것은 눈 아래 구름처럼 깔린 밀림과 그 위로 솟구치는 태양이다. 사방을 둘러보아도 오직 지평선만이 보이는 광활한 평원은 앙코르에서는 프놈바껭에 올라와서만 조망할 수 있었을 것이다. 아마도 그것이 이 산을 신에게 바친 야소다라뿌라 사람들의 뜻이었을 것이다. 달라진 것은 인간의 손으로 세워져 세월의 힘을 버티지 못하고 무너져버린 사원의 폐허이다. 신의 뜻이 있다면 그것일 터이다. 기막힌 대조법이다.

사원 한구석의 돌 위에 주저앉아 이제 막 떠오르는 해를 본다. 희부연 하늘과 붉은 해, 이른 아침 안개에 잠긴 밀림에 깔려 있던 어둠은 급하게 힘을 잃어가고 있다. 그 오른편에 앙코르의 상징, 앙코르와트가 그 신비로운 모습을 드러낸다.

프놈바껭에 있는 사원의 매력은 해가 뜰 때가 아니라 해질녘에 있다고 한다. 꼭 그런 것만은 아니다. 노을녘, 프놈바껭의 사원에서는 붉게 물든 앙코르와트의 장엄한 자태를 볼 수 있어 그렇다고는 하지만 동편에 햇살이 넘치기 시작할 때에도 앙코르와트는 여전히 신비롭고 아름답다. 게다가 너나 할 것 없이 해질녘이면 프놈바껭을 찾기 때문에 노을이 깔리는 앙코르는 그 부산함에 묻혀 신비롭게 영접하기가 범인으로서는 무척 어렵다. 하긴 프놈바껭을 두고 썬라이즈(sunrise)이냐 썬셋(sunset)이냐를 따지는 일만큼 부산한

프놈바껭에서 동녘의 붉은 해를 맞다.

일이 어디 있겠냐만.

얼추 해가 뜰 때까지 넋을 놓고 앙코르와트를 바라보고 있자니 문득 앙코르와트의 탑들이 옥수수처럼 보인다. 경망의 극치도 이런 극치가 있을까. 무안한 일이어서 눈길을 오른쪽으로 돌리다 탑 너머 하늘에 신기한 물체가 떠 있는 것을 보았다. 기구(氣球)이다. 이른 아침부터 기구를 띄우다니 부지런도 하다고 생각했지만 자리에서 꼼짝없이 움직이지 않는 꼴이 수상하다. 함께 프놈바껭에 오른 찬톤의 말로는 관광용 풍선이란다.

앙코르의 하늘에 풍선이라. 경망의 정도가 앙코르와트의 탑을 옥수수로 본 내 것의 몇배를 뛰어넘는다. 계단을 기듯이 올라가도록 만든 앙코르사원의 머리 위로 풍선을 띄우다니. 앙코르의 사원들은 수미산이요 우주의 중심이며 기둥을 상징하거늘 방자하게 그 위에 풍선을 띄울 생각을 하다니. 앙코르의 비슈누(Visnu)와 시바 그리고 압사라(Apsara)에게 미안한 생각이 절로 든다. 헌데 머리 한구석에는 저 풍선을 타면 주변을 관망하기는 제격이겠군 하는 생각이 슬쩍 끼여든다. 아, 천박해. 헬륨가스를 가득 채운 풍선에 매달려 앙코르를 굽어본들 이른 아침 프놈바껭의 사원에서 앙코르를 영접하는 것과 비교할 수 있을까.

서둘러 시선을 돌리고 해가 뜨는 반대편으로 걸음을 옮긴다. 프놈바껭의 서편 언덕 아래 평원에는 거대한 바레이(baray)가 있다. 서바레이이다. 동바레이와 함께 앙코르에 만들어진 거대한 인공저수지이다. 흔적만 남아 있는 동바레이와 달리 아직도 제 기능을 하고 있다. 프놈바껭에서 바라보는 서바레이는 한눈에 들어오지 않는다. 건기인 탓에 물도 말라 있어 경계조차 불분명하다.

바레이는 앙코르시대의 크메르(Khmer)제국이 남긴 치수(治水)의 위대한 흔적이다. 롤루스시대부터 건설되기 시작하여 야소바르만에 이르러 동바레이를 만들었고 서바레이는 그뒤인 11세기에 이르러 수르야바르만 1세(Suryavarman I)에 의해 건설이 시작된 후 우다야디트야바르만 2세(Udayadityavarman II)의 손으로 완성되었다. 서바레이는 길이가 3.7km, 폭이 900m에 이르고 야소바르만의 동바레이는 이보다 훨씬 큰 저수지로 길이가 7km, 폭이 1.8km에 달했다. 바레이만 있었던 것이 아니다. 저수지와 농토를 잇는 운하와 수로가 거미줄처럼 이 너른 평원에 퍼져 있었을 것이고 똔레샵(Tonle Sap)호수의 범람으로 충적된 비옥한 토지에 물이 마르지 않는 농토가 가능하게 한 고도의 농업생산성이 크메르제국을 동남아시아의 패자로 우뚝 서게 만든 근본이었을 것이다. 농사천하지대본(農事天下之大本).

사원의 계단을 내려올 적에 좌우로 도열한 사자상의 꼬리에 눈길이 멈춘다. 앙코르의 이곳저곳에서 자주 등장하는 친근하다면 친근한 이 사자상을 볼 때마다 사실 나는 좀 약이 오른다. 제대로 남아 있는 사자상이 없다. 거개의 사자상 꼬리가 없다. 물론 튀어나온 것이 꼬리일 테니 세월의 풍상에 달아났다면 섭섭할 일은 없지만 사자상의 꼬리는 본래가 돌이 아닌 쇠로 만들어져 박혀 있던 것이다. 그러니 꼬리만 쏙 빼어간 것이다. 쇠로 만든 꼬리를 빼어가 엿을 바꾸어 먹었든지 칼을 만들었든지 내가 상관할 바는 아니지만 그 얄미운 소갈머리가 괘씸해 약이 오르는 것이다. 사자상들은 모두 사원의 수호상으로 세워진 것인데 이렇게 꼬리를 빼버렸으니 힘인들 제대로 썼을 리 없다.

앙코르의 새해 맞이 ●● 프놈바껭을 내려올 때에 이제 막 산에 오르는 캄보디아사람들과 마주쳤다. 사스(SARS) 덕분에 앙코르를 찾는 외국인들은 줄었지만 빈자리는 내국인들이 훌륭하게 메우고 있다. 크메르의 설인 촐츠남(Chaul Chnam)을 맞아 캄보디아 전역에서 시엠립을 찾아 관광객들이 모이기 때문이다. 새해 축제는 전통적으로 사흘간 계속되지만 연휴는 일주일에서 보름 동안 계속된다.

새해를 맞아 앙코르와트를 찾은 크메르사람들.

크메르민족이 설날을 4월 14일(윤달에는 4월 13일)로 정한 것은 기후 때문이라고 해야겠다. 동남아에서 12월부터 4월 초까지는 농번기로 분주한 때이다. 음력이나 양력의 1월에 맞추어 새해를 맞으려면 눈코 뜰 새 없기도 하거니와 농사를 망칠 터이니 곤란한 일이다. 이 때문에 농한기에 들어가는 4월 중순에 새해가 시작하도록 정한 것이다. 사정은 매한가지이어서 태국과 라오스의 송끄란(Songkran)축제도 이맘때에 한다. 캄보디아에서는 이미 앙코르시대부터 새해를 4월 중순에 맞고 있다.

해가 바뀔 때 고향을 찾는 것은 우리 풍습인데 사실은 산업화 이후 도시로 몰려든 사람들이 떠들썩하게 고향을 찾아가는 것이지 한군데 머물러 타지로 떠날 일이 드물던 때에는 고향을 찾는 일이 대단했을 리 없다. 전통적으로 농업사회였던 캄보디아는 이제 막 산업화단계에 접어들었으니 대대적으로 고향을 찾는 일은 없을 것 같은데 꼭 그렇지는 않다. 전쟁으로 고향을 떠난 사람들이 부지기수로 많기 때문이다. 혁명 후에는 폴포트정권의 도시 소개(疏開)로 여하튼 많은 사람들이 고향으로 돌아가 제자리를 찾았지만 뒤이은 전쟁으로 사정은 마찬가지가 되었다. 전쟁으로 타지를 전전하다 도시에 눌러앉은 사람들에게 고향을 찾을 기회를 주는 것이 촐츠남이다. 새해연휴를 이용해 관광지나 휴양지를 찾는 사람도 적지 않다.

촐츠남에 앙코르를 찾은 캄보디아사람들을 보는 마음은 흐뭇하다. 생전 앙코르 한번 보지 못하고 숨을 거두는 일이 흔한 캄보디아에서 이 나라 사람도 아닌 주제에 앙코르를 몇번이나 갔네 하기가 영 죄스러웠던 탓이다. 앙코르는 캄보디아사람이면 누구나 가슴 한구석에 묻어놓은 자부심의 원천이다. 척박하기 짝이 없는 근현대사의 역경을 버티고 이겨내면서 '소바나품(황금의 나라)'의 꿈을 버릴 수 없었던 사람들의 마음에는 바로 그 소바나품인 앙코르가 자리잡고 있었을 것이다. 그런 사람들이 품어두고만 있던 소바나품을 이제야 찾고 있다. 이방인이라 해도 어찌 흐뭇하지 않을 수 있을까.

크메르아이들이 부르는 노래 중에 「덴 데이 크메르 쁘레 따 소바나품」이라는 노래가 있다. '크메르는 황금의 나라라네'라는 뜻이다.

하루이거나 또는 한달이거나 ◎◎ 프랑스가 사이공에 세운 프랑스극동학원(EFEO)이 앙코르 탐사에 나선 것은 캄보디아를 식민지로 만든 후 30여년이 지난 1890년대에 이르러서였다. 처음 이들은 앙코르지역을 방문객들에게 안내하는 프로그램을 만들었다. 프로그램은 앙코르 지역을 탐사하면서 만든 길을 토대로 한 것이었다. 그 프로그램의 흔적은 아직까지 남아 있어 앙코르를 돌아볼 때면 당시에 만들어진 그랜드써킷(Grand Circuit)과 리틀써킷(Little Circuit)을 따라 돈다. 앙코르와트와 앙코르톰을 중심으로 따쁘롬(Ta Prohm)에서 돌아오는 것을 리틀써킷이

19세기 프랑스의 한 화가가 그린 바이욘 상상도. 현실과 상상을 적당히 뒤섞은 이 그림은 당시 여행자들의 기대를 키우는 데 이바지했다.

라고 하고 쁘레아칸(Preah Khan)에서 니악뽀안(Neak Poan)으로 쁘레룹(Pre Rup)과 돌아오는 것을 그랜드써킷이라고 한다.

지금도 마찬가지로 부르기도 하지만 이제는 빅투어(big tour)와 미니투어(mini tour)라는 말을 더 많이 쓴다. 앙코르톰의 테라스 앞 광장에는 그런 안내표지판이 붙어 있기도 하다. 그랜드와 리틀이 그저 길을 따라 도는 원의 느낌을 준다면 빅과 미니는 관광의 색채가 짙은, 말 그대로 투어의 느낌을 주는 셈이다. 앙코르에는 이렇게 시간이 갈수록 관광의 켜가 두껍게 덮여가고 있다.

프놈바껭에서 내려와 나는 앙코르와트는 마지막에 들르기로 하고 먼저 앙코르톰으로 향했다. 그랜드써킷 또는 빅투어로 돌 작정이다. 어쨌든 나는 하루 동안 앙코르를 돌아보고 이튿날에는 프놈꿀렌과 반띠아이스레이(Banteay Srei)를 다녀올 생각이다. 물론 주마간산이 아니면 불가능한 계획이다. 사방에서 혀 차는 소리가 들리는 듯하다. 변명을 늘어놓자면 그동안 몇차례 다녀본 길이고 이번 여행의 일정이 너무도 촉박하기 때문이다.

여하튼 나는 한시간에 앙코르를 보고 시엠립으로 돌아갔다는 한국인관광객들을 비난할 생각이 조금도 없다. 똑같은 이유로 (물론 그런 사람은 없겠지만) 할 일 없이 한달을 앙코르에서 죽쳤다는 사람을 만나도 존경할 생각은 터럭만큼도 없다. 전문가인지 아닌지를 떠나서 고고학이건 미술이건 조각이건 건축이건 신이건 인생이건 관심과 흥미가 있다면 한달이 아니라 일년이라도 넉넉한 시간으로 여겨지지 않는 것이 이 위대한 유적임은 분명하다. 다만 내려쬐는 땡볕이 고통스럽게만 느껴질 때에는 주저없이 돌아선다고 해도 비난할 일은 아닌 것이다. 보기도 전에 명성에 짓눌려 옷매무새부터 매만지고 오체투지(五體投地)의 자세로 다닐 이유가 범인(凡人)에게 있을 까닭이 없다. 오히려 그처럼 강박관념에 짓눌려 다닌다는 것이 앙코르에 대한 모독일지도 모른다. 앙코르에 들어선 지 30분이 지나지 않아 돌아섰다고 해도 인연이 있다면 언젠가 다시 돌아오게 될 것이다. 1천년의 고도 앙코르는 그런 곳이고 1천년이라는 시간 또한 그런 것이다. 때로는 무의미하고 때로는 삶을 걸 수도 있는.

앙코르톰 남문의 포장도로에서 멀찍이 떨어진 곳에 오토바이를 세우고 천천히 걷는다. 백화(白化)현상이 뚜렷한 사면상은 상처 입은 거인처럼 여전히 성문 위에 버티고 있다. 네 개의 거인얼굴을 머리에 이고 있는 이 성문은 단순한 문이 아니라 고프라(Gophra)로 불리는 종교적인 구조물이다. 앙코르톰에는 이런 고프라가 모두 다섯 개 있다. 동서남북을 향해 하나씩 그리고 동쪽의 승리성문이 하나. 승리성문은 전쟁터에 나가는 앙코르병사들이 승리를 기원하기 위해 만들었다고 한다. 이 문으로 나간 병사들이 다시 이 문을 통

앙코르톰의 남문(좌)과 남문 안쪽을 향한 사면상(우).

해 들어올 때, 비로소 그들은 승리한 것이었다.

앙코르의 어느 유적에서나 마찬가지이지만 특히 앙코르톰의 남문 앞에 서면 이 고도(古都)가 그 운명을 신에 의탁했음을 실감한다. 성문은 성을 지키는 관문일 터인데 앙코르톰에서는 그 임무가 인간에 앞서 신에게 있다는 것을 한눈에 알 수 있기 때문이다. 고프라 위의 사면상과 코끼리에 걸터앉은 부처 그리고 성벽을 둘러싼 호(湖)를 가로질러 성문으로 향하도록 한 포도의 난간을 이루는 거대한 나가의 몸뚱어리를 휘감고 있는 신과 악마의 무시무시한 석상들은 모두 앙코르톰의 수호신들이다.

통치이념으로 신왕(神王)이념을 택한 앙코르제국에게 신은 이처럼 모든 것에 앞서는 존재였다. 그러나 신들이 난무하는 것처럼 보이는 이 신의 도시도 찬찬히 뜯어보면 분위기에 주눅부터 들 필요가 없다는 것을 알게 된다. 지극히 인간적인 과장과 심지어는 해학이 넘쳐나는 석조물들의 형상은 당시 이 도시를 건설했던 크메르인이 그렸던 신과 인간의 거리가 그토록 먼 것은

신비롭다고밖에 할 수 없는 바이욘 사면상의 미소.

아니었다고 말해주는 듯하다.

　우선 그 유명한 사면상. 앙코르를 대표하는 상징물 중 앙코르와트의 탑과 함께 가장 널리 알려진 사면상은 일단 그 크기로 보는 이를 압도한다. 누가 보아도 거인의 얼굴이 아닌가? 또한 그 표정이 압권이다. 신비롭기까지 한 미소는 모나리자의 미소를 연상시키지만 어찌 그것과 비교할까. 두툼한 입술이 어쩐지 볼 때마다 다른 표정을 짓고 있는 것 같다. 이 사면상 얼굴의 주인공이 누군지 절로 궁금해질 법한데 앙코르톰을 건설한 자야바르만 7세를 모델로 한 것이라고도 하고 자야바르만 7세 자신의 화신인 관세음보살이라

172

고도 한다. 분명한 것은 이 얼굴의 주인공이 크메르인이라는 것이다.

물론 당연한 일인데도 나는 처음 그것을 느꼈을 때에 감탄을 금치 못했다. 이 얼굴에는 크메르인의 인종적 특징이 고스란히 드러나 있다. 두툼한 입술과 넓은 코볼, 좀 짧은 듯한 얼굴길이가 영락없이 그렇다. 이 거인의 얼굴을 대할 때마다 제국의 신왕이나 부처를 연상할 때와 같은 거리감을 느끼곤 했는데 그런 거리감이 말끔히 사라졌다. 사람이 만든 사람의 얼굴. 불경하지만 그것이 신비한 미소를 짓고 있는 사면상의 정체인 것이다.

고프라 앞 포도의 양편에는 힌두신화에 등장하는 일곱 개의 머리를 가진 뱀인 바수키(Vasuki) 또는 나가의 몸통을 부둥켜안은 신과 악마가 왼쪽과 오른쪽에 줄을 지어 난간으로 버티고 있다. 이 난간의 모티프가 된 '우유의 바다 휘젓기'는 힌두신화에 등장하는 중요한 대목이다.

이 신화에 따르면 신과 악마는 서로 힘을 합해 머리가 여러개 달린 뱀인 바수키의 몸통을 부여잡고 불로장생의 영약인 암리타(amrita, 감로수)를 얻기 위해 1천년 동안 우유의 바다를 휘젓게 되었다. 그동안 우유의 바다에서는 갖가지 신들이 탄생하고 마침내 그들은 암리타를 얻었다. 이야기는 여기에서 끝나는 것이 아니라 꼬리에 꼬리를 물고 인간의 상상력을 끝없이 발전시켜나가지만 이쯤에서 더는 적지 않는 것이 좋겠다. 짓궂지만 즐거운 결말만 덧붙이자면, 불로장생의 감로수를 얻었지만 비슈누의 꾀로 신들만이 마시고 악마는 마시지 못했다고 한다.

자, 이제 앙코르에 숱하게 등장하는 이 '우유의 바다 휘젓기'의 주인공들을 만나보자. 인상적인 것은 여러개의 대가리를 하늘로 높이 쳐들고 있는 뱀의 형상이 아니라 그 뱀을 휘감고 있는 신과 악마의 석상들이다. 왼쪽 신들의 온화한 표정은 그렇다 치고 오른쪽에 늘어선 악마들의 표정은 우리가 생각하는 것처럼 그렇게 살벌하거나 흉악하지 않다. 외관은 둥글둥글하고 부룹뜬 눈은 마치 '아이구 힘들어'라고 말하는 듯하며 만화에서 흔히 사용되는 아래로 처진 입술은 근엄하고 사나워 보이기보다는 전체적인 인상을 그만 유하게 만들어버린다. 그뿐인가. 뱀의 몸통을 부여잡고 있는 우직스럽게 넓적한 손과 발은 어느 동네 소타기 씨름대회에 등장한 얼치기 씨름선수처럼 보여, 그만 이 석상이 악마라는 것을 잠시 잊어버리게 한다. 이 석상을 조각했던 크메르인이 허우대 좋은 이웃집사내를 슬쩍 모델로 삼아 끌과 정을 놀리지 않았을까 하는 생각이 절로 드는 것이다.

그런 정겨운 신과 악마의 사열을 받으며 성문의 입구를 지나치자면 입구는 높되 그 폭이 매우 좁다. 혹여 있을 수 있는 적의 침입을 효과적으로 막기 위하여 이토록 폭을 좁게 한 것인 듯싶다. 역시 신에게만 모든 것을 의탁할 수는 없었을 것이다.

앙코르톰에서 우리가 지금 만날 수 있는 것은 사원인 바이욘(Bayon)과 바푸온(Baphuon), 코끼리테라스, 문둥이왕의 테라스 같은 유적들이다. 모두 보고 나서 적잖게 충격을 받는다고 해서 이상할 것이 없는 대단한 유적들이다. 예컨대 바이욘의 200개가 넘는 사면상들의 웅장하면서도 소탈하고 비슷하면서도 제각기 다른 얼굴들을 만났을 때에나 문둥이왕의 테라스에 새겨진 그 섬세하고 신비로운 부조들을 만났을 때에는 누구라도 쉽사리 형언할 수 없는 충격과 감동을 느낀다. 하물며 그 부조들이 수많은 신화이야기를 담아내고 있음에야.

그래서 앙코르톰의 이곳저곳을 걷다보면 때로는 좀 지칠 때도 있다. 이 넓은 도시에는 오직 신만이 존재할 뿐 사람의 흔적이 너무도 드문 것이다. 아무리 크메르제국의 왕들이 신을 자처했다고 하더라도 제국에 왕만 존재했던 것은 아니었을 테니 사람들의 흔적을 기대하는 것은 어쩌면 당연하지만 그

기대는 어디에서고 쉽사리 충족되지 않는다. 아쉽지만 그것은 오직 보는 이의 상상력에 달려 있다.

　1천년 세월을 전쟁과 자연의 우악스러움과 싸우고 버텨 지금 우리 앞에 남아 있는 것은 모두 돌이나 벽돌로 만들어진 구조물들이다. 학자들이 말하기를 왕궁조차도 목재로 건설되었을 것이라고 하니 다른 건축물들은 두말할 것도 없다. 나무로 만들어진 그것들은 모두 시간의 뒤안으로 사라져 이미 흙이 되고 먼지가 되어 자연으로 돌아갔다. 돌과 벽돌로 만들어진 것들은 대부분 사원이거나 종교적인 건축물들이다. 의식을 올리고 가꾸기는 했을지언정 사람들의 숨결이 느껴질 리가 없다. 그것들은 모두 신을 위한 것이었을 테니 말이다.

50여개의 사면상이 숲을 이룬 바이욘.

앙코르문명이 문헌이라도 풍부하게 남겼다면 그 시대를 살아갔던 사람들의 체취와 숨결을 간접적으로나마 느낄 수 있으련만 앙코르사람들은 섭섭하지만 문학을 미술보다는 열등한 것으로 취급했던 것이 분명하다. 앙코르문명은 문자 대신 조각으로 사람들의 숨결을 남겼다. 앙코르의 거의 모든 유적지에서 볼 수 있는 부조들에는 그 시대를 살아갔던 사람들을 엿볼 수 있는 장면들이 형상화되어 있다. 다만 그것들은 신과 신화의 틈새에 끼여 예리한 눈과 뜨거운 애정, 그리고 시간을 할애해야 비로소 드러난다.

바이욘에서 시작해 두 개의 테라스와 왕궁터, 바푸온 다시 앙코르톰의 승리문을 나와 따께오(Ta Keo)와 쁘레룹, 반떼아이삼리(Banteay Samre), 반떼아이끄데이(Banteay Kdei)와 따쁘롬을 쉬지 않고 걸었다.

바이욘에서는 앙코르의 사면상을 원없이 만날 수 있다. 그게 그것인 것 같아도 똑같은 표정과 미소는 찾아볼 수 없다. 모두 제각기 개성을 뽐내고 있는 것이다. 탑은 모두 52개가 있고 탑 하나에 얼굴이 넷이니 모두 200여개기 넘는 거대한 얼굴이 찾는 이들을 굽어보고 있다. 형식은 동일하지만 이처럼 얼굴이 저마다 다른 것은 조각한 이들이 다르기 때문일 것이다. 조각가가 같지 않으니 작품인들 어찌 같을 수 있겠는가.

바이욘의 서편 벽 부조에서 나는 무엇인가를 열심히 찾았다. 바로 집이다. 이제는 모두 사라져버린 목조물의 흔적을 앙코르 부조에서 찾을 수 있다는 말을 여러번 들었던 터라 나는 성문 난간의 악마처럼 눈을 부릅뜨고 그것을 찾았던 것인데 쉽사리 눈에 띄지 않는다.

결국은 제풀에 지쳐 후일을 기약하고는 물러서고 말았다.

정오 무렵에는 돌아가 쉬고 점심 후에 다시 나와 도는 것이 순례의 상식이건만 반떼아이끄데이를 나온 것은 오후 3시였다. 아침 5시부터 10시간을 앙코르에서 보낸 셈이다. 정오 무렵의 내리꽂히는 햇볕에 머리는 몽롱하고 유적지에서는 내내 터덜터덜 걸어야 했기 때문에 장딴지는 마치 돌이 된 느낌이었다. 얼마나 정신이 없었는지 반떼아이끄데이를 따쁘롬으로 착각할 지경이었다.

이 여행기에서 나는 앙코르유적에 대해서는 말을 아끼기로 작정했다. 유적에 대한 내 지식이 부족한 것도 한 이유이고 가이드북이 아닌 다음에야 이런저런 말을 백과사전처럼 늘어놓을 이유도 없다. 그저 보고 무엇인가 당기면 알아보면 될 일인 것이 나의 유적 탐사이다. 그러니 보고 또 보아야 하는 폐단이 없지 않지만 그리하여 보고 또 볼 기회를 가지게 되니 아니 즐겁겠는가. 그러나 따쁘롬과 니악뽀안에 대해서는 그 소회를 밝히고 넘어가지 않을 수 없다.

따쁘롬 역시 앙코르와트와 바이욘처럼 앙코르를 대표하는 유적지 중의 하나이다. 달리 그런 것이 아니라 사람들의 머리에 각인된 유적의 폐허를 친친 감싼 거대한 무화과나무 뿌리의 그 강렬한 인상 때문일 것이다.

아무리 거대하다고 할지언정 나무뿌리로 유적의 가치를 따질 수는 없지만 보는 이들이 따쁘롬에서 받는 감동은 유적의 신비로움이나 아름다움, 섬세함도 아니요, 그 역사적인 배경도 아닌 자연과 인간의 문명이 부딪친 현장을 생생하게 목도하는 것에 있다.

　　15세기 크메르제국이 왕국의 수도를 앙코르에서 남으로 물린 뒤 앙코르를 덮친 것은 시암(Siam)족이 아니라 더디지만 놀라운 자연의 힘이었다. 밀림의 거대한 힘은 길고 긴 세월과 함께 사암으로 지어진 건축물들로 서서히 밀려들어와 돌들의 틈을 벌리고 마침내 허물어지게 하였으며 끝내는 수천, 수만명의 크메르인들이 달려들어 이루어놓은 거대한 인공석조물들을 한갓 무

인간과 신과 자연의 조우. 따쁘롬을 뒤덮은 무화과나무 뿌리.

력한 돌덩어리로 돌려놓았다. 그리고 어떤 연유에서인지 여기 따쁘롬에는 그 어느 사원의 유적보다 굵고 강인한 나무들이 뿌리를 내리고 마치 뱀의 신인 바수키나 나가가 휘감듯이 사원을 친친 얽어매었으니 자연의 놀라운 힘에 그만 숙연해지지 않을 수 없다. 후대의 크메르인들은 그래서 이 사원에 따쁘롬이라는 이름을 붙였다. 바로 '나무의 조상'이라는 뜻이다.

복원이 진행되면서 많은 유적지에 오랜 세월 동안 자연이 남겼던 흔적들이 사라지고 있지만 따쁘롬만큼은 그 현장이 보존되어 있어 앙코르유적지가 밀림에 묻혀 있던 당시를 짐작하게 한다.

자야바르만 7세의 모후(母后)에게 헌정된 이 사원은 부귀와 명예의 헛됨을 일깨워주는 듯하다. 그저 빈손으로 왔다가 빈손으로 가는 것을. 퍼즐을 맞추기 전의 조각들처럼 사원의 이곳저곳에 쌓여 있는 돌무더기들과 무화과 뿌리가 휘감고 있는 회랑의 지붕들과 탑들을 보면 누군들 그런 생각이 들지 않을까.

앙코르톰 북동쪽에 자리잡은 니악뽀안(뱀의 똬리) 또한 자야바르만 7세 시대에 지어진 사원이다. 앙코르의 사원들 중 가장 여성스러운 사원이라고 해도 틀리지 않을 이 사원은 연못이 탑을 대신한 구조로 지어졌다. 대개 중앙에 가장 큰 탑을 두고 사방에 작은 탑을 두는 앙코르의 사원들처럼 니악뽀안에도 중앙에 탑이 있지만 하늘로 솟구친 것이 아니라 연못 한가운데에 섬처럼 떠 있을 뿐이다. 건기의 막바지라 물은 모두 말라 바닥이 드러나 있지만 비가 쏟아지고 물이 차면 이 탑은 영락없이 섬처럼 연못에 뜬다. 연못의 수면에 탑의 그림자가 비치면 보는 이의 마음조차 수면에 비치는 것처럼 느껴진다. 다시 중앙의 탑이 있는 연못을 둘러싸고 마치 탑처럼 네 개의 연못이 있다. 탑의 기단은 두 마리의 나가가 마치 탑을 떠받치듯이 꼬리와 머리를 맞대고 있으며 탑에는 삼신불이 모셔져 있다. 니악뽀안을 둘러싸고 있는 것

연못이 탑을 대신한 물의 사원, 니악뽀안.

은 고요와 평화이다. 그저 평지에 다섯 개의 연못이 있고 그 중앙에 낮은 높이의 탑을 올린 것이기에 느끼는 안식일 것이다.

니악뽀안의 연못은 원래 인공으로 물을 채운 저수지였다. 니악뽀안 자체도 평지에 세워진 것이 아니고 자야따따까(Jayatataka)라고 부르는 저수지의 한가운데에 자리잡고 있었다. 따라서 니악뽀안은 서바레이나 동바레이의 메본처럼 배를 타고 찾아가는 곳이었고 이렇게 니악뽀안을 찾아간 사람들은 사원에 기도하고 병자들은 그 물을 성수(聖水)로 여겨 목욕을 하며 치료를 기원했다. 그래서 지금도 니악뽀안은 병을 낫게 해주는 사원으로 여겨진다.

오, 나의 귀여운 압사라 ◉◉　　앙코르에서 가장 친숙하게 다가오는 부조가 있다면 단연 압사라일 것이다. 약방의 감초처럼 이곳저곳에서 어쩌면 그렇게 잘도 나타나는지 어떨 때에는 아니다 싶은 곳에서도 농담처럼 튀어나와 헤벌쭉 몸을 뒤틀어 춤을 추며 웃고 있다.

압사라는 신과 악마가 불로의 감로수를 얻기 위해 우유의 바다를 1천년간 휘저을 때 그 우유의 바다에서 탄생한 천상의 요정이며 춤을 추는 무용수이고 시녀이기도 하다. 부조에는 둘이 쌍을 지어 춤을 추거나 떼를 지어 춤을 추는 장면들이 수도 없이 많다.

압사라는 사람과 가장 가까운 존재이다. 그녀(압사라는 여자이다. 서양의 애매모호한 중성의 천사와는 다르다)는 신이 아니며 신을 위해 봉사하는 무용수일 뿐이다. 사람들이 그런 압사라의 존재에 더욱 친숙함을 느끼는 것은 어쩌면 인간으로서 당연지정일 것이다.

크메르사람들이 상상해낸 압사라의 춤은 정말 귀엽고 앙증맞기 짝이 없어

따쁘롬 한구석에서 만난 압사라. 앙코르유적에 있는 수천, 수만의 압사라 중 같은 것은 없다.

깨물어주고 싶을 정도이다. 물론 부조에 나타난 압사라도 사랑스럽기는 마찬가지이지만, 지금 나는 크메르사람들이 지금도 선보이고 있는 압사라춤을 말하는 것이다. 압사라춤의 특징은 손목의 놀림과 발을 들어 몸을 휘게 하는 것에 있다. 부조의 압사라를 그대로 연상시키는 모습인데 움직임이 크지 않고 가냘프며 한껏 우아하다. 역시 사람의 춤이 아닐 테니 천상의 분위기를 연출하고 있는 것이리라.

식당의 무대에서 보았던 압사라춤에는 여러명의 압사라가 등장하지만 그 중 으뜸은 한 명이고 나머지는 조역이다. 앙코르의 부조에서도 한 명의 압사라가 두드러지는 경우가 있지만 대개는 평등하게 군무를 벌이거나 둘이 짝을 지어 춤을 춘다. 아마도 압사라 위에 압사라 없고 압사라 밑에 압사라가 없다고 보는 것이 옳을 것이다.

앙코르의 천지에 널린 것이 압사라라고 해서 절대 무시하지는 말기를 바란다. 앙코르와트의 회랑 벽에 조각된 수천개의 압사라 중에 똑같은 압사라는 없다고 하지 않던가. 압사라춤은 아마도 그 부조들의 셀 수 없이 다양한 동작들을 모아 창조한 것일지도 모르고 압사라를 조각한 공인들의 상상력이 총합을 이루어 만든 춤일지도 모른다.

250m 상공에서의 앙코르와 풍선 ◉◉

시엠립의 한국식당에서 늦은 점심을 후다닥 해치우고 온몸을 적신 땀을 씻어낸 후 다시 앙코르를 향했다. 이미 시계바늘은 네시 반을 넘어 가리키고 있다. 마음이 바쁘다. 이제 남은 것은 앙코르와트인데 해가 지면 낭패이다.

그런데도 앙코르 상공에 뜬 풍선이 자꾸 마음에 걸린다. 10분 정도 허공에 떠 있다고 하니 20분을 잡고 서두르면 가능할 것도 같아 앙코르와트 서문 맞은편에 있는 풍선승강장으로 바삐 오토바이를 몰았다. 허허벌판에 큼직한 풍선 하나가 손님을 맞는다. 공항으로 통하는 이 길은 최근에 새로 뚫린 길이다. 앙코르를 풍선을 타고 하늘에서 굽어보는 불경함을 무릅쓰고 내가 간절히 원했던 것은 서바레이와 똔레삽을 볼 수 있으면 하는 것이었다.

풍선은 바야흐로 캄보디아에서 관광재벌로 부상하는 소카(Sokha)그룹 소유라고 한다. 소카그룹은 앙코르의 운영을 대행하고 있으며 시엠립과 시하눅빌에 특급호텔을 건설하고 있다. 들리는 말로는 베트남계 자본이라고 하는데 확인할 수는 없다. 여하튼 이제 막 산업화에 접어들어 바쁘게 발전의 길을 재촉하는 캄보디아에서는 소카그룹 같은 대자본들이 각 분야에서 탄생하고 있다. 소카는 크메르말로 평화와 건강을 의미한다. 관광산업에서 사용하기에는 썩 훌륭한 이름이지만 이름처럼 평화롭고 건강할 수 없는 것이 자본의 속성 아니던가.

풍선은 헬륨가스를 이용해 하늘로 뜬다. 입장할 때 공항입국장에서처럼 몸을 뒤져 담배와 라이터를 뺏는 것도 그 때문이다. 따라서 전혀 '소카'하지 않다. 모르긴 해도 사람이 타는 기구를 헬륨가스로 채우는 것은 대단히 조심스러운 일이다. 20세기 초인가, 대서양 상공을 날던 비행선을 포함해 몇차례의 기구폭발도 있었다. 앙코르의 신들이 풍선을 고깝게 여기고 미간이라도 찌푸릴 양이면 바로 그날이 이 헬륨풍선이 터지는 제삿날일 것이다.

이용료가 너무 비싸서인지 풍선은 고작 네 명의 고객을 태우고 하늘로 떠올랐다. 바람이 없기 때문인지 별로 흔들리지는 않는다. 설명에 따르면 풍선은 250m 상공에서 정지해 10분간을 머물고 다시 지상으로 내려온다.

건기의 막바지에 후끈 달아오른 대기는 부유물을 가득 담고 있어 시야는

앙코르와트 맞은편의 숲과 농지. 추수가 끝났지만 우리네 풍경처럼 쓸쓸하지 않다.

청명할 수가 없다. 그 혼탁한 대기 너머로 겨우 귀퉁이만 물에 적신 서바레이가 어슴푸레 지평선과 함께 드러난다. 원했던 대로 서바레이는 한눈에 볼 수 있다. 프놈바껭에서는 이렇게까지 볼 수 없었다. 네모반듯한 경계는 누가 보아도 사람이 만든 인공의 저수지이다.

물. 앙코르는 물의 왕국이다. 위대한 호수 똔레삽을 아버지로 메콩(Mekong)강과 바싹(Bassac)강을 어머니로 태어난 물의 문명. 앙코르문명의 융성기에 이르러 씨줄과 날줄의 운하를 거미줄처럼 뚫어 논에 물을 대는 관개시설과 밀림을 헤치고 똔레삽과 메콩으로 이어지는 거대한 네트워크를 건설한 것이 크메르제국이었던 것이다.

헌데 바로 그 물. 그 운하의 느린 물의 흐름과 부실한 관리가 모기의 서식을 도와 말라리아의 창궐로 이어진 후 앙코르문명의 쇠락을 도왔다고 하니 만물은 흥망하고 성쇠하는 것이 이치인 모양이다.

풍선에서 관람이 가능한 유적은 이처럼 앙코르와트와 프놈바껭 그리고 서바레이 정도이다. 나머지는 숲에 파묻히고 가려져 별 의미가 없다. 앙코르의 전경에다가 똔레삽호수까지 한눈에 내려다보려면 지금의 두 배인 500m 상공까지는 떠야 할 것이다. 아마도 언젠가는 라스베이거스처럼 헬리콥터와 쎄스나경비행기가 시끄러운 소리를 내며 앙코르의 상공을 헤집고 다닐지도 모른다. 앙코르는 급속하게 관광지화하고 있다. 싫건 좋건 어쩔 수 없는 일이다. 1999년 1월. 고적하기만 한 앙코르를 찾았던 기억을 간직할 수 있으니 그나마 나는 행복한 인간이다.

고작 10분이긴 했지만 공중부상을 마치고 풍선에서 내려오면서 나는 뒤통수가 근지러워 자꾸 뒤를 돌아보았다. 그래, 올라가보니 좋더냐? 네 발 밑에 앙코르를 두니 기분이 째지더냐? 이런 막말이 귓전을 자꾸 울린다.

욕을 먹어도 싸지. 공중부상할 곳이 따로 있지 어딜 올라갔단 말인가. 대꾸할 말이 없다. 제가 원래 좀 그런 놈입니다. 다만 이후로는 그런 일이 없을 것을 약조합지요. 노여움을 푸세요. 미안합니다.

앙코르와트 ◐◑ 풍선에서 내리자마자 헐레벌떡 앙코르와트의 서문 앞에 도착해 용수철처럼 오토바이에서 뛰어내려 발걸음을 재촉한다. 그림자는 조금씩 앙코르와트를 향해 늘어지고 있다.

앙코르와트는 앙코르유적에서 가장 큰 건축물이며 앙코르유적을 대표한다. 그도 그렇지만 캄보디아사람들에게 앙코르와트는 긍지와 자부심을 상징하는 선조의 유물이기도 하다. 근대 이후 지금까지 캄보디아를 상징했던 국기에는 예외없이 앙코르와트의 탑 모양이 사용되어왔다. 대개는 3개의 탑을 문양으로 만든 것을 사용했지만 5개의 탑을 사용한 경우도 있었다. 베트남의 침략 이후 세워진 캄보디아인민공화국의 국기가 그렇다. 지금의 국기는 다시 3개로 돌아왔다.

실제로 앙코르와트의 탑은 다른 사원들처럼 다섯 개이다. 그러나 서문의 정면에서는 두 개가 가려져 언제나 세 개만이 보인다.

앙코르와트를 둘러싼 못을 가로지르는 길고 긴 포도를 지나면 마침내 입구에 다다른다. 그 긴 길의 양편에는 역시 나가로 조각된 난간이 놓여 있다. 못의 물은 건기에는 바닥을 드러낼 때도 있지만 우기에는 가득 찬다. 4월 중순에 접어드는 지금은 생각보다 물이 차 있어 아이들이 더위를 피해 수영을 하는 모습도 보인다.

포도의 끝에는 세 개의 탑을 가진 입구가 앙코르와트로 인도한다 중앙의 탑이 입구이지만 양편의 탑에도 출입구가 있다. 입구로 뛰어드니 사방은 별

써 노을에 가까운 부드러운 붉은빛으로 가득하다.

이른바 명예의 테라스의 계단을 뛰어올라 사원의 입구에서 뒤를 돌아보니 해는 이미 서편으로 급하게 기울고 있다. 불현듯 똘스또이(N. L. Tolstoi)의 '사람에게는 얼마나 많은 땅이 필요한가'라는 제목의 단편이 떠오른다.

해가 뜰 때부터 질 때까지 걸은 만큼의 땅을 파는 곳으로 농부는 떠난다. 조금만 더 조금만 더 욕심을 부리다가 숨이 턱에 차 출발점으로 돌아온 농부

하늘에서 본 앙코르와트. 앙코르문명의 최대 걸작으로 손꼽힌다.

앙코르와트 서문 입구에 세워진 비슈누의 화신인 불상.

의 눈에 해는 그만 지평선 너머로 넘어가버린다. 출발점이었던 언덕 위에서는 아직 해가 남아 있었는데. 지치고 실망한 농부는 숨을 거두고 사람들은 그를 땅에 파묻어준다. 그가 사들인 땅도 그에게 필요한 땅도 딱 그만큼이었다. 나는 지금 얼마나 많은 땅을 갖기 위해 이렇게 뛰고 있는 것일까? 서편 하늘로 넘어가는 붉은 태양과 불그스레한 구름에서 눈을 돌려 숨을 고르고 앞을 보니 거대한 부처의 석상이 붉은 가사(袈裟)를 걸치고 미소짓고 있다.

여러개의 팔을 갖고 있는 것으로 보아서는 부처이기는 하되 비슈누의 화신으로서의 부처의 석상일 것이다. 힌두와 상좌부불교의 떼려야 뗄 수 없는 관계를 보여주는 듯싶다.

오른쪽 회랑으로 걸음을 옮겼다. 천천히. 길고 긴 회랑의 부조들은 사람의 손길이 닿은 흔적이 역력해 닳고 닳아 있다. 앙코르의 유적 중에서 앙코르시대를 살아갔던 사람들의 숨결이 가장 많이 느껴지는 것이 있다면 앙코르와트의 회랑부조일 것이다. 사방을 돌아가며 빼곡히 벽을 메우고 있는 부조들은 신과 사람이 한데 어우러져 전쟁과 신화, 승리를 노래하고 있다.

앙코르와트의 사원 외곽을 이루는 회랑은 동서남북 사방과 모서리에 모두 10개 종류로 나뉜다. 서문으로 들어와 오른쪽으로 꺾어지면 처음 만나는 것은 전투장면이다. 이것은 사람의 전쟁이 아니라 힌두의 마하바라타 (Mahabharata)신화에 등장하는 쿠룩세트라(Kurukshetra)전투를 묘사한 것이다. 다시 랑카(Lanka)의 전투를 지나 모서리에 다다르면 인도의 라마야나(Ramayana)신화에 등장하는 장면들을 묘사한 부조가 가득하다. 그리고 남쪽 벽에 이르러서야 짬빠(Champa)왕국과 대적했던 위대한 왕 수르야바르만 2세(Suryavarman II)의 군대들이 벌이는 전투가 기기묘묘한 모습으로 보는 이들을 놀라게 한다. 나머지 벽의 부조들이 거의 모두 신화에서 그 모티프를 빌려왔다면 남쪽 회랑만큼은 이렇게 역사적인 내용을 담고 있다.

크메르와 짬빠의 전투장면을 묘사한 남쪽 회랑의 부조에서 병사들은 대개

바이욘사원에 있는 부조,「병사들의 식사」.

육박전을 벌이고 있다. 이곳에서 마침내 전쟁은 신화의 영역을 벗어나 인간의 싸움터로 자리를 옮겨 대서사를 만들어낸다. 벽화의 부조들은 생생하게 살아 금시라도 벽에서 튀어나올 듯 역동적이다. 병사들도 병사들이지만 그 배경을 이루고 있는 다양한 자연의 모습들이 흥미롭기 짝이 없다. 나무와 숲들, 동물들 그리고 악어와 물고기에 이르기까지 남쪽 회랑에는 그 시대 인간의 눈으로 바라본 자연이 그대로 재현되어 있다. 원숭이들이 마치 전투를 응원이라도 하듯 나무 위에서 손을 뻗고 있는 장면이나 물에 떨어진 병사를 삼키는 악어들 그리고 독특하게 묘사된 나무와 잎들. 이래서 남쪽 회랑에서는 발걸음이 더딜 수밖에 없다.

동쪽 회랑에 들어서자 사방은 이미 어둑하다. 인적조차 없어 고적함마저 사방에 맴돈다. 회랑 아래의 뜰은 한가롭기 짝이 없다.

이마의 땀을 훔치고 안쪽 뜰로 향하는 입구로 들어섰다.

해가 지는 반대편인 동편 뜰은 이미 어둠이 내려앉은 채 이방인을 말없이 맞는다. 주탑으로 향하는 가파른 계단이 절벽처럼 보이고 그 위 양편에 두 개의 거대한 탑이 이제 막 사라지는 햇살에 회색으로 흐리게 빛나고 있다.

회랑의 입구 한편에 주저앉아 넋을 잃고 사방을 두리번거리다 나도 모르게 벌떡 일어나 가파른 계단을 기어오르기 시작했다. 우주의 중심으로 가는 길에 놓인 계단을 오르는 것은 마치 벽을 기어오르는 것과 같았다. 손과 발을 쓰지 않으면 오를 수 없는 길이다. 더

우주의 중심을 향해, 신의 세계를 향해 놓인 계단.

없이 보잘 것 없는 존재가 되어, 마침내 계단을 모두 올라 허리를 펴고 기단 위에 서려는 순간, 아, 잠시 머무를 틈이 없다. 예전에는 그러지 않았건만 이제 시간이 되면 사람들을 내몬다. 마지막 계단이 남아 있어도 어쩌지 못하고 다시 돌아나와야 했다.

다시 서문의 입구로 돌아왔을 때에는 이미 해가 진 후였다.

해가 진 후의 앙코르와트는 신의 세계와 인간의 세계가 더욱 극명해진다. 앙코르와트 맞은편의 식당들과 가라오케들은 이미 영업을 시작했고 형형색색의 불을 켜고 손님을 맞고 있다. 심지어 왼편 공터에서는 불을 밝힌 회전목마까지 돌고 있다. 시야는 그렇게 어지럽혀지고 노랫소리와 오토바이·자동차의 소음으로 귀까지 먹먹해진다.

서둘러 돌아가려고 찬톤의 오토바이를 찾아 탔는데 뒷바퀴에 펑크가 났다. 다행스럽게도 공터에는 오토바이수리점이 영업을 하고 있다. 바로 회전목마 앞이다. 수리점의 나무의자에 앉아 지친 몸을 쉬고 있는데 귀에 낯설지 않은 음악이 들려온다. 회전목마에서 틀어놓은 카세트일 텐데 노래가 아무리 들어도 크메르말로 들린다. 곡은 록이다. 찬톤을 불러 확인하니 역시 크메르말이란다. 결국 캄보디아에서 부르고 녹음한 것일 테니 이미 캄보디아 젊은이들도 서양음악을 받아들이고 있는 모양이다. 뽀이뻿에서 시엠립을 오가는 픽업트럭에서 나를 감동시킨 차렁차페이는 생각보다 빠르게 그 자리를 서양음악에 내주게 되려는가.

"나는 신이다" ◐ ◑   프놈꿀렌(Phnom Kulen)은 꿀렌이란 이름의 산이다. 시엠립에서 택시로 1시간 반쯤을 가야 하니 가까운

길은 아니다. 802년 첸라(Chenla)의 자야바르만 2세(Jayavarman II)가 바로
이 산에서 제식을 올리며 신왕(神王)을 자처하고 지금의 롤루스지역으로 왕
국의 수도를 옮겼다고 한다. 그래서 대개 802년을 크메르제국과 앙코르문명
의 시작으로 본다. 이후 크메르제국은 1432년 시암족의 침략으로 앙코르에
서 바싼(Bassan)으로 그리고 프놈펜으로 왕국의 수도를 옮길 때까지 500년
동안 화려한 문명을 똔레삽호수의 북쪽인 앙코르에서 꽃피웠던 것이다.

가는 길은 모두 포장도로는 아니어도 잘 닦여 있어 평탄하다. 산의 입구에
서는 입장료를 받는다. 외국인은 물경 20달러, 내국인은 2천리엘(0.5달러)이
다. 그 수입이 어떻게 처리되는지는 알 길이 없지만 사흘짜리 앙코르입장권
도 40달러인데 산 한번 오르는 데에 20달러를 징수하는 것은 대단한 배포임
에 틀림없다. 게다가 내국인에게까지 2천리엘을 받고 있으니 캄보디아적 관
점에서도 파격이다. 비밀은 프놈꿀렌이 있는 이 지역이 한때 해방구였다는
것에서 찾을 수 있다.

크메르루주(Khmer Rouge)의 해방구였던 서북부는 북의 안롱웽(Anlong
Veng)과 남의 빨린(Palin)이 양대 중심이었다. 빨린은 1996년에 정부군에 투
항했고 안롱웽은 1998년에 함락되었다. 그 이후 해방구지역의 병력은 모두
정부군에 편입되었고 크메르루주는 역사에만 이름을 남긴 채 소멸했다. 빨
린과 안롱웽은 그런 이유로 최근까지 타 지역과 다른 취급을 받고 있다. 빨
린은 투항할 때 자치권을 조건으로 했고 안롱웽은 마지막까지 훈센의 정부
군과 싸웠지만 여전히 일정한 자치권을 인정받고 있다. 우선 무장해제가 완
전하게 이루어지지 않은 채 크메르루주군이 정부군으로 편입된 것이기 때문
에 인적 구성이 완전히 바뀌지 않았음을 이유로 들 수 있겠다.

전쟁의 격랑에 휩쓸렸던 서북부는 캄보디아에서 가장 낙후하고 빈곤한 지
역 중의 하나다. 정부의 지원도 변변치 않아 도로를 건설하는 것 이외에는

별다른 혜택을 받고 있지 못하다. 도로 건설은 이 지역의 발전에 유리한 것이지만 한편으로는 중앙정부의 통제를 원활하게 하기 위한 포석의 의미가 강해 '당근'이라고만 보기도 어렵다.

프놈꿀렌의 파격적인 입장료는 지방정부의 결정일 것이다. 앙코르유적의 하나인 프놈꿀렌을 오르는 사람들에게 상대적으로 비싼 입장료를 받는데, 전직 크메르루주의 이런 소행은 불만스럽더라도 흔쾌히 받아들일 일이다. 앙코르 입장료처럼 중앙정부의 부패한 정치인들과 위탁관리자본에게 상당액이 흘러들어가는 것이 아니라 전쟁의 상처를 가장 깊게 간직한 지역의 수입인 것이다.

앙코르유적으로서 프놈꿀렌은 끄발스삐안(Kbal Spean, 교두橋頭) 또는 '수천의 링감(lingam, 남근男根)의 강(江)'으로 알려져 있다. 9세기에 프놈꿀렌을 흐르던 강의 계곡과 바닥에는 시바를 상징하는 수천의 링감과 비슈누 등

강바닥의 돌에 새겨진 부조.

이 조각되었다. 13세기에 이르기까지 세워졌던 사원의 유적은 산 속 이곳저 곳에 흩어져 방치되고 있지만 강 아래 잠긴 이 조각들은 여전히 원래의 자리 에 그대로 남아 있다.

시엠립강의 원류인 프놈꿀렌을 흐르는 강은 반띠아이스레이를 거쳐 흐르 고 흘러 앙코르의 평원으로 이어진다. 앙코르의 평원을 유유히 흘러 똔레삽 호수로 스며드는 이 작은 강은 앙코르라는 위대한 도시를 탄생시킨 사암(砂 巖)을 프놈꿀렌에서 앙코르까지 날랐던 물길이다. 석공들은 이 산에서 사암 을 잘라내고 구멍을 뚫어 대나무를 끼운 후 코끼리의 등에 걸고 강까지 운반 했고, 다시 배로 그 거대한 돌들을 실어 앙코르로 날랐다. 끄발스삐안이라는 말 그대로 앙코르의 교두보였던 셈이다.

끄발스삐안을 수놓은 크고 작은 링감과 비슈누와 시바의 조각들보다도 나 는 1천년 전 이 산에서 '나는 신이다'라고 외치며 비슈누의 화신임을 자처했 던 사나이의 호기를 느껴보기 위해 프놈꿀렌을 찾았다. 그러나 어차피 틀린 일로 보인다. 산을 오르는 길과 산정의 곳곳에는 사람들의 발길이 끊이지 않 아 내가 기대했던 종류의 감흥을 불러일으키기란 난망한 일이다. 하지만 그 리 섭섭할 일도 없다. 오늘은 웃고 떠들고 폭포 아래에서 물놀이를 즐기는 크메르사람들을 만날 수 있을 것이다. 자야바르만 2세의 그 호탕한 웃음소리 는 나중에 다시 기회가 찾아오면.

앙코르의 평원이 끝날 즈음에 불쑥 솟아오른 프놈꿀렌은 제대로 된 산이 다. 바켕을 산이라 했으니 꿀렌은 높고 험준하기 짝이 없는 산이었을 것이 다. 산정에 올라 내려보니 끄발스삐안으로 가는 길의 양편에는 손수레가 즐 비하고 행락객들로 번잡하다. 행상들은 먹을거리나 한약재, 기념품들을 팔 고 있다.

한약재를 파는 노점은 작은 원숭이를 말린 것과 어느 짐승의 것인지는 알 수 없는 쓸개와 말린 약초와 버섯 따위를 팔고 있다. 눈길을 끄는 것은 원숭이를 말린 것인데 내장을 꺼내고 나뭇가지로 고정시켜 말려놓았다. 약재를 파는 손수레마다 원숭이 말린 것을 몇마리씩 매달고 있어 프놈꿀렌은 원숭이들에게는 서식하기 적당한 곳이 아니라는 생각을 하게 만든다. 하기야 사람이 출몰하는 곳에서 평화를 누릴 수 있는 동물이 어디 있을까만.

주차장에서 1km쯤 떨어진 곳에 있는 와불상(臥佛像). 후대의 사람들이 프놈꿀렌의 가장 높은 곳에 있는 바위에 조각한 것이다. 바위를 둘러 나무집을 지어 와불상을 모시고 있으며 여기 오르려면 신발을 벗고 가파른 계단을 올라야 한다. 앙코르와는 무관할 것인데 프놈꿀렌을 오른 사람들의 대부분은 이곳을 들러 복을 빈다.

불상의 머리 아래는 사람들의 손길로 반질반질하게 닳아 있다. 그곳을 문지르면서 기원을 하면 부처가 들어준다는 믿음 탓일 것이다. 바위에 불상을 조각한 것은 흔히 있지만 꼭대기에 와불을 조각한 것을 보기는 처음이다. 이 와불의 자리에 올라서면 프놈꿀렌의 전경을 한눈에 볼 수 있다. 산은 온통 울창한 숲으로 덮여 있다. 자야바르만 2세가 똔레삽호수까지 거슬러오고도 또 100km가 넘는 길을 걸어 이 산에까지 오른 이유는 이곳이 하늘과 가장 가까운 곳이기 때문이었을 것이고 또 똔레삽에서 시엠립강을 거슬러올라 도달한 마지막 장소이기 때문이었을 것이다. 푸른 숲 위의 하늘은 코발트빛으로 눈이 시리도록 푸르다. 그 아래 산과 숲은 말이 없다. 어디선가 날아온 매 한 마리가 그 위를 천천히 맴돌고 있다.

산의 정상쯤에서 수천의 링감을 보듬으며 흐르는 강은 강이라기보다는 내에 가깝다. 폭이 10m 정도나 될까 말까 한 강바닥에는 크고 작은 링감들이 수도 없이 깔려 있다. 1천개라고도 하고 2천개라고도 한다. 바지끝을 접어 허벅지까지 올리고 강을 거슬러오르면 링감뿐 아니라 강바닥의 바위에 조각된 비슈누와 강가(Ganga, 시바의 부인)를 만날 수 있다. 나는 신이라고 외쳤던 사나이가 화신으로 자처했던 비슈누. 그것은 곧 자야바르만 2세 자신을 조각한 것이리라, 그의 생전에 조각했든 후대에 조각했든. 조각은 강바닥에만 있는 것이 아니라 강변에 놓인 바위에도 있고 어떤 조각은 강에 반쯤을 걸치고 반쯤은 물 위로 내밀고 있다.

조각은 생각보다 정교하고 선이 아직도 잘 살아있다. 흐르는 물이 바위를 깎아내는 속도는 생각보다 더디다. 1천년을 지냈는데도 이렇다. 나무그늘 아래 정강이를 간질이는 강물을 즐기면서 바닥의 링감과 비슈누를 보고 있노라니 한가로운 것이 마치 산으로 소풍이라도 나온 듯싶다. 문득 물이 흐르는 바닥에 어떻게 조각을 했을까 궁금하다. 함께 갔던 사람이 물길을 돌리거나 보(洑)를 쌓고 조각하지 않았겠느냐고 말한다. 우문현답이다.

강가의 바위에 앉아 물에 발을 담그고 있을 때에 작은 공터에서는 색색의 나비들이 떼를 지어 난다. 이곳에는 나비가 많다. 나비는 영혼을 담고 있다고 했으니 저 나비들은 누구의 영혼을 담고 있는 것일까.

프놈꿀렌의 강은 계곡을 따라 흐르면서 크고 작은 두 개의 폭포를 만든다. 강을 따라 내려간 길의 폭포 기슭에는 한때의 앙코르유적들이 아무 의미없이 버려져 있다. 폭포 아래에는 사람들이 그득하다. 폭포의 상류에 걸쳐진 나무다리를 출렁이며 건널 때에 앞에 보이는 군인의 얼굴이 어쩐지 낯설지 않다.

평범한 정부군복을 입고 있는데 이목구비로는 크메르사람이 아니다. 뭔가 떠오를 듯한데 뭔가에 막혀 멈칫거리다 무릎을 친다. 틀림없이 몇년 전 치앙마이(Chiang Mai)에서 2박 3일짜리 트레킹을 갔을 때에 만났던 카렌족의 얼굴이다. 짙은 눈썹, 누렷한 이복구비 그리고 무엇보다도 한없이 슬픈 표정을 감추고 있는 얼굴. 미얀마와 태국의 접경지대에 주로 분포한 고산족인 카렌족은 오랫동안 끊임없이 박해받아온 민족이다. 그 고통이 얼굴에 배어 있어 그처럼 슬픈 얼굴을 하고 있는 것이라고 나는 지레 짐작했었다. 저 젊은 사내는 어떤 연유로 캄보디아의 서북부에까지 와 군복을 입고 여기 프놈꿀렌에서 사람들을 지키고 있는 것일까.

크메르정부군이 된 카렌족 사내. 표정이 서글프다.

폭포 밑은 인산인해를 이루고 있다. 오랜만에 나선 나들이에 사람들은 모두 한껏 즐거운 표정이다. 한여름 우이동 계곡의 떠들썩함이 계곡에 가득 넘쳐나고 있다. 한편의 바위에 할 일 없이 앉아 떠들썩하게 물놀이를 즐기는 사람들을 바라보다가 일어섰다. 사람 사는 것이야 어디나 똑같은 것이다.

올려본 나뭇가지 사이의 하늘에는 뭉게구름이 한가롭게 흐르고 있다. 멀리 내다본 산의 숲은 그지없이 조용하다. 1,200년 전 이 근처 어딘가에서 '나는 신'이라고 외쳤을 사내의 호기로움을 말없이 간직한 산이다. 산천은 의구하되 인걸은 간 데 없다.

여인의 성(城), 야즈나바라하의 보석 ◉ ◑ ◔　프놈꿀렌의 계곡을 타고 흐르는 강이 앙코르의 평원을 향해 나아가면서 처음 만나는 반띠아이스레이(Banteay Srei, 여인의 성). 라젠드라바르만(Rajendravarman)의 시대인 967년에 완성된 이 사원은 브라만

붉은 사암으로 지어진 반띠아이스레이. 사원의 빛깔도 훌륭하거니와 정교한 부조가 특히 눈길을 끈다.

(Brahman) 성직자 형제에 의해 설계되고 지어졌다. 형의 이름은 야즈나바라하(Yajnavaraha)였으며 동생의 이름은 비슈누쿠쿠마라(Vishnukumara)였다. 반띠아이스레이는 자신을 탄생시킨 것이나 다름없는 그들 중 형의 이름을 따 야즈나바라하의 보석이라 불린다. 라젠드라바르만의 총애를 받았던 이 두 브라만은 후일 대를 이었던 자야바르만 5세가 어린 나이에 왕의 자리에 오르자 오랫동안 섭정(攝政)을 했다.

이 작은 사원은 앙코르에서 늘 보던 회색의 사암 대신 붉은 사암만으로 지어진 데에다 그 부조의 조각이 깊고 아름다우면서 정교해 작지 않은 놀라움으로 다가온다. 강렬한 것은 색이다. 누군가는 생각 없이 분홍빛을 운운하지만 천만에 만만에. 이 사원에 쓰였던 프놈꿀렌의 붉은 사암은 깊이를 알 수 없는 붉은빛으로, 바위이되 황토 빛깔을 고스란히 간직한 바위이다. 그 붉은 사암에 정교한 조각을 새기고 쌓은 반띠아이스레이는 작지만 결코 작아서 아쉽지 않은 곳이다.

안뜰에 작은 연못을 가진 사원은 연못에 물이 차면 우주의 바다를 그리고 그 물 위에 비친 탑은 그대로 수미산이 된다. 중앙의 탑은 10m를 넘지 않고 탑으로 통하는 입구의 높이는 채 1m가 되지 않는다. 사원의 탑과 문고(文庫) 어디를 보더라도 어느 틈 하나 사암을 그대로 둔 공간을 찾아보기 어려울 만큼 조각들이 가득하다. 앙코르의 어디에서도 이처럼 화려한 조각들이 빼곡히 사원을 메우고 있는 유적을 볼 수는 없다. 세월의 풍상과는 상관없는 일이다. 반띠아이스레이는 앙코르 초기 유적 가운데 하나이다.

사원의 입구는 동쪽을 바라보고 있다. 머리가 셋인 코끼리를 타고 있는 인드라(Indra)의 섬세한 조각이 아로새겨진 고프라를 만난다. 반띠아이스레이에서 처음 만나는 이 조각은 첫눈에 보는 이의 넋을 앗아간다. 고프라의 전면을 기둥까지 수놓은 현란한 조각들은 인드라에서 라후(Rahu), 의미를 알 수 없는 꽃무늬에 이르기까지 따듯한 붉은색으로 은은하게 빛나면서 사암에 파고든 그 넉넉한 깊이와 입체감으로 걸음을 한동안 멈추게 만드는 것이다. 그 고프라를 지나 폐허와 같은 돌무더기 사이를 지나 다시 하나의 고프라를 만나게 되고 다시 그 고프라를 지나면 연못을 가로지르는 포도가 나온다. 연못의 터는 사원 전부를 그림자로 담을 수 있을 만큼 넓다. 다시 하나의 고프라를 지나고 드디어 사원의 중앙에 이르게 된다. 문의 높이는 1.5m 정도이고 폭이 좁아서 허리를 숙이고 간신히 지나가야 한다. 물론 이것도 돌을 아끼기 위해서는 아닐 것이다.

이제 눈에 보이는 모든 것들은 그저 놀랍기만 하다. 1천년을 뛰어넘어 신화의 모든 이야기들을 담아내려는 듯이 사방에 새겨진 조각들이 건네는 이야기들은 차마 한번에 받아들이기 어려워 엉거주춤 뒤로 물러설 판이다. 앙코르에서 흔히 보았던 비슈누와 시바, 그리고 여신의 조각들이 기둥 한편을 판 벽감(壁龕)에 모셔져 있으며 그 주위를 눈이 어지러운 문양이 감싸고 있고 입구의 위에는 라후가 불기둥을 뿜고 있다. 나가가 혀를 날름거리며 대가리를 곧추세우고 있는가 하면 한구석에서 부처가 은은한 미소를 짓고 있고 신취(神鷲) 가루다(Garuda)가 날면 원숭이가 날뛰더니 압사라가 춤을 춘다. 그리고 알 수 없는 여신들의 조각이 사원 곳곳에서 신비한 자태를 뽐내고 있다. 이 사원에 반띠아이스레이라는 이름이 붙여진 이유일지도 모르겠다. 앙드레 말로(André Malraux)가 반띠아이스레이에서 훔쳐갔던 것 역시 여인인 압사라의 상이었다. 힌두신화에 정통하지 않은 것이 이처럼 애석할 수가 없다. 그러나 눈앞에 드러나는 벽감의 여신들 모습은 풍만하기 짝이 없어 화려한 의상과 치장이 아니었다면 여신의 모습이라기보다는 어느 시골 아낙의 모습을 연상시킬 법하다.

반띠아이스레이는 결코 위압적으로 다가오지 않는다. 모든 것들이 미니어

처로 다가오기 때문이다. 웅장하지 않고 장대하지 않은 건물들과 탑들 그리고 부드러운 붉은 색조가 이 현란한 사원을 친근하게 만드는 비결이다.

앙코르의 초기 유적인 반띠아이스레이는 의심할 바 없이 후대의 앙코르사원에 많은 영향을 끼쳤을 것이다. 실제로 앙코르를 먼저 보는 대신 반띠아이스레이를 본다면 그 모든 것을 압축한 요약본을 미리 본 느낌일 것이다.

낮은 담이 이어지는 사원의 뒤편은 숲이다. 숲은 조용하고 새들의 지저귐과 바람에 흔들리는 나뭇가지들의 부스럭거림만이 들려올 뿐이다. 뒤편에서 바라보는 반띠아이스레이는 그 느낌 때문인지 한결 소박하게 느껴진다. 현란하지만 도도하지 않고 화려하지만 소박한 앙코르의 붉은 사원. 여인의 성이다.

'태국을 물리친 도시'와 전쟁 ◉◉ 프놈꿀렌에서 돌아와 냉면으로 늦은 점심을 때우고 호텔로 돌아가 1시간 남짓 쉰 후 시엠립에서의 마지막 기행에 나섰다. 목적지는 베트남-캄보디아 친선기념탑과 전쟁박물관, 그리고 지뢰박물관.

위대한 왕국 앙코르가 시암의 아유타야(Ayuthaya)왕국에 정복된 것은 1431년이었다. 100년 이상 이 지역의 패권을 두고 다투어온 끝이었다. 시암의 병력은 7개월 동안 앙코르에 머무르면서 약탈과 파괴를 자행한 후 물러갔다. 차오프라야(Chao Phraya)강변에 왕국의 수도를 세운 아유타야로서는 항구적으로 앙코르를 지배하기는 너무 멀어 여의치 않았을 것이다. 지역의 패권을 확인하고 앙코르의 값진 보물들을 약탈하는 것만으로도 목적은 충분히 달성한 셈이었으리라.

이후 앙코르는 쇠퇴기에 접어들었고 크메르제국 역시 마찬가지 길을 걸었다. 크메르제국은 앙코르를 포기하고 첸라의 자야바르만 2세가 바싹과 똔레삽을 거슬러올라왔던 그 물길을 따라 내려가 지금의 프놈펜 근처로 왕국의 수도를 옮겼다. 앙코르는 쇠퇴기에 접어든 제국의 변방으로 전락했지만 결코 잊혀진 것은 아니었다. 크메르제국의 왕은 한때 앙코르로 다시 돌아오기도 했고 앙코르는 여전히 크메르의 땅이었다.

세월은 흘렀다. 1858년 4월 영국왕립지리학회의 지원을 얻어낸 프랑스인 탐험가 앙리 무오(Henri Mouhot)가 싱가포르를 향해 길을 떠났다. 1860년 앙리 무오는 2개월 동안 캄보디아에 머물렀으며 그중 3주간을 앙코르에서 보냈다. 캄보디아를 떠나 시암(Siam)의 북동지역으로 올라간 그는 다시 메콩강을 타고 이듬해 라오스의 루앙파방(Luang Prabang, 루앙프라방)에 도착했고 그 해 11월 열병으로 이역만리 타지에서 목숨을 잃었다. 운이 좋게도 그의 세세한 기록은 하인에 의해 방콕으로 전달되었고 다시 영국에 살고 있던 그의 영국인 부인과 형제의 손에 전달되었다. 그 이전에도 서구 탐험가들의 앙코르에 대한 보고가 없지 않았음에도 불구하고 앙코르는 앙리 무오의 이 글로 쎈쎄이션을 일으키며 널리 알려지기 시작했다. 유럽의 눈에 앙코르는 앙리 무오에 의해 발견된 것처럼 보였다.

그 무렵 유럽 각국의 왕립지리학회는 아시아와 아프리카 등에 대한 제국주의의 탐욕의 착륙지를 탐사하는 선봉이었다. 하지만 영국왕립지리학회가 비용을 댄 앙리 무오의 탐사성과는 결국 그의 조국인 프랑스 제국주의에 바쳐졌다. 1862년 코친차이나(Cochinchine)를 손에 넣은 프랑스는 1864년 캄보디아를 보호령으로 하는 조약을 체결했다. 바땀방(Battambang)과 시엠립은 이 시기에 시암의 영토로 인정되었지만 1907년 맺은 시암과 프랑스의 조약으로 결국은 프랑스의 손에 넘어갔다. 시엠립은 이처럼 캄보디아의 역사에 영광과 상흔으로 남아 있는 지역이다. 도시와 지방의 명칭으로 쓰이는 시엠립은 '태국(시엠)을 물리친(립) 도시'라는 뜻이다. 이 지역은 15세기를 전후해 빈번하게 일어났던 시암의 침략에 대항하는 보루였으며 크메르와 시암이 동남아시아의 패권을 두고 충돌한 전선이었다.

베트남의 침공으로 게릴라전을 펴던 1979년 6월의 폴포트.

시간은 흘러 1980년대. 시엠립과 앙코르는 다시 전쟁의 화염에 휩싸였다. 1978년 12월 크리스마스에 국경을 넘은 10만의 베트남군은 파죽지세로 2주 만에 프놈펜과 시하눅빌을 점령하고 쉬지 않고 서쪽으로 진군했다. 쉴새없이 밀려버린 폴포트(Pol Pot)의 크메르루주는 서북부의 국경을 넘어 태국으로 도주해야 했다. 1980년대에 접어들어 크메르루주는 중국과 태국 그리고 미

1997년 쿠데타를 일으켜 총리가 된 직후 깜뽕참에서 연설중인 훈센.

국의 지원을 받으며 서북부지역을 근거로 쏘비에뜨진영의 지원을 받은 베트남군과 게릴라전을 벌였다. 결국은 동서냉전과 중소분쟁의 대리전이기도 했다. 이 시기에 시엠립은 시암에 맞서는 크메르의 보루가 아니라 크메르루주에 맞서는 베트남군의 보루가 되었다. 10여년 이상을 끌어왔던 이 전쟁으로 양측의 피해는 막심했다. 그래도 앙코르유적지는 양측이 조심했던 탓에 큰 상처를 입지는 않았다. 앙코르와트에도 그저 총알자국만 몇개 남아 있을 뿐이다.

베트남군은 캄보디아에서 10년을 딱 채우고 1988년 12월에야 철군했다. 냉전체제의 해체가 가속화되면서 소련과 동구권의 지원도 줄어들었고 개방과 개혁 정책인 도이머이(Đoi Mới)도 성과를 거두지 못한 상황에서 베트남

공항으로 가는 도로변 공터에 남아 있는 베트남-캄보디아 친선기념탑. 베트남의 캄보디아 침공 10주년에 맞춰 세워졌다.

은 더이상 외국에 군대를 주둔할 수 있는 여유가 없었다. 시엠립에서도 베트남군은 보따리를 꾸려 철군했다. 베트남-캄보디아 친선기념탑은 바로 그 기념물이다.

이 기념탑은 지금 잡초만이 우거진 공터의 안쪽에 세워져 있지만 원래 이 공터는 전몰자묘지였다. 베트남은 이 묘지의 절반은 베트남군 전사자에게 나머지 절반은 캄보디아군 전사자에게 할애했다. 내가 1999년 1월에 이곳을 찾았을 때에는 여전히 묘지가 있었다. 눈길을 끈 것은 베트남군의 무덤에는 비석이 세워져 있는 반면 캄보디아군의 봉분에는 비석이 없었다는 것과 베트남군 전사자에 비해 캄보디아군 전사자의 수가 훨씬 많았다는 것이다.

이제 묘지는 없어졌다. 이미 베트남군의 유해들을 수습해 돌려보낸 지 1년이 되었다고 한다. 캄보디아군 전사자들의 유해도 위령탑을 만들어 안치하기 위해 이미 수습되었다고 했다. 아마도 시엠립의 노른자위땅이었을 묘지를 그대로 둘 수 없었던 누군가의 힘도 보탬이 되었을 것이다. 가까운 시일에 이 터에는 새로운 건물이 들어설 것이다.

탑에는 베트남이 캄보디아를 도왔다는 내용과 1988년 12월 20일이라는 날짜가 적혀 있다. 그 아래에는 캄보디아군과 베트남군이 총을 들고 나란히 서 있는 조각이 새겨져 있다.

베트남이 캄보디아를 도왔다는 것은 폴포트정권의 학정에서 캄보디아인민을 구원했다는 것이다. 이라크를 침공한 미국의 명분은 후쎄인정권의 학정에 신음하는 이라크국민을 구원하겠다는 것이다. 미국은 이제 이라크에 군정을 세우고 시간이 지나면 친미정권을 세울 것이다. 캄보디아에서도 베트남은 침략 후 괴뢰정권을 세웠다. 현 총리인 훈센은 그 괴뢰정권의 수상을 지낸 인물이다.

베트남이 캄보디아를 침공한 후 서방은 벌떼같이 일어나 베트남을 비난했다. 유엔은 베트남의 괴뢰정권을 인정하지 않았고 베트남은 소련과 동구권 외에는 고립무원의 지경이었다. 베트남을 비난했던 미국과 서방 그리고 동남아시아국가연합(ASEAN)은 폴포트를 지원했으나, 폴포트에 대한 비난에는 침묵을 지켰다. 폴포트의 크메르루주가 공산주의자들이었기 때문이다.

캄보디아의 폴포트정권에 대한 일반적인 시각은 폴포트의 집권기간 동안 수많은 사람들이 죽었고 그 모든 책임은 살인마 폴포트와 크메르루주에 있다는 것이다. 따라서 베트남의 침략에 대해서는 일언반구의 책임도 묻지 않는다.

베트남이 캄보디아를 해방시켰다면 미국은 이라크를 해방시킨 것이다. 중국은 티베트를 해방시켰고 소련은 프라하를 탱크로 짓밟아 체코를 해방시켰으며 미국은 제2차 세계대전 후 세계 도처에서 학정에 신음하는 수많은 나라들을 해방시켰고 지금도 해방시키고 있다. 침략의 본질이란 그런 것이다. 베트남이 캄보디아인민을 해방시키기 위해 침략했다는 것은 수사에 불과하다. 베트남의 캄보디아 침략은 인도차이나에 대한 패권주의의 노골적인 추구였으며 이는 오랜 전쟁으로 초토화된 인도차이나에 평화가 찾아올 수 있는 기회를 20년이나 뒤로 미뤄버렸다.

폴포트정권 44개월 동안 수많은 사람들이 죽었지만 그에 관해 가장 신빙성있는 자료는 마이클 비커리(Michael Vickery)의 것으로 그 수는 80만명을 넘지 않는다. 제2차 인도차이나전쟁, 즉 베트남전쟁중이던 1968년에서 1973년까지 벌어진 미군의 대대적인 캄보디아 비밀폭격으로 60~80만명으로 추산되는 캄보디아인이 목숨을 잃었고 광대한 농토가 초토화되어 혁명 후 캄보디아는 극심한 식량난에 시달려야 했다. 폴포트 집권시기 사망자의 대부분은 기아에 시달리다 아사(餓死)했다. 폴포트정권은 협동농장을 만들고 도시에서 농촌으로 인구를 소개했지만 없는 식량을 갑자기 증산한다는 것은 불가능한 일이었다. 그 기간 동안 중국이 약간의 식량을 원조하고 북한과 유고슬라비아가 공산품과 설비를 지원했을 뿐 캄보디아에 도움의 손길을 뻗친 나라는 없었다. 물론 제국주의가 물러간 인도차이나의 패권자를 자처했던 베트남도 캄보디아를 지원하지는 않았다. 캄보디아에서 네이팜탄에 불타고 폭탄에 찢겨가거나 주린 배를 움켜쥐고 스러져간 억울한 영혼들에 대해 일차적으로 책임져야 할 것은 폴포트가 아니라 인도차이나에서 살인적인 전쟁 깡패짓을 서슴없이 자행했던 미국이다.

그리고 베트남은 캄보디아를 침략해야 할 하등의 명분이 없었다. 분명한 것은 베트남의 캄보디아 침략으로 더 많은 캄보디아인들과 베트남인들이 목숨을 잃어야 했다는 점이다.

기념탑 앞에는 두 그루의 나무가 서 있다. 가지들이 뻗쳐 아무도 앞에서는 탑에 적힌 글자를 볼 수 없다. 누구도 와보지 않지만 설령 온다고 해도 이 탑이 무슨 탑인지를 쉽게 알 수 없다. 오늘 이 탑은 이렇게 버려져 있다시피 하고 묘지는 간 곳이 없다.

전쟁박물관은 크메르루주와 베트남군의 전쟁에서 사용된 무기들을 전시해 놓은 야외박물관이다. 내가 이곳을 찾은 것은 2년 전 안동뷍을 찾았을 때에 마을과 당렉(Dangrek)산에 있던 파괴된 정부군탱크가 이곳으로 옮겨졌다는

안롱웽에서 본 그때 그 탱크를 어렵게 시엠립의 전쟁박물관에서 찾았다.

말을 들었기 때문이었다. 태국과 접경한 지역인 당렉산맥을 끼고 있는 안롱웽은 크메르루주의 본 거지였으며 그들이 포기하지 않았던 민주캄푸치아의 임시수도이기도 했다. 폴포트는 1998년 이곳에서 영욕의 세월을 비참하게 마감했고 크메르루주는 1년 뒤 정부군과의 마지막 격전을 끝으로 괴멸했다.

탱크 몇대를 돌아보며 두리번거렸지만 쉽게 눈에 띄지 않는다. 이리저리 오가다 한구석에서 기억에 남은 탱크를 발견했다. 그나마 쉽게 찾을 수 있었던 것은 원래 씌어 있던 슬로건을 흰 페인트로 지워놓았기 때문이었다.

탱크에는 미국과 베트남은 캄보디아인민을 이길 수 없다는 내용의 슬로건이 적혀 있었다. 이 탱크는 1998년의 정부군 공세 당시 크메르루주의 공격을 받고 파괴되었다. 미국의 지원을 받았음에도 불구하고 크메르루주가 미국을 아군으로 받아들일 수 없었던 딜레마를 느낄 수 있었던 탱크였다.

그밖에 소총과 기관총, 박격포, 지뢰, 수류탄 등 모든 무기류를 모아놓아 전쟁박물관은 무기박물관을 방불케 하는데 그 정체와 취지가 모호하기 짝이 없어 무기마니아들은 꽤 흥미를 가질 법하지만 그밖에는 어쩌자는 것인지 알 수가 없다. 예컨대 전쟁박물관이라면 전쟁의 선후이거나 배경이거나 뭐, 이런 것이 반영되어 있어야 할 텐데 정작 전쟁에 대해서는 일언반구가 없다. 그저 이 탱크는 어디에서 끌어왔고 이 무기의 제원은 이렇다는 설명이 고작이다. 답답하지만 이렇게 자신들이 피를 흘렸던 전쟁에 대해서 이렇다 할 설명을 하지 못하는 것이 현재의 캄보디아이다.

지뢰박물관은 아키라라는 캄보디아인이 운영하는 사설박물관이다. 베트남괴뢰군에 징집되어 지뢰를 매설했던 그는 그 경력 때문에 전쟁 후 지뢰제거 작업에 참여했고 그것을 인연으로 지뢰박물관을 만들었다. 이 박물관에는 온갖 종류의 해체된 지뢰들이 그득하다. 처음에는 일본인이 아닐까 싶었는데 박물관 팸플릿을 보고 캄보디아인임을 확인했다. 본명은 아닌 듯싶다.

지뢰박물관에 전시된 갖가지 지뢰들.

지뢰는 지금 캄보디아가 안고 있는 가장 큰 문제 중의 하나이다. 전쟁 후에도 수많은 사람들이 대인지뢰에 희생되어 다리를 잃고 있으며 아이들도 그 피해에서 벗어나지 못하고 있다. 지뢰제거는 외국의 후원을 받아 캄보디아지뢰제거센터(CMAC) 같은 곳에서 조직적으로 진행하고 있지만 30년 이상이 걸릴 것으로 추정하고 있다.

서북부인 이 지역에서는 지뢰만이 문제이지만 미군이 융단폭격을 했던 동부와 동북부에서는 불발탄도 큰 문제가 되고 있어 지뢰제거와 불발탄해체가 병행되고 있다. 전쟁은 관념이 아니라 현실이며 전쟁 후 역시 마찬가지로 현실이다.

제2차 인도차이나전쟁에서 자행된 미군의 폭격은 인도차이나 전역에 그 상흔을 남겼지만 캄보디아에는 유난히 그 상처를 깊게 남겼다.

시엠립에서의 마지막 밤 ◉ ◉　시엠립에서의 마지막 저녁이다. 저녁은 시엠립에 머무르는 동안 성의껏 나를 도와준 찬톤의 집에서 캄보디아식으로 함께 했다. 찬톤은 베트남 국경과도 멀지 않은 캄보디아 동남부의 깜뽓(Kampot)에서 태어나 쉽지 않은 세월을 헤쳐온 젊은 캄보디아인 중 하나이다. 시하눅빌에서 결혼한 후 곧 시엠립으로 와서는 자신을 닮은 아이를 얻었다. 아이가 살아갈 내일은 오늘의 찬톤부부에게 달려 있을 것이다.

오랜만에 허기진 배를 크메르식 저녁으로 채운 후 이틀간의 후의에 감사하고 작별의 인사를 나누었다.

"티처. 언제 또 오나요?"

"…… 언젠가 내 또 오지."

호텔까지 배웅해준 찬톤을 방으로 데리고 가 플로피디스켓에 사진파일을 담아주었다. 화면 속의 사진을 묵묵히 바라보던 찬톤이 이렇게 말한다.

"전에 나는 정말 핸썸했어요."

이제 스물을 갓 넘은 청년의 입에서 이런 말이 나오다니. 크메르인의 정신 연령은 너무도 조숙한 것일까. 찬톤, 걱정하지 마라. 넌 아직도 핸썸하니까. 난 어깨를 두드리며 격려를 아끼지 않았다. 찬톤이 돌아간 후 나도 화장실로 가 거울 속의 나를 보았다. 스무살 적엔 나도 정말 핸썸하지 않았던가. 지금 내 어깨는 누가 두드려줄지. 창문 밖의 흐린 앙코르의 밤하늘에 별 몇개가 반짝이고 있다.

잊기 전에 한 가지 밝혀두어야 할 일이 있다. 내가 캄보디아를 배경으로 쓴 연작소설 「시하눅빌 스토리」에는 찬톤과 생라이라는 인물이 등장한다. 실제의 찬톤과 생라이는 소설과는 무관한 인물들이다. 그저 이름만을 차용한 것으로, 그 찬톤과 이 찬톤은 전혀 관계없다. 굳이 이렇게 밝히고 넘어가는 이유는 소설에 등장하는 찬톤이 영 악당이기 때문이다. 찬톤, 미안하다. 무심하게 네 이름을 그딴 인물에게 붙여서.

앙코르의 마지막 밤이다. 처음 앙코르를 찾았던 기억이 아련하게 떠오른다. 나를 이곳으로 인도한 것은 앙드레 말로의 『인간의 조건』이었다. 『인간의 조건』은 존 스타인벡(John Steinbeck)의 『분노의 포도』와 함께 내 사춘기를 흔들었던 소설이었다. 벌써 20년도 넘은 그때, 내게 굴러들어온 그 책은 아직도 서가에 꽂혀 있다. 동서문화사에서 펴낸 세로쓰기의 누렇게 색이 바랜 그 책에는 『인간의 조건』과 함께 『왕도의 길』이 수록되어 있었다. 앙코

자신의 '독특한' 경험에 바탕을 둔 소설 『왕도의 길』을 써낸 앙드레 말로.

르의 춤추는 여인상(압사라상)을 훔치기 위해 밀림을 헤매는 내용이다. 『인간의 조건』을 읽고 상하이(上海)에 가고 싶었던 것처럼 『왕도의 길』을 읽고는 어디인지 알지도 못할 시엠립과 시소폰에 가고 싶었다. 『왕도의 길』이 반띠아이스레이에서 압사라상을 절도한 죄목으로 식민지당국으로부터 추방명령을 받았던 앙드레 말로 자신의 치사한 경험을 바탕으로 하고 있다는 사실을 안 것은 훨씬 훗날이었다.

제국주의시대에 탐험가들은 국가의 전폭적인 지원을 받았다. 유럽 제국주의국가들은 왕립지리학회 따위를 하나씩 만들어놓고 아시아와 남아메리카, 아프리카로 떠나는 탐험가들을 고무하고 그 비용을 지원했으며 그들이 가져온 성과를 칭송하는 데에 인색하지 않았다. 탐험가 자신의 목표가 무엇이었든 그들이 이룩한 성과는 고스란히 자국의 식민지를 확상하는 데에 이용되었다. 앙드레 말로가 인도차이나에 온 것은 스무살 적이었다. 인도차이나에

서 쫓겨난 그는 중국으로 향했다. 그 경험을 바탕으로 걸작을 발표한 그는 문호(文豪) 자리에 올랐지만 나이 들어 우익 드골(de Gaulle)정권의 문화부장관을 지내는 등 작품과는 동떨어진 행보를 보였다. 『인간의 조건』에서 내게 가장 매력적이었던 인물은 봉기 후 국민당군에게 잡혀 처형되기 직전에 동료들에게 청산가리를 나누어주고 자신은 보일러의 화염 속으로 사라지는 인물, 까또프(Katov)였다. 사춘기였던 나의 눈시울과 마음을 함께 사정없이 휘둘렀던 앙드레 말로. 소설은 의구하지만 소설가는 삼천포로 빠졌다. 소설은 소설이고 소설가는 소설가다.

내일 5시 40분에 똔레삽호수로 가야 한다. 5시쯤에 일어나서 마저 정리하기로 마음을 먹고 노트북을 닫았다. 지지직 하이버네이션(hibernation). 나도 하이버네이션.

위대한 호수 똔레삽, 크메르의 아버지 ◉◉

알람은 5시에 울렸건만 꼭지를 누르고 계속 잔 모양이다. 전화벨이 시끄럽다. 호수로 가는 픽업트럭의 운전사가 성화다. 시계를 보니 5시 40분. 정확히 5분 만에 배낭을 꾸리고 세수하고 이빨은 못 닦고 튀어나갔다. 전날 저녁 체크아웃을 해둔 것이 그나마 다행이라면 다행이다.

퉁퉁 부은 얼굴로 픽업트럭의 짐칸에 올라타니 이미 두 명이 앉아 있다. 티켓을 산 사람들을 모아 호수까지 데려가는 픽업이다. 내 꼴이 어떻게 보일지에 대한 걱정보다 혹 챙기지 못한 물건은 없는지 걱정이다. 칫솔, 배터리, 어댑터, 카메라……

그러거나 말거나 픽업은 다음 호텔에서 두 명을 더 태우고 호수로 향한다.

시엡립은 그토록 눈부시게 변했건만 똔레삽호수로 가는 길은 바뀐 것이 없다. 시내를 빠져나가자 동이 훤하게 텄다. 픽업은 호수의 둑을 따라 향기롭지 않은 냄새와 흙먼지를 풍기며 달린다. 호수는 건기의 막바지에 다다라 바짝 말라 있을 것이다. 지난번에는 1월에 보트를 타고 프놈펜으로 향했다. 그때 이 둑에는 지방에서 몰려온 빈한한 어민들이 임시로 지은 판잣집이 빼곡하게 늘어서 있었다. 지금 픽업은 호수의 둑으로 접어들었건만 간간이 집들이 나타날 뿐 그때만큼 즐비하지는 않다.

흙먼지를 날리며 비포장도로를 달리는데 미니버스 한 대가 쏜살같이 픽업트럭을 추월해 지나간다. 보아하니 같은 보트를 타기 위해 똔레삽으로 향하는 버스이다. 티켓이 다를 것도 없을 텐데 픽업트럭의 짐칸에 실려 가는 신세라니.

"너희들 모두 할인티켓을 샀니?"

한마디 던진 농담에 짐칸은 와자지껄 웃음으로 가득하다. 내 맞은편에는 크메르인 남자와 서양인 여자 커플이 앉아 있다. 운전사와 유창한 크메르말을 주고받는 것을 들었던지라 가이드인가 했는데 여자 말로는 남편이란다. 짐칸에서 덜거덕거리며 주고받은 말로는 둘은 미국에서 왔다. 어린시절 태국의 난민수용소에서 지내다 미국으로 흘러들어간 크메르인의 귀향인 셈이었다. 20여년 만에 고국을 찾은 그의 심정이 어떨지 못내 궁금하지만 쉽지 않은 질문이다. 다만 미국인 아내와 함께 앙코르를 보고 돌아가는 그의 얼굴에는 한움큼 자부심이 서려 있는 듯도 싶다.

똔레삽호수는 건기의 막바지에 2,500km²로 줄어들었다가 우기가 정점에 이르면 무려 일곱배에 이르는 14,500km²로 불어나는 동남아시아 최대의 호수이다. 14,500km²라면 제주도의 8배 가까운 크기이다. 물의 깊이 역시 건기의 1m 남짓에서 우기에는 8~10m로 깊어진다.

이 호수에서 흘려보내는 물은 똔레삽강을 따라 프놈펜에서 메콩강과 조우한 후 다시 헤어져 바싹강을 지나 남중국해로 빠져나간다. 그러나 그것은 건기에만 그럴 뿐이다. 건기의 정점에 1/7로 줄어든 똔레삽은 우기가 시작되면서 메콩강과 바싹강, 그리고 수많은 주변의 지천들을 통해 다시 물을 받아들인다. 이처럼 똔레삽은 물을 흘려보내고 다시 역류하는 물을 받아들이면서 일종의 거대한 저수지의 역할을 자임하고 있다. 우기와 건기를 반복해 물이 들고나면 똔레삽호수는 물론 메콩강과 바싹강 일대는 비옥한 흙들이 쌓이고 순환하면서 그야말로 황금의 곡창지대를 형성한다.

첸라의 자야바르만 2세가 지금의 메콩삼각주에서 강을 거슬러올라 똔레삽호수의 북쪽 기슭에 앙코르(도시)를 건설한 것은 자바(Java)왕국의 침략에도 이유가 있겠지만 이 지역에서 똔레삽호수가 차지하는 중요성을 깨닫고 있었기 때문일 것이다. 똔레삽호수는 메콩강으로 연결되어 지금의 베트남과 라오스 그리고 중국까지 이어진다. 북으로는 당렉산맥이 버티고 있지만 서쪽으로는 트여 있어 지금의 태국과 미얀마까지 뻗어나갈 수 있는 동남아시아의 전략적 요충지이기도 했던 것이다. 실제로 크메르제국은 이런 지정학적인 이점을 살려 동남아시아 전역을 제패할 수 있었다.

1431년 시암족의 침입으로 크메르제국이 왕국을 앙코르, 즉 똔레삽호수의 북쪽에서 지금의 프놈펜으로 옮긴 것은 앙코르문명으로 번성하던 크메르제국의 융성기가 종말을 고했음을 의미한다. 그 15세기에 크메르제국과 치열한 영토 다툼을 벌였던 짬빠왕국 역시 남진을 거듭해온 비엣(Viet)족의 침략에 무릎을 꿇은 후였다. 똔레삽강의 하류로 내려간 크메르왕국의 운명은 흔적조차 남기지 못한 짬빠왕국보다는 나은 것이었겠지만 이후 크메르민족이 감내해야 했던 고달프고 비참한 역사는 똔레삽호수만이 알고 있을까.

똔레삽호수는 캄보디아인들에게 거대한 단백질 공급원이기도 하다. 실제

강변 둑에 세운 집. 우기에는 떠내려갈 것이다.

로 캄보디아 전인구에게 공급되는 단백질원의 70% 이상을 똔레삽호수가 제공한다. 그 비결은 똔레삽호수가 무한정 제공했던 물고기에 있다. 12월이나 1월쯤부터 똔레삽호수의 주변에는 캄보디아 전역에서 사람들이 모여든다. 이들은 호수 주변에 자연적으로 생성된 둑에 작은 나무집들을 짓고 어부가 된다. 물론 이 시기는 농번기이기도 하기 때문에 똔레삽호수의 주변에 모이는 사람들은 변변한 농토도 가지고 있지 않은 그야말로 빈한한 사람들이다. 어린시절을 중랑천변에서 보냈던 나는 1970년대 초까지 둑에 줄을 지어 늘어선 판잣집들을 보며 자랐다. 그 기억이 똔레삽호수 둑의 판잣집들을 보고 새록새록 되살아난다.

5월에서 10월까지 계속되는 우기가 끝난 후인 1월은 건기이기는 해도 더위가 맹위를 떨치기 전으로 우리의 가을처럼 좋은 계절이다. 이때에 똔레삽호수의 둑으로 모여드는 사람들은 원래 호숫가에 거주하는 사람들과 달리 전통음식인 쁘라혹(Prahok)을 만들기 위해 모여든 사람들이다. 이들은 리엘

(riel)이라는 물고기를 잡아 우리의 젓갈과 유사한 생선발효식품을 만든다. 쁘라혹이 크메르사람들에게 얼마나 중요한 음식인가는 캄보디아의 화폐단위가 리엘인 것을 보면 알 수 있다.

쁘라혹을 만드는 법은 크게 복잡하지는 않다. 우선 리엘을 잡아 깨끗하게 물에 씻은 후 통에 담아 잘게 으깨어 부순다. 그런 다음 생선무게의 1/10 정도의 소금에 버무려 용기에 넣고 발효시킨다. 이렇게 만들어진 쁘라혹은 20일이 지나면 먹을 수 있게 되지만 훌륭한 쁘라혹은 1년에서 3년까지 발효시키기도 한다.

전통적으로 쁘라혹을 만드는 것은 크메르아낙들이다. 리엘을 으깰 때에는 마을아낙들이 모여 대나무로 만든 통에 고기를 담고 발로 밟아 으깨며 소란스럽게 일한다. 보통 건기에 만들어 담그는 쁘라혹은 다음 건기가 올 때까지 1년 동안을 저장해두고 먹는다.

발효식품이기 때문이겠지만 쁘라혹은 강하고 자극적인 냄새와 맛을 가지고 있다. 서양인은 물론 중국인이나 베트남인도 쁘라혹의 냄새와 맛을 꺼리기 때문에 쁘라혹이야말로 크메르의 음식인 것이다. 생선젓갈과 된장 그리고 김치 같은 발효식품에 익숙한 한국인은 비교적 쁘라혹에 쉽게 맛을 들일 수 있는 편이다.

쁘라혹은 리엘이 잡히는 곳이라면 어디에서나 만들어진다. 똔레삽강이나 메콩강변에서도 예외없이 만들어진다. 그러나 캄보디아를 통틀어 시엠립산(産) 쁘라혹을 으뜸으로 쳐 가장 비싼 값을 받을 수 있다. 말하자면 똔레삽호수에서 만들어지는 쁘라혹이 가장 좋은 대우를 받는다는 것이다.

쁘라혹과 관련해 무척 재미있는 이야기 한토막.

캄보디아에는 수많은 베트남인들이 살고 있다. 공식적인 통계는 없지만 화교보다 많은 수로 추정되고 있다. 대부분의 베트남인들은 입국절차 없이 캄보디아로 들어온 불법체류자들이다. 1998년의 총선에서 훈센정권은 이들 불법체류 베트남인들의 덕을 톡톡히 보았다. 훈센측은 이들 베트남인들에게 투표권을 보장하는 신분증을 남발했고 이들은 모두 베트남 괴뢰정권의 수상 출신인 훈센을 지지했다. 그러나 베트남인들에 대한 캄보디아민중의 역사적인 갈등을 전혀 의식하지 않을 수도 없었던 훈센정권은 대대적인 호적정비 사업을 진행하면서 대외적으로는 정당한 입국절차 없이 캄보디아에 들어와 거주하는 베트남인들에게는 캄보디아국적을 인정하지 않겠다는 기본 방침을 밝혔다.

문제는 어떻게 캄보디아인과 베트남인을 구별할 것인지에 있었다. 국무회의석상에서 보건복지부장관에 해당하는 장관이 기막힌 아이디어를 내놓았다. 요컨대 심사할 때에 쁘라혹을 먹여서 먹으면 캄보디아인이요, 먹지 못하면 베트남인으로 판정하자는 것이었다. 이 아이디어가 채택되었다는 소식은 없지만 쁘라혹이 차지하는 비중을 짐작하게 하는 에피쏘드로 손색이 없다.

똔레삽호수의 수상가옥들.

길이로는 세계에서 열두번째로 긴 강이요 수량으로는 세계에서 열번째로 큰 메콩강은 제대로 된 물길로는 모두 여섯 나라를 거치는 긴 여정 끝에 남중국해로 흘러나간다. 그 여섯나라는 중국과 태국, 캄보디아, 라오스, 베트남, 미얀마이다. 1995년 이 여섯 나라는 메콩강의 수자원을 공동으로 개발하는 데 합의하는 치앙라이(Chiang Rai)협정에 조인했다. 협정의 내용이야 조문을 살피지 않아도 이해가 얼기설기 얽혀 있는 메콩강 개발을 각자 멋대로 하지 말고 잘해보자는 내용일 터인데 현재 메콩강은 드물게 자연적인 생태계를 유지하고 있는 강이다. 메콩강 유역에 공업지대가 없는 것이 가장 큰 이유일 것이다.

문제는 수력발전댐을 둘러싸고 벌어질 공산이 크다. 중국과 라오스는 이미 자국 영토를 흐르는 메콩강에 수력발전을 위한 댐을 건설할 계획을 세우고 있다. 이 댐의 건설은 당연히 여섯 나라 모두에 영향을 미치게 된다. 아마도 가장 큰 영향은 똔레삽호수가 받게 될 것이다. 댐이 물길을 막게 되면 똔레삽과 메콩강 사이의 순환구조가 심각하게 왜곡될 가능성이 농후하다. 똔레삽은 앞에서도 말했듯이 메콩으로 물을 흘리며 줄어들고 메콩으로부터 역류하는 물을 공급받아 늘어나는 연례적인 순환을 통해 수량을 조절하는 것은 물론 주변의 광대한 지역에 비옥한 흙을 끊임없이 나르는 자연적 씨스템의 한 부분이다. 인도차이나에서 메콩강의 중요성은 아무리 강조해도 충분하지 않다. 메콩강의 흐름을 인위적으로 왜곡하는 것은 인도차이나의 자연에 대한 끔찍한 재앙일뿐더러 그 강을 어머니로 살아가는 인도차이나사람들에 대한 범죄이다.

똔레삽을 가로질러 프놈펜으로 ◑ ◑ 픽업트럭은 우기에는 호수에 잠겼을
길을 달려간다. 4월 하순. 똔레삽호
수가 바싹 말라 있을 때이다. 픽업이 지나가는 양편으로는 키를 훌쩍 넘는
갈대가 무성하다. 그 갈대 사이를 뒤뚱거리며 달리는 픽업은 붉은 흙먼지를
구름처럼 피워 입 안에서 흙이 으적으적 씹힌다. 둑을 내려와 10여분을 달리
자 비로소 물이 나타난다. 그러나 호안(湖岸)은 수심이 얕아 큰 배가 다닐 수
없어 작은 보트를 타고 좀더 나가야 한다. 물 한 병을 사들고 작은 보트에 올
라탔다. 민물의 비릿한 냄새와 생선 썩는 냄새가 코를 찌른다.

작은 보트를 타고 나간 지 5분쯤 지나자 마침내 프놈펜으로 향하는 익스
프레스보트가 정박해 있는 것이 보인다. 작은 보트는 큰 보트의 출입문에 용
케 선두(船頭)를 들이민다. 능숙한 도킹이다. 배낭 두 개를 짊어지고 뒤뚱거
리며 보트를 옮겨 타는데 몸이 휘청거린다. 등골이 오싹하고 정신이 퍼뜩 드
는 것이 효과만점이다. 선실 중간의 자리를 찾아 배낭을 부리고 주위를 둘러
보니 선실은 한산하다. 그도 그럴 것이 승객의 절반 이상을 차지하는 서양아
이들이 모두 배의 지붕 위로 올라갔기 때문이다. 나도 처음 이 보트를 탔을
때에는 저렇게 지붕 위에 올라가 다섯 시간이 넘는 동안 달리는 보트의 거센
바람을 만끽하며 폼나게 프놈펜까지 갔다. 이제는 그럴 생각이 눈곱만큼도
없다. 지붕 위의 아이들도 프놈펜에 도착하면 자연스레 그 이유를 알게 될
것이다.

아이들이 다짜고짜 지붕 위로 기어올라가는 이유는 운치도 있고 바람도
시원해서라기보다는 어느 유명한 가이드북에 이렇게 씌어 있기 때문이다.

"시엠립에서 프놈펜을 오가는 보트는 구명조끼나 튜브 등 구명시설이 전
혀 없으므로 보드 위로 올리기는 것이 안전하다."

사실이다. 보트에는 구명조끼나 튜브 따위는 비치되어 있지 않다. 만약 침

218

몰한다면 문제가 되기는 될 것이다. 그러나 모쪼록 두 가지를 염두에 두어야 한다. 우선 건기의 똔레삽호수의 얕은 수심은 수영이 서투르다고 해도 빠져 죽기에는 그리 만만치 않다. 다음으로 달리는 보트의 지붕 위는 아무리 뜨거운 태양이 내리쬐어도 전혀 느낄 수 없을 만큼 세찬 바람이 시원스레 불어댄다. 그 결과는 썬크림으로 도배를 하고 모자와 썬글라스로 무장을 하지 않은 다음에는 거의 화상에 가까울 정도로 피부가 타는 것인데 그 효과는 프놈펜에 도착하여 바람이 불지 않는 뙤약볕 아래 서면 금방 알 수 있다. 호수를 달리는 보트의 지붕 위는 인체의 열 감지 씨스템을 마비시키는 골치 아픈 공간인 것이다.

예정된 시간보다 조금 늦게 보트는 움직이기 시작했다. 수심이 깊은 곳까지는 또 작은 보트가 큰 보트를 예인한다. 수심이 어지간히 얕은 모양이다. 물은 탁하기 그지없다. 황톳물.

보트는 수심이 깊은 곳까지 예인된 후 부르르 떨며 두 개의 쌍둥이굴뚝에서 검은 연기를 토해낸다. 무시무시한 연기다. 아니 매연이다. 지붕 위에 앉아 있던 서양아이들이 놀라 호들갑을 떤다.

연기를 정리한 보트는 이제 프놈펜을 향해 세찬 물보라를 뿌리며 시원스레 달리기 시작한다. 시엠립에서 프놈펜까지 다섯 시간에 주파하는 익스프레스보트이다. 썬크림으로 얼굴과 팔을 도배하고 썬글라스로 무장한 채 선두의 난간에 기대었다.

익스프레스보트의 쌍둥이 굴뚝에서 뿜어나오는 무시무시한 매연.

모자를 호텔에 두고 와서 머리는 어쩔 수가 없다. 거센 바람이 사정없이 얼굴을 때린다. 점차 호수의 물결이 거세지고 호수의 양안이 시야에서 멀어진다. 사방에 보이는 것은 이제 수평선뿐이고 가끔씩 어선만이 나타날 뿐이다. 어선뿐만 아니라 호수에 덩그러니 떠 있는 집들도 눈에 띈다.

시엠립에서 프놈펜으로 가는 이 물길은 1,200년 전 첸라의 자야바르만 2세의 행로를 거슬러오르는 길이다. 메콩이 크메르의 어머니라면 똔레삽은 크메르의 아버지이다. 크메르의 위대한 문명이 똔레삽호수 옆에 자리한 것은 결코 우연이 아니다. 호수의 범람으로 생성되는 비옥한 퇴적

돼지우리가 딸린 수상가옥.

층과 무한정한 어족자원은 이 호수와 함께 살아갔던 사람들을 풍요롭게 하고 강하게 만들어 사방으로 뻗어가게 했을 것이다. 크메르제국은 똔레삽호숫가에서 서바레이, 동바레이 같은 거대한 저수지를 만들고 운하를 만들어 호수와 벗 삼아 살아갈 수 있는 문명을 만들었다.

보트를 지나치는 수상가옥과 어선을 보면서 나는 1천년 전에도 이런 모습이 아니었을까 생각해보았다. 나무로 만든 집과 나무로 만든 어선. 텔레비전 안테나를 뺀다면 그때에도 이 호수의 사람들은 이렇게 살지 않았을까?

선실로 돌아가니 서양여자 하나가 자리 셋을 모두 차지하고 다리를 뻗고 있다 내 자리를 가리키자 헤벌쭉 웃으며 다리를 접는다. 시커멓게 그을린 꼴이 한 1년쯤 돌아다니고 있는 본새다. 그러거나 말거나 아침부터 정신없이 나대야 했던 통에 설친 잠을 청한다. 깜빡 잠에 떨어진 후 문득 눈을 떠보니

창밖의 풍경이 바뀌었다. 주섬주섬 카메라를 챙겨 선실 밖으로 나선다.

어느새 양안이 좁아들어 있다. 호수를 빠져나와 똔레삽의 손이라고 불리는 여러갈래의 강줄기로 접어든다. 똔레삽의 손. 지도에서 보면 왜 이런 이름이 붙여졌는지를 알 수 있다. 결국은 똔레삽강과 호수가 물을 밀고 당기는 출입구인 이 지역의 물길은 수없이 많은 작은 삼각주들로 어지럽기 짝이 없다. 그 모양이 마치 똔레삽호수의 손처럼 보이는 것이다. 보트는 그중 폭이 넓은 갈래를 선택해 달리고 있다. 그래도 강폭은 현저하게 좁아져 손을 뻗치면 양안이 닿을 것만 같다.

아기자기한 강변풍경을 제공하던 강의 좁은 물길은 똔레삽의 손아귀를 벗어난 후 똔레삽강 본류가 되어 다시 그 폭이 넓어진다.

강변으로는 제법 큰 마을이 보이기도 하고 크고 작은 어선들도 빈번하게 나타난다. 대개는 그물을 쳐 고기를 잡고 강둑 주변에서는 새장처럼 생긴 어구와 발을 쓰는 것이 고작이다. 이방인의 눈에야 그 모든 것들이 색다르고 재미있게 보이겠지만 이 강에서 먹을 것을 해결하며 살아가는 사람들에게는 고단하고 힘든 생활이

해질녘, 똔레삽호수에서 어부가 그물을 던진다. ⓒ로이터-뉴시스

다. 강변의 마을은 허름하고 목선 일색인 어선들은 남루하며 어부들은 지쳐 보인다.

낮은 수심 탓에 여러번 속도를 줄이던 보트는 중간에 기관 고장으로 20여 분을 씨름하더니 예정된 도착시간을 30분이나 넘기고도 겨우 프놈펜 근처를 달리고 있다. 이제 강변에는 도시 냄새가 물씬 풍기는 풍경이 이어진다.

결국 보트는 1시간이 지난 오후 1시에야 츠로이창와(Chruoy Changva)다리 밑을 지나 프놈펜 선착장에 도착했다. 도착하기 전의 주변풍경이 심상치 않더니 선착장도 면모를 쇄신했다. 전에는 그저 강변의 접안시설이 전부라 둑을 향해 흙먼지가 피어오르는 구불구불한 길을 걸어 올라야 했는데 이제 벽돌을 깔아두고 철계단과 난간을 깨끗하게 만들어놓았다.

프놈펜.

선착장의 낯선 모습이 어쩐지 두렵다. 얼마나 변했을까. 건기 막바지 정오가 막 지난 프놈펜은 이글거리는 태양 아래 불 위의 냄비처럼 달궈져 있다.

프놈펜이라고 불렸던 낙원 ◉ ◉　　당신은 이제 막 프놈펜에 들어섰다.

　　　　　　　　　　　　　　　　　태양은 모든 것을 태워버릴 듯 이글거리고 말라버린 건조한 공기가 붉은 흙먼지와 함께 폐 안에서 버석거리는 거리를 걷고 있다. 낡은 오토바이와 자동차, 씨클로와 인파 그리고 퇴락한 프랑스 식민지풍의 건물들이 폭염이 반사하는 아지랑이 속에서 춤을 춘다. 당신은 그 거리에서 모또(오토바이택시)를 집어타고 어디든 갈 수 있겠지만 이미 프놈펜 북쪽의 벙깍(Boeng Kak)호수를 끼고 있는 게스트하우스 '클라우드 나인'(Cloud 9)으로 가기로 마음을 정한 다음일 것이다. 물론 클라우드 나인

은 단테(A. Dante)의 『신곡』에 나오는 천국에 이르는 아홉번째 계단의 이름
을 빌린 것이다.

웰컴.

당신은 무사히 천국의 아홉번째 계단에 들어섰다. 여장을 풀고 냄새나는
호수변의 정취를 느긋하게 감상하면서 옆자리의 누군가에게 대마초 한 대를
부탁해보라. 그(녀)는 흔쾌히 당신의 요구에 응할 것이다. 왜냐하면 쁘사뚤
똠뽕(Psar Toul Tom Pong, 뚤똠뽕시장)에서는 누구나 손바닥 둘을 나란히 펼
친 크기의 봉지에 담긴 대마초를 2달러면 구할 수 있으니까.

혹 당신이 헤로인 같은 하드드러그에 중독된 적이 있는 정키(junkie)라면
누구에겐가 부탁하라. 20달러면 1g의 헤로인을 구할 수 있다. 당신은 정키이
니까 이 가격이 세계 어느 도시와도 비교할 수 없는 가격이란 것을 잘 알고
있을 것이다. 그렇다, 당신은 이상한 나라의 앨리스처럼 자신도 모르게 천국
에 이르는 계단에 떨어진 것이다. 그 아홉번째 계단의 이름은 프놈펜이다.

해가 진 후 무언가 하기 전에 해피피자를 맛보는 것도 좋다. 대마초로 토
핑한 피자이다. 주문을 할 때에는 조심하는 것이 좋다. 웨이터는 당신에게
이렇게 물을 것이다. 얼마나 행복하게 만들어드릴까요? 당신이 선택할 수 있
는 메뉴는 '행복하게' '조금 더 행복하게' '아주 행복하게'이다. 만약 당신이
아주 바쁜 밤을 보낼 작정이면 '아주 행복하게'라고 주문하지 않기 바란다.
주방장이 피자를 대마초로 푹 덮어 오븐에 집어넣을 테니 당신은 매우 졸릴
것이다. 물론 행복하게.

혹시 당신의 목적이 이국의 여자를 품에 안고 밤을 보내는 것인가? 고개를
끄덕이는군. 그렇다면 마티니클럽 같은 나이트클럽을 찾아가라. 누구든 마
음에 드는 여자가 있다면 하룻밤을 함께 보낼 수 있다. 다만 그녀가 당신을
떠나기 전에 5달러를 쥐어주는 것을 잊지 말아야 한다. 당신이 밤낮을 가리

지 않고 당신을 괴롭히는 성욕을 가진 타입이라면 벙각호수 아래의 뚤꼭 (Toul Kok)으로 가라. 5달러면 아무 때라도 여자를 품에 안을 수 있다. 부끄 러워하지 않아도 좋다. 당신은 어차피 프놈펜에 넘쳐나는 허연 얼굴을 가진 섹스애니멀 중의 하나일 뿐이니까.

오늘 당신은 아주 지루하고 지쳐 보이는군. 머리꼭지를 달구는 빌어먹을 날씨 때문인가? 그렇군. 자넨 북유럽에서 왔군. 여하튼 자넨 뭔가 새롭고 짜 릿한 경험이 필요한 것 같아. 프놈펜 외곽의 슈팅레인지를 찾는 것은 어떨 까? 이번엔 고개를 가로젓는군. 이것 봐 친구. 비웃지 말고 나를 믿게나. 이 건 자네가 알고 있는 그런 슈팅레인지가 아니야. 고작해야 45구경 매그넘 (Magnum)이나 M-16을 쥐어주는 그런 슈팅레인지가 아니란 말이지. 자, 따 라와. 한눈팔지 말게. 입구에 있는 탱크는 이미 움직이지 않는 고물 소련제 T-54야. 그저 폼으로 가져다놓은 것일세. 들어서면 무기고는 왼쪽에 있네. 소련제, 중국제, 미제, 체코제, 유고제 모두 그곳에 있네. 음, 권총과 소총에 는 관심을 보이지 않는군. 이해하네. 수류탄을 던져보는 것은 어떨까? 그건 중국제이고 저건 소련제이네. 수류탄도 별 관심이 없다고? 경기관총이나 중 기관총 종류는 어떨까? 무게는 걱정하지 말게. 당신 옆에 있는 크메르친구가 사격대까지 옮겨다줄 테니까. 이런, 역시 크게 관심을 보이지 않는군. 이제 어쩔 수 없군. 남은 것은 B-40로켓포뿐이네. 대신 조금 비싸다네. 포탄 한 발에 아마 50달러는 주어야 할 것이야. 헤로인 2.5g을 손에 넣을 수 있는 금 액이네. 물론 선택은 자네 몫일세. 축하하네. 로켓발사기를 집어들었군. 현 명한 선택일세. 당신이 외인부대에 자원하지 않는 한 언제 로켓포를 쏘아보 겠는가?

한때 어떤 사람들에게 프놈펜은 마약과 섹스의 낙원으로 불렸다.

터무니없이 값싼 마약과 방콕을 능가하는 섹스, 폭력과 짜릿한 흥분의 도시로 프놈펜은 입에서 입으로 그 체험담이 전해지면서 전세계에서 수많은 서양인들을 끌어들였다. 그들 중 상당수는 아예 프놈펜에 눌러앉아 장기체류자가 되었다. 그들에게 프놈펜은 마지막 낙원이었다. 헤로인중독자들은 헤로인을 무한정 공급받을 수 있었고 더이상 그들은 주사바늘을 꼽기 위해 이미 헐어버린 혈관을 찾아 헤매지 않아도 좋았다. 심각한 중독자라고 해도 값싼 가격으로 스노칭(코로 흡입하는 것)할 수 있는 헤로인을 구할 수 있었으니까. 또 거리의 여자는 방콕의 1/10이나 1/20의 가격으로 품에 안을 수 있었고, 원한다면 100~200달러에 처녀를 손에 넣을 수 있었다.

프놈펜이 이런 낙원으로 발전(?)하게 된 계기는 1991년의 빠리평화협정이었다. 이 협정은 크메르루주와 왕당파, 베트남 괴뢰정권 등이 1993년 총선에 합의하고 총선까지 유엔이 잠정적으로 관리하는 것을 내용으로 했다. 평화협정 후 유엔은 유엔캄보디아과도행정부, 즉 운탁(UNTAC)을 만들어 캄보디아로 보냈다. 운탁의 총수반은 일본인 아까시 야스시(明石康)였고 산하의 평화유지군과 행정부관리들은 유엔 산하 회원국에서 파병 또는 파견되었다. 운탁은 1993년 해체될 때까지 무려 3억달러에 달하는 유엔 역사상 최고액의 예산을 낭비했다.

총선은 전혀 평화적이지 못했으며 운탁은 온갖 악행의 찌꺼기만을 남긴 채 캄보디아에서 물러갔다. 우선 에이즈와 매춘을 들 수 있다. 운탁의 군인들과 관리들은 틈만 나면 매음굴에서 맴돌았다. 이 문제로 골치를 앓던 운탁 상층부는 제발 운탁요원

운탁의 수반, 아까시 야스시.

들이 유엔차량을 매음굴 앞에 주차하지 말 것을 지시하는 메모를 남기기도 했다. 결과는 매춘여성의 급증과 에이즈의 전파였다. 현재 캄보디아는 동남아시아에서 에이즈의 전파가 가장 빠르고 광범위한 나라 중의 하나가 되었고 그 기원은 운탁이다. 매춘여성은 한때 프놈펜에만 2만명 이상인 것으로 추정되었다.

유엔의 이름으로 수여된 운탁메달. 운탁이 캄보디아의 평화에 이바지했는지는 새겨볼 일이다.

운탁의 무능한 총선관리는 베트남 괴뢰정권의 계승자인 캄보디아인민당(CPP)이 온갖 부정을 저질러 총선에서 2위를 차지하게 하는 데에 기여했고 결국은 1997년의 훈센 쿠데타를 예고했다. 인도차이나에서 있었던 두 번의 제네바협정이 그랬던 것처럼 1991년의 빠리평화협정 역시 강대국들의 이해에 따라 캄보디아를 최악의 상태로 몰아넣었다. 베트남의 침략으로 시작되었던 캄보디아의 모순과 갈등은 전혀 해결되지 못한 채 베트남 괴뢰정권의 계승자가 정권을 독점하는 결과로 끝났다.

결국 유엔이 배태하고 인정한 1인 지배의 폭압적 독재정권은 전후 캄보디아의 부정과 부패의 온상이 되었다. 군부는 돈을 위해서라면 무엇이든 닥치는 대로 했고 권력을 위협하는 세력에게는 가차없이 폭력을 휘둘렀다. 마약은 군부의 단골품목이 되었다. 라오스에서 메콩강을 따라 흘러들어오는 헤로인은 캄보디아를 거쳐 유럽과 북미 등지로 밀수출되면서 그 고물이 프놈펜에 흘러들었다. 마약이 유봉되면서 오히려 메탐페타민(Methamphetamine) 같은 마약은 태국에서 캄보디아로 유입되었다.

최소한의 정의가 지켜지지 않는 캄보디아에서는 자신만이 자신을 지킬 수 있었다. 당연히 총기가 거리에 넘쳤다. 시장에서는 권총과 소총 탄약과 수류탄 그리고 지뢰를 팔았다. 농민들은 도둑을 막기 위해 울타리 밑에 대인지뢰를 매설했다. 총기는 게릴라군에서만 흘러나온 게 아니라 정부군에서도 공공연하게 흘러나왔다. 15~30달러의 월급으로 생계를 유지할 수 없는 군인들은 무기고에서 소총을 가져나와 시장에 팔았고 장교들은 조직적으로 총기를 밀매했다.

프놈펜이란 이름의 천국의 계단은 이렇게 만들어진 것이다.

4월의 프놈펜 ◉ ◎　　　프놈펜에 도착한 4월 13일은 크메르 새해를 하루 앞둔 날이었다. 선착장의 둑을 올라와 시소왓(Sisovath) 거리를 둘러보니 정오가 막 지난 무렵이기는 했지만 한산하기 짝이 없어 적막하기까지 하다. 새해 전야인 것을 알기는 했지만 이렇게까지 한산할 줄은 몰랐다.

문득 크메르루주가 프놈펜을 점령한 날이 며칠 남지 않았음을 떠올렸다. 1975년 4월 17일, 프놈펜을 함락한 크메르루주는 곧 프놈펜의 전인구를 농촌으로 소개했다. 그후 프놈펜은 텅 빈 유령의 도시가 되었다. 오늘 프놈펜의 한산한 거리와 비교할 수 있는 것은 결코 아니겠지만.

택시를 잡아타고 모니봉(Monivong)로의 한 호텔에 짐을 풀었다. 일박 15달러로 중국인이 경영하는 작지 않은 호텔이다. 하긴 프놈펜의 호텔치고 중국인이 경영하지 않는 호텔이 몇개나 될까마는.

달아오른 열기와 땀을 씻어내려는데 샤워꼭지의 물은 조금 흐르다가 비누

한산한, 한산하기 짝이 없는 새해 전날의 모니봉로.

칠을 끝냈는데 꾸르륵 소리를 내더니 그쳐버린다. 다행스럽게 5분쯤 지나자 물은 다시 흐른다. 졸졸.

늦은 점심을 호텔에 붙은 식당에서 볶음밥으로 때우고 철시한 시장 같은 느낌을 주는 프놈펜을 이리저리 쏘다녔다.

도로 곳곳에는 신호등이 설치되어 있고 이면도로도 대부분은 포장되어 있다. 새롭게 단장한 건물들도 간간이 눈에 띄는 등 3년 전의 프놈펜과는 격세지감이다. 대마초를 파는 장면을 사진으로 담기 위해 쁘사뚤뜸뽕에 들렀지만 이미 오래 전의 이야기가 되어버리고 말았다. 심지어 해피피자를 파는 시소왓거리의 피자집을 찾았지만 이름은 그대로이되 해피피자에 대마초는 더이상 토핑되지 않는다. '행복하게, 조금 더 행복하게, 매우 행복하게'라는 주문은 이제 아무런 의미도 없다.

정부군복과 권총 그리고 소총과 탄알을 팔던 곳은 가볼 필요도 없었다. 반나절을 빌린 택시의 운전사는 이제 더이상 공공연하게 총을 파는 곳은 없다고 한다. 대신 츠로이창와다리 앞의 기념탑을 찾았다.

2000년쯤부터 훈센정권은 대대적인 총기류 단속에 나섰다. 캠페인 형태로 진행된 단속은 주요 도시에서 총기류를 모아 불도저로 밀어버리는 행사로 이어졌는데 이 기념탑은 그뒤에 세워진 것이다. 큼직한 권총을 형상화했는데 총구가 묶여 있다. 수거한 총기류를 녹여 만들었다는 말노 있는데, 글쎄, 알 수 없는 일이다. 기단에는 반납한 총기류를 모아놓은 장면을 조각한 부조

228

와 탑을 세운 배경을 설명한 장문의 글이 새겨져 있다.

총기류 금지기념탑.

물론 당연한 단속이다. 일반인들에게 총기가 광범위하게 보급되어 있는 상태에서 권력은 강할 수 없다. 엥겔스(F. Engels)가 간파한 대로 이른바 인민총무장이 되어 있는 상황에서는 힘에 의한 균형과 질서가 가능하기 때문에 통치행위는 그만큼 어려워지는 것이다. 훈센정권은 군과 경찰을 제외하고는 총기류 소지를 불법으로 하고 있지만 총기에 의한 살인사건이 빈번한 것으로 보아서는 아직 큰 성과를 거두고 있는 것 같지는 않다. 그러나 이 탑이 상징적으로 나타내고 있는 것처럼 그것은 오직 시간문제일지도 모른다.

명성이 자자했던 뚤꼭도 이제 예전만큼의 명성을 누리지는 못한다고 택시 운전사는 말했다. 대신 일부는 다른 장소로 옮겼다고 했다.

예전 클라우드 나인이 있던 벙깍호수변의 게스트하우스촌을 찾았지만 한산하기는 매한가지이다. 사스의 여파도 있겠지만 프놈펜의 매력이 예전과 같지는 않기 때문일까.

쁘사트메이(Psah Thmei)는 여전하다. 특별하게 볼 것은 없다. 새해를 앞두고 있지만 이미 프놈펜을 빠져나갈 사람들은 모두 빠져나가 몹시 붐비지는 않는 편이다. 전형적인 재래식 시장인 쁘사트메이는 프놈펜에서 가장 큰 시장 중 하나이며 시하눅빌이나 깜뽕참(Kampong Cham) 등으로 빠져나가는 시외버스들과 택시들이 대기하는 교통의 요충지이기도 하다.

    중앙에 돔을 두고 날개를 뻗고 있는 모양의 쁘사트메이는 프놈펜에서 가장 독특한 모양의 시장으로 유명하다. 쁘사트메이 주변에도 또한 전자제품을 판매하는 점포들과 환전상과 음식점들이 밀집해 있어 단연 프놈펜의 중심지라고 할 수 있다.

    새해 전날이지만 사람들로 북적이니 쁘사트메이는 여전히 시장으로서의 독보적인 위치를 차지하고 있는 것으로 보인다. 그러나 쁘사트메이의 맞은편에는 이미 강력한 경쟁자가 자리를 잡고 있었다. 할 일 없이 시장 주변을 돌아다니다 새로 지은 말끔한 건물을 보았다. 럭키슈퍼마켓 건물이다. 현대식 쇼핑몰로 일층에는 슈퍼마켓이, 2층부터 4층까지는 다양한 상점들과 패스트푸드점이 자리잡고 있다.

    빌딩에는 에스컬레이터가 운행중이었지만 아직 익숙하지 않은지 계단을 택하는 사람들이 더 많다. 에스컬레이터를 꺼리는 사람들이 있는 한 쁘사트메이는 어제의 명성을 유지할 것이다. 그때까지는.

    럭키슈퍼마켓에서 사은품을 끼워주는 담배를 샀다. 독일제 담배 네 갑에 온도계와 습도계 그리고 시계가 매달려 있는 휴대용 스탠드를 끼워주고 가

쁘사트메이 전경(좌)과 손님을 기다리는 씨클로(우).

격은 2달러 50쎈트. 사은품만으로도 충분한 가치가 있다.

프놈펜만큼 담배회사들의 마케팅전쟁이 치열한 도시는 없을 것이다. 술집이나 까페, 바에서는 홍보용 10개비짜리 담배를 들고 줄지어 있는 아가씨들을 흔하게 볼 수 있다. 세계적인 금연운동으로 점차 설 자리를 잃고 있는 담배회사들의 마지막 보루. 프놈펜이다.

다시 택시에 올라 멍하니 차창을 스치는 거리의 풍경을 바라본다. 차는 어느새 대로에서 벗어나 비포장도로를 달리더니 이윽고 슈팅레인지에 도착했다. 주위를 둘러보니 예전에 들렀던 그곳이 아니다. 형편없이 규모가 작다. 나는 이곳이 아니라며 고개를 흔들고 다시 찾아가줄 것을 청했지만 젊은 녀석 하나가 튀어나와 이곳이 그곳이라는 영문 모를 말을 지껄인다. 정부의 단속으로 규모를 줄여 이전을 했단다. 결국 일종의 사술(詐術)이었지만 그럴듯한 답이라 사진을 찍는 조건으로 20달러를 주고 AK-47을 빌리고 서른발의 탄알을 샀다.

표적을 향해 날아가는 총알의 섬뜩한 소리가 귓전을 찢는다. 이 총알이 내 몸 어딘가에 파고들 것을 생각하면 끔찍하다. 오래 전 문무대라는 군사훈련소에서 처음 쏴보았던 M-16의 그 유리가 깨지는 듯 날카로우면서도 천지를 뒤집듯 둔중하여 소름끼치던 총성을 떠올린다. 숨이 막힌다. 얼굴에 튀는 화약가루와 사방에 흩어지는 탄피들이 구르는 소리, 노리쇠가 저 혼자 걸리는 소리. 탄환 서른발이 장전된 탄창은 쉽게 비워지지 않는다. 영영 끝날 것 같지가 않다. 레버를 반자동으로 돌리고 탄창을 비운다. 총구에서 튀어나간 탄알들이 자신의 몸에 틀어박히는 것을 상상하는 것은 정말이지 끔찍한 악몽이다.

킬링필드의 상징 뚤슬렝박물관 ◉ ◉ ◉　　　다시 뚤슬렝(Toul Sleng)을 찾았다.
1975년 4월에서 1978년 12월까지 폴
포트의 민주캄푸치아 시기에 정치범수용소로 운영되었던 뚤슬렝은 2만여명
이 고문당하고 처형된 장소로 널리 알려져 있고 프놈펜관광에서 빼놓을 수
없는 곳 중의 하나가 된 지 이미 오래이다. 얼마나 오래일까? 1979년을 시작
으로 한다.

뚤슬렝박물관을 만든 것이 1979년 프놈펜을 침공, 함락시킨 베트남이었다
는 사실을 알고 나서야 나는 고개를 끄덕였다. 불교적 전통의 캄보디아로서
는 차마 못할 짓이었다. 국제적인 비난에 직면했던 베트남은 뚤슬렝박물관
을 만들어 소련과 동구권은 물론 서방에도 이를 공개했고 프놈펜 외곽의 처
웅엑(Choeung Ek) 같은 킬링필드(killing fields)를 개발(?)해 공개했다. 당시

24년 만에 철거된 뚤슬렝박물관의 해골지도. ©로이터-뉴시스

킬링필드는 처웅엑뿐만 아니라 캄보디아 전역의 주요도시에서 모두 만들어졌다. 서방기자들은 원한다면 그 장소들을 모두 돌아보고 취재할 수 있었으며 그들은 기꺼이 공산주의자의 극악무도한 만행을 특종으로 보도했다.

뚤슬렝박물관 전경.

1980년대에 이르러 캄보디아의 킬링필드는 세계사의 기념비적인 존재가 되었다. 뚤슬렝박물관 역시 킬링필드의 만행을 소름끼치게 증언하는 세계적인 장소가 되었다. 그 정점에서 조페(R. Joffe)의 영화 「킬링필드」가 만들어졌고 이후 세계인들의 뇌리에 캄보디아는 이 영화 한 편으로 각인되었다.

작년 말 또는 올해 초였던가, 신문 한구석에 뚤슬렝의 해골지도가 철거되었다는 짤막한 외신기사가 실렸다. 해골지도는 박물관의 마지막 전시관 벽에 걸려 있던 것으로 발굴된 해골을 캄보디아지도 모양으로 걸어놓은 소름끼치는 물건이었다.

나는 그 사실 하나를 확인하기 위해 뚤슬렝을 찾았다. 해골지도의 철거는 베트남이 이 박물관을 세운 지 24년 만에 이루어진 것이다. 24년이라는 짧지 않은 시간 동안 해골들의 영혼은 뭇사람들의 전율에 찬 시선을 받으며 구천을 떠돌아야 했다.

다시 찾은 뚤슬렝의 마지막 전시관에서 벽에 걸려 지도가 되었던 해골들이 종모양의 진혼탑을 사이에 두고 양편의 유리장에 안치된 것을 보았다.

나는 슬퍼졌다. 해골들은 여전히 박물관의 전시품으로 사람들의 눈길에 농락당하는 처지였으니, 벽에서 내려져 이제는 유리장 안에 진열되어 있다.

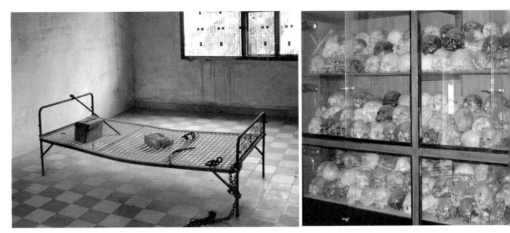

뚤슬렝박물관의 고문실(좌)과 해골지도가 있던 마지막 전시관(우). 해골들은 이제 장에 안치되어 있다.

그뿐이었다. 지도가 되어 걸려 있던 해골들은 처웅엑의 해골들과 마찬가지로 여전히 킬링필드를 고발하는 프로파간다의 소품으로 활용되고 있었다. 진정으로 그 영혼들을 위로하고 싶었다면 화장을 하고 진혼제를 올린 후 뚤슬렝의 마당에 진혼탑을 세워야 했을 것이다. 그러지 못하는 캄보디아. 그것이 오늘의 캄보디아이다.

'하트 오브 다크니스' ◑ ◐ 뚤슬렝의 음습한 기운을 뒤로하고 호텔로 돌아오는 동안 거리에는 해거름이 내리깔린다. 거리의 상점들은 요새(要塞)처럼 입구를 틀어막고 철시 준비에 분주하다. 프놈펜의 밤거리는 안전하지 않은 것으로 소문이 나 있지만 적어도 방문자들에게 프놈펜의 밤이 로스엔젤레스니 뉴욕, 이니면 방콕보다 위험하지는 않다. 다만 하룻밤에도 어디에선가 반드시 누군가 살해되는 이 도시의 밤은 무엇이라도 가진 자들에게는 못내 불안한 시간이다.

낮 동안 달궈진 지열이 솟구치는 프놈펜의 밤거리는 여전히 후텁지근하다. 열기의 두터운 잔영에 갇혀 밤은 깊어간다. 이맘때면 인적이 드물어진 시내와 달리 바싹강변에는 삼삼오오 사람들이 모여든다. 강바람은 생각보다 시원하게 불어 건기의 맹렬한 더위에 지친 프놈펜사람들의 하루를 달래준다.

같은 시간 프놈펜에 있는 서양인들의 저녁 여가생활은 나이트클럽과 바(bar) 그리고 매음굴에서 피어난다. 이런 종류의 여가생활은 1990년대 이후 운탁과 프놈펜의 그 수많은 비정부기구(NGO)와 서양여행자가 만든 것이다. 프놈펜 51번가, 그러니까 노로돔(Norodom)로의 뒷길에 자리한 '하트 오브 다크니스'(Heart of Darkness)는 그 바들 중에서도 가장 오래되고 유명한 명소 중 하나이다. 호텔 맞은편의 식당에서 저녁을 해결한 후 모또를 집어타고 그곳을 향했다. 처음 프놈펜을 방문했을 때, 그 이름이 가지는 의미심장함에 취해 낯선 밤거리를 헤매며 찾았던 기억 때문이었을 것이다.

입구의 치장이 조금 변했을까. '하트 오브 다크니스'는 여전히 그 자리에 그렇게 낯익은 모습으로 문을 열고 있었다. 8시를 조금 넘었고, 사람들이 모이기에 아직은 이른 시간이다. 포켓볼과 비슷한 게임인 스누크(Snook)용 당구대는 크메르 여종업원들이 차지하고 있고 바와 테이블도 한산했다. 테이블에 앉아 맥주 한 병을 시키고도 한참이 지나서야 서양인 몇명이 차례로 들어섰다. 혼자인 듯한 40대 초반의 사내는 맥주 한 병을 시켜놓고 대마초를 피운다. 대마초 특유의 강렬한 냄새가 테이블을 건너 흘러와 머리가 어질하다. 낯선 째즈의 음율에 맞추어 어깨를 끄덕이던 사내는 이윽고 맥주병을 집어들고 일어서 비좁은 홀을 천천히 돌며 춤을 춘다. 바의 풍경은 인근에 있는 스위트홈이나 샹하이(上海)와 별로 다를 것이 없다.

이 평범한 바가 그토록 유명해진 것은 조지프 콘래드(Joseph Conrad)가

조지프 콘래드.

지은 같은 제목의 소설 『암흑의 핵심』(*Heart of Darkness*) 때문일 것이다. 좀더 정확하게는 소설을 각색해 만들었던 프랜씨스 포드 코폴라(Francis Ford Coppola)의 「지옥의 묵시록」(Apocalypse Now)의 명성에도 힘입은 것이다. 영화에서 어둠의 상징으로 대변되는 커츠(Kurtz)대령이 은거하던 밀림은 캄보디아 북동부의 라따나끼리(Rattanakiri)이고, 그는 미군이 캄보디아에서 비밀작전을 벌이던 중 이탈하여 밀림에 자신의 영지(領地)를 만들어 은둔해 있는 인물로 묘사된다. 「지옥의 묵시록」은 캄보디아가 등장하는 몇 안되는 영화 중 하나이다.

『암흑의 핵심』과 「지옥의 묵시록」을 관통하는 것은 제국주의의 극단적인 광기와 야만이다. 코폴라는 원작을 뛰어넘어 훌륭하게 그 광기와 야만을 그려냈다. 영화의 후반부, 짙은 어둠에 파묻혀 고개 숙인 커츠(Kurtz)대령 역의 말런 브랜도우(Marlon Brando)가 큼직한 손바닥으로 천천히 민머리를 쓰다듬는 장면이나 숨을 거두기 전 "무서워라, 무서워"(Horror, Horror)라는 대사를 읊조릴 때의 느낌은 소설을 접했을 때와는 비교할 수 없는 전율로 섬뜩하게 다가온다. 그것은 헬리콥터편대의 킬고어(Kilgore)대령이 바그너(W. R. Wagner)의 선율에 맞춰 지상으로 폭탄과 총탄을 퍼붓던 단말마적인 광기와는 사뭇 다른 것이다. 말하자면 커츠의 독백은 제국주의 스스로의 야만과 광기에 대한 자의식에서 비롯되는 것이다. 콘래드가 유럽제국주의를 향해 이런 종류의 자의식을 표출했다면, 코폴라는 새로운 제국주의인 미제국주의를 향해 커츠의 독백을 되살려낸 셈이다. 그리고 그것이 여전히 공포라는 것은 매우 의미심장하다. 공포의 실체를 『암흑의 핵심』에서는 이렇게 표현한다.

그러나 밀림은 일찌감치 그의 정체를 알아냈고 그 어이없는 침략에 대해 그에게 끔찍한 보복을 하고 있었던 거야. 나는 그 밀림이 그가 자신에 대해서 알지 못하고 있던 것들을 속삭여주었으리라고 생각하네.

　공포의 본질은 침략에 저항하는 밀림의 보복에 있는 것이고 제국주의에게 이것은 상실의 공포이기도 할 터이니, 공포가 광기와 야만으로 발전하는 것은 시간문제일 뿐이다. 커츠의 공포는 확대재생산된 광기와 야만의 종착역이기도 하다. 콘래드가 유럽제국주의에 석양이 드리워지는 시대를 살았던 것도, 코폴라가 「지옥의 묵시록」을 만들었던 때가 인도차이나에서 미제국주의가 깊은 상처를 아로새겼던 직후였다는 것도 결코 우연은 아니었을 것이다. 허나 제국주의의 광기와 야만에 약간의 성찰을 보였을 뿐 소설과 영화가 그 이상의 진전을 보여준 것은 아니다. 밀림의 야만은 여전히 부정되지 않고 타자화의 대상으로만 존재할 뿐이다.

　제국주의 프랑스와 미국이 완전히 물러간 인도차이나는 서구의 시각으로는 여전히 야만의 핵심이었다. 폴포트의 킬링필드는 그 정점이었으며 서구는 식민지의 야만을 공산주의의 야만으로 대치했다. '하트 오브 다크니스'는 그런 캄보디아에 서양인들이 붙인 별명이기도 했다. 프놈펜 51번가의 귀퉁이에 같은 이름의 바가 생긴 것도 어쩌면 필연이다. 이곳이 아니더라도 어딘가에 '하트 오브 다크니스'는 생겼으리라.

　바에 들어선 지 1시간쯤이 지나자 테이블과 바는 서양인들로 들어차기 시작했다. 맥주병을 든 채 홀에서 춤추던 사내는 창가의 테이블로 돌아와 고개를 숙이고 맥주병을 비웠다. 사방에서 풍기는 대마초의 연기가 조금씩 불쾌해지고 바가 소란스러움으로 부산해질 무렵 나는 자리에서 일어섰다. 홀에서 춤을 추던 백인사내는 탁자에 턱을 고이고 물끄러미 스누크게임에 열심인 사람들을 바라보았다. 사내의 표정에는 커츠대령의 공포 대신 이국에서의 나른함만이 가득 번져 있었다.

거리는 여전히 어둠과 후텁지근한 지열에 휩싸여 있다. 지랄 같은 기분이다. 한 무리의 백인들이 크라이슬러가 만든 SUV인 카키색 그랜드체로키(Grand Cherokee)에서 내려 시끄럽게 떠들며 '하트 오브 다크니스'로 몰려들어간다. 쁘사트메이 쪽의 거리는 불빛 한 점 없이 어둡다. 그 어둠 속에서 모또 한 대가 불쑥 튀어나온다. 작은 키, 때에 전 운동모를 눌러쓴 크메르사내가 중국제 오토바이 안장 위에서 호객의 어색한 웃음을 짓는다. 검은 얼굴에 둥근 눈과 이빨만이 반짝이는 그의 표정은 아직 프놈펜의 세파에 찌들지 않았는지 순박하고 선량해 보인다. 어느 시골에서 갓 올라온 것일까.

멀지 않은 길인데도 모또는 어두운 밤길을 불안하게 헤맨다. 길에 익숙하지 않은 눈치이다. 사내는 끊임없이 사방을 두리번거리면서도 결코 속도를 늦추지 않는다. 마치 달리고 있는 밤거리의 어느 귀퉁이에선가 잘린 목이라도 걸려 있을 것처럼. 가장 환금성이 좋은 물건으로 오토바이가 꼽히는 캄보디아에서 모또운전사들은 총과 칼을 든 강도의 가장 만만한 대상이다. 사내도 그것을 알고 있는 것일까. 한참을 헤매던 모또는 어느새 호텔과 반대편인 쁘사트메이 앞길로 빠져나왔다. 쁘사트메이에서 호텔로 돌아가는 길은 나도 알고 있다. 사내의 옆구리를 찌르며 손짓으로 방향을 가리키니 채 5분도 되지 않아 호텔 앞이다. 사내의 검은 얼굴은 땀으로 번들거리고 있다. 1천리엘짜리 두 장을 내밀자 사내는 이마의 땀을 훔치고 어둠의 심연으로 사라졌다. 또다른 광기와 야만, 그리고 공포가 도사린 그 어둠 속으로.

238

새해 첫날 프놈펜 풍경 ◉ ◉　　새해 아침이 밝았다. 크메르 새해의 첫날은 모하상끄란(Moha Sangkran)이라 불린다. 한 해 동안 크메르민족을 보살필 새로운 천상의 처녀가 지상으로 내려오는 날이다. 전통적으로 이 날은 집과 거리를 물로 깨끗하게 씻어 천상의 처녀를 맞을 준비를 한다.

똔레삽호수와 메콩의 자식인 캄보디아답게 이 날은 물의 날이다. 집과 거리를 씻어내는 것은 물론 모두들 거리로 쏟아져나와 지나가는 사람들에게 물을 뿌리며 새해인사를 한다. 자신은 물론 남들도 깨끗하게 씻어주는 의식이 새해놀이로 발전한 것이다.

많은 사람들이 프놈펜을 떠났다고 해도 바싹강변으로 나와 모하상끄란을 즐길 사람들 또한 많으리라는 예측은 당연히 적중했다. 강변으로 가는 길에 들린 왓프놈(Wat Phnom)에서부터 거리는 인산인해를 이루었다. 이 길에서

바싹강변의 한가로운 오후.

도 아니나 다를까, 물과 분을 뿌리는 모하상끄란 게릴라들의 무차별한 공격이 지나가는 여자들의 애절한 비명을 자아낸다.

모하상끄란의 왓프놈 앞길 풍경.

소동은 순식간에 벌어진다. 번잡한 길의 어디에선가 오토바이에 젊은 남자들이 두 명 또는 네 명까지 올라타고 젊은 여자들한테 접근하여 물이 담긴 비닐봉지를 던지고 분을 뿌린다. 골탕을 먹은 여자들은 꼼짝없이 물과 분을 뒤집어쓰고 하소연도 못한다.

서로 가볍게 물을 뿌려주며 새해인사를 나누는 원래의 풍속이 적잖이 변질되어 오늘 프놈펜의 거리에서 가해자들은 주로 오토바이를 탄 짓궂은 남자들이고 피해자들은 새해 첫날 곱게 꾸며 입고 거리에 나선 젊은 여자들이다. 여자들이 물과 분을 뒤집어쓰면 요란한 웃음소리가 주변을 진동하고 나이 지긋한 사내들도 만면에 웃음을 띤 채 새해분위기를 만끽한다.

그뿐인가, 총으로 무장한 특공대원들도 등장한다. 크메르 설날에 물총은 가게마다 없어서는 안될 필수품목이 되었다. 종류와 크기도 다양해 주먹만 한 펌프식 물총에서부터 큼직하고 두툼한 소총까지 등장한다.

왓프놈을 거쳐 강변에 도착하자 연인들은 연인들대로 가족들은 가족들대로 바싹강변이나 그 맞은편 공원에 모여 새해분위기를 만끽하고 있다. '수어 사데이 츠남 트메이.' '새해 복 많이 받으세요'란 소리다. 보는 것만으로도 기분 좋은 새해 첫날이다.

똔레삽강변 맞은편에 왕궁이 있다. 마지막으로 보았을 때와 달리 깨끗하

게 단장되었다. 지붕의 기
와도 새것으로 보이고 칠도
한 지 얼마 안되어 보인다.
그러나 왕궁은 마치 아무도
살지 않는 것처럼 적막 속
에 가라앉아 있다. 왕궁의
주인인 시하누크는 지병을
치료하러 뻬이징(北京)으로

1970년 빠리 오를리국제공항에서의 시하누크(좌)와 2002년 12월의 시하누
크(우).

떠나 새해를 그곳 병원에서 맞고 있다.

시하누크.

캄보디아 근현대사를 파란만장하게 수놓은 인물이다. 프랑스가 내세운 꼭
두각시왕이었으나 독립을 쟁취하는 데에 뛰어난 지혜를 보였고 캄보디아의
철권통치자였으며 입헌군주제 아래에서 직접 정치에 뛰어들기 위해 왕위를
아버지에게 물려주고 자신은 왕자가 된 인물이다. 1970년 론놀 쿠데타 후 뻬
이징과 평양에서 망명생활을 하며 김일성 주석과 돈독한 관계를 유지하기도
했다. 1975년 크메르루주가 프놈펜을 함락하고 민주캄푸치아를 세운 후 명
목상의 국가수반을 지냈으며 1976년 초 스스로 사임한 후에는 베트남군이
프놈펜을 함락하기 직전까지 프놈펜의 왕궁에서 왕비와 함께 바나나를 키우
며 연금생활을 했다. 그후 다시 망명생활. 크메르루주와 함께 망명정부를 수
립해 연합전선을 구축한 후 베트남과 싸웠다. 그 자신이 이끌던 민족주의연
합전선, 즉 푼신펙(FUNCINPEC)은 아들인 라나리드(N. Ranariddh)를 당수로
해 1993년 총선에서 승리했지만 무력에 밀려 훈센과 연립정부를 구성하지
않을 수 없었다. 결국은 1997년 훈센의 쿠데타로 아들인 라나리드가 프랑스
로 도주했을 때에는 훈센에게 라나리드의 사면을 청하는 치욕을 당하기도

하며 말년을 보내고 있다.

캄보디아 근현대사에서 시하누크는 왕으로서가 아니라 권력자이며 정치가로서 평생을 보냈다. 그에 대한 평가는 역사가 내리겠지만 그는 '비운의 왕자'라는 별명이 어울릴 만한 생애를 보내고 이제 죽음을 목전에 두고 있다. 왕궁이 쓸쓸해 보이는 것은 그 때문일 것이다.

루트 넘버 4 ◐◯　크메르 새해 둘째날인 15일, 완나봇(Wanabot)으로 불리는 날에 프놈펜발(發) 시하눅빌행(行) 버스에 올랐다. 버스는 출발시간인 12시 30분을 10분 앞당겨 터미널을 출발했다. 캄보디아버스를 무시하지 말기 바란다. 시간을 지키는 것은 물론 티켓을 미리 검사해 승객 전원탑승이 확인되면 이처럼 10분쯤 앞당겨 출발하기도 하는 순발력을 발휘한다.

프놈펜 외곽을 벗어난 버스는 곧 4번 국도로 접어들었다. 이른 아침에 한바탕 스콜이 쏟아지더니 하늘은 먹구름으로 가득하다. 기분은 눅눅하지만 뜨겁지 않아 좋다.

캄보디아의 기간도로는 비교적 단순하다. 프놈펜을 중심으로 방사형으로 뻗어 있으며 시계방향으로 번호가 매겨진다. 1번 국도는 프놈펜에서 베트남의 호찌민을 향하는 도로이다. 베트남 쪽의 국경포트인 목바이(Moc Bai) 전에 끝나지만 사실상 이 도로는 호찌민을 통해 북으로 향해 하노이(Ha Nôi)까지 이르는 베트남의 1번 국도와 연결된다.

인도차이나식민지연맹을 두고 프랑스는 코친차이나, 즉 베트남 남부는 직접통치하고 나머지 지역은 보호령으로 두고 통치했으니, 코친차이나는 인도차이나연맹의 중심이었다. 베트남의 1번 국도가 캄보디아의 1번 국도로 이어지는 역사적인 배경은 그런 것이다.

다시 캄보디아의 국도로 돌아가자. 2번과 3번 그리고 4번 국도는 프놈펜의 남을 향하고 5번과 6번은 서를 향한다. 이 중에서 가장 훌륭한 도로를 꼽는다면 주저없이 프놈펜과 시하눅빌을 잇는 4번 국도를 꼽을 수 있다. 현재 새롭게 건설되고 있는 1번 국도와 6번 국도가 구간에 따라서는 나을 수도 있지만 4번 국도는 지난 30년 이상 캄보디아 제1의 도로였다.

4번 국도는 1950년대 말 깜뽕사옴(Kampong Saom)에 항구가 생기면서 비약적으로 발전하기 시작했다. 프랑스가 지원해 부두가 건설되자 미국이 부두와 프놈펜을 잇는 4번 국도를 새로 닦았다. 그때까지만 해도 시하누크정권이 반미로 선회하기 전이었다. 현대적인 공법으로 건설된 이 도로는 아스팔트로 포장되었고 우기에도 쉽게 붕괴되지 않았다. 부두와 도로 건설이 완공된 후 깜뽕사옴은 당시의 철권통치자였던 시하누크 왕자에게 헌정되어 시하눅빌(Sihanoukville)이라는 이름을 가지게 되었다. 한적한 어촌이 국제적인 해상물류의 중심지가 된 것이었다.

그 이후 4번 국도의 운명은 다른 어느 국도보다 기구했다. 1960년대 중반부터 반미로 돌아선 시하누크정권은 북베트남과 손을 잡고 비밀협정을 맺어 이른바 시하누크트레일을 제공했다. 소련과 동구권 또는 중국의 군수물자를 해상을 통해 들여와 북베트남과 민족해방전선에 공급할 수 있었던 획기적인 루트였다. 시하누크트레일은 호찌민트레일과 연결되어 그 기능을 발휘했던바, 4번 국도는 시하누크트레일의 중추 중의 하나였다.

버스는 기분 좋게 흔들리고 아침부터의 피곤이 혼곤하게 밀려와 나는 깊은 잠에 빠졌다. 눈을 뜨니 버스는 프놈펜과 시하눅빌의 중간쯤인 휴게소를 앞두고 있었다. 휴게소에 도착해 차에서 내리자 변함없는 풍경이 눈에 들어

4번 국도 휴게소 앞의 노점. 숯불에 구은 바나나가 고구마맛 같다.

왔다. 도로의 포장이 깔끔해지고 길섶까지 잘 정비되어 휴게소 또한 현대식으로 바뀌었을 것으로 생각했는데 의외였다. 주변을 둘러보니 화장실이 생긴 것이 변화의 전부였다. 하긴 큰 변화일지도 모르겠다. 비록 남자들은 아직도 주변의 풀숲에서 일을 보고 있었지만. 여하튼 도로의 발전에서는 휴게소가 가장 마지막 순번을 차지하는 모양이다.

몽키바나나 한뭉치를 사들고 질겅거리며 휴게소 뒷마당과 옆을 어정거린다. 휴게소식당에는 내 앞자리에 앉았던 서양인이 고개를 처박고 밥을 먹고 있다. 중개 한 마리를 안고 올라탄 사내였다. 아무 짐도 없이 달랑 개 한 마리를 안고 탄 사내는 단연 이목을 집중시켰는데 우리처럼 개를 먹는 풍습을 가진 크메르사람들 중의 누군가는 이 서양사내의 개를 보고 침을 삼켰음직하다. 아니, 어쩌면 이 사내도 도시락을 지참하고 있었던 것일지도……

휴게소를 떠난 버스는 다시 시하눅빌을 향해 길을 재촉한다. 반대편 차선에는 제법 많은 차들이 올라오고 있다. 오늘은 새해 둘째날. 귀성차량일까? 캄보디아의 새해연휴는 달력에 표시된 것과는 상관없이 일주일에서 보름쯤 된다. 먹고살기 바빠 일을 하는 사람들은 여전히 생업에 종사하고 여유가 있는 사람들만 고향길이나 행락에 나설 뿐이다. 그 때문인지 도시가 완전히 공동화되는 경우는 없다.

한시간쯤 지났을까 차는 한동안 거북이걸음을 면치 못한다. 사고라도 났나 했는데 웬걸, 통행료를 징수하는 톨게이트이다. 소형승용차는 징수하지 않고 버스 같은 대형차량만 통행료를 받는다고 한다. 아마도 시하눅빌을 오가는 콘테이너트럭들에게도 통행료를 받음직하다. 통행료를 징수하는 도로, 4번 국도가 유일할 것이다. 하긴 통행료를 징수한다면 4번 국도가 가장 짭짤한 수입을 기대할 수 있는 도로임에는 분명하다.

이윽고 버스는 저 멀리 아스라하게 바다가 보이는 길을 달린다. 4월 15일. 마치 기념이라도 하기 위해서 그랬던 것처럼 정확하게 3년 만에 돌아온 시하눅빌이다.

헬로우 시하눅빌 ◎ ◉　버스는 시하눅빌 시계(市界)에 들어선 후 얼마 지나지 않아 언덕길을 내달린다. 지형이 그렇다. 바다를 향해 꺼질 듯 급하게 내리달려 마치 바다에 안기듯이 야자나무숲에 평화롭게 잠겨 있는 도시가 시하눅빌, 깜뽕사옴이다.

바다에서 불어오는 짭조름한 바람에 한가롭게 흐느적거리는 야자나무의 잎들이 늘어선 길을 따라 구릉을 힘겹게 오르내리던 버스는 마침내 시하눅빌 시내에 도착했다.

한동안 머무르던 바로 그 거리가 눈앞에 나타난다. 감회가 새로울 수밖에 없지만 무슨 말을 하리오. 거리도 건물도 거기 그 자리에 그대로 있다. 주변으로 몰려든 모또들의 성화에도 불구하고 한동안 버스에서 내린 자리에 우두커니 선 채 담배 한 개비를 빼어물었다. 배낭만 없었다면 이제 막 시장인 쁘사루(Psah Leu)에서 돌아와 숙소를 향해 걷다 잠시 멈추어 담배에 불을 당기던 참이라는 착각이 들었을 것이다. 쁘사루는 '위에 있는 시장'이란 뜻이다.

시하눅빌은 캄보디아에서 유일하게 해변을 갖고 있는 휴양도시이다. 태국에 밀려내려오고 베트남에 밀려올라온 국경 때문에 인색하기 짝이 없는 해안선을 갖고 있는 캄보디아의 가장 유명한 해변은 원래는 깜뽓의 껩(Kep)이었다. 그러던 것이 1970년대 이후 전쟁과 혁명, 그리고 침략을 겪으면서 껩은 유령해변이 되어버리고 4번 국도를 갖고 있던 시하눅빌이 그 자리를 대신했다. 시하눅빌이 항구도시뿐만 아니라 휴양도시로까지 발돋움한 계기는 론놀정권 당시 미군이 시하눅빌을 휴양지로 사용했던 역사에서 찾을 수 있을 것이다.

솔직히 말한다면 시하눅빌은 아름답고 평화롭지만 빼어난 해변을 자랑하는 도시는 아니다. 해변이 접하고 있는 태국만의 바닷물은 탁한 편이고 해안은 그저 평범하다. 그럼에도 불구하고 시하눅빌이 캄보디아 제일의 해변 휴양도시가 된 것은 위아래의 해안선이 잘린 캄보디아의 좁은 바다에서 선택의 폭이 그만큼 좁았기 때문이다. 만약 캄보디아가 정상적인 영해를 유지할 수 있었다면 사정은 달라졌을 것이다.

여하튼 시하눅빌의 해변은 세상에서 가장 아름다운 것은 아니지만 캄보디아에서는 가장 좋다. 게다가 시내는 완만한 구릉들로 아기자기하고 시하눅빌의 상징인 야자나무와 아열대 소나무들이 바닷바람에 한껏 게으르게 잎을 흔들어대는 해변과 거리를 지나치노라면 누구나 기분 좋게 만사를 잊고 추욱 늘어질 수 있으니 얼마나 훌륭한 휴양도시인가. 시계의 초침조차 똑딱이는 리듬을 늦출 수밖에.

지금까지의 바쁜 일정과는 다르게 시하눅빌에서는 반드시 늘어지리라 결심에 결심을 하고 1박에 20달러짜리 초특급(?) 호텔에 여장을 풀었다. 본디 15달러짜리인데 새해연휴인 탓에 값이 뛰었다. 그나마 마지막 하나 남은 객실이다. 헌데 방은 보기엔 그럴 듯하더니 초장부터 김이 새게 수도꼭지에서는 붉은 녹물이 쿨쿨 쏟아진다. 나중에 알았지만 지난 며칠간 시내 전체가 물사정이 좋지 않았다고 한다. 시하눅빌은 캄보디아에서도 강우량이 많은 편이어서 이맘때쯤이면 간간이 스콜이 쏟아지곤 해야 하는데 올해는 사정이 다른 모양이다.

방에 틀어박혀 지금까지 찍은 사진파일들과 기록들을 정리했다. 의외로 꽤 긴 시간이 필요하다. 얼추 정리를 끝내고 나니 밤 10시에 가깝다.

호텔을 나와 승리(Victory)해변을 향한 좁은 길을 따라 어슬렁거린다. 음력으로는 보름이 다가오거나 방금 지났거나 아니면 보름인지도 모른다. 구름 뒤의 둥근 달이 흐린 달빛을 흘리고 있다. 문득 시리도록 청명한 달빛을 보고 싶다. 오싹한 추위와 함께.

시하눅빌에는 모두 여섯 개의 해변이 있다. 해수욕장이라고 해도 좋다. 그중 가장 남쪽에 있는 오뜨레스(Ottress)해변은 이른바 '잊혀진 해변'이라고 해서 사람들이 찾지 않는 해변이다. 별다른 이유가 있는 것은 아니고 외떨어져 있어 개발이 가장 늦은 것일 뿐이다. 3년 전과 마찬가지로 아직도 그대로 두고 있는 모양인데 나머지 해변만으로도 시하눅빌을 찾는 관광객들에게는 충분하다는 의미일 것이다. 사람이 찾지 않는 해변이어서 고즈넉한 분위기를 만끽하고 싶다면 찾을 만하다. 나머지 해변 중 소카(Sokha)해변은 지금 대대적인 공사가 이루어지고 있어서 폐쇄되었다고 한다. 해변은 짧지만 작은 만처럼 되어 있어 아기자기하고 경관이 좋은 곳이다. 공사는 호텔과 리조트를 건설하는 것인데 앙코르의 하늘에 풍선을 띄운 바로 그 소카그룹이 주인공이다.

이래서 지금 크메르 새해를 맞은 시하눅빌에는 에까리치(Ekareach)해변과 승리해변, 훈센(Hun Sen)해변, 오츠띠알(Ochheuteal)해변만이 행락객들

오츠띠알해변의 한적한 오후.

을 맞고 있다. 그중에서 에까리치해변과 승리해변은 옹색하기 짝이 없고 훈센해변은 시의 외곽이어서 시원한 바닷바람을 만끽하려면 오츠띠알해변이 낫다. 해변은 생각처럼 많은 사람들로 북적이지는 않는다. 해변 끄트머리의 파라솔 아래 자리를 잡는다. 백사장에 놓인 원색의 파라솔 아래 작은 탁자 하나와 해변에 어울리는 해먹스타일의 나무의자. 의자는 보기와는 달리 더 이상 편할 수가 없이 부드럽게 등에 차악 붙는다.

해변의 초입과는 달리 한적하기 그지없다. 바다에서는 더운 바람과 시원한 바람이 번갈아 불어와 이마에 맺힌 땀을 씻어준다. 잔잔한 파도소리. 기분 좋은 바람. 스르르 눈이 감긴다. 오랜만에 달디단 낮잠을 즐길 수 있을 것 같다.

마지막 폭격과 최초의 전투 ◉ ◉ 눈을 떠 시계를 보니 한 시간 반쯤을 잠에 곯아 떨어져 있었다. 그래도 노곤하기는 마찬가지이다. 미동도 하지 않고 철썩이는 파도가 밀리는 백사장을 멍하니 바라보다 수평선으로 눈을 돌리니 섬 하나가 보인다. 섬을 보니 생각난다. 저 수평선 너머 어딘가에 있을 꼬땅(Koh Tang)이란 이름의 섬. 언젠가 한번 가본다고 마음을 먹고도 하루를 묵어야 오갈 수 있는 섬이라 지금까지 이름만 외우고 있다.

시하눅빌은 제2차 인도차이나전쟁의 마지막 불똥이 튄 곳이다. 1975년 4월 프놈펜과 사이공이 함락된 후 이 전쟁은 막을 내렸다. 정작 프놈펜과 하노이의 공산당지도부들은 미군의 공격 가능성을 배제하지는 않았던 모양인데 우리가 알고 있는 것처럼 미국은 인도차이나의 공산화 이후에도 아무런 군사적 행동을 취하지 않았다.

그러나 단 한 번의 예외가 있었다. 1975년 5월 태국의 유타포(Utapo)공군 기지를 출격한 폭격기가 시하눅빌의 정유시설 등을 폭격하는 사건이 벌어졌다. 공식적으로 인도차이나에 대한 미군의 마지막 폭격이 된 이 사건은 프놈펜과 사이공이 함락된 이후 캄보디아영해를 침범한 미군의 수송선 마야게즈(Mayaguez)호를 크메르루주 해군이 나포하면서 시작되었다. 마야게즈호는 꼬땅으로 끌려갔다. 이 소식을 접한 미 해병대는 즉각 병력을 헬리콥터에 태우고 마야게즈호를 구출하기 위한 기습작전에 나섰다.

크메르루주를 우습게보았던 이들 미 해병특공대들은 해안에 매복한 크메르루주의 집중사격을 받고 상당수가 사살되고 생존자는 포로가 되었으며 이들을 수송했던 나이트헬리콥터는 모두 완파되는 참담한 전과를 기록했다. 게다가 꼬땅의 마야게즈호 탑승원들은 이미 시하눅빌로 이송된 다음이었다. 결국 뒷북을 치다가 꼬땅해변에서 참변을 당한 것이다. 사태가 이렇게 진행되는 것은 프놈펜의 크메르루주 지도부로서도 바라는 바가 아니었다. 체면이 구겨질 대로 구겨진 미군은 폭격기를 출격시켜 시하눅빌을 공습했다. 정유시설이 파괴되고 레암(Ream)의 해군기지가 폭격당했다. 프놈펜의 크메르 루주 지도부는 마야게즈호와 선원 그리고 생포된 미 해병대원을 즉각 석방 했고 미군은 그쯤에서 더이상의 확전을 시도하지 않았다. 이렇게 해서 꼬땅 은 제2차 인도차이나전쟁에서 마지막 미군 희생자가 발생한 기념비적인(?) 섬이 되었고 시하눅빌은 미군이 인도차이나에서 행한 마지막 폭격의 기념비 적 도시가 되었던 것이다.

그리고 수평선 너머 꼬땅을 지나 어딘가에 있을 뽈로와이(Paulowai)섬.

1975년 4월 25일. 크메르루주 해군은 지도에서도 유심히 보아야 겨우 보 이는 또추(Tochu)섬에 상륙했다. 프놈펜을 함락한 지 불과 일주일 후였으며 사이공은 아직 함락되기 전이었다. 사이공이 함락된 후 5월에 들어 베트남군 은 또추를 공격해 크메르루주군을 몰살시켰고 그에 그치지 않고 뽈로와이섬 까지를 점령했다. 이 과정에서도 크메르루주군은 완패했다.

공산화 이후 캄보디아와 베트남 간의 최초의 군사적 충돌로 기록되는 이 전투는 그후 베트남과 캄보디아의 빈번한 군사적 충돌과 후일 베트남의 침 략을 예고하는 신호탄이기도 했다.

크메르루주군이 먼저 점령했던 작은 섬 또추는 현재 베트남영해에 속해 있고 베트남군이 또추를 탈환하고 뒤이어 점령했던 뽈로와이섬은 캄보디아 영해에 속해 있다. 결국 이 군사적 충돌은 영토분쟁의 성격을 띠고 있었던 것이다.

양국의 영해는 지도상으로도 꽤 부자연스럽다. 육지의 국경선이 바다로 자 연스럽게 이어지지 못하고 기형적으로 캄보디아영해로 꺾여 올라간 형국인 것이다. 영해를 그렇게 만든 것은 푸꾸옥(Phu Quôc)섬 때문이다. 푸꾸옥섬 이 베트남영도이기 때문에 바다의 국경선이 그 섬 위를 지나게 되는 것이다.

크메르루주군이 또추를 점령한 데에는 푸꾸옥을 캄보디아영토로 탈환하

뽈로와이섬과 또추섬.

고 국경선을 재조정하려는 의도가 숨어 있었다. 결국은 군사력의 압도적인 열세 때문에 뽈로와이섬까지 점령당하는 꼴이 되고 말았지만 프놈펜과 하노이의 협상 끝에 1975년 8월인가에 뽈로와이섬은 캄보디아로 반환되었다.

단지 이 사실만을 놓고 보면 캄보디아가 베트남영토를 침범한 것으로 되는데 문제는 그리 간단하지 않다. 역사적으로 현재의 베트남 남부는 캄보디아영토였다. 캄푸치아크롬(Kampuchea Krom)이라고 불리는 이 지역은 지금 메콩삼각주로 불리는 지역과 사이공 북부까지 포함하는 광범위한 지역이다. 이렇게 말하면 '만주도 한국 땅이겠네'라는 말부터 꺼내려 서두르는 사람도 있겠지만 캄푸치아크롬이 베트남의 영토로 귀속된 역사적인 근거는 제2차 세계대전 종전 후 일본군이 잠시 점령했던 인도차이나에 프랑스가 다시 돌아와 마지막 황제인 바오다이(Bao Dai)를 내세워 베트남국을 수립하면서 체결했던 조약에 두고 있다. 호찌민(Hô Chi Minh, 胡志明)의 베트민과 제1차 인도차이나전쟁을 벌이게 된 프랑스는 코친차이나와 안남(Annam)과 통킹(Tonking)을 하나로 통일했는데, 이때의 합병조약이 바오다이의 베트남국을 탄생시킨 것이다. 이때 프랑스가 국경선으로 그었던 것이 브레비라인(Bravie line)이고 정확하게 이 라인이 현재의 캄보디아와 베트남의 국경선이다. 빗대어 말하자면 일본이 청의 마지막 황제 푸이(溥儀)를 내세워 괴뢰정권을 세울 때에 조선의 북부지방까지 묶어 만주국이라는 이름으로 만들어버린 셈이다.

캄보디아는 1954년의 제네바협정에서 캄푸치아크롬의 반환을 강력하게 요구했지만 받아들여지지 않았다. 캄푸치아크롬을 둘러싼 캄보디아와 베트남의 분쟁과 갈등은 양국간의 역사적인 구원(舊怨)을 배경으로 하고 있으며 인도차이나의 근현대사에 있어서 여러차례 비극의 근원이 되었다.

현재 베트남과 캄보디아 사이에 존재하는 이런저런 갈등의 편린들을 살펴보면 이렇다.

캄푸치아크롬에는 150만에서 800만에 이르는 크메르인들이 살고 있다. 150만은 베트남정부가 주장하는 것이고 800만은 캄푸치아크롬의 크메르인 해외조직이 주장하는 것이다. 이들은 캄푸치아크롬의 크메르인들이 베트남에게 박해받는다고 말한다. 역사적인 피해의식 때문이겠지만 크메르인들은 베트남이 언젠가 캄보디아를 자신들의 것으로 삼으려 한다는 강박관념에 시달리고 있다. 베트남에 대한 크메르인들의 민족적 감정도 결코 좋은 것이 아니다. 지금 캄보디아에는 100만에서 200만으로 추정되는 베트남인들이 거주하고 있다. 대부분은 불법체류자 신분이다. 역사적으로 식민지시대에는 더 많은 베트남인들이 캄보디아에 들어와 있었다. 동남아시아 대부분의 나라에서 상권은 화교들이 장악하고 있는 것이 일반적인데 캄보디아만큼은 예외적으로 화교와 더불어 베트남인들이 적잖은 비중을 차지하고 있다. 게다가 지금 정권을 장악하고 있는 훈센도 베트남 괴뢰정권의 수상 출신이다.

이런 현실의 편린들이 크메르민족의 뿌리깊은 피해의식을 재생산하거나 확대발전시킨다. 캄보디아와 베트남의 평화는 인도차이나의 평화에 아주 큰 변수로 가로놓여 있다.

다시 잠에 빠져들고 눈을 뜨고 또 잠이 들고를 몇번 반복하니 지난 며칠간의 피곤이 좀 풀리는 듯하다. 한껏 기지개를 켜고 의자에서 일어나다 파라솔의 살에 머리를 찔렸다. 상처가 난 것은 아닐 텐데 눈물이 찔끔 나오도록 아프다.

길가로 나와 정신도 차릴 겸 오츠띠알해변 뒤의 도로를 따라 걸었다. 지나가는 모또들이 태우지 못해 안달이다. 늦은 오후의 햇살은 여전히 따갑기 그지없다. 천천히 10분쯤을 걸으니 다시 등에 땀이 흥건하게 배어든다.

모또를 집어타고 찾아간 곳은 시하눅빌의 시장인 쁘사루. 쁘사루는 여전하다. 어디나 마찬가지겠지만 시장터에는 사람들이 살아가는 모습이 막 잡아올린 생선의 비늘처럼 투명하게 번뜩인다. 그런데 오늘은 새해연휴이어서인지 쁘사루

쁘사루 앞의 프랑스식 바게뜨샌드위치 판매점.

도 한산하다. 철시한 상점들도 즐비하고 과일가게 한편에서는 장사도 제쳐둔 시장여인들의 카드놀이가 한참이다. 행여 재수없는 놈으로 취급될까 사진 찍는 것도 조심스럽다.

쁘사루를 나오니 슬슬 시하눅빌의 하루도 저물어간다. 문득 프놈펜에서도 낯이 익었던 공중전화부스가 눈에 띈다. 사설인데 무선공중전화부스이다.

와이어리스 캄보디아 ◉ ◉　곧잘 캄보디아의 오늘을 한국의 1970년대에 비교하는 사람들이 있지만 누가 뭐래도 지금은 2000년대. 프놈펜이나 시하눅빌에는 우리나라만큼은 안되지만 제법 휴대전화가 흔하다. 불과 3, 4년 만에 불어닥친 변화이다. 아직은 아날로그방식인 GSM이지만 곧 디지털인 PCS로 바뀌게 될 것이다. 그래서 한국의 굵직한 이동통신업체도 진출해 있다.

그렇긴 해도 휴대전화 같은 첨단제품의 보급이 급속하게 이루어지는 것이 쉽게 납득되지 않을 수 있는데 캄보디아의 무선환경이 급속하게 발전할 수밖에 없는 이유는 이렇다.

우선 캄보디아 전역의 유선환경은 제로베이스이다. 오랜 전쟁으로 전화선 등을 깔 형편도 아니었고 깔려 있던 선마저 사라진 지 오래이다. 이 때문에 현재 캄보디아의 전화망은 무선에 의존하고 있다. 물론 프놈펜이나 시하눅빌 또는 시엠립, 바땀방 같은 도시의 시내전화망은 유선이지만 시외전화는 전국에 가설된 무선기지국을 통한 무선망을 이용하고 있다. 내 기억으로는 캄보디아 전역에 이를 위한 무선기지국의 수는 열개 남짓이다.

이런 캄보디아에 휴대전화가 보급되기 시작한 것은 1999년 즈음이었던 것으로 기억한다. 물론 최초의 등장은 그 이전일 수 있다. 단말기가격이 200달러 전후이어서 캄보디아 실정으로는 상당히 사치스러운 물품이 될 것으로 보았는데 의외로 보급은 급속하게 이루어져서 모또운전사들도 하나씩 가지

시하눅빌거리의 사설 무선공중전화부스.

고 다니는 물건이 되었다.

전화요금은 선불방식이어서 선불카드를 구입하여 번호를 입력하거나 일종의 스마트카드를 삽입하면 그 액수만큼 통화가 가능하다. 이동통신사도 대여섯개 정도로 늘었다. 휴대전화 보급이 이렇게 급속하게 이루어지자 거리 곳곳에서는 사설공중전화사업이 활발하다.

거창한 것은 아니고 단지 각 이동통신사의 휴대전화를 한 대씩 구비해놓은 부스일 뿐이다. 기지국의 전파가 미약한 곳에서는 외부안테나를 세우고 영업을 한다. 휴대전화 한 대가 아니라 이동통신사별, 즉 식별번호별로 한 대씩을 구비해야 사업을 할 수 있는 이유는 서로 다른 식별번호끼리의 통화료가 비싸기 때문이다. 또 번호별로 전화요금도 차이가 있는지 이 무선공중전화부스에는 번호별 요금이 각각 따로 적혀 있다.

첨단산업일수록 전(前)산업이 발목을 부여잡게 마련이다. 예컨대 VTR이 VCD나 DVD의 발목을 잡고 보급을 더디게 하는 것과 같다. 유선이 신통치 않기 때문에 무선이 비약적으로 발전하는 나라. 바로 캄보디아이다.

하나 더 놀랄 만한 사실은 무선인터넷의 보급이다. 한 이동통신사는 프놈펜과 시하눅빌 등의 도시에 바야흐로 무선인터넷을 보급하고 있다. 인터넷에 있어서는 세계적인 강국이라고 할 한국도 무선인터넷이 이제 막 보급되고 있는 이때에 캄보디아에서는 무선인터넷이 개인들에게까지 보급되고 있는 것이다. 다시 말하면 무선인터넷이 공공장소의 존(Zone)에서 사용할 수 있도록 보급되는 것이 아니라 가입자들이 안테나를 매달고 인터넷을 사용할 수 있도록 보급되는 것이다. 안테나는 네모난 모양을 하고 있으며 하나의 기지국은 반경 1~1.5km를 포괄한다고 한다.

시하눅빌의 일부 신생 인터넷까페들은 지금 이 써비스를 이용하는 중이다. 라인속도는 가격에 따라 정해지는데, 대략 1메가 정도가 상한인 것 같다. 어쩌면 그 이상일지도 모르고 시간이 지나면 초고속이 될지도 모른다.

깜뽓, 손톱만큼도 변하지 않은 ◉◉

4월 18일. 예정대로 시하눅빌을 떠나 깜뽓으로 향한 것은 정오가 지난 오후 2시경. 하늘엔 잔뜩 구름이 드리워 있다. 시내 미따뻽(Mittapeap)거리 앞의 공터에서 운임을 결정하고 떠난 택시는 운전솜씨가 만만치 않다. 운전석이 오른쪽에 붙어 있는 일제 중고차임에도 불구하고 시종일관 틈만 나면 추월을 시도하는 폼이 자동차의 시원찮은 에어컨보다 훨씬 강력한 냉기를 제공한다.

캄보디아는 태국과 달리 모든 차는 도로의 우측으로 주행한다. 한국과 같다. 그러나 운전석이 오른쪽에 붙은 일제 중고승용차가 쏟아져들어와 추월시 사고의 위험을 배가하고 있다. 운전자가 반대편 차선의 시야를 확보하려면 중앙선을 넘어야 하기 때문이다. 이런 택시의 조수석에 앉아 추월을 경험하면 그야말로 중앙선이 생명선인 것을 실감하게 된다. 캄보디아정부는 이 때문에 2001년부터 모든 차의 운전석은 왼쪽에 위치해야 하며 이를 위반할 때에는 과태료를 부과한다고 엄포를 놓았는데 웬걸, 아직도 거리에는 불법차량이 넘쳐나고 있다. 더욱 우스운 것은 중고차도 아니고 새 차가 그렇다는 것이다. 이 통에 운전석을 옮기는 써비스공장을 차렸던 사람은 쫄딱 망했다고 한다. 그게 한국인이라나.

차는 빌렝(Veal Renh)에서 4번 국도를 벗어나 3번 국도로 접어들었다. 깜뽓으로 가는 이 길은 만만치 않게 험한 길 중의 하나였는데 이미 잘 닦여 별 문제가 없다는 말을 시하눅빌에서 들었다. 헌데도 운전사는 깜뽓까지 3시간을 말한다. 길이 좋지 않을 때에도 3시간이면 갈 수 있었는데 말이다. 어쨌든 차가 달리는 데에 문제없이 닦여 있어도 비포장도로라 이 길에 접어들어 운전사가 속도를 조금 줄였기 때문에 안전성은 그만큼 높아진 셈이다.

깜뽓으로 향하는 도로의 양편은 끝없는 농지가 이어진다. 추수가 끝난 논에는 소들만이 한가롭게 풀을 뜯고 있다. 농가들은 소를 완전히 방목한다. 소들은 이렇게 알아서 생계를 들판에서 해결하다가 도로가 정비되고 차들의 왕래가 잦아지면서 뜻밖의 수난을 겪고 있다. 차를 피하지 않는 소들과 차가 충돌하는 일이 잦아진 것인데 운전사들은 이런 일이 벌어지면 그대로 줄행랑을 놓기 바쁘고 그 때문인지 이제는 줄을 매어 논바닥에 묶어놓은 소들도 제법 눈에 띈다.

들판에서 풀을 뜯는 소.

농가의 짐승은 소만 있는 것이 아니고 돼지와 닭도 있다. 논에는 돼지도 풀을 뜯고 있고 닭들도 모이를 찾아 분주하게 바닥을 쪼며 돌아다닌다. 여하튼 사료를 주지 않고 논바닥에서 살아가도록 하고 있으니 유기축산법이라고도 할 수 있겠는데 단점이

허리가 내려앉은 바로 그 다리. 가로세로로 누운 목재들이 내게 "기다려라, 기다려"라고 말하는 듯하다.

라면 소들이 온종일 풀을 찾아 헤매느라 운동량은 많고 변변히 먹는 것은 없는 까닭에 살이 찌지 않아 고기가 대체로 질기기 짝이 없다. 헌데도 논바닥을 헤매며 주둥이를 박고 있는 돼지들의 살이 피둥피둥한 것을 보면 도시 이해할 수 없는 일이다.

빌렝에서 깜뽓으로 향하는 길에는 크고 작은 다리들이 숱하게 많다. 해안을 따라 달리는 탓에 바다로 향하는 강이 많기 때문이다. 때문에 길옆으로 논들이 이어지다 강을 터전으로 살아가는 어촌들이 무시로 나타난다.

그런데 이 다리들이 툭하면 제 구실을 못해서 교통이 두절되곤 한다. 다리 중에는 철골구조이지만 나무로 바닥을 대어놓은 것이 많아 우기에 떠내려가거나 과적차량을 견디다 못해 부서지는 경우가 많다.

깜뽓까지 3시간이 걸리는 이유도 곧 알게 되었다. 바로 다리 때문이었다. 다리 하나의 중간이 내려앉아 차들이 양편에서 한 대씩, 그것도 위태롭게 건너느라 길게 줄을 서고 있었던 것이다.

그저 그러려니, 아무도 불평 한마디 하지 않고 땡볕 아래에서 기다리고 있는 풍경이 오히려 낯설다. 한국인들이여, 모쪼록 기다릴 때는 마음을 풀고 이처럼 기다리는 것이 정신건강에 이롭다. 땡볕에 길바닥에 나가 서성이기도 그렇고 차 안에서 홀로 책을 뒤적이다 깜빡 잠이 들었는데 눈을 뜨니 30분이 지났는데도 차는 꼼짝도 하지 않고 그 자리에 그대로 있다. 결국 다리를 빠져나오는 데에만 꼬박 50분이 걸렸다.

깜뽓에 도착한 것은 운전사가 말한 대로 출발한 지 3시간이 지난 5시경. 차는 깜뽓 외곽의 다리를 넘어 시내로 들어섰다.

깜뽓은 깜뽓지방의 행정도시이지만 같은 지방에 속한 시하눅빌과는 비교할 수 없을 만큼 퇴락해 보인다. 이른바 프랑스 식민지풍이 있다면 이런 것이 아닐까. 시내의 도로 양편으로 프랑스 식민지시대에 지어졌음 직한 낡은 건물들이 늘어서 있다. 4년 전에 한번 왔었지만 그때나 지금이나 손톱만큼도 변한 것이 없다. 네거리 부근에 정부 선전 입간판이 선 것말고는.

하룻밤에 5달러짜리 호텔에 짐을 풀었다. 5달러와 10달러짜리 방이 있는데 차이는 에어컨 유무이다. 헌데 5달러짜리에도 에어컨이 달려 있다. 이게 웬 횡재. 스위치를 올려도 에어컨은 묵묵부답이다. 그러니 에어컨이 고장 난 방이 5달러란 말씀. 오토바이를 빌려 껩해변으로 가기로 작정하고 씻

깜뽓 시내의 오토바이 대여점. 애초에는 오토바이 수리점이 아니었을까. 하긴 지금도 수리를 하기도 한다. 윗옷을 벗은 이가 주인 쳉트리이다.

을 겨를도 없이 호텔을 나왔다. 깜뽓에서 오토바이를 빌릴 인간은 외국인밖에는 없다. 덕분에 오토바이대여점 간판은 영문이다. 쳉트리네오토바이. 윗통을 홀랑 벗고 지내던 쳉트리아저씨는 여권을 받고 오토바이를 내준다. 한나절에 일반형은 4달러 산악용은 6달러. 다음날 아침에 산에 오를 생각은 하지도 못하고 일반형으로 빌렸으니 한치 앞을 내다보지 못하는 유재현. 덕분에 고생 좀 하게 된다.

껩은 이른바 '잊혀진 해변'으로 불리는 휴양지로 1960년대까지는 캄보디아의 유일한 해변휴양지였다. 껩으로 가는 길에는 전형적인 남동부의 농촌풍경이 이어지고 눈길을 끄는 것은 바닷물을 끌어다 소금을 만드는 염전이다. 내가 알기에 깜뽓은 캄보디아에서 유일하게 염전이 있는 지방이다. 세상의 소금이 되라는 말이 있으니 소금의 중요성을 일컫는 말일 것이다. 깜뽓의 중요성을 일컫는 말이기도 할 것이다.

걱정했던 대로 해는 빠른 속도로 떨어진다. 수평선으로 해가 지기 직전에 겨우 오토바이는 껩의 입구에 도착했다. 시하눅빌의 해변이 해가 지는 서쪽을 바라보고 있는 것과 달리 껩은 동과 서로 뻗어 있어 해는 수평선에서 뜨고 수평선으로 진다. 해안은 바위들로 죽 이어지다 100~200m 정도의 백사장이 나타난다. 껩해변에서 유일한 백사장이다. 규모와 질에 있어 시하눅빌의 발끝에도 미치지 못하는 이 해변이 한때 그토록 명성을 떨쳤던 이유를 쉽게 이해할 수 없다. 의문은 곧 풀렸다. 껩은 시하눅빌처럼 대중을 위한 해변이 아니었던 것이다. 숲과 바다에 접해 있고 백사장이 인색한 이 해변은 결국 별장이나 지어놓고 유유자적하기에 적당한 해변인 것이다. 그 사실은 해변 주위 곳곳에 흉물스럽게 널려 있는 별장의 폐허들이 증언하고 있다. 그렇게 보면 전혜의 해변이다. 별상은 숲 주변에 지어져 있고 바다를 굽어보고 있으니 기막힌 전망과 품위있는 적조함을 두루 갖추고 있다.

260

종려나무가 치솟은 하늘을 붉게 물들인 깜뽓의 노을.

깹에 늘어선 별장의 흥망성쇠는 한때 캄보디아의 상류계급을 이루던 왕실과 귀족들의 흥망성쇠를 말해준다. 식민지 시절에도 그럭저럭 유지되던 그들의 영화는 론놀 쿠데타로 시하누크가 축출되고 난 후부터 급속하게 기울었다. 가장 가혹했던 시기는 민주캄푸치아시대였을 것이다. 집단농장생활에서 예외가 아니었던 왕족과 귀족은 온실의 화초에 불과해서 그 혹독한 시절을 제대로 버텨내지 못했다. 심지어 왕자도 마찬가지여서 왕위계승 서열 1위였던 맏왕자는 북부의 집단농장으로 간 후 지금까지도 생사를 모른다. 결국 깹에 남아 있는 유령의 별장 폐허들은 캄보디아 현대사의 격동의 시기를 이겨내지 못하고 사라져버린 캄보디아 상류계급들의 잔영인 것이다.

해는 이미 수평선으로 넘어가 하늘만을 붉게 물들이고 있다. 별장의 폐허들도 시나브로 어둠속에 묻혀 윤곽을 구분하기가 힘들다. 돌아오지 않는 주인을 기다리는 별장의 폐허들을 뒤로 하고 깜뽓으로 돌아오면서 나는 자신과 뻔한 내기를 했다. 깹에 올 기회가 또 있다면 다시 새롭게 단장한 별장들이 위용을 뽐내고 있는 것을 보게 되리라고. 내기의 상대인 또 하나의 나는 말이 없다.

이제 어둑하다. 가로등이야 있을 리가 없으니 사방은 삽시간에 칠흑같은 어둠에 묻힌다. 사정이 이런데 오토바이의 헤드라이트는 켠 지 얼마 되지도 않아 몇번을 껌뻑거리더니 이내 죽어버리고 만다. '까짓 헤드라이트쯤이야'라고 생각했는데 웬걸, 앞을 비추지 않고 길을 달리는 것이 만만치 않다. 비포장은 아니더라도 패인 곳이 많아 이대로 달리다가는 어디선가 고꾸라지기 십상이다. 천천히 기어가듯 움직이다 길가의 잡화점에서 손전등 하나를 샀다. 중국제 손전등에 베트남제 전지. 입에다 물 수는 없는 일이고 한 손에 들고 달려 겨우 깜뽓에 도착하니 손전등마저 전구의 필라멘트가 똑 끊어져버린다. 다행스럽고 다행스러운 일이다. 식당을 찾아 닭볶음밥으로 저녁을 해치우고 호텔로 돌아와 한바탕 씻고 나니 9시가 넘었다. 오늘 역시 분주한 하루였다. 침대에 누워 천장에 붙은 실링팬이 삐걱이는 것을 보고 있노라니 저절로 눈이 감긴다. 불면증에는 실링팬요법을 사용하면 그만 아닐까.

보꼬산의 프렌치메모리 ◉ ◐　　일찍 일어나 간단하게 아침을 때우고 씩씩하게 보꼬(Bokor)산을 향해 어제 빌린 오토바이를 몰았다. 깜뽓에서 시하눅빌을 향한 3번 국도를 25km쯤 달리면 나타나는 보꼬국립공원은 깜뽓의 대표적인 산이며 능선의 언덕에 1920년대에 지어진 카지노와 부속건물들의 폐허로 장관을 이루고 있어 유명하다. 1924년에 조성되었다는 산정위락단지인 셈인데 빼어난 경관과 서늘한 정상의 이국적인 기후가 이곳을 프랑스 식민지령 인도차이나에서 빼놓을 수 없는 명소 중의 하나로 만들었을 것이다.

입장료를 받는 입구를 지나 산을 향하면 길은 곧 숲속을 향해 달린다. 1차 선이기는 하지만 아스팔트로 곱게 포장되었던 길이 지금은 흉물스럽게 흔적 만 남아 비포장도로나 다름없다. 오전에는 산을 오르기만 하도록, 오후에는 산을 내려가기만 하도록 했던 길이다.

길은 산등성이를 깎아 산을 휘감으며 올라가도록 만든 것이지만 경사는 완만하다. 산을 오르는 시간보다는 안락함을 우선해 만든 길이다. 이른 아침 울창한 밀림 사이로 뚫린 길을 달리는 기분은 상쾌하기 그지없다. 숲속에서 는 싱그러운 바람이 흘러나와 얼굴을 어루만지고 하늘을 향해 치솟은 나무 들 사이에서 들리는 이름 모를 새소리는 빈속의 쓰림을 잊게 한다.

산의 중턱을 지나자 낯익은 산죽(山竹)이 비죽비죽 고개를 내밀고 있다. 게다가 길옆에 피어 있는 붉은 꽃은 생김새로는 영락없는 철쭉이다. 타향에 서 친구를 만났어도 이만큼 반가울까. 서울을 떠날 때 온 산에 만발했던 진 달래가 그 위로 자연스레 오버랩되어 고향 떠난 나그네의 향수를 자극한다.

능선에 오르면 평탄한 숲길이 이어지고 관목숲들이 드문드문 눈에 띄는가 싶더니 길가에 불쑥 집 한 채가 나타난다.

전통적인 캄보디아왕실 건축양식으로 바다를 한눈에 내려다볼 수 있는 위 치에 지어진 이 집은 시하누크의 별장으로 이제는 폐허가 되었다. 담은 거의 흔적만 남았다. 집 앞의 바위에서는 꼬리 잘린 도마뱀이 의뭉스러운 눈으로 꼼짝도 하지 않고 허물어진 별장을 노려보고 있는데 그 꼴이 마치 별장의 수 호신이라도 자처하는 듯싶다. 별장 터에는 두 개의 부속건물과 연못의 흔적 이 그대로 남아 있다. 안쪽의 건물은 아마도 연회장으로 사용했던 것인지 주 방과 넓은 홀이 있다.

보꼬산의 모든 폐허에는 예외없이 낙서가 가득한데 이번에 나는 처음으로

보꼬산 능선에서 처음 만나는 시하누크의 별장 폐허(좌)와 운무가 흐르는 별장 입구에 허물어진 채 서 있는 건물(우). 정자였을까, 경비실이었을까.

보꼬산에서 내려다본 풍광.

분명한 한글을 목격했다. 그러나 한국인이 쓴 낙서는 아닌 것으로 보인다. 글의 생김새나 아무 뜻이 없는 것으로 보아 심증이 가는 범인이 있지만……

능선에 올라 깜뿟 앞의 바다와 해안에 접한 평야가 구름 아래 깔려 있는 장관을 처음으로 한눈에 보려 했는데 구름이 잔뜩 끼여 발코니 밑의 숲조차 보이지 않는다. 기상이 워낙 변덕스러운 곳이어서 구름은 곧 걷히기도 하는데 웬걸 잠시 머무는 동안 벼랑 아래에서는 오히려 운무(雲霧)가 꾸역꾸역 밀려올라온다. 고지의 기후는 아열대가 아니라 온대에 가깝다. 주변의 수목들도 이름이나 종류야 같지 않겠지만 우리네 야산에서 보는 나무들 같은 친밀감이 느껴진다.

264

프놈펜에서 3번 국도를 달려 이곳에 도착해 캄보디아에서는 쉽게 접할 수 없는 기후와 바다로 탁 트인 전망을 즐겼을 왕족들의 웃음소리가 조용한 정원의 어디에선가 바람소리에 섞여 들리는 듯하다.

다시 능선의 길을 달려 한참을 지나면 마침내 보꼬산의 명물 중의 명물인 카지노가 관목숲 너머에서 나타난다.

카지노뿐만이 아니라 교회와 절, 숙소와 연회장 등의 건물들이 모두 완벽하게 폐허로 변해 이 능선고지의 이곳저곳에 흩어져 있다. 가장 높은 지대에 지어진 카지노 본관건물 밑으로 먹고 즐기고 심지어는 회개하고 기원하는 장소까지 모두 만들어놓았으니 호주머니가 비기 전에는 아무런 부족함 없이 이 낙원 같은 산상(山上)에서 지낼 수 있도록 한 것이다.

카지노 본관을 향해 달리는 동안 산 밑에서 꾸역꾸역 먹구름이 밀려올라와 흩어지더니 삽시간에 사방이 어둑해지고 빗방울까지 후드득 떨어진다. 먹구름에 싸인 물욕의 폐허. 비경(秘景)이다. 나도 모르게 한숨이 새어나온다. 낮은 구릉을 넘자 카지노 본관의 폐허가 피어나는 운무 속에 마술의 지팡이로 만들어진 것처럼 모습을 드러낸다.

사람들의 말에 따르면 1990년대에 들어 완전한 폐허가 되었다고 한다. 군인들이 쓸 만한 벽돌이며 창틀, 타일과 유리를 모두 뜯어갔기 때문이다. 잘한 것인지 잘못한 것인지. 카지노로서의 명성을 잃은 것은 민주캄푸치아시대에 들어서부터일 것이다. 그뒤로는 전쟁의 연속이었으니 카지노야 언감생심이었을 것이고.

건물 내부는 의외로 복잡하다. 일층의 벽난로가 놓여 있는 커다란 홀을 제외하고는 크고 작은 방들이 그득한데 계단은 곧바로 놓여 있지 않고 이리저리 흩어져 있어 끝까지 오르려면 몇번이고 헛걸음을 해야 계단을 찾을 수 있다. 이리저리 헤매는 동안 어느새 구름은 잠시 걷히고 구름 아래 숲과 평야

와 바다가 슬며시 한눈에 나타난다.

이 역시 비경이라면 비경이다. 고지 아래는 깎아지른 낭떠러지이고 그 아래 울창한 밀림이 비단처럼 깔려 바다로 펼쳐진 꼴이다. 돈을 잃어 무일푼이 된 어떤 자는 저 비단처럼 깔린 밀림 위로 사정없이 몸을 던지

운무 속의 카지노 본관 폐허(위)와 카지노 본관 내부의 계단.

고픈 충동에 시달렸을 것이다.

한때 프랑스 식민지관리들과 상류계급들만의 전유물이던 이곳에 이제는 캄보디아의 평범한 사람들의 출입이 잦아졌다. 카지노 본관을 오르내리는 동안 몇대의 차가 들어선다.

이제는 폐허의 쓸쓸함만이 감돌지만 이 카지노와 주변의 위락타운은 1920년대에 건설되어 1940년대 초에 쇠락의 길로 들어서기까지 인도차이나를 호령하던 프랑스 제국주의의 번영을 상징하는 장소이었을 것이다. 베트남이나 라오스에도 이만한 풍광을 겸비한 카지노타운이 있다는 소리를 들어본 적이 없으니 인도차이나에서 한몫을 잡은 자본가들이 자동차나 마차로 하인들을

이끌고 올라와 숱한 밤을 지새웠을 것이다. 결국 인도차이나에서 제국주의 자본의 경기를 그대로 반영하는 곳이었을 법하다. 모르긴 해도 캄보디아가 독립을 쟁취하던 1953년, 그리고 프랑스가 인도차이나에서 패주하던 1954년 이후 보꼬산의 정상에 자리한 이 카지노타운은 급전직하 쇠락의 길을 걸었을 것이다.

50여년의 세월이 지난 1990년대 후반 카지노산업은 다시 캄보디아에 화려하게 복귀했다. 말레이시아 화교자본이 투자한 프놈펜 바싹강변의 '나가카지노'가 그것인데 한동안 불야성을 이루었던 것으로 알려졌다. 그러나 나가카지노의 부사장이 납치되고 우여곡절 끝에 결국 몸값을 치렀음에도 불구하고 싸늘한 시체가 되어 돌아온 사건 이후에 훈센정부가 프놈펜 반경 120km 내에서의 카지노영업을 금지하자 한바탕 소란을 겪었다. 나가카지노는 정부의 명령에 굴복하지 않고 대법원까지 재판을 끌고 가 결국 승소했다. 물론 그동안에도 영업을 중지하지는 않았다. 이 싸움은 화교자본과 훈센의 싸움으로 비춰졌는데 이면에는 정치자금 등의 복잡한 사정들이 뒤엉켜 있는 것으로 소문이 났다.

아무튼 캄보디아에서 지금 카지노산업은 성업중이다. 막대한 현금이 유통되는 사업이니만큼 그 복잡한 속내야 더 말할 필요도 없겠지만 카지노자본 중 누군가가 보꼬산의 이 오래된 카지노타운을 눈독 들이고 있을 것이 분명하다.

산을 내려오는데 갑자기 스콜이 쏟아진다. 삽시간에 물에 젖은 생쥐꼴이 되었지만 멈출 수도 없는 일이라 배낭에서 긴팔옷을 하나 꺼내 입고 그대로 달린다. 내려가는 길에는 금세 물웅덩이가 여기저기 생긴다. 산 중턱에 이르기도 전 운무를 벗어나자 비는 사라지고 다시 숲의 나무들로 가려진 하늘 사이로 뜨거운 볕이 내리쬐인다. 산을 내려왔을 때에는 다시금 30도를 웃도는 한낮의 벌판이다. 낙원에서 지상으로 쫓겨나면 이런 느낌일까. 프놈펜의 럭키슈퍼마켓에서 산 담배의 사은품인 온습계의 바늘은 섭씨 33도, 습도는 72%를 가리키고 있다.

산길을 너무 급하게 내려오는 통에 허리와 등의 척추연골들이 뒤틀린 모양인지 곧추세우기가 어렵다. 깜뽓으로 돌아와 볶음밥으로 늦은 점심을 때운 후 오토바이를 쳉트리아저씨에게 돌려주고 호텔에 맡겼던 배낭을 찾아 모또를 흥정한 후 국경인 쁘레착(Preahchak)으로 향했다.

메콩삼각주에 신고하고 프놈펜으로 돌아오다 ◉ ◉ 　국경인 쁘레착으로 가는 길은 껩해변으로 가는 길에서 갈라진다. 길은 비포장으로 들어서서도 흠잡을 데 없이 평탄하게 이어지다가 어느 때부터인가 또 요령부득의 길로 바뀐다. 신기하게도 몇년 전 걸어서 건너야 했던 다리는 여전히 그대로이다. 오토바이에서 내려 걸으면서 자세히 보아도 그때와 똑같다.

그동안 줄곧 놀랍도록 변한 것만 보며 지내다가 깜뽓에 와서부터는 변하지 않은 것이 많아 오히려 정겹다.

이 다리를 건너기 전부터 주변의 풍경은 전형적인 메콩삼각주 지역의 풍경으로 바뀌었다. 넓은 평원과 바다와 크고 작은 강이 만나는 사이에 자리를 잡은 맹그로브(mangrove)숲들. 그리고 간혹 길옆을 지나치는 베트남사람들. 인위적인 국경이야 나라를 가르지만 자연은 국경쯤에 아랑곳할 리가 없는 것이다.

농촌의 집들도 다리를 세워 바닥을 땅에서 띄운 전형적인 캄보디아식 집

보다 땅과 바닥이 떨어져 있지 않은 집들이 더 많이 눈에 띈다. 또 달라진 것은 소들이다. 한우와 비슷하게 생긴 소들이 국경 근처에서는 물소로 바뀐다. 모두 메콩삼각주의 풍경으로 국경을 넘어가서도 이와 비슷할 것이다.

깜뽓에서 하띠엔(Ha Tiên)으로 가는 이 길은 1978년 12월 25일 이른바 크리스마스침공에서 베트남군이 프놈펜과 시하눅빌을 향해 진군했던 길이다. 프놈펜과 시하눅빌을 향해 10만 대군을 앞세워 노도(怒濤)처럼 국경을 넘었던 베트남군 앞에 프놈펜이 먼저 함락되었고 뒤에 시하눅빌이 점령되었다. 프놈펜보다 시하눅빌의 함락이 늦었던 것은 도로사정도 있었겠지만 이 지역에 주둔했던 크메르루주의 반격이 그만큼 거셌음을 의미하기도 한다. 반면에 프놈펜으로 향하는 1번 국도를 둘러싸고 벌어진 전투에서 크메르루주군은 지리멸렬을 거듭해서 폴포트조차도 프놈펜의 함락시기를 예측할 수 없었다. 프놈펜의 거의 모든 비밀문서가 베트남군의 수중에 들어가고 뚤슬렝수

땔감과 그물을 들고 가는 국경의 농민.

용소조차 손대지 못하고 프놈펜에서 패주해야 했던 크메르루주의 딱한 사정은 베트남의 전광석화 같은 기습침공과 압도적인 화력이 주원인이었겠지만 베트남 국경에 배치된 동부여단의 지리멸렬도 한몫했다.

베트남이 캄보디아를 침공한 1978년은 폴포트정권이 동부여단에 대한 숙청을 결심하고 본격적으로 실행에 옮긴 해였다. 1976년 수상에 취임한 후 친위쿠데타로 잠시 실각했던 폴포트는 이 쿠데타가 베트남의 지원을 받았다고 여겼다. 그 배경에는 뿌리깊은 양국 공산주의자들의 불화와 반목이 있었다. 여하튼 폴포트는 베트남의 영향력이 강한 동부여단에 대한 숙청을 결심했다. 뚤슬렝수용소는 당시 이들에 대한 숙청의 본산이었다. 이 과정에서 동부여단의 일부가 베트남으로 도주했고 베트남은 이들을 조직해 캄보디아구국전선이라는 이름 아래 후일 이들 2만의 병력을 캄보디아 침공의 선두에 세웠다. 폴포트는 동부여단의 숙청과 함께 서부의 병력을 베트남과의 국경인 동부로 이동하려는 계획을 세웠지만 결국은 실현하지 못하고 허를 찔렸다.

동부여단과 달리 베트남군의 시하눅빌 진공을 막은 남동부여단은 베트남군에 맞서 시하눅빌 함락의 시기를 얼마간이라도 늦출 수 있었다. 베트남의 침공 이전에도 이 지역은 국경분쟁이 빈번한 민감한 지역이있다. 그 이유는 이 지역이 캄푸치아크롬인 것과 무관하지 않을 것이다. 빼앗긴 땅에 대한 집착이 그만큼 강했던 것이다.

　육로를 통해 베트남으로 입국하는 것은 캄보디아 국경인 쁘레착에서부터 뒤틀리기 시작했다. 쁘레착은 외국인에게는 닫혀 있고 캄보디아인과 베트남인에게만 열려 있단다. 3년 전 이 국경검문소를 통과해 하띠엔으로 향했던 것은 이미 지난 일이었다. 전혀 예상치 못하고 국경검문소의 바리케이드를 지나 예전의 출입국사무소였던 건물을 향할 때 처음 눈에 띈 것은 건물 앞의 작은 책상을 사이에 두고 경찰 서너명이 모여 돈을 세는 풍경이었다. 아직해도 떨어지지 않았는데 눈에 넣자니 결코 편한 장면이 아니어서 눈길을 모로 돌리고 건물 안을 기웃거리는데 사람이 없다. 어쩔 수 없이 한참 돈을 세고 있는 그들에게 여권을 내밀 수밖에 없었다. 여권은 돌고 돌아 민간인옷차림의 누군가에게 건네지는데 외국인은 검문소를 통과할 수 없다는 말이다.
　버텨보았지만 승산이 없다. 출국을 하더라도 베트남 국경검문소에서 입국을 못할 가능성이 높아 한국인의 '하면 된다' 정신을 발휘하기도 난망하다.
　머리가 복잡해 근처를 서성거리고 있자니 쉴새없이 사람들은 들어가고 나오고 저마다 얼마씩을 검문소에 바치고 오간다. 그 꼴을 보고 있노라니 은근히 부아가 치민다. 국경을 통과하는 사람들이 들고 있는 짐으로 보아서는 소소한 국경무역인 셈인데 푼돈인지는 모르겠지만 책상에서 세고 있던 돈뭉치로 보아서는 모이면 꽤 큰돈인 것이다. 누구의 주머니를 불리는 돈인가.
　하루종일 오토바이와 험난한 도로에서 시달린 등판은 이제 막대기처럼 뻣뻣하게 굳어 굽힐 수도 없다. 국경을 넘는 일이야 따지고 보면 어려울 것도 없다. 철조망이 가로놓여 있는 것도 아니고 강을 건너야 하는 것도 아니니 그저 걷다보면 베트남일 것이다. 하여, 국경의 모또들은 다른 루트로 하띠엔에 데려다줄 수 있다고 호언장담을 하지만 출국스탬프는 그만두고라도 입국스탬프조차 없이 나중에 베트남에서 출국할 자신이 없다. 몇해 전 푸꾸옥의 해안경비대 초소에서 2박 3일 동안 구금되었던 경험도 있어 다시는 그와 비슷한 꼴을 당하고 싶지 않다.

깜뽓으로 돌아가기에는 시간이 너무 늦었다. 국경의 모또들도 사정을 눈치채고는 어마어마한 금액을 요구한다. 이래저래 깜뽕뜨라치까지 나가 하룻밤을 묵은 후 쩌우독(Châu Đôc, 쩌우푸)의 국경검문소를 통해 베트남에 입국하기로 했다. 2000년 하반기부터 비자에 출입국포트명을 적어야 하는 규칙이 없어졌으니 비자는 문제가 없을 것이다.

다시 모또를 타고 쁘레착을 떠나 깜뽕뜨라치에 도착한 것은 해가 떨어지기 직전이었다. 아침 7시부터 저녁 7시까지 꼬박 12시간을 오토바이의 안장에서 보낸 셈이다. 머리끝에서 발끝까지 붉은 흙으로 푸석푸석하다. 한바탕 씻고 싶은 마음이 굴뚝 같은데 깜뽕뜨라치의 이 황당한 게스트하우스는 수도꼭지에서 흐르는 물이 토마토주스와 별반 다르지 않다. 한참을 기다려보

깜뽕뜨라치의 아침.

았지만 토마토주스는 이제 핫초콜릿이 되어 흐른다. 나도 인간인지라 그 물에 손을 대는 것은 엄두가 나지 않아 생수병의 물로 대충 고양이처럼 얼굴만 헹구었다.

본의 아니게 깜뽕뜨라치에서 하룻밤을 지내면서 캄푸치아크롬이며 메콩 삼각주인 이 지역에 대해서 한번 더 생각해보았다. 깜뽕뜨라치에서 멀지 않은 프놈보아는 한때 깜뽓지역 크메르루주세력의 근거지가 아니었던가.

정확하게 11시가 되자 전기도 끊겼다. 선풍기조차 돌지 않는 방은 창문을 모두 열어젖혔지만 바람 한점 새어들지 않는다. 이런 경우에는 오로지 한 가지 방법만이 유효하다. 가급적 빨리 혼절해버리는 것.

이튿날 아침 일찍 깜뽕뜨라치에서 쩌우독으로 통하는 국경으로 가는 길을 모색하다 결국 찾지 못하고 깜뽓으로 다시 돌아왔다.

깜뽕뜨라치와 깜뽓을 오가는 트럭버스는 새삼 감탄을 금할 수 없다. 평균 시속은 10~15km 정도를 유지한다. 사람들과 짐을 가득 싣고 굽잇길과 웅덩이를 이리저리 피하며 운전을 할라치면 어쩔 수 없는 일인데 그 운전솜씨가 마치 느림의 미학을 터득한 듯하다. 그저 운전사에게 찬사를 보낼 뿐이다.

깜뽓으로 돌아와 아침 겸 점심을 때우면서 정보들을 취합한 결과 쩌우독으로 향하는 국경도 하띠엔으로 통하는 국경과 마찬가지로 외국인에게는 닫혀 있단다. 한달 전에 프랑스인을 태우고 다녀왔다는 택시운전사의 증언이다. 결국 그들은 프놈펜으로 돌아갔다고 한다.

한번 더 일이 잘못되면 이틀을 고스란히 길바닥에 헌납해야 하겠기에 안전하게 프놈펜으로 가 바벳(Vavet)과 목바이를 통해 국경을 건너 호찌민으로 가는 것으로 결정했다.

휘청거리는 몸을 겨우 가누고 깜뽓에서 프놈펜을 향하는 승합차버스를 탄다. 떠날 때에 세어보니 운전사까지 22명이 꽉 차게 탔다. 캄보디아의 승합차는 대부분 한국산이고 몹시 눈에 익은 차들이다. 이건 분명히 12인승 승합차가 아니던가. 한 줄에 네 명을 앉히고 바닥에 구겨넣고 차장인 크메르인이 상반신을 창밖으로 내밀어 지붕에 달라붙게 한 다음에야 승합차는 뒤뚱거리며 출발했다.

심신이 지쳐서일까, 갑자기 폐쇄공포증이 밀려온다. 이러다 차가 쓰러지면 그것으로 끝일 테지. 그런데도 피곤한 몸을 가누지 못하고 졸다 깨다를 반복하다 깊은 잠에 빠졌다 눈을 뜨니 3번 국도 어딘가에 잠시 정차해 있다. 비틀거리며 차에서 내려 담배 한 개비를 물고 있으려니 돈이 오가는 분위기이다. 프놈펜이 멀지 않은 모양인데 차비 계산은 이곳에서 한다. 6천리엘, 즉 1.5달러이다. 돈을 걷는 차장친구는 아무리 보아도 앙코르톰의 사면상을 닮았다.

해가 지기 직전 도착한 프놈펜은 며칠 전의 그 썰렁한 모습 대신 평소의 활력을 되찾고 있다. 거리를 가득 메운 모또와 자동차. 열기 속에 피어오르는 매연과 먼지. 그렇다. 이게 프놈펜이다.

깜뽕뜨라치로 가게 된 것도 그렇고 프놈펜으로 다시 돌아온 것도 그렇고 모두 여행 신의 뜻이려니 한다. 내일 목바이로 향한다. 베트남 입국은 예정보다 이틀이 늦었다. 메콩삼각주 일정에 이틀의 구멍이 뚫린 것이 문제이지만 그저 되는 대로. 뭐, 그런 게 여행 아니던가.

스베이리엥으로 바벳으로 ◐ ◑　불감청(不敢請)이언정 고소원(固所願)이라 했던가. 본의 아니게 프놈펜으로 돌아와 제대로 흐르는 맑디맑은 물에 몸을 씻고 저녁을 먹고 나니 정신이 쾌청하

다. 사진파일들을 정리하고 붉은 흙으로 찌든 옷가지들의 세탁을 맡기려니
빨래하는 아낙이 집에 돌아간 지 오래라 내일 아침까지는 불가하단다. 어지
간하면 모르는 척하고 버티련만 이틀 동안 흙바닥에서 구른 꼴이라 세면대
에 집어넣고 주물주물. 세면대는 삽시간에 붉은 흙탕물로 변해버린다.

아침 7시부터 서둘러 모니봉다리 건너편의 치바암뽀(Cheaba Ampo)시장
으로 향했다. 1번 국도가 프놈펜을 향해 달리다 마침내 멈추는 곳이고 시장
앞은 1번 국도를 따라 동쪽으로 향하는 모든 종류의 교통편이 손님을 기다리
는 곳이다. 프놈펜에서 호찌민까지를 책임지는 6달러짜리 카피톨여행사의
버스를 이용할 수도 있었지만 깜뽓에서 이왕 망가진 몸, 캄보디아에서 마지
막 최선을 다하기로 했다.

모또에서 내리자 삽시간에 10여명
에 가까운 호객꾼들이 모여든다. 픽업
트럭에 몸을 싣기에는 지난 며칠 동안
과한 여정을 치렀다. 승용차는 픽업트
럭보다는 낫지만 앞줄에 4명 뒷줄에 4
명이 탄다. 뒷줄의 4명이야 그렇다 쳐
도 앞줄의 4명이 문제인데 운전석에 2
명, 조수석에 2명이 탄다. 2인분 몸값
을 치르기로 하고 앞자리의 조수석을
예약했다. 차는 손님이 모두 차야 떠난
다. 기다리는 동안 시장 앞의 바게뜨쌘

끄라마를 쓴 농부. 끄라마는 다양한 용도로 쓰인다.

드위치 노점에서 1,500리엘(450원 정도)짜리 쌘드위치와 코코넛 하나로 아침
을 때우고 하릴없이 시장 앞과 주차장을 오가는 크메르사람들을 따라 시선
을 옮긴다.

어느새 태양은 그늘 한점 없는 시장 앞을 맹렬하게 태우고 있다. 그 땡볕 아래 사람들은 끊임없이 모여들고 어디론가 떠나면서 저마다 하루를 이 시장 앞에서 시작하고 있다. 그 풍경 속에 무언가 빠져 허전하다. 화를 내고 소란을 떠는 인물이 없다. 성을 내고 고함을 지르기에는 너무 뜨겁다.

9시가 되어서야 차는 만차가 되어 떠난다. 운전석 옆에도 한 명을 태워 운전사는 의자 모서리에 엉덩이를 붙이고 차를 운전한다. 나는 왜 또 이런 짓을 했을까. 운전석은 오른쪽에 붙어 있고 운전사의 기세는 시장 앞을 떠날 때부터 만만치가 않다. 앞유리창은 온통 금이 가고 돌로 찍혀 성한 곳이 없는 것도 심상치 않다. 국도로 들어서자마자 추월이 시작된다. 시원찮은 에어컨바람 때문이 아니라 중앙선(실은 중앙선도 없으니 중앙선이 있어야 할 위치)을 넘을 때마다 눈앞으로 달려오는 트럭과 승합차, 승용차, 오토바이, 자전거 등 온갖 바퀴 달린 물건들 때문에 등골이 오싹하다. 두 명이 앉아야 할 조수석을 독점한 댓가라고밖에는 달리 설명할 길이 없다. 손은 절로 안전벨트를 더듬지만 벨트는 있으되 걸쇠가 없으니 무용지물이다. 여하튼 덥지 않은 것을 위안으로 삼을 일이다.

한참을 신나게 달리던 차는 메콩강을 앞에 두고 도선장에서 차를 강 건너편으로 실어나를 배에 올라탄다. 프놈펜에서 똔레삽강과 만난 후 다시 갈라져 바싹강과 헤어진 메콩강이 굽이쳐 또다시 바싹강과 가까워지기 시작하는 닉렁(Neak Luong)지역이다. 강을 건넌 후 강변을 벗어나려는데 기묘한 기념상이 눈에 띈다.

소총을 멘 군인 두 명은 한눈에 베트남군과 캄보디아군이다. 강 건너 프놈펜 쪽을 향하고 있다. 포즈는 의심할 바 없이 진군자세다. 1978년 베트남의 캄보디아침공을 기념하는 섯이라고밖에는 달리 할 말이 없다. 오른쪽은 베트남군의 복장이고 왼쪽은 캄보디아군 복장이다. 1978년 베트남이 조직한

스베이리엥의 메콩강변에 서 있는 베트남과 캄보디아의 친선기념석상. 베트남의 프놈펜 함락을 기념하는 셈이다.

캄보디아구국전선 병력을 앞세우고 이 길을 따라 프놈펜으로 진군한 베트남
군을 상기시키는 방법이 여간 노골적이지 않다. 20년 넘는 세월이 흐르기도
했고 동기와 명분을 떠나서 외국군의 침략이 자랑스러울 리가 없을 듯한데
이런 석상을 프놈펜을 바라보는 1번 국도의 강변에 세워둔 것은 천진무구하
기 때문일까. 캄보디아구국전선 출신의 현 수상에게 물어야 할 일이다.

　군사적으로는 이 위치에 이런 기념상을 두는 것이 터무니없는 것은 아니
다. 1979년 1월 베트남군이 메콩강을 건너면서 프놈펜 함락은 피할 수 없게
되었다. 1975년에도 마찬가지여서 크메르루주군이 이 위치에서 강을 넘고
메콩강에 수뢰(水雷)를 띄워 미군의 군수물자 공급을 막자, 론놀정부군은 프
놈펜에서 고립무원의 지경에 처해 결국은 괴멸했던 것이다.

　메콩강을 건너 시장에서 잠시 차를 멈춘 운전사는 연밥을 사들고 왔다. 연

바벳의 국경검문소. 앙코르와트의 탑을 본뜬 문 사이로 베트남 쪽의 목바이 국경검문소가 보인다.

밥에 파묻힌 씨는 땅콩과 밤을 섞어놓은 듯한 맛이어서 씨를 까먹는 재미에
공포의 택시가 선사하는 짜릿한 스릴에서 잠시 해방될 수 있다. 메콩강을 건
너 다시 질주하던 차가 스베이리엥(Svey Rieng)에 도착한 것은 11시경. 손바
닥만한 도시이다. 지금까지 도로의 사정으로 보아 국경인 바벳까지도 차는
별무리 없이 왕래할 법한데 모또만이 국경을 오갈 뿐이라고 한다. 거리가 만
만치 않아 모또로는 족히 한 시간은 달려야 하는 길인데도 달리 방법이 없
다. 잠시 서성거리다 모또를 집어타고 바벳으로 향한다. 역시 공사중인 길이
많다. 돌가루에 흙가루가 번갈아 날리는 길을 달리다보니 숨조차 쉬기가 어
렵다. 배낭에서 마스크를 찾아 꺼내 뒤집어쓰고 나니 한결 숨쉬기가 편하다.
사스용 마스크가 이렇게 요긴하게 쓰일 때가 있다니. 세상만사 무엇이든 다

소용이 있으니 버리거나 홀대하지 말지어다.

　이제나 나타날까 저제나 나타날까 하던 국경이 저 멀리 보인다.
　모또에서 내리니 배낭은 온통 흙먼지로 뒤덮여 있다. 배낭이 이럴진대 사람이라고 다를 리가 없다. 마스크 덕에 입 안에서 으적으적 흙이 씹히는 일은 피했지만 땀과 흙으로 범벅이 된 얼굴은 눈을 뜨기조차 힘들다. 사서 한 고생이니 할 말도 없다.

LAOS

고 요 한 코 끼 리 와 우 산 의 나 라

라오스 기행

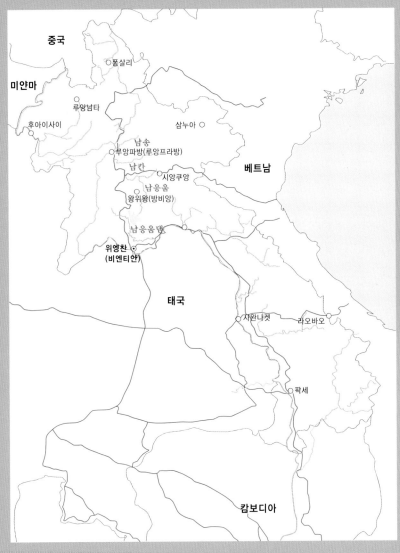

100만마리의 코끼리와 우산 ◉ ◉ 하노이(Ha Nôi)의 노이바이(Nôi Bai) 공항을 이륙한 베트남에어라인의 포커

70은 채 한 시간도 지나지 않아 라오스 위엥찬(Vientiane)의 와따이(Wattay) 국제공항 상공을 선회하며 착륙을 준비한다. 네덜란드산(産) 제트기종인 이 비행기는 터보기종보다는 높이 뜨고 덜 흔들린다. 무슨 이유에서인지 창문이 심하게 긁혀 있어 아래를 제대로 내려다볼 수 없다.

활주로에 착륙하자마자 비행기는 멈춤 없이 터미널을 향해 맹렬하게 질주한다. 활주로는 텅 비어 있다. 일본의 무상원조로 지었다는 공항청사는 작지만 깨끗하다. 검역신고서를 나눠주는 공항직원을 지나쳐 입국장으로 향하는 통로 가운데에는 무뚝뚝하게 보이는 군인이 버티고 있다. 고개를 끄덕이며 인사를 건네니 금세 멋쩍은 웃음이 얼굴 가득 번진다. 베트남을 떠나 라오스에 도착했음을 실감한다.

보름짜리 관광비자를 받아들고 입국심사대를 지나 공항을 나서자 숨막힐 듯한 폭염이 목을 조인다. 스콜이 쏟아지는 와따이를 기대했던 것은 아니었지만, 그렇다고 난생 처음 만나는 된더위를 예상했던 것도 아니었다. 달로 보자면 이미 우기에 접어들어야 했건만 위엥찬에는 건기의 최고점이라고 해

도 좋을 만한 더위가 기승을 부리고 있다. 착륙 전 비행기의 창문 너머로 간신히 찾았던 메콩(Mekong)강이 옹색해 보인 것도 바싹 말랐기 때문이다. 청사 앞 아스팔트에는 아지랑이조차 피어오르지 않는다. 대기온도가 지열과 같다는 증거이다. 프놈펜(Phnom Penh)에서 구한 온습계를 꺼내드니 기온은 섭씨 37도에 육박하고 습도는 82%를 가리킨다.

위엥찬 시내로 향하는 공항택시는 연식(年式)을 짐작할 수 없을 만큼 낡은 토요타(豊田)이다. 운전사는 10년쯤 되었을 거라고 얼버무리지만 그 말에 10년을 더한다고 해도 선뜻 믿기 어렵다. 대시보드(dashboard) 밑으로 에어컨을 붙여놓았지만 무용지물이고 차창으로 밀려드는 바람도 열풍이어서 오히려 숨이 막힌다. 전기밥통에 갇힌다면 이런 기분일까.

공항을 출발한 지 10분도 지나지 않아 택시는 메콩강이 굽이치는 넓은 평원에 납작 엎드려 있는 위엥찬 시내의 초입을 달린다. 스카이라인이 야자나무로 덮인 위엥찬은 마치 한적한 전원도시 같다.

평원의 숲에 잠긴 위엥찬 중심가의 한적한 오후.

284

라오스에 왔으니 짚고 넘어갈 것이 있다.

인도차이나에서 프랑스의 식민지유산은 지명의 표기로 남아 있는데, 라오스에는 유독 헷갈리는 프랑스식 지명이 몇개 남아 있다. 대표적인 것이 외국인이 흔히 비엔티안이라고 부르는 라오스의 수도 위엥찬이다. 실제 발음으로는 '위엥찬' 또는 '위엥쟌'에 가까운데 프랑스어식으로 'Vientiane'으로 표기하다보니 이것을 영어식으로 발음하면 결과적으로 원음과 커다란 차이를 가져와 전혀 다른 발음인 비엔티안이 된다. 위엥찬과 루앙파방 사이에 있는 라오스의 '계림(桂林)' 방비앙(Vang Vieng)도 마찬가지여서 원음은 '왕위왕'에 가깝다. 라오스의 고도(古都) 루앙프라방(Luang Prabang)도 사정은 낫지만 실제발음은 'r'이 묵음이 되어 '루앙파방'에 가깝다. 따라서 로마자로 쓴 인도차이나의 지명을 볼 때에는 'v'에 특별히 주의할 필요가 있다. 예컨대 안롱웽(Anlong Veng)도 안롱벵이 아니라 안롱웽인 것이다. 내가 이 책에서 비엔티안은 위엥찬, 방비앙은 왕위왕, 루앙프라방은 루앙파방으로 표기하는 것은 이런 이유에서이다.

발음이야기가 나왔으니 말인데, 인도차이나어에서는 한글이나 로마자로는 어떻게 해도 원음과 비슷하게 표기할 수 없는 경우가 많다. 예컨대 '구엔' 또는 '응엔'으로 표기되는 'Ngyen'만 하더라도 이 둘 중에 어느 편을 택하더라도 원음과 사뭇 다르기는 매한가지이다. 게다가 높낮이를 따지지 않는 한국어로 6성조의 베트남어를 표현한다는 것은 애초부터 무리이다. 그저 가능하면 가깝게 표기할 뿐인데, 그렇다고 국제적으로 통용되는 로마자표기법을 무시할 수도 없는 노릇이다. 한마디로 뾰족한 수가 없는 셈이다. 현지에서야 현지인의 발음을 귀담아 듣고 맹렬히 연습해야 할 것이고.

무시무시하게 뜨거운 날을 골라 위엥찬에 도착하기는 했지만 도시는 아늑하고 평화롭고 한적하며 사람들의 얼굴에는 순박한 기운이 가득 번져 있다.

인도차이나에서 가장 조용하고 가장 느리며 가장 소박하다고 평가받는 나라가 라오스이다. 또 공산주의국가이면서도 불교의 나라로 불릴 만큼 종교색이 강한 나라이기도 하다. 상식의 눈으로 보기에 만만치 않은 나라. 인도차이나에서 수수께끼 같은 나라가 있다면 라오스일 것이다.

중국·베트남·미얀마·태국·캄보디아에 빈틈없이 둘러싸인, 그렇다고 작지도 않은 이 나라가 식민지시대와 인도차이나전쟁의 파고를 헤엄쳐나와 이렇게 독립국으로 남아 있으니, 마치 마술지팡이를 써 탄생한 비밀의 나라를 보는 느낌이다. 라오스를 둘러싼 다섯 나라 중 만만한 나라가 하나도 없을뿐더러 이 지역의 역사 또한 결코 만만하지 않기 때문이다. 그 비밀의 자물쇠를 푸는 열쇠 또한 그 자물쇠에 있으니 오묘하고 신비한 나라이다.

근대 이후 라오스는 인도차이나 3국의 하나로 우여곡절의 역사는 피할 수 없었지만 나라가 소멸되거나 줄어드는 비운도 겪지 않았다. 라오스의 이런 독자생존의 비결은 우선 지정학적 위치에서 찾을 수 있다. 호랑이와 사자, 뱀에 비할 수 있는 주변의 강국들은 모두 모진 이웃을 만나느니 라오스라는 완충지대를 가지는 편이 낫다고 여겼을 것이다. 물론 1975년 공산주의화 이후 라오스에는 5만명 이상의 베트남군이 주둔했고 정치적으로 베트남의 속국이나 마찬가지 신세였지만, 베트남 역시 태국·중국·미얀마라는 거친 이웃들을 의식하지 않을 수는 없어서 라오스를 합병하는 따위의 극약처방을 하지는 않았다.

다음으로는 속절없이 넓기만 하고 쓸데없는 산악지대가 국토의 70%를 차지하는 데다 변변한 자원도 없는 라오스의 사정을 들 수 있다. 라오스를 식민지배했던 프랑스도 라오스를 안남(Annam)과 통킹(Tonking)을 보호하는 완충지대와 아편생산지쯤으로 치부했다. 하긴 너 욕심을 낼 이유가 있었다 해도 험난한 산맥과 울창한 밀림이 대부분이고 인구는 적어 도대체가 생산성을 기대할 수 없는 라오스에 병력을 증원하고 싶지 않았음이 분명하다. 다만 제2차 세계대전 후 제1차 인도차이나전쟁이 격화되고 호찌민(Hô Chi Minh)의 베트민(Viet Minh)과 전투가 치열해지던 시기 이후 북베트남과 인접한 라오스 북동부의 군사적 가치는 높아졌다.

이렇게 험하고 쓸모없는 땅에 뿌리를 내리고 살아온 라오스인들. 이들은 또 단일민족도 아니다. 라오스는 공식적으로 68개 민족, 비공식적으로 100여개 이상의 민족이 동거하는 다민족국가이다. 인구는 겨우 500만명을 넘는다. 땅은 넓고 인구는 적고 민족은 많은 것이다. 그런데 다민족국가들이 공통적으로 안고 있는 민족간의 갈등과 분쟁이 크게 두드러지지 않은 나라가 라오스이다. 땅덩어리가 넓으니까 그렇다고 볼 수도 있지만 민족문제가 국토의 크기에 좌우되지 않음은 골치 아프기 짝이 없는 세계분쟁사가 증명한다. 라오스에 뿌리를 내리고 사는 민족들은 스스로 사는 땅에 만족하고 남의 땅을 탐내지 않는다. 고산지대의 척박한 땅에 살면 비옥한 저지대의 평야를 훔쳐볼 만한데도 정부가 저지대로 내려오라고 해도 내려오지 않는 것이 라오스의 고산족들이다. 물론 제2차 인도차이나전쟁에서 몽(Hmong)족의 일부는 미국의 편에서 총을 들고 싸우기도 했다. 그러나 당시 라오스의 분열은 강대국의 간섭과 이데올로기를 갈등의 축으로 한 것이었고 민족간의 분쟁과는 거리가 멀었다.

근현대사가 진행되는 동안 라오스는 전쟁의 소용돌이에서 헤어나지 못했지만, 그렇다고 해서 자청해 전쟁에 뛰어들거나 앞서서 전쟁을 일으킨 적도 없다. 혁명을 했지만 혁명 뒤에 늘 따라오게 마련인 '피바다'에 주체를 못할 만큼 몸을 적시지도 않았다. 예컨대 공산주의정권이 들어서고 승려에 대한 시주를 금지했지만 불교신자들의 불만이 늘자 이내 쌀의 시주를 허용했던 것이 라오스였다. 덕분에 승려들은 절의 텃밭을 직접 일구면서 반찬만 스스

승려들이 위엥찬시민에게서 시주를 받고 있다. ©로이터-뉴시스

로 알아서 해결했다. 사원에서 승려들을 모조리 몰아낸 베트남이나 캄보디아와는 달리 라오스는 공산주의와 불교가 오래 전부터 그럭저럭 양립하는 나라이기도 한 것이다.

공항택시 운전사에게 호텔의 이름을 시원찮게 발음한 덕에 엉뚱한 호텔에 도착했지만 가려던 호텔에 비해 별로 못할 것도 없다. 여장을 풀고 점심을 먹은 후 위엥찬 시내로 나섰다. 살인적인 폭염이 이글거리는 거리였지만 점심에 먹은 닭(커이)볶음과 돼지고기(무)볶음이 특효였다. 이열치열(以熱治熱). 입 안에 휘발유를 붓고 불을 붙인 것처럼 타오르는 라오스고추를 버무려 볶은 커이와 무는 불을 뿜는 용가리의 활기를 불어넣어 뜨거운 거리로 망설임없이 튀어나갈 수 있도록 해주었다. 비록 30분이 지나지 않아 그 효과는 사라졌지만.

위엥찬은 고도(古都) 루앙파방 못지않게 '향목(香木)의 도시'로 불릴 만큼 불교색채가 강한 도시이다. 자연스레 발걸음은 위엥찬에서 가장 오래된 사원인 왓시사껫(Wat Sisaket)으로 먼저 향했다. 14세기 라오스 최초의 통일을 이룬 란상(Lan Xang)왕국은 18세기에 들어 루앙파방과 위엥찬, 짬빠삭(Champasak) 등 세 왕국으로 나뉘었다. 루앙파방은 버마(오늘날의 미얀마)의, 짬빠삭은 시암(Siam)의 속국이나 다를 바 없었다. 18세기 말 위엥찬까지 영향력을 확대한 시암은 루앙파방에 조공을 요구하는 횡포를 부렸다. 그때 방콕에서 어린시절을 보낸 위엥찬왕국의 차오아누(Chao Anou) 왕자가 왕위에 오르는데, 그가 1819년부터 1824년까지 세운 왕궁사원이 왓시사껫이다. 왓시사껫이 완공된 직후인 1827년 차오아누는 시암을 상대로 전쟁을 일으켰다. 전쟁은 패배로 끝났고 위엥찬의 반란을 진압한 시암군은 위엥찬의 사원들을 모두 파괴하고 재물들을 약탈했다. 그러나 왓시사껫만은 손대지 않았다. 차오아누가 지었던 왓시사껫이 방콕의 사원양식을 그대로 따랐기 때문이었다. 점령군의 눈에 왓시사껫만큼은 자신들의 것과 유사해 차마 손을 대지 못했을 것이다.

그러나 왓시사껫은 방콕의 사원들에서 볼 수 없는 특이한 모습을 보여준다. 그것은 회랑(回廊)을 가득 메운 벽감(壁龕)에 놓인 수많은 작은 불상들이다. 뾰족한 돔형의 벽감에는 은이나 청동 또는 목재로 만든 2천여개에 달하는 갖가지 모습의 불상들이 놓여 있으며 회랑의 바닥에도 좌상불이나 입상불이 놓여 있다.

왓시사껫의 회랑을 천천히 돌다보면 남방의 상좌부(上座部)불교의 불상들을 모두 만날 수 있을 것 같은 생각이 절로 든다. 인도차이나에서는 그리 흔

시암군도 어쩌지 못한 왓시사껫. 5단으로 올려진 지붕이 방콕스타일이다.

한 기회가 아니다. 크메르에서도 남방불교의 어제와 오늘을 만날 수 있지만 앙코르와트는 힌두의 입김이 강해 상좌부불교의 생생한 모습을 쉽게 유추해 내기 어렵고 베트남에서야 더 말할 것이 없다.

크고 작은, 저마다 재료가 다른, 그러나 무엇보다 표정과 몸짓이 제각각인 수많은 불상들을 만나는 것은 불교에 심취한 사람이 아니더라도 즐거운 일이 다. 어떤 불상은 간다라불상과 비슷하게 뾰족하고 긴 코에 갸름한 얼굴을 하고 있고 어떤 불상은 라오인이 분명한 둥글고 넓은 코를 갖고 있는가 하면 또 어 떤 불상은 영락없이 몽크메르(Mon Khmer)의 얼굴이다. 표정 또한 천태만상이 어서 슬그머니 지은 미소 하나도 딱히 무어라 단정할 수 없다.

라오스의 사원에서 흔히 볼 수 있는 불상들의 수인(手印, 무드라) 중에서 우리 눈에 익숙하지 않은 것은 양손을 정면으로 바르게 편 것이다. 우리네 불상들에서 볼 수 없는 수인임에는 분명한데 그 의미를 알기가 쉽지 않다.

다만 우리네 불상에도 중생에게 무외(無畏)를 베풀어 우환과 고난을 해소하는 덕을 나타내는 시무외인(施無畏印)의 수인이 있는데 손바닥이 밖을 향했다는 점에서 닮았다면 닮았다. 그런데 우습게도 내 눈에는 싸움을 말리는 부처의 모습으로 보인다. 싸우지 마세요.

사원 중앙의 본전에서는 사진을 찍을 수 없다. 눈길을 끄는 것은 내벽을 가득 메운 벽화들로 부처의 생애를 묘사하고 있다. 깜짝 놀란 것은 입구를 향한 내벽 오른쪽에 크지는 않지만 소총을 든 병사의 그림이 있었던 것인데 아뿔싸, 1975년 이후 누군가 손을 댄 것이 분명하다. 다행스럽게도 벽의 일부분만 그럴 뿐 본격적으로 프로파간다예술을 펼치지 않은 것으로 보아 선의(?)라고 추측한다.

본전의 뒤에는 5m 길이의 목조 나가(뱀신)가 회랑의 대들보에 걸려 있다. 라오인이 새해를 맞으며 부처를 씻는 의식에 사용하는 물을 운반하는 지게인데 나가로 조각되어 있어 위엥

왓시사껫의 회랑에 있는 불상들.

"싸우지 마세요." 왓시사껫 회랑 구석에 놓인 입불상.

라오스가 자랑하는 금빛 찬란한 파탓루앙. 부처의 진신사리를 모신 불탑이다.

찬에서만 볼 수 있다는 설명이 붙어 있다. 나가라는 말에 어쩔 수 없이 유심히 보았는데 역시 앙코르와트의 나가와는 모양새가 다르다. 좀더 원시적인 형태의 나가라는 생각이 드는데 태국의 것과는 생김새가 비슷하다.

왓시사껫을 나와 향한 곳은 또다른 사원인 호파께우(Haw Pha Kaew).

기원으로 따지면 가장 오래된 사원이지만 1936년과 1942년에 다시 지어진 사원이고, 원래의 모습이라고는 주장할 수 없어 그저 심상하기만 하다. 역사적으로는 란상왕국의 수도를 위엥찬으로 옮긴 세타티랏(Setthathirat)이 1565년에 지었고 에메랄드로 만든 불상을 옮겨왔다는 사원이다. '파께우'는 보석불상이라는 뜻이다. 이 에메랄드 불상은 1828년 시암과의 전쟁 때 빼앗겨 지금은 방콕의 쁘라께우(Prakeu)사원에 있다.

이밖에도 사원들은 많지만 역시 위엥찬을 대표하는, 아니 라오스를 대표하는 불교유적으로는 파탓루앙(Pha That Luang)이 으뜸으로 꼽힌다. 부처의 진신사리를 모셨다는 파탓루앙은 사원이 아닌 거대한 불탑으로 1566년에 건축이 시작되어 완성되었고 그 이후 라오스의 파란만장한 역사를 온몸으로 겪으며 증언하는 유적이다. 18세기와 19세기에는 버마와 시암의 침략으로 파괴되었고, 1828년 시암의 침략으로 부서진 후에는 프랑스의 식민지시대가 시작되기 전까지 그대로 방치되었다. 프랑스는 1930년대에 와서야 이전에 그려진 스케치를 토대로 파탓루앙을 복원했다. 1995년에는 라오스인민민주공화국 수립 20주년을 기념해 또 대대적으로 보수를 했으니 파탓루앙의 위치를 짐작할 수 있다.

규모로 가치를 말할 것은 아니지만, 불탑인 파탓루앙은 동시대에 세워진 불탑으로서는 전대미문의 크기를 자랑하는 것만은 분명하다. 왓시사껫과 마찬가지로 루앙파방에서 위엥찬으로 수도를 옮긴 란상의 세타티랏왕의 명으로 세워진 파탓루앙의 각 사면 주변에는 사원이 하나씩 세워져 있다. 중앙의 탑과 사면의 모퉁이에 탑이 하나씩 세워진 앙코르사원들의 전형적인 탑 구조를 연상하게 한다. 11~13세기로 추정되는 크메르왕조의 유물들이 부근에서 출토되었다는 것으로 보면 이 지역까지 크메르제국의 영향이 적지 않았을 것이다. 하긴, 란상왕국을 세웠던 파응움(Fa Ngum)은 크메르제국에 피난처를 구한 후 군사를 얻어 이곳 위엥찬을 점령하지 않았던가. 원래 사면에 지어졌던 부속사원들 중 두 개가 남아 있지만 나머지도 새롭게 공사를 하고 있는 것이 눈에 띈다.

누가 뭐라고 해도 파탓루앙의 압권은 서쪽의 해를 받아 그야말로 황금빛

뜨겁고 뜨겁지만, 칠하고 또 칠한다.

으로 빛나는 45m짜리 탑들의 번쩍거림에 있을 텐데, 보는 이에 따라서는 천박하다고 느낄 수도 있지만 그 모습이 장관임에는 분명하다. 문득 이 거대한 탑을 내내 금빛으로 유지하기 위해서는 수시로 칠을 해줘야 하지 않을까 하는 생각이 떠올랐다. 아니나 다를까 탑 뒤편의 문 위에서는 베트남식 삿갓인 논(Non)을 머리에 쓴 페인트공이 비지땀을 흘리며 페인트칠을 하고 있다. 파탓루앙의 탑이 품고 있는 황금빛의 정체는 아마도 금색 페인트일 것이다. 파탓루앙이 세워졌던 16세기에는 아마도 금분칠을 했으리라. 그렇게 생각하니 그때에는 어떤 빛으로 빛났을지 감히 상상하기 어렵다. 혹, 그때에는 금빛이 아니지 않았을까?

종교적 건축물로서 파탓루앙은 밋밋하게 느껴지지만 규모와 양식은 독특하고 무엇보다 오늘 라오스의 역사와 자부심을 드러내는 상징으로서 우뚝 서 있다.

파탓루앙을 나서 땡볕 아래를 터벅터벅 걷고 있을 때 저 멀리 파라솔을 얹은 자전거 한 대가 눈부신 볕을 헤치고 주인 만난 강아지처럼 경망스럽게 달려와 내 앞에 선다. 이건 또 무엇인가? 이마에 흐르는 땀을 훔치며 눈을 껌뻑이는데 자전거 주인은 앞에 매단 통의 뚜껑을 열어젖힌다. 오호, 아이스께끼로군. 불량식품일지도 모르건만 다짜고짜 턱밑으로 다가온 아이스께끼를 받아들고 눈여겨본다. 이런, 얼음뭉치인 께끼가 아니라 하드네. 은근히 아쉬운 마음이 드는데 그 짧은 시간에 벌써 막대에서는 녹은 물이 뚝뚝 흘러내린다.

다시 보아도 굵은 왕소금이 뿌려진 것하며 통만큼은 어린시절에 보던 께끼통하고 똑같다. 막대에서 녹아 흐르는 물에 입을 대는 것을 잊어버리고 그 옛날 빨아먹던 설탕물에 팥을 섞어 얼린 '아이스께끼'가 그리워진다. 재수가 없으면 소금에 절어 혀가 알알하게 짭짤한 께끼가 걸리기도 했다. 병이며 헌책이나 고철을 받고도 내주던 아이스께끼를 하나 먹어보겠다고 광의 망치를 들고 나가 바꿔먹기도 했다. 네모반듯하고 색까지 들어 있는 위엥찬의 아이스하드는 추억 속의 그것과는 달라도 한참 다르다.

파탓루앙 주변은 허름한 주택들이 늘어서 있는 골목이다. 오른편 사원은 이제 막 공사중인 듯한데 벽도 없이 슬레이트지붕을 올린 초라한 본전을 임시로 지어놓았다. 사원의 뒤로는 다시 주택가 골목이 이어진다. 골목의 어귀로 들어서자마자 가라오케소리가 시끄럽다. 담 너머를 기웃거리니 한낮인데도 흥청망청 잔치가 열렸다. 사진이나 한 장 찍어야지 하는 생각으로 문전을 오락가락하다 그만 주인장 아들에게 붙잡혀 끌려들어가고 말았다. 컵에 얼음을 채우고 맥주를 가득 부어 내민다. 마당에 모인 사람들은 벌써 얼굴들이 불콰하다. 이 더운 날씨에 술을 먹으니 취하기도 빨리 취할 것이다. 베트남에서 인정에 목마른 보름을 지낸 뒤여서인지 눈물이 핑 돌 만큼 고맙다. 나는 술을 먹지 못하니 애꿎은 김주형 화백만 사람들이 내미는 라오비어를 들이켜기 바쁘다. 병원에서 일한다는 주인장 노모의 생일잔치란다. 50대로 보이는 주인장도 얼굴이 불그레한데 연신 술을 권한다. 지나가는 객의 옷깃을 잡고 끌어들여 술 권하는 라오스. 우리네도 이런 인심이 넘치던 때가 있지 않았던가. 마이크를 들고 쉬지 않고 노래를 부르는 처녀는 주인장의 딸이란다. 역시 얼굴이 불그레 달아 있는 그녀는 단 1초도 쉬지 않고 입을 벙긋거리면서도 낯선 이에게 구김살 없는 웃음을 전한다.

역사박물관에서 보는 라오스 ◉ ◉   파탓루앙을 뒤로한 발걸음은 시내의 역사박물관(혁명박물관)을 향한다. 머리는 더위에 지쳐 알딸딸하기 짝이 없다. 방금 본 파탓루앙의 황금탑이 눈앞을 어지럽게 오가는 것이 이대로 푹 쓰러지는 것이 아닐까 싶다. 그런데 하늘은 스스로 돕는 자를 돕는다고 했던가. 비틀거리며 안간힘을 다해 도착한 문화쎈터 맞은편 역사박물관에는 에어컨이 도는 것이었다! 열기에 흐물흐물 녹아버린 뇌세포들이 생존에 적당한 기온을 되찾아 다시금 일상의 긴장으로 모여들고 마침내 내 눈앞을 맴돌던 파탓루앙의 금빛 탑들은 사라지고 말았다.

그리고 내 눈앞에 불현듯 나타난 것은 코트자락을 슬쩍 펄럭이며 당당하게 고개를 세운 레닌(V. Lenin)의 동상이었다. 오늘날 국립박물관에 레닌의 동상을 두고 있는 나라는 한 손에 꼽을 수 있을 것이다. 인도차이나에는 그런 나라가 둘이나 된다. 베트남과 라오스.

박물관은 연대기순으로 전시관이 만들어져 있고 2층은 라오스의 근현대사를 일목요연하게 훑기에 훌륭한 장소이다. 전체적으로 현대사의 비중이 높아 라오스의 현대사만을 곱씹어보기에는 그만이다.

란상왕국 이후 라오스의 역사는 길지도 않지만 대개는 외적의 침략·전쟁·지배로 점철되었다. 1975년 혁명 이후 지난 30여년은 그런 역사에서 보면 그래도 평화를 구가한 시기에 포함된다.

라오스의 현대사에 미국이 등장한 것은 1950년이었다. 베트민과의 전쟁에 코가 빠져 있던 프랑스는 미국의 도움이 절실했다. 미국은 프랑스의 요청으로 라오스에 경제·군사 원조를 제공하면서 첫발을 내딛었다. 1954년 제네바협정으로 프랑스가 인도차이나에서 작별을 고한 이후 미국은 본격적으로 라오스의 내정에 개입하기 시작했다. 제네바협정에 따라 프랑스는 라오스에 여전히 병력을 주둔시킬 수 있었지만 알제리만도 버거웠던 그들에게는 현실적으로 별 의미가 없었다. 협정에 따라 북위 17도선으로 분단된 베트남에서 프랑스의 전철을 밟고 싶지 않았던 미국은 북베트남과 국경을 마주하는 라오스의 군사적 중요성에 주목했다. 미국은 경제지원과 함께 군사고문단을 파견하는 등 라오스에 친미반공정권이 들어설 수 있도록 다양한 노력을 기울였다. 해방 이후 라오스의 정치정세는 좌우익세력과 중도파의 난립으로 어지러웠다. 우여곡절 끝에 1957년 좌우합작으로 연립정부가 구성되었지만 미국을 등에 업은 극우파의 쿠데타로 곧 붕괴되었다.

1958년 친미 응오딘디엠(Ngo Dinh Diem, 고딘디엠)정권이 들어선 남베트남을 예외로 한다면 캄보디아에서는 1970년에야 미 중앙정보국(CIA)의 배후조종으로 론놀(Lon Nol)쿠데타가 일어났으니 미국이 라오스에 얼마나 빨리 손을 뻗쳤는지 짐작할 수 있다.

캄보디아와 달리 라오스의 공산주의자들은 베트남이 주도하는 인도차이나공산당과 별다른 불화를 겪지 않았다. 이 시기에 할애된 전시관의 한구석에는 라오인으로서 인도차이나공산당의 첫 당원이 된 사내의 흉상과 사진이 전시되어 있다. 순박해 보이는 표정에 인중이 길어 왠지 라오인으로는 보이지 않는 사내는 이름이 낯선 것으로 보아 이후에 별다른 역할을 하지 못했을 텐데, 단지 최초의 인도차이나공산당원이었다는 이유로 국립박물관의 모퉁이에서 오가는 사람들을 바라보고 있다.

인도차이나공산당을 통해 그 역사가 시작된 라오스의 공산주의운동은 두 명의 지도자를 배출했다. 왕자인 수파누웡(Souphanouvong)과 하노이에서

'빨갱이왕자'라는 별명으로 불린 왕자 수파누웡.

법률을 공부했던 께이손품비한 (Kayson Phumbihan)이다. 께이손은 베트남인을 아버지로 하고 있어 순수한 라오스인은 아니다. 수파누웡과 께이손은 모두 베트남 공산주의자들이 주도권을 가진 인도차이나공산당의 영향을 강하게 받았다.

1955년 라오인민당(뒷날의 라오스인민혁명당)을 결성한 라오스 공산주의자들은 1975년 공산주의화를 이룰 때까지 20여년 동안 북동부의 후아판(Hua Phan)지역과 시엥쿠앙(Xieng Khouang)지역을 근거로 끈질기게 투쟁했다. 물론 무력투쟁이었으며 라오인민당의 군사조직은 빠텟라오(Pathet Lao, 라오의 땅)로 불렸다. 라오인민당과 빠텟라오는 우익이 아니라 미국이라는 거대한 존재와 싸워야 했다. 미군이 골머리를 앓았던 호찌민트레일(Hô Chi Minh Trail)은 라오스의 북동부를 관통했으며 사실상 이 지역에는 북베트남군이 주둔하고 있었다. 라오스는 베트남전쟁에 휘말리지 않을 수 없었다. 라오스에 지상군을 주둔시킬 수 없었던 미국은 군사고문단과 CIA, 특전대인 그린베레(Green Beret)를 통해 친미정규군을 훈련시키고 북베트남군과 빠텟라오를 호찌민트레일에서 몰아낼 수 있는 용병을 조직했으며 막대한 지원을 아끼지 않았다. 또한 나중에는 라오스영토인 호찌민트레일에 대한 대대적인 비밀폭격을 서슴지 않았다.

라오스만의 사정으로 본다면 라오스는 첨예한 대립에도 불구하고 세 번의 좌우합작을 이루어냈다. 좌우합작을 통한 연립정부의 구성은 라오스에서 중도파의 입지기 비교적 튼튼했음을 의미하기도 하지만 좌우의 태도가 그만큼 열려 있었음을 의미한다. 그러나 연립정부는 번번이 수명이 짧았다. 1957년의 연립정부는 1958년 미국의 지원을 받은 우익의 공격으로 수상이었던 수완나푸마(Souvanna Phouma) 왕자가 물러나고 극우군부세력을 대변하는 푸이사나니꼰(Phoui Sananikone)이 수상이 되면서 붕괴되었다. 1962년 라오스의 중립과 독립을 골자로 하는 협정에 합의한 우익과 좌익 그리고 중도파는 다시 수완나푸마를 수상으로 하는 연립정부를 구성했다. 일련의 쿠데타 끝에 이 연립정부는 1963년에 붕괴되었다. 베트남전쟁을 가속화시킴과 동시에 라오스의 내전에도 적극 개입해 우익의 뒤를 밀어준 미국의 역할이 자못 지대했음은 말할 것도 없다. 마지막으로 1973년 미국과 북베트남의 빠리평화협정이 체결된 이후 좌우는 다시 연립정부 구성에 합의했다. 수완나푸마는 이 마지막 연립정부에서도 수상의 역할을 맡았다. 그러나 미국이 인도차이나에서 발을 빼면서 강력한 지원을 잃어버린 우익은 지리멸렬해지고 1975년 4월 캄보디아의 프놈펜 함락, 베트남의 사이공 함락에 고무된 빠텟라오가 베트남의 지원을 등에 업고 위엥찬으로 진공을 시작해 결국 8월 23일 함락하면서 마지막 연립정부도 끝이 난다.

　마침내 평화가 찾아왔지만 라오스가 치른 댓가는 참담한 것이었다. 1964년부터 북동부지역을 대상으로 본격화된 미군의 폭격은 가공할 만했다. 1969년까지 미군은 라오스에 45만톤의 폭탄을 투하했고, 닉슨(R. M. Nixon)의 명령에 따라 대대적인 공습이 시작된 1970년부터 1972년까지 150만톤 이상의 폭탄이 라오스를 초토화시켰다. 모두 190만톤 이상으로 집계되는 미군의 폭탄 투하량은 라오스 국토 1km²당 10톤이, 인구 1인당 0.5톤 이상이 사용된 꼴이었다. 고대 유적지이기도 한 항아리평원(Plain of Jars)을 비롯한 북동부의 고원지대는 지형이 바뀔 정도였고 더불어 인류의 문화유산에 대한 미군의 야만적인 폭격은 이 지역에 목불인견의 상처를 남겼다. 덧붙인다면 남동부의 호찌민트레일에는 폭탄과 함께 '에이전트 오렌지'로 불리는 고엽

빠뗏라오 게릴라군이 함락한 1975년 8월 22일의 위엥찬.

혁명 후 개최된 인민혁명당 당대회. 수파누웡과 께이손폼비한 등 지도부가 보인다. 맑스와 레닌 사이에 호찌민의 흉상이 놓여 있다.

제가 광범위하게 살포되어 한동안 이 지역은 생명체가 존재할 수 없는 죽음의 땅이었다.

캄보디아가 그랬듯이 라오스 역시 베트남전쟁이 인도차이나전쟁으로 비화하면서 다시 전쟁의 격랑에 휩싸일 수밖에 없었다. 그러나 미국이 패퇴한 인도차이나에서 베트남은 패권주의적 욕망을 드러냈다. 캄보디아를 무력으로 침공했고, 라오스에도 5만의 병력을 주둔시키는 등 정치군사적 영향력을 확대했다. 역사적으로 베트남한테 북동부를 침략당했던 상처를 안고 있는 라오스였지만 라오스인민혁명당은 그것을 순순히 받아들였다. 결코 그것을 받아들일 수 없었던 캄보디아의 크메르루주와 비교되는 점이기도 하다.

미국이 물러간 인도차이나에서 군사적 강대국인 베트남이 직접적인 영향력을 행사하는 라오스에 대해 국경을 맞대고 있는 중국과 태국의 시선은 곱지 않았지만 어떤 의미에서 라오스는 베트남보다는 편한 존재였다. 어쨌든 라오스는 독립된 국가였다. 인도차이나전쟁 후 인도차이나는 세계의 시선에서 벗어나 잊혀져갔지만 라오스는 그중에서 더욱 잊혀진 나라가 되었다.

1992년 11월 숨을 거둔 께이손폼비한이 이끌었던 라오스인민민주공화국은 1975년의 혁명 직후 급진적인 정책을 펴 인구의 10%에 이르는 난민이 라오스를 탈출하는 결과를 초래했다. 쏘비에트와 동구권에 편중된 베트남식 공산주의 경제정책 역시 베트남이 걸었던 길과 같은 길을 가야 했다. 인도차이나에서 가장 적은 인구를 갖고 있었음에도 불구하고 라오스에서 메콩강을 건너 태국으로 탈출한 난민의 숫자는 최다를 기록해 혹자는 이를 두고 '엑소더스'(exodus)라고 표현할 정도였다.

1980년대에 들어서 베트남과 마찬가지로 라오스인민혁명당은 '신사고' 정책을 펼쳤다. 신사고정책은 베트남의 '도이머이'(Đoi Mơi)와 같은 성격을 띤 개방과 개혁의 정책이었다. 신사고정책의 운명은 도이머이와 별로 다르지 않았다. 베트남공산당이 그랬던 것처럼 께이손이 집권하던 혁명 1세대 중심의 라오스인민혁명당은 새로운 사고를 받아들이기에는 부적절한 두뇌(지도부)의 경직된 생물체였다. 1980년대 말에 전쟁으로 번진 태국과의 국경분쟁은 라오스와 태국 간의 구원(舊怨)이 배경이었지만 신사고정책의 한계를 상징적으로 보여주는 것이었다.

그럼에도 불구하고 오늘의 라오스는 베트남과는 달라 보인다. 께이손 사후 라오스의 신사고정책은 좀더 유연한 방향으로 선회했고 오늘날 라오스사람들은 경제적으로는 태국의 우산 아래, 정치적으로는 베트남의 우산 아래 있는 것이 라오스라는 말을 한다. 어지간하면 자조 섞인 푸념으로 들릴 만한데 라오스사람들은 여간해서 그런 기색을 보이지 않는다.

위엥찬 시내의 이곳저곳을 다닐 때 이용한 택시운전사는 베트남과 태국을 어떻게 생각하느냐는 지나가는 질문에 별생각 없이 이렇게 대답했다.

"퍽 유 베트남. 퍽 유 타일랜드."

상식적으로는 이런 말을 들으면 '아, 라오스사람들은 베트남과 태국에 대한 반감이 대단하구나.' 뭐, 이렇게 알아듣고 '그럼 그렇지'라고 중얼거리며 고개를 끄덕일 것인데 그 말을 그대로 선뜻 받아들이기가 어렵다. 내 예리한 (?) 통찰력으로는 '네가 바라는 대답이 이런 것이지'라며 인상 하나 찡그리지 않고 기분 좋게 내뱉은 말에 불과한 것이다. 결론적으로 일종의 농담이다.

1960년대 정치적으로 혼란스럽기 짝이 없던 시절에 연립정권의 정부군으로 내전에 참여해 관통상을 포함해 다리에만 다섯군데의 총상을 훈장처럼 매달고 있는 캄만이란 이름의 이 라오스인은 그때의 전쟁이야기를 해달라면 손을 내저으며 고개를 흔든다. 두번 다시 겪고 싶지 않은 일이었고 그만큼 무서웠던 경험은 그 전에도 후에도 없었단다. 그 표정이 너무도 절절해 또 한번 전쟁이 일어난다면 그가 산을 넘고 물을 건너 천리 밖으로 도망칠 것이 분명하다는 확신을 가지게 될 지경이었다.

공항택시 운전을 꽤 오랫동안 하며 외국인들을 제법 빈번하게 상대했을 그

위엥찬의 빠똑사이 앞에서 만난 라오스인 자매.

는 그럼에도 불구하고 위엥찬에서 흔히 볼 수 있는 라오인의 전형이다. 척박하고 험난한 역사를 온몸으로 부대껴왔으면서도 낙천적이고 시장경제가 도입된 지 꽤 긴 세월이 흘렀어도 '돈'에 대해서 그악스럽지 않다.

위엥찬에서 이틀을 보내면서 나는 인도차이나 여행을 떠난 후 처음으로 곤두섰던 신경을 가라앉힐 수 있었다. 위엥찬사람들이 모

두 그랬던 것은 아니었지만 대체로 친절했고 상대가 외국인이라 할지라도 유쾌한 태도를 잃지 않는 것은 물론 특별히 차별할 생각도 하지 않았다. 음료수 한 병을 사면서 그 값에 입맛이 씁쓸해지는 경험을 하지 않아도 좋았다.

맙소사, 이게 도대체 무슨 일이란 말인가. 인도차이나를 여행하는 동안 나의 의식을 지배했던 '정치경제결정론'은 그만 혼란에 빠질 수밖에 없었다. 베트남과 똑같은 정치경제의 길을 걸어왔으면서도 사람이 이처럼 다를 수 있다니. 궁색하지만 떠오르는 것은 천성인데 그래봐야 정치경제결정론을 유전자결정론으로 돌리는 셈이니 곤혹스러운 일이었다.

수직으로 날아가는 승리문 ◉ ◉　　위엥찬의 명물 중에는 항불독립전쟁에서 목숨을 잃은 전사들을 기념해 세운 '승리문'이 있다. 빠뚝사이(Patuxai)라고 불리는 이 아치형의 건물을 사람들은 빠리의 개선문을 본떴다고 말한다. 라오스는 프랑스의 식민지이기도 했으니 앞뒤가 맞는 말이다. 생김새 또한 빠리의 개선문과 흡사해 보인다.

빠뚝사이는 '수직활주로'라는 재미있는 별명을 갖고 있다. 1960년대에 미국의 경제적·군사적 원조가 상당했던 시기에 미국은 대부분의 물자를 공수(空輸)에 의존했다. 메콩강을 제외하면 변변한 수송로가 없었고 험준한 산악지대가 많고 도로사정이 극악했기 때문에 비행기에 의존할 수밖에 없었던 것이다. 때문에 미국은 비행기가 뜨고 내릴 수 있는 활주로를 라오스 이곳저곳에 만들어야 했다. 활주로를 만들기 위해서는 씨멘트가 필요했고 당연히 미국은 씨멘트를 지원했다. 라오스인들은 이 씨멘트를 활주로를 건설하는 데에도 물론 사용했지만 그중 일부는 승리문인 빠뚝사이를 짓는 데 사용했

승리문, 빠뚝사이. 미국의 원조물자를 '슬쩍해' 만든 것이다.

다. 슬쩍 유용한 셈이다. 정치적으로 혼란하기 짝이 없는 시기에 미국의 지원물자를 슬쩍 가져다 독립투사들의 영혼을 기리는 '승리문'을 만들었으니 라오스인들의 유머감각을 보는 것 같아 즐겁기도 하다. 그 사실을 두고 입방아찧기 좋아하는 서양인들은 짓궂게도 빠뚝사이를 일컬어 '수직활주로'라는 별명을 붙였다. 수평으로 깔려야 할 활주로용 씨멘트로 문을 세웠으니 수직활주로가 아니냐는 농담이다.

이렇게 수평으로 깔릴 씨멘트가 수직으로 깔린 콘크리트건축물이고 또 오래되지 않아서 고풍스러운 느낌은 전혀 없을 법한데 꼭 그렇지도 않다. 개선문을 본떴다고는 하지만 다른 점도 많다. 우선 아치형 문이 사방에 뚫려 개선문의 두 배이고, 머리가 밋밋한 개선문과 달리 빠뚝사이의 머리에는 전통의 연꽃받침을 두고 라오스 전통사원 양식의 멋진 탑이 중앙에 하나, 그리고 사방에 하나씩 모두 다섯 개가 서 있다. 언뜻 보면 개선문에 뾰족한 지붕을 얹은 것처럼 보이기도 한다. 개선문보다는 날아가기 수월해 보이니 수직활주로라는 별명에 어울리는 셈이다.

가깝게 다가가면 빠리의 개선문과는 전혀 다른 느낌을 준다. 아치의 기둥과 상부, 그리고 천장은 라오스만의 색채가 강하게 느껴질 수밖에 없는 조각과 문양으로 치장되어 있다. 물론 씨멘트로 만들어져 있어 깊은 감동을 주지는 못하지만 적어도 빠리의 개선문 운운할 때의 느낌은 깨끗하게 사라진다. 입구에 들어서면 나선형의 계단이 나와 승리문 위에 오를 수 있다. 내부는 3층으로 되어 있고 일종의 상가처럼 기념품이나 문방구, 옷가지 등을 팔고 있다. 마침내 꼭대기에 오르면 두 가지 점에서 볼 만하다. 하나는 다섯 개의 탑을 가까이에서 보는 것이요, 다른 하나는 위엥짠에서 가장 높은 곳에서 사방을 조망하는 것이다.

탑은 씨멘트로 만들기는 했지만 전통에 충실하게 만들어졌다. 좀더 정확

빠뚝사이 전망대의 모서리탑. 이런데도 빠리의 개선문을 본 떴단 말인가.

하게 말한다면 라오스 양식의 스투파 (Stupa, 불탑)를 그대로 옮겨놓은 것이다. 난간(이것도 조각의 부분이다) 사이로 고개를 내밀고 동서남북을 내려다볼라치면 '메콩벨리'로 불리는 위엥찬의 그 납작하고 소박한 모습을 가감없이 관찰할 수 있다.

빠뚝사이의 꼭대기에서 잠시 머물며 나는 생각했다. 빠뚝사이를 빠리의 개선문과 비교하는 것은 두 가지 점에서 적절하지 않다고. 첫째 빠뚝사이는 콘크리트건물이니 빠리의 개선문과 비교할 수 없다. 둘째 이토록 라오스적인 건물을 왜 빠리의 개선문과 비교하느냐는 것이다. 빠리의 개선문은 로마의 개선문에서 쪽문 두 개를 빼고는 거의 그대로 옮겨놓은 것인데도 베꼈다고 달리 시비 거는 일은 없지 않은가? 그러니 빠뚝사이를 빠리의 개선문을 베낀 모조품쯤으로 치부하면 라오스사람들은 그만 섭섭해지는 것이다. 문득 캄보디아의 절이 떠올랐다.

라오스의 이웃나라인 캄보디아의 절은 대개는 큰길에서 멀찌감치 물러나 있다. 언제부터인가 큰길의 입구에 절에서 문을 세우기 시작했다. 어디나 천편일률적으로 생김새가 같아 같은 거푸집에 씨멘트를 부어 만든 것임을 한눈에 알 수 있었다. 그토록 촌스럽게 보일 수 없던 그 씨멘트문이 언제부턴가 달리 보이기 시작했다. 문의 미리에는 예외없이 앙코르와드를 흉내낸 탑들이 얹혀져 있고 좌우에는 앙코르와트에서 볼 수 있는 부조와 문양이 새겨진 값싼 콘크리트덩어리에서 크메르사람들의 심중에 자리잡고 있는 1천년을 지켜온 역사와 문화에 대한 자긍심을 읽을 수 있게 된 것이다.

여기 위엥찬의 빠뚝사이에서도 나는 그것을 읽는다. 미국이 원조한 콘크리트를 훔치다시피 해 만들어 올렸다고는 하지만 승리문은 사실 문이라기보다는 일종의 탑이다. 입구로는 위로 오를 수 있게 했고 그 입구도 사방에 있다. 라오스인의 관점에서는 그것이 더 합리적이었던 것이다. 게다가 다섯 개의 탑을 얹고 아치의 입구 위에는 전통의 부조와 조각을 새기고 매달았다. 빠뚝사이의 설계자들도 빠리나 로마의 개선문이 어떻게 생겼는지는 알고 있었을 것이다. 또 그것을 참조했을지도 모르겠다. 그러나 이런 말들을 주고받지 않았을까?

"뭐야? 문 위가 왜 이리 밋밋해? 이 친구들은 이게 멋있다고 생각하는 모양이지. 푸하하. 성격도 이상한 친구들이군."

뭐, 이렇게 말하면서 주저없이 꼭대기에 연꽃받침을 두르고 중앙에 큰 탑을 얹은 후 내처 사방 모서리에 네 개의 작은 탑을 세웠을 것이다.

이런 점에서 태국도 사정은 다르지 않다. 사방에 온통 철제 빔이 엇갈려 산란하게 지나가는 현대식 빌딩이 세워지는구나 하면 어느새 태국식 용마루가 삐죽하게 하늘로 치솟은 전통지붕이 턱 하니 올라가는 것이다. 위엥찬의 국립역사박물관 맞은편에 있던, 세워진 지 얼마 지나지 않은 국립문화센터만 하더라도 여러층으로 올리기는 했지만 그 양식은 라오스 전통양식을 그대로 따르고 있다. 높이가 높아 약간 기형적으로 보이기는 하지만 조목조목 뜯어보면 별 어긋남이 없어 보이는 것이다.

이래서 나는 서재필(徐載弼)이 세웠다는 서울의 독립문을 떠올리지 않을 수 없었던 것인데 쉽게 인정하고 싶지는 않지만 전통문화에 대한 애착과 자부심에 그만큼의 차이가 있었던 것이라고 감히 생각하는 것이다.

빠뚝사이 전망대의 전위예술.

빠뚝사이의 꼭대기에서 사방을 돌아가며 난간 사이로 얼굴을 들이미는데 문득 애교스럽게 휘어놓은 창살이 눈에 띈다. 보는 이에 따라 해석은 다르겠지만, 지상에서 영원으로? 아니면, 우리는 어디에서 와서 어디로 가는가?

위엥찬에 도착한 다음날은 참을 수 없는 날씨의 뜨거움을 핑계로 오전에 항공기티켓의 예약을 변경하기 위해 항공사사무실에 다녀온 것을 빼고는 에어컨이 씽씽 돌아가는 위엥찬의 12달러짜리 호텔에서 한낮의 대부분을 빈둥거렸다. 주간영자지 『위엥찬타임즈』를 뒤적이고 있으려니 기사 하나가 눈에 들어온다. '기름 없는 5월 1일'이라는 제목의 이 기사는 노동절인 5월 1일에 주유소들이 모두 문을 닫아 준비성이 부족했던 승용차와 오토바이들은 기름을 넣지 못했다고 개탄한다. 기사는 주유소란 적은 인원으로도 문을 열어놓을 수 있고 공휴일에도 차는 다녀야 하니 모쪼록 주유소들은 문을 닫지 말 것을 권유하면서 끝을 맺었다. 새해연휴라고 해서 프놈펜의 주유소가 문을 닫지는 않았고 해방절과 노동절이라고 해서 사이공과 하노이의 주유소들이 문을 닫지는 않았다. 5월 1일에 문을 닫은 라오스의 주유소들은 인도차이나에서도 유별난 주유소들임에 분명하다. 그런데도 노동절에 주유소가 문을 닫는 나라가 있어도 좋다고 생각되는 것은 그런 나라가 흔히 않아서일까.

해가 진 다음에야 출출한 배를 채울 겸 메콩강변으로 향했다. 해는 야자나무숲 너머로 넘어갔지만 열대야라면 딱 이것이다 싶은 밤이다. 강변이라기가 무안할 정도로 공기는 미동도 하지 않아 바람 한점 없고 해가 떠 있는 동안 달구어진 공기는 지열을 에너지 삼아 여전히 푹푹 찐다. 메콩강에서 불어오는 선선한 바람을 기대하고 강변을 찾은 것이 착각이라면 착각이다.

그래도 허기진 배는 채우지 않을 수 없다. 이마에 배어드는 땀을 훔치기도 귀찮아 고개를 푹 숙이고 어기적거리며 강변을 걷다 한 식당을 찾아 들어갔다. 불판에 고기를 얹어 구워먹을 수 있도록 한 '고깃집'인데 그 방법이 기발하다. 우리의 불고기판과 비슷하고 육수를 붓는 것도 비슷한데 올리는 고기는 돼지삼겹살에서부터 물소고기와 황소고기에 오징어와 새우, 조개, 생선 등 모듬이다. 취향에 따라 구워먹을 수도 있고 샤브샤브처럼 데쳐먹을 수도 있는 데에다 야채와 쌀국수까지 곁들어져 한자리에서 여러가지 맛을 모두 볼 수 있으니 가히 퓨전이라 할 만하다.

"서울에 가면 라오스요리 전문점을 하나 냅시다."

이런 말이 절로 나오는데 농이 아니라 서울의 식도락가들에게 쎈세이션을 일으킴 직하다. 그도 그럴 것이 한자리에서 삼겹살과 불고기, 조개구이, 샤브샤브 등을 맛볼 수 있어 돌 하나로 소도 잡고 돼지도 잡고 해물도 잡으니 한국인의 식성에 딱 들어맞지 않겠는가.

오랜만에 포식을 했다. 호텔로 돌아와 라운지에서 공항택시 운전사인 캄만에게 전화를 해 아침에 만나기로 하고 돌아서는데 바깥이 소란스럽다. 호텔 근처에 가라오케와 나이트클럽이 있어 밤에는 위엥찬의 논다는(?) 젊은 이들이 모인다고 한다. 슬쩍 호텔문을 열고 나와 그 노는 모습의 언저리라도 훔쳐보자니 역시 온갖 맵시를 낸 남녀들이 오토바이를 개조한 일종의 삼륜차인 점보(jumbo)를 타고 연신 모여든다. '그렇구나' 하고 다시 돌아서 방으로 올라가려니 라운지의 젊은 라오스 친구가 '왜 가서 놀지 않느냐'고 진지하게 묻는다. 그저 싱긋 웃고 방으로 올라왔지만 할 말이 없었던 것은 아니다.

"자네도 내 나이가 되어보게나."

또 하나의 천국 ◑ ◔   "왕위왕까지만 가지요."

     시간에 맞추어 호텔 로비에 온 캄만은 사람 좋은 웃음을 날리면서도 루앙파방까지 가자는 요구에 왕위왕까지만 가자며 공연히 코만 문지르며 미적미적한다.

'이런, 은근히 비즈니스맨이군.'

값을 올리자는 책동(?)으로밖에 비치지 않아 나 역시 노련하게 이리 치고 저리 쳐서 결국은 내 뜻대로 거래를 마무리지었다. 캄만이나 나나 비즈니스 경력이야 15년쯤을 헤아리는 것이 비슷했지만 위엥찬 비즈니스맨보다야 서울의 비즈니스맨이 한수 위 아니겠는가. 나는 호텔 로비에서 기세 좋게 호탕한 웃음을 날리고는 당장 떠나기로 했다.

덜거덕거리는 토요타는 힘겹게 호텔을 떠나 먼저 캄만의 집으로 향한다. 집에 들러 옷가지라도 챙겨야 한다는 것이니 당연한 일인데 지나는 말로 뜻밖의 부탁을 한다. 아내가 걱정할 테니 루앙파방에 가는 것이 아니라 왕위왕에서 이틀 밤을 보내는 것으로 말해달라는 것이다.

"루앙파방으로 가는 산길에서 버스가 습격당해 20명이 죽은 것이 2주 전이에요."

불현듯 캄만이 루앙파방 가기를 주저하며 했던 말이 귓전을 오락가락한다. 비즈니스용 발언이 아니었나?

위엥찬 시내를 빠져나간 차는 좁은 흙길을 지나 허름한 벽돌집 마당에 섰다. 벽돌집인데 쌓다 만 벽이 있고 지붕도 귀퉁이는 기와를 올리다 말고 루 핑을 덮었다. 공사중이라고 볼 수도 없는 것이 벽돌은 이미 색이 바랬고 기 와도 마찬가지이다. 돈이 없어 쌓다가 말았다고 한다. 돈이 생기면 또 쌓는 다고 말하는 캄만의 얼굴은 그저 느긋하다. 의식주라고 했으니 집이 먹거리 보다 우선할 수는 없다. 안으로 들어서니 그래도 집안으로 비가 새어든 흔적 은 없다. 가구랄 것은 없고 그저 식탁으로 쓰는 탁자가 벽에 붙어 있다. 벽에 는 사진액자가 줄줄이 걸려 있어 우리네 시골집 같다. 그중 하나는 캄만의 젊은시절 사진인 줄 알았더니 장가간 아들의 사진이란다. 딸은 아직 출가 전 이다. 아내와 함께 나온 딸의 얼굴은 또 어머니를 닮았다. 아들은 아버지를 빼다 박고 딸은 어머니를 닮았으니 여간해서는 속일 수 없는 것이 핏줄이다. 물 한잔을 마신 캄만은 방으로 들어가 주섬주섬 작은 배낭에 옷가지를 챙겨 나온다. 아내는 그저 팔짱을 끼고 지켜본다. 딸도 옆에서 멀뚱멀뚱 보고만 있다. 그래도 집을 떠날 때까지 아내와 딸은 출장 떠나는 아비의 꽁무니를 놓치지 않고 배웅한다.

캄만의 집을 떠나 위엥찬 외곽의 환전소에서 돈을 바꾸고 다시 주유소에 서 휘발유를 가득 채우고 플라스틱통에도 꾹꾹 눌러 채운 후 차는 털털거리 며 본격적인 사흘간의 여행길에 올랐다. 차는 먼저 왕위왕 가는 길 중간의 남응움(Nam Ngum)댐으로 향했다. 1971년 남응움이라는 강을 막아 수력댐 을 세우는 바람에 거대한 인공호수가 생겼다. 남응움댐은 쓰고 남는 전력을 태국으로 수출까지 하는 기특한 댐이다.

남응움댐은 라오스에게는 자랑거리의 하나임에 분명하지만 국토 전체에 수없이 많은 수력댐과 수몰지구를 갖고 있는 한국인에게는 그저 심상한 풍 경이랄 수밖에는 없다. 수몰로 섬이 되어버린 이 호수의 어느 산봉우리에는 1975년 혁명 이후 집단수용소가 있었다고 한다. 위엥찬 같은 도시에서 추방

라오스 입장에서는 너무도 대견한 남응움댐.

된 범죄자들이 수용되었고, 그 수효가 3천명에 이르렀다는데 대부분이 창녀였다고 하니 입맛이 씁쓸하다. 창녀들이란 라오스에서 벌어진 비밀전쟁에 동원된 미국인들이 남긴 상흔이었을 것이다.

섬이라고는 하지만 수몰되기 전에는 산봉우리였을 테니 농사짓기에도 척박한 땅이었을 것이고, 전쟁 후 인도차이나를 휩쓴 식량난으로 사회의 쓰레기로 낙인이 찍힌 이들에게 제대로 식량을 공급했을 리 없으니 결국은 이 거대한 인공호수에 모인 어족들이 그들의 유일한 희망이었을 것이다. 지금도 남응움 호수를 바라보고 살아가는 주변의 사람들은 대개 어부들이라고 한다.

땅이야 하염없이 넓지만 목재를 빼면 변변한 천연자원이라고는 없는 라오스가 그나마 자원이라고 내놓을 수 있는 것이 강이다. 특히 국토를 종단하면서 유유히 흐르는 메콩강과 그 지천들은 산악지대와 어울려 댐을 건설하기 좋다. 그런 탓인지 라오스는 지금 50여개의 댐을 건설하여 인접한 태국·중국·베트남으로 전력을 수출할 계획을 세웠다. 수자원 개발에 박차를 가하는 셈인데 환경문제는 크게 신경쓰지 않는 눈치이다. 그러니 남응움호수 같은 인공호수는 계속 늘어날 전망이다.

차는 13번 국도를 타고 북으로 향한다. 언제부터인가 위엥찬을 둘러싼 평원은 사라지고 산악지대로 들어선다. 그래도 아직 산세가 험한 편이 아니라 도로변에는 여전히 논들이 눈에 띄지만 다랑이논이랄 것은 아니어도 옹색하기 짝이 없는 것들이 이어질 뿐이다. 그나마도 병풍 같은 산들이 사방을 둘러싼 험한 산악지대가 시작되면서부터는 자취를 감추었다.

걱정했던 대로 캄만의 차는 어느 한적한 산길에서 주저앉았다. 보닛을 열고 엔진을 식히는 동안 길옆으로 뚫린 오솔길 안쪽을 기웃거리니 역시 화전(火田)이 숨어 있다.

왕위왕으로 가는 산길에서 만난 화전.

길 끝의 오두막 옆으로 잡초가 우거진 손바닥만한 밭을 지난 구릉에는 바나나들이 듬성듬성 심어져 있다. 한뼘의 평지와 가파르지 않은 등성이를 보고 화전이 들어선 것이다. 먹고살기 힘든 땅이다. 평야가 적고 산이 많기로는 한반도와 일본열도도 만만치 않다. 그러기에 먹고살기가 어려워 인력을 밑천으로 하는 산업화에 박차를 가할 수밖에 없었고 결국 동남아시아인들 앞에서 제법 방자하게 굴 만큼 먹고살게 되었다. 라오스는 인도차이나에서도 가장 땅이 척박하니 산업화에 더 많은 관심을 가지게 되지 않을까 생각해 보지만 인구가 지나치게 적은 것과 사람들의 품성이 넉넉한 것이 흠이다. 공무원들이 칼같이 시간에 맞추어 퇴근하는 것은 그렇다 치고 '신사고' 이후 자본주의식 사영업에 나선 장사치들도 돈버는 일에 눈을 부릅뜨고 목숨을 거는 일이 흔치 않으니 자본주의적 경쟁력이 강한 사람들이 아니다.

엔진을 식히고 엔진오일을 보충한 후 차는 다시 길을 떠났다. 능선에 가까워진 탓인지 경사면을 태워 만든 화전으로 산은 누더기처럼 보인다. 이런 산악지대에서 살아가는 사람들은 라오퉁(Lao Theung)과 라오숭(Lao Soung)으로 불린다. 중간산악지대, 고산지대에서 살아가는 사람들이란 뜻이다. 저지대에서 살아가는 라오룸(Lao Loum)은 라오스의 다수민족인 타이계의 라오족이지만 라오퉁과 라오숭은 몽족 등 다양한 소수민족으로 구성되어 있다. 위엥찬에서 루앙파방을 향해 북부로 올라가는 13번 국도는 저지대인 메콩밸리에서 해발 1천m까지의 산악지대, 그리고 2천m에 육박하는 고산지대까지 관통하는 도로로, 그 길을 타면 라오퉁과 라오숭이 살아가는 모습을 엿볼 수 있다. 대부분은 화전을 일구고 살아간다. 5월에 들어선 지금은 간간이 봉우리 근처에서 연기가 피어날 뿐이지만 화전을 일구기 시작하는 1월에서 4월까지, 북부와 남부의 산악지대는 이들이 피운 산불의 연기가 사방을 분간할 수 없을 만큼 자욱하게 피어오른다. 화전이란 대개 그렇지만 한번 불을 피워 그 재를 거름으로 삼아 밭을 일군 후 두세 번의 수확이면 지력(地力)이 소멸하기 때문에 다시 자리를 옮겨 화전 일구기를 반복한다.

목재가 대표적인 수출상품이라 산림을 훼손하는 화전민 라오퉁과 라오숭에 대해 정부는 저지대로의 이주정책을 펴고 있지만 여간해서는 오랫동안 이어져온 생활을 버리려 하지 않는다고 한다. 누가 뭐라고 해도 이 험한 산 속에서 살아가는 한 화전을 피할 방도는 없다. 하물며 양귀비도 한 곳에서 오랫동안 경작할 수는 없다.

힘겹게 산을 오른 차는 한동안 능선의 옆구리를 달리다 왕위왕을 향해 내려 달리기 시작해 위엥찬을 떠난 지 5시간 만에야 왕위왕 초입에 들어선다. 남송(Nam Song, 송강)을 끼고 그뒤로 카르스트(Karst)지형의 기암괴석으로 이루어진 산들을 병풍처럼 치고 있는 왕위왕은 라오스의 계림(桂林)으로 일컬어지는 작은 도시이다. 베트남에서 바다의 계림인 하롱(Ha Long)만을 본 지 며칠이 지나지 않아 자연스레 하롱만과 왕위왕이 비교될 법하건만 자연

의 신묘함은 그것은 그것이고 이것은 이것일 뿐이다. 무슨 이유로 비교 따위를 하며 한껏 달뜬 기분을 잡칠까.

시내로 들어서자 자전거를 타고 달리거나 걷는 아이들이 줄지어 눈에 띈다. 학교에서 집으로 돌아가는 아이들이다. 아이들은 아침 8시에 등교해 11시 반이면 집으로 돌아가고 오후 2시에 다시 학교로 나와 4시 반에 하교한다. 산악지대에서이건 도시에서이건 아이들의 오가는 모습을 보면 시계를 볼 필요가 없다. 아이들이 길에 몰려나왔는데 해가 중천에 떠 있으면 11시 반 즈음인 것이고 해가 얼추 중천에서 기울어져 있을 때면 2시 즈음이요, 늦은 오후라면 4시 반 무렵인 것이다. 짓궂은 생각이지만 학교를 도망쳐나와 땡땡이를 치는 불량청소년(?)이 있을 법도 하지만 공부시간만큼은 어디서나 아이들을 찾아볼 수 없으니 라오스 청소년들이야말로 성실하기 짝이 없는 아이들이다. 하긴 이런 날씨에 길바닥에서 섣불리 땡땡이를 치다가는 일사병으로 고꾸라지기 십상이니 그저 교실에서 얌전히 공부하는 것이 백배 낫다는 것을 아이들도 잘 알고 있을 것이다. 이유야 어떻든 보는 사람으로서는 공부 참 열심히 한다는 생각이 절로 든다. 문맹률이 높은 라오스에서 아이들이 이처럼 열심히 공부하여 내일을 짊어지면 그만큼 라오스의 미래도 밝을 것이다. 남미의 민중교육자인 에버레트 라이머(Everett W. Reimer)는 '학교는 죽었다'는 선언으로 여러 사람들을 감동시켰지만 이것도 교육적 인프라가 어지간히 갖추어졌을 때에 실천할 수 있는 선언이다. 담도 없이 달랑 얹혀진 지붕 아래 긴 책상과 나무의자 들이 놓인 13번 국도변 산간마을의 학교 실정에서는 선택의 여지가 없다. 학교가 살아야 할 때도 있는 것이다. 그동안 아이들이 공부하고 또 자라서 때가 되면 학교가 죽었다고 말할 때가 있을 것이다. 학교는 그때 죽어도 썩 늦은 것은 아니다.

5시간이 넘게 '토요타밥통'에 시달린 몸을 식히기 위한 최적의 장소는 왕위왕 주변에 산재한 동굴 중의 하나를 찾는 것이다. 동굴에 따라서는 등산을 방불케 하는 코스를 지나야 하지만 가장 쉽게 갈 수 있는 탐장(Tham Jang)동굴을 찾았다. 카르스트지형이란 것이 지하에는 하천이 흐르고 석회암동굴이 형성되게 마련이니 탐장동굴도 그중 하나인데 왕위왕 주변에서는 가장 큰 동굴 중 하나이다. 19세기에는 후난(湖南)의 중국인들의 약탈을 막기 위한 창고로도 사용되었다고 한다.

아니나 다를까 산그늘에 들어서자 위에서 불어오는 시원한 바람이 온몸을 저릿저릿하게 한다. 동굴에 들어서려면 수직에 가까운 계단을 기어올라가야 하는 것이 최대의 흠이지만 숨을 헐떡이며 오른 후에는 남송과 왕위왕의 전경을 한눈에 바라볼 수 있어 땀 흘린 보람을 느낄 수 있다.

탐장동굴 입구의 가파른 산비탈 위에서 내려다보는 풍광은 왕위왕이 여행

자들의 천국으로 불리는 이유를 조금은 알 수 있게 한다. 좁지도 넓지도 않은 남송은 느리게 흐르고 병풍처럼 드리워진 기암괴석은 보는 이들의 심정을 누그러뜨린다. 손바닥처럼 작은 다운타운은 시골의 소읍을 떠올리게 하니 번잡할 리 없고 기분이 내키면 래프팅을 하거나 트레킹을 떠날 수 있으니 왕위왕에 붙여진 별명의 속내를 짐작할 수 있다. 덧붙이자면 왕위왕에는 아편을 피울 수 있도록 한 사실(私室)도 있어 천국의 명성을 거들고 있다.

널리 알려진 것처럼 라오스는 세계적으로 가장 활발하게 양귀비를 재배하는 나라 중 하나이다. 양귀비에서는 물론 생아편을 추출하고 또 생아편으로는 모르핀을 만들거나 헤로인 같은 마약을 만든다. 손쉬운 환금작물인데다 척박한 땅에서도 재배가 가능하기 때문에 양귀비는 오랫동안 고산지역의 특용작물이었다.

프랑스 식민지시대에 라오스는 인도차이나연맹 전체무역의 1%를 차지할 뿐이었지만 그나마 1%의 대부분은 아편이었다. 제2차 인도차이나전쟁 당시 라오스에서 생산된 아편과 헤로인의 대부분은 남베트남의 사이공으로 흘러들어가 전쟁에 지친 미군병사들 사이에 광범위하게 유통되었다. 기막힌 사실은 CIA도 이 아편과 헤로인의 밀수에 개입했다는 것인데, 이는 라오스에서 CIA의 공작에 필요한 자금원이기도 했다. 물론 그 헤로인의 일부가 결국은 미군에게 흘러들어가는 것을 몰랐을 리 없을 테니, 전쟁의 수행을 위해 마약을 병사들에게 공급하는 것을 눈감았던 것이 아니라 앞장서 공급했다는 비난을 면하기 어렵다.

오늘날 라오스는 미얀마와 아프가니스탄에 이어 세계 3위의 헤로인 수출국이다. 헤로인의 밀매에는 골든트라이앵글(golden triangle)의 쿤사(Kunsa) 같은 준군사조직을 거느린 마약의 제왕이 버티고 있었는데 쿤사의 몰락 이후에는 여러 조직들이 난립하고 있다. CIA는 마약관리국(DEA, Drug Enforcement Administration)과 함께 지금은 헤로인의 제조와 밀매를 단속한다는 명목으로 국경을 넘나들며 무소불위의 권력을 행사한다. 동남아에서 그 타깃은 골든트라이앵글인 태국·미얀마·라오스 그리고 최근에는 캄보디아인데 성과는 의외로 미미하다. 고산지대에서 재배되는 것이 양귀비이고 무장조직이 관리하고 유통하면서 권력과 결탁되어 있는 까닭이다. 그 점은 누구보다도 이 장사를 해봤던 CIA가 잘 알고 있을 것이다.

라오스는 1971년에 양귀비 재배를 금지했다. 이전에는 합법적으로 양귀비를 재배하고 수출하는 농장들이 60여개에 달했다. 금지 후에는 오히려 생산량이 늘었다. 생아편의 산지가격이 올랐기 때문이다. 땅은 넓고 험준한 고산지대에서 재배되기 때문에 단속은 엄두도 못내면서 금지만 한 결과라고 보면 틀릴 것도 없다. 생산량이 늘면서 고산지대 소수민족들의 아편중독률 역시 높아졌다. 전통적으로 농가에서는 진통제로나 사용되던 아편이 흔해지면서 접할 기회가 많아지게 된 당연한 결과이다. 화전을 일구는 것에 비해 몇배나 높은 수익을 보장해주니 너나 없이 농민들이 양귀비 재배와 아편 생산에 매달리게 되고, 넘쳐나는 것이 아편이다보니 자연스럽게 소비하게 된 것이다. 프랑스의 한 조사기관의 통계에 따르면 아편생산지 마을인구의 11%는 상습적으로 아편을 피우며, 1천명 중 5명은 노동을 할 수 없을 정도로 중독되어 있다. 원한다면 아무 때나 공짜로 피울 수 있다는 점을 고려하면 높은 수치라고 볼 수는 없다. 이들이 피우는 것은 대개 생아편이고 모르핀이나 헤로인처럼 강력하게 가공된 마약은 아니지만 헤로인에 손을 대는 젊은이들도 있을 것이다.

왕위왕에도 아편을 피울 수 있는 장소가 몇곳 있다. 산지가 아닌 이상 아편을 구하기 위해서는 돈을 주고 살 수밖에 없으니 이런 아편사실이 존재하는 것이다. 이런 장소는 당연히 단속의 대상인데 뇌물을 집어주기도 하면서 그럭저럭 운영되고 있다. 왕위왕에 '여행자들의 천국'이라는 별칭을 달아놓은 이유 중의 하나도 이런 장소 때문이다. 물론 왕위왕을 찾은 외국인들도 비용을 지불하면 이런 장소를 이용할 수 있다. 가끔씩 자신들의 존재를 과시

노을에 물든 남송.

할 필요가 있는 경찰들이 이런 장소들을 단속할 때 낭패를 보는 것은 외국인들이기는 하지만.

탐장동굴에서 내려와 산 밑의 동굴에서 흘러나오는 차디찬 물에 시원하게 멱을 감고 나니 온갖 여독이 깨끗하게 풀리는 듯하다. 동굴을 흐르는 물의 깊이는 한 길이 훨씬 넘고 안으로는 두 길이 넘는다. 빛 한 점 새어 들어오지 않는 동굴 안에는 여러 갈래의 굴이 뚫려 있다.

흠뻑 물에 젖은 옷을 대충 손으로 짜 물기를 줄이고 건들거리며 남송의 작은 현수교를 건널 즈음에 바야흐로 노을이 지기 시작한다. 왕위왕에 이르러 물길이 크게 굽이치는 까닭에 흐름이 느려진 남송의 강변에는 쪽배들이 하릴없이 흔들거리고 강 건너 숲속에서는 무슨 연기인지 한가롭게 연기가 피어오르고 그뒤로 기암괴석의 산이, 다시 그뒤로 붉게 물들어가는 노을이 번지고 있으니 절경이다.

분명히 해가 지는 것을 보고 남송을 지나쳤건만 숙소를 찾아 왕위왕 다운타운으로 들어서자 아직 해가 남아 있다. 산중의 요술이다. 정북으로는 트여 있는 편이어서 아직 해가 넘어가지 않은 것이다. 내친 김에 숙소로 들어가기 전에 시장부터 한바퀴 돈다. 어디나 사람 살아가는 체취를 느끼기 위해 적격인 장소는 시장이다. 뭘 먹고사는지가 한눈에 드러나고 온갖 사람들이 모여드니 사람 구경하기에 그만한 곳이 없다.

왕위왕의 시장은 전통적인 재래시장이다. 야생동물을 내놓고 파는 것이 눈길을 끈다. 내 눈에 압권은 박쥐인데 동굴이 많다보니 박쥐가 식탁에 오르게 된 것은 어찌 보면 자연스러운 일이다. 시장에는 박쥐뿐만 아니라 개구리와 두꺼비는 말할 것도 없고 사슴족(足)과 수달이거나 그와 비슷한 동물로 보이는 짐승도 껍질이 벗겨진 채 올라와 있다. 야생동물보호론자들이 왕위왕과 라오스에 대해 목청을 돋우는 것도 이해하지 못할 바는 아니다. 그러나

왕위왕의 재래시장. 박쥐 등 야생동물을 파는 것이 볼 만하다.

이 사람들에게는 가금류가 아닌 다음에야 그것이 개구리이건 멧돼지이건 보호대상인 야생동물이건 별차이가 있을 리가 없다.

보호대상에 오른 야생동물이란 대개는 하나같이 남획의 결과로 씨가 말라 그리된 것이고 그 남획이 유럽과 북미의 수요자들 덕택에 그리된 것이니 먹자고 잡는 라오스사람들에게 사납게 책임을 묻는 것은 부당한 것이다. 라오스사람들이 잡아먹어 씨가 마른 것은 아닐 테니 유럽과 북미에 흔히 있는 야생동물보호단체들은 자기들 나라 일에 더욱 신경 쓸 일이다. 혹여 자기 나라 인간들이 수달에 맛을 들여 눈을 밝히고 수달고기를 찾는 일이 없도록 말이다. 불행하게 어떤 인간들이 고기맛을 들여 그것을 막기 어려우면 인공으로 사육하는 법을 연구해 공급하는 방법으로 막아야 할 것이다. 그 인간들이 별식이네 건강식이네 뭐니 해서 라오스의 수달을 모두 기털내기 전에 말이다. 물론 서구흉내를 내는 아시아의 다른 나라도 예외라는 것은 아니다. 덧붙여

멸종을 걱정할 필요가 없는 개 같은 동물에 쓸데없이 신경 쓰는 일이 없어야 하겠다. 예컨대 개와 수달을 동렬에 놓는 식의 사고방식으로는 멸절의 위기에 놓인 종을 보호하기가 그만큼 어려워질 뿐이니 브리지뜨 바르도(Brigitte Bardot) 같은 인간들을 올바른 길로 인도하는 것도 사실은 동물보호단체들의 역할이겠다.

에어아메리카, CIA 그리고 헤로인 ◉ ◉　　　1973년 닉슨의 선언으로 시작된 '마약과의 전쟁'이 30년이 지난 오늘에도 무소불위의 권력을 휘두르고 있는 것은 잘 알려진 사실이다. 미국의 DEA은 오늘날 CIA 못지않게 국제적으로 활약하는 방대한 조직이다. DEA는 필요하다면 타국에 대한 군사적 공격까지 망설이지 않는 람보스타일로 이 전쟁에서도 늘 십자군을 자임하고 있다. 콜롬비아와 파나마에 대한 미군의 폭격은 좋은 예이다. 이런 미국에서 1980년대 CIA가 니카라과 콘트라(Contra)반군의 헤로인을 들여와 유통시켰던 사실이 폭로되었을 때 미국인들은 경악을 금치 못했다. 그래도 인도차이나에서 1960년대에 이와 비슷한 CIA의 활약이 있었음을 기억하는 사람들은 크게 놀라지는 않았을 것이다.

　1990년 개봉되었던 영화「에어아메리카」(Air America)는 바로 그 당시 인도차이나의 라오스에서 활약하던 전설의 항공사 에어아메리카를 소재로 한 영화다. 할리우드의 톱스타 멜 깁슨(Mel Gibson)이 주인공이니 스토리는 '해피엔딩'이고 결론은 '미국만세'이기는 하지만 에어아메리카의 주인이었던 CIA는 뒤가 좀 켕겼을 것이다. 간단한 줄거리는 이렇다.

　로스앤젤레스의 한 방송국에서 헬리콥터 조종사 겸 교통방송 기자로 일하던 빌리(멜 깁슨)는 위험한 저공비행을 했다는 이유로 조종사자격을 정지당한다. 일자리에서 쫓겨나 실업자 신세가 된 그에게 에어아메리카라는 정체불명의 항공사가 찾아와 타이완(臺灣) 조종사면허증과 고액의 급여를 약속한다. 근무처는 라오스. 인도차이나전쟁이 격화되던 때라 라오스도 전쟁의 소용돌이에 휘말려 있음을 알고 있었지만 모험을 마다지 않는 '리설 웨펀' (Lethal Weapon)형 인간인 빌리는 라오스로 떠난다. 그에게 주어진 임무는 식량과 난민의 수송이지만 막상 가보니 에어아메리카는 비밀투성이에 개판 5분 전인 회사다. 조종사들은 노후대책을 핑계로 무기를 밀매하고 회사의 비행기로 개인사업에 열중이다. 게다가 라오스인 송장군(CIA의 지원으로 친미 몽족반군을 이끌었던 왕파오Vang Phao를 모델로 한 인물)이라는 작자는 에어아메리카의 수송기를 이용해 아편밀매를 한다. 멜 깁슨이 이를 두고 그대로 지나칠 인물로 보였다면 이 영화에 출연하지 못했을 것이다. 마약에 대한 증오와 의협심에 불타는 빌리는 송장군의 마약시설을 폭파한다. 장군은 빌리를 마약밀매자로 무고하지만 빌리는 난관을 헤쳐나가고 마침내 동료인 진이 무기밀매를 위해 빌린 C-123 수송기에 피난민을 싣고 은빛 날개를 퍼덕이며 자유를 향해 날아간다.

멜 깁슨이 출연한 영화답게 「에어아메리카」는 단 하나의 사실만을 빼고는 모두 제멋대로다. 그 하나의 사실은 '에어아메리카'라는 비밀스럽고 요상하기 짝이 없는 항공사가 있었고 그 항공사의 비행기들이 인도차이나에서 무기와 마약밀매에 이용되었다는 것이다. 나머지는 모두 앞뒤가 맞지 않는 픽션에 불과하다.

1950년 CIA는 비밀리에 CAT(Civil Air Transport)라는 미국인 소유이지만 아시아에서 사업을 벌이던 민간항공사를 인수했다. 목석은 아시아에서 CIA의 작전을 지원하기 위한 것이었다. 사실은 그 이전에도 CIA의 작전에 동원

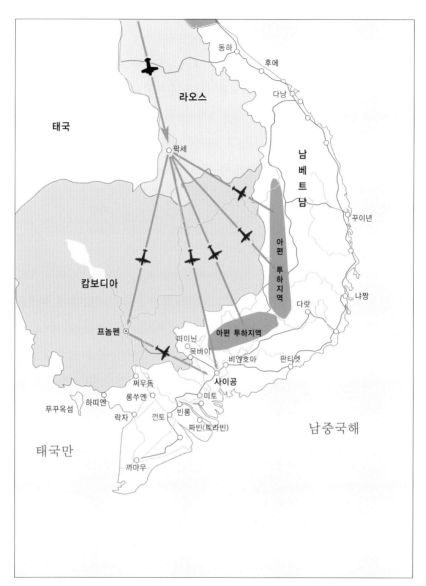

에어아메리카의 아편운송로.

되는 것이 CAT의 주임무였다. 한국전쟁에서 CIA의 작전에 동원된 CAT는 100여차례에 걸쳐 비밀리에 중국 본토를 비행하면서 비밀요원들과 물자를 공수하는 활약을 벌였다. 한국전쟁 후 CAT는 주로 인도차이나에서 두드러진 활약을 보였다. 1953년 제1차 인도차이나전쟁에서 패색이 짙어진 프랑스는 미국에 탱크와 중화기를 라오스로 공수할 C-119 수송기의 지원을 요청했다. 인도차이나전쟁에 직접적인 개입을 꺼렸던 아이젠하워(D. D. Eisenhower)는 CAT를 동원해 프랑스의 요청을 에둘러 받아들였다.

제1차 인도차이나전쟁에서 호찌민의 베트민과 프랑스의 마지막 대혈전이었던 디엔비엔푸(Điên Biên Phu)전투에서도 CAT는 한몫을 단단히 거들었다. 1953년 11월 프랑스의 공수부대는 디엔비엔푸고지를 점령했다. 프랑스는 항공기를 통한 병력과 물자 수송이 가능해야 험준한 산악지대에 둘러싸인 디엔비엔푸를 지킬 수 있다고 생각했고 비행기가 없는 베트민은 버틸 수 없다고 보았다. 예상은 어긋나고 베트민은 산을 넘고 강을 건너 보급로를 만들어 디엔비엔푸를 공격했다. 다급해진 프랑스는 대대적인 병력과 물자의 공수를 통해 이를 막았지만 물에서 헤엄치는 고기와도 같은 베트민게릴라들의 공격에 버틸 수는 없었다. CIA의 CAT 역시 디엔비엔푸로 물자와 병력을 공수하는 데 동원되었다. 682회의 작전이 수행되었고 한 대의 수송기가 격추되었으며 2명의 조종사가 사망했다. 그러나 결과를 바꿀 수는 없었다. 디엔비엔푸전투는 프랑스의 참패로 끝났고 마침내 베트민은 역사적인 승리를 거두었다.

1954년 제네바협정 후 프랑스를 대신한 CIA는 라오스에서 본격적인 작전에 돌입했다. 도미노이론을 펼쳤던 미국은 대대적인 라오스 지원에 나서 군사고문단을 파견했으며 친미정권의 정부군을 육성하고 돈과 물자를 지원했다. 비공식적으로는 CIA와 특수부대를 보내 라오스의 몽족을 반공무장세력으로 조직하고 지원했다. 두말 할 것 없이 CAT는 라오스에서 CIA의 이런 작전을 수행하는 데에 중요한 일익을 담당했다. 1955년 태국의 우돈(Udon) 미 공군기지에 둥지를 튼 CAT는 그해 9월에서 12월까지 무려 25개 지역에서 200회의 작전에 동원되었다. 1957년에는 위엥찬에 자리를 잡았으며 1960년부터는 수송기뿐만 아니라 헬리콥터까지 작전에 동원하기 시작했다. 이들이 맡았던 중요한 작전 중의 하나는 친미반공세력으로 CIA가 양성한 왕파오의 몽족반군을 지원하는 것이었다. 군수물자와 식량은 물론이고 병력의 수송까지 모두 CAT가 담당했다. 1959년 CAT는 에어아메리카로 이름을 바꾸었다.

자, 이제 CIA와 에어아메리카가 마약분야에서 세운 혁혁한 공로로 관심을 돌려보자. 미국 이전에 식민지 인도차이나연맹에서 아편사업을 통해 프랑스가 짭짤한 수입을 올렸다는 것은 숨길 것도 없는 사실이다. 프랑스 공수부대는 라오스 산간지대에서 생아편을 수집해 이를 사이공으로 수송한 후 중국과 베트남 마피아들 그리고 그 유명한 '꼬르시까 씬디케이트'(Corsica Syndicate)에 넘겼다. 꼬르시까 씬디케이트는 건네받은 생아편을 프랑스의 마르쎄이유(Marseille)로 보낸 후 헤로인으로 제조해 유럽 전역과 북미로 유통시켰다. 이게 그 유명한 '프렌치커넥션'이다. 인도차이나에서 독점적으로 아편에 손을 댔던 프랑스는 그렇게 얻은 자금을 군수자금으로 활용했다. 프랑스가 인도차이나에서 패주한 후 그 자리를 대신한 미국은 프랑스의 아편사업을 고스란히 물려받았다. 그러나 생아편을 수집하는 일에는 공수부대 대신 CIA가 양성한 왕파오의 몽족반군과 에어아메리카의 헬리콥터를 동원했다. 수집된 생아편은 반군의 거점이며 라오스에서의 공공연한 미군 비밀기지이기도 했던 롱첸(Long Chen)에서 헤로인으로 가공한 후 에어아메리카의 수송기 편으로 사이공의 떤선녓(Tân Sơn Nhât) 미 공군기지로 보내졌다. 그 이후의 유통과정은 프랑스시절과 크게 다르지 않았다. CIA는 사이공의 꼬르시까 씬디케이트와 거래를 유지했고 이들은 이미 헤로인으로 만들어진 물건을 마르쎄이유를 통해서 유럽과 쿠바로 밀매했다. 쿠바에서 미국 마이애미로 흘러들어간 헤로인은 다시 미국 전역으로 유통되었다. 이 더러운 비즈니스는 제2차 인도차이나전쟁에서 미국이 패퇴할 때까지 계속되었고 CIA의 에어아메리카는 이 비즈니스로 '아편항공'(Air Opium)이라는 썩 잘 어울리는 별칭을 얻었다.

미국 본토로 흘러들어갈 것을 뻔히 알면서도 CIA가 헤로인밀매에 열을 올린 이유에는 여러가지 설이 있다. 그러나 위스콘씬(Wisconsin)대학의 동남아정치역사학 교수인 앨프리드 매코이(Alfred McCoy)를 비롯한 전문가들은 CIA가 1960년대와 70년대 미국의 반전운동과 흑인해방운동을 무력화하기 위해 헤로인을 그들에게 공급했다고 말하고 있다. 물론 마약밀매로 벌어들일 수 있었던 막대한 현금도 이유 중의 하나였음은 두말 할 나위가 없다.

결국 라오스에서 에어아메리카가 개입한 마약밀매는 영화 「에어아메리카」가 묘사하는 것처럼 부패한 CIA요원과 돈에 눈이 먼 조종사들이 개인적으로 자행한 것이 아니라 CIA에 의해 조직적인 군사작전으로 수행된 것이다. 또 영화에서처럼 에어아메리카가 난민들을 수송하는 일에 나선 적도 없다. 있다면 1975년 혁명 후 마지못해 고작 사흘간 1천여명의 몽족반군을 태국의 난민캠프로 수송한 것이 유일하다. 그 이전에 이뤄졌던 에어아메리카의 인력수송작전은 모두 CIA의 작전이었다.

에어아메리카와 함께 라오스에서 펼쳤던 작전에 대해 CIA는 지금도 높은 점수를 매기고 있다. CIA의 웹싸이트에서도 찾을 수 있는 공식자료는 이렇게 적고 있다.

"미국은 비록 인도차이나전쟁에서 패배했지만 CIA가 라오스에서 수행한 작전은 매우 성공적이고 효율적인 것으로 자랑할 만하다."

그들은 라오스에서 자신들이 벌였던 더러운 작전이 인도차이나에서 미국이 저지른 전쟁범죄에 대한 기소문의 한 구절을 장식한다는 고려 따위는 전혀 하고 싶지 않은 것이다.

루앙파방으로 가는 길, 20명이 죽었어요? ◉ ◉ 왕위왕에서 하룻밤을 묵고 아침 일찍 루앙파방으로 향하는 길. 떠나기가 못내 아쉽다. 며칠 묵으면서 심신을 잘 조리하고 사람들 체취도 흠뻑 느꼈으면 좋으련만 시간이 허락하지 않으니 아쉬울밖에.

아침 6시. 왕위왕의 아침은 이미 분주하다. 아열대사람들은 이렇게 아침 일찍 일어나 하루를 시작한다. 활동하기 부적절한 한낮을 피하다보니 이른 아침부터 서두르는 것이다. 하지만 여간해서는 해가 지고 난 후에는 일손을 잡지 않는다. 왕위왕도 마찬가지여서 해가 지고 시장이 철시한 후에는 관광객을 상대로 하는 거리만이 불을 밝히고 있을 뿐이다.

산중은 아직 해가 뜨기 전이고 선선한 기온이 산길을 감싸고 있어 고갯길을 오르는 차는 연신 힘에 겨운 엔진소리를 토해내기 바쁘지만 정작 차에 탄 승객들은 여유롭기 짝이 없다. 왕위왕을 떠난 차는 오롯이 산에 둘러싸인 길을 올라간다. 산세는 점차 힘

산중의 등굣길.

준해지고 고도도 높아지는지 조금씩 숨이 가빠져오는 것도 같다.

왕위왕을 떠나 산길을 타고부터는 차를 몰고 있는 캄만의 표정에 긴장감이 맴돈다. 사진 한 장을 찍기 위해 차를 멈추기를 부탁했지만 고개를 절레절레 내젓는다.

"산적들 때문에 차를 멈출 수 없어요."

총을 쏘는 시늉까지 곁들이는 것으로 보아서는 떠나기 전부터 몇번인가 경고삼아 했던 말의 연속이다. 산적이라? 2000년을 마지막으로 왕위왕과 루앙파방 사이의 길에서는 더이상 반도(叛徒)가 출몰했다는 보고가 없다고 하지 않았던가.

"웬걸. 2주 전에 카시(Kasi) 근처에서 버스가 습격당해 20명이 죽고 20명이 다쳤는걸."

말은 그렇지만 여전히 나는 긴가민가하다.

산적이라면 반군을 말하는 것이다. 라오스의 반군에 대한 스토리는 퍽이나 오래 전으로 돌아가야 한다. 그리고 그 배경에는 라오스 몽족의 불행한 과거가 숨어 있다. 중국과 태국, 미얀마와 라오스의 산악지대에 모두 700만 명이 분포해 있고, 그중 500만명은 중국의 윈난성(雲南省)과 꾸이져우성(貴州省), 쓰촨성(四川省) 등지에 거주하고 있다. 중국에서는 먀오(苗), 태국에서는 메오(Miao)로 불리고 있다.

1천년 동안 한족(漢族)과 싸워오며 남으로 밀려온 몽족은 타고난 용맹성으로 널리 알려져 있다. 그런 몽족이 인도차이나전쟁에 휘말리게 된 것은 프랑스 식민지시대에 산악지대를 거점으로 항불전쟁에 나서면서부터이다. 이들 전투적인 몽족은 프랑스제국군에게는 눈엣가시와 같은 존재였다.

사정이 바뀌어 라오스가 프랑스에서 독립한 이후, 미국은 1959년부터 라오스에 군사고문단을 파견하고 친미반공군을 양성하는 한편 라오스 북동부의 호찌민트레일에 진을 친 북베트남군, 그리고 라오인민당의 군사조직 빠텟라오와 싸울 대게릴라전 병력으로 항불전쟁에서 신화적인 무용을 떨친 몽족을 주목했다. CIA는 적극적으로 몽족에게 접근했고 이 임무를 맡길 인물로 왕파오를 선택했다. 후일 CIA 국장의 자리에

전 CIA 국장, 윌리엄 콜비.

오른 CIA 극동지부장 윌리엄 콜비(William Colby)에게 발탁된 왕파오는 열여덟의 나이로 프랑스의용군에 들어가 두 차례나 북베트남군을 기습공격해 승리를 거둔 혁혁한 공로의 인물이었다. CIA는 왕파오에게 필리핀의 정찰유격기지에서 6개월간 대게릴라전 교육을 시켰고 왕파오는 라오스로 돌아와 북동부의 항아리평원을 둘러싼 산악지대에서 본격적으로 친미몽족군을 조직했다. 이를 위해 CIA는 막대한 군수물자와 식량, 자금을 왕파오에게 제공했고 한편으로는 몽족의 자치권을 약속해 CIA의 앞잡이인 왕파오의 명분을 살렸다. 또 약속하기를 몽족이 패배하면 새로운 정착지를 마련해주겠다고 선전했다.

왕파오의 몽족군은 CIA와 미군 특수부대에게 훈련을 받았고, 병력 수는 1961년에 9천여명, 1969년에는 5만명에 달했다. 이들은 1964년부터 1973년까지 CIA와 미군의 비밀작전에 동원되어 빠텟라오와 북베트남 정규군을 상대로 전투를 벌였고 그 격전지는 북동부의 후아판지역과 시엥쿠앙지역이었다. 이 지역이 미군의 맹폭지역임은 앞서 말한 바 있다.

CIA가 나서 벌인 이 전쟁은 비밀전쟁이었으므로 미군은 전쟁 후 인도차이나에서 발을 빼면서 자신들이 훈련시키고 끌어들였던 몽족을 헌신짝처럼 내

카시 근처 고산지대마을에서 만난 몽족 처녀.

버렸다. 미국이 물러난 후 위기의식을 느낀 왕파오는 라오스를 떠날 것을 결정하고 태국 우돈의 CIA지부를 찾아가 몽족군 모두를 새로운 정착지로 철수시켜줄 것을 요구했지만 CIA는 C-130 수송기 한 대만을 보냈다. 1만명 이상이 몽족군의 거점이었던 롱첸으로 모여들었지만 CIA는 사흘 동안 고작 1천여명만을 태국의 난민캠프로 수송하고 더는 움직이지 않았다. 새로운 정착지는커녕 피난처도 제공하지 않은 셈이었다. 그러나 몽족의 엑소더스는 줄을 이어 산악지대의 능선을 걷고 메콩강을 건너고 태국 국경을 넘어 난민촌에 수용된 수는 1978년까지 5만여명을 넘었다.

몽족은 왕파오의 편만 있었던 것이 아니고 빠텟라오 편에서 싸우기도 했다. 이들은 혁명 후 요직에 임명되는 등 대우를 받았다. 그러나 미국의 편에서 지원을 받으며 빠텟라오와 북베트남군에 맞서 싸웠던 몽족은 당연히 새로운 정권에게 환영받지 못했다. 롱첸이 점령될 때 남아 있던 몽족병력은 모두 재교육캠프로 보내졌다. 라오스를 떠나지 못했던 잔존병력들은 반군이 되었다. 프랑스에서 망명처를 찾은 왕파오와 푸미노와산(Phoumi Novasan)은 1981년 라오민족해방전선연합을 결성하고 반군을 지원했으며 1989년에는 임시정부 수립을 선포하기도 했다. 물론 반군의 주력은 왕파오의 몽족군이었다. 베트남의 패권주의에 위협을 느낀 중국은 캄보디아에서는 크메르루주를 지원하는 한편 라오스에서는 반군을 지원했다. 1990년대에 들어 국제 정세가 변화하면서 라오스 반군의 활동은 쇠퇴기에 접어들었다. 인도차이나에 평화무드가 정착하면서 반군에 대한 국제적 지원은 급속하게 줄어들었고 입지는 축소되어 가끔 산악지대의 도로에서 차량을 습격하거나 도시에서 폭탄테러를 벌이는 정도로 그 활동이 미약해졌다. 이런 몽족반군들이 간간이 출몰하는 지역이 13번 국도의 카시와 무앙푸쿤(Muang Phu Khun) 구간인 것이다.

차는 반지앙(Ban Jiang)을 지나 카시로 달리는데 간혹 소총을 든 사내들이 길가의 나무그늘에 걸터앉아 노닥거리는 풍경이 자주 눈에 띈다. 몽족반군인가 싶어 가슴이 콩닥거리는데 다행스럽게도 반군의 습격으로부터 도로를 보호하기 위해 동원된 일종의 민병대이다. 이들도 몽족들인데 라오스정부는 13번 국도를 시원스럽게 정비하면서 도로를 따라가며

카시를 막 지난 고산지대 길가에 있는 군부대.

화전을 일구는 몽족농민들을 대거 이주시켰다고 한다. 당사자들 입장에서도 도로가 있으면 화전을 일구기에도 훨씬 수월해 13번 국도변에는 몽족마을들이 심심찮게 눈에 띄는데 도로의 안전성을 그만큼 높여주는 효과가 있는 것은 사실일 것이다.

카시를 지난 어느 산굽이에서 마침내 문제의 그 습격받은 버스가 등장했다. 산길 한구석에 기우뚱하게 고개를 쳐들고 주저앉은 버스는 불에 탄 처참

반군에게 습격받은 후 불에 탄 한국산 버스.

한 몰골을 드러내고 있는데 아직 습격의 상흔이 생생하게 남아 있다. 옆구리에는 총알이 관통한 자국도 선명한데 버스는 한국산 표지를 뚜렷하게 남기고 있어 기분이 묘하다.

울산 어딘가에서 생산되어 이 먼 타국에까지 흘러들어와 산길을 달리다 결국은 이렇게 시커멓게 타 주저앉았으니 이 버스의 팔자는 기구하기도 하다. 운전사 캄만은 어서 가자며 성화다. 사실은 나도 그만 등골이 서늘해 어서 이 자리를 떠나고 싶다.

코끼리와 우산의 고도(古都) 루앙파방 ◐ ◐ 아침 6시에 왕위왕을 떠난 캄만의 토요타는 오후 1시가 넘어 루앙파방의 초입에 도착했다. 무려 7시간이 걸린 길이다. 도착하자마자 돌아갈 길이 끔찍해지니 이 일을 어찌할지.

루앙파방은 1353년 라오스에 최초의 왕국인 란상홈카오(Lan Xang Hom Khao, 100만마리의 코끼리와 흰 우산이란 뜻)를 세운 파응움이 왕국의 수도로 삼은 곳이며 1995년 유네스코(UNESCO)가 세계문화유산으로 지정한 도시이다. 1545년 포티사랏(Phothisarat)이 왕도를 위엥찬으로 옮기기는 했지만 루앙파방은 여전히 왕국을 상징하는 도시로 남아 있었고 왕실 또한 루앙파방을 버리지 않았다.

남칸(Nam Khan, 칸강)과 메콩강이 만나는 유역에 자리잡은 루앙파방은 왕국의 수도로 삼기에는 손색없어 보인다. 무엇보다 메콩강 유역에 자리를 잡았으니 산세가 험한 북부에서도 강을 따라 남북으로 소통이 원활했을 것이다. 란상왕국이 성립하기에는 크메르제국의 지원이 있었다. 시암의 침략으로 루앙파방에서 아버지와 함께 쫓겨나 크메르제국에서 피난처를 구했던 파응움은 크메르제국이 지원한 병력을 이끌고 시암을 물리친 후 위엥찬을 점령했다. 파응움은 크메르제국의 왕의 딸과 혼인하고 결국은 크메르제국의 쇠퇴기를 틈타 위엥찬을 자신의 것으로 만든 후 루앙파방(당시의 이름은 무앙 사와Muang Sawa)까지 정복해 라오스의 통일왕국인 란상홈카오를 세웠던 것이다.

파응움은 크메르제국에서 상좌부불교를 받아들였고 융성의 토대를 만들었다. 이후 동으로 짬빠와 안남까지 영토를 확대한 란상왕국은 17세기 말 루앙파방·위엥찬·짬빠삭 등 세 개의 왕국으로 분열될 때까지 이 지역의 패자로 군림하며 시암과 크메르, 안남과 버마와 패권을 다투었다.

쇠퇴한 코끼리왕국에는 호랑이와 사자가 먹이를 찾아 어슬렁거렸다. 시암과 버마와 베트남 그리고 중국까지 거들어 벌인 먹이싸움은 공교롭게도 프랑스 제국주의의 개입으로 일단락지어졌다.

루앙파방에 있는 왕궁박물관.

여하튼 루앙파방의 왕실은 프랑스 식민지치하에서 여전히 존립할 수 있었지만 1975년 혁명 이후 왕은 행적이 묘연하고 왕자는 메콩강을 건너 태국으로 탈출하는 비운을 겪었다.

왕궁은 1975년 혁명 이후 박물관으로 바뀌어 오늘에 이르고 있다. 입구에 들어서면 정면으로 왕궁건물 본채가 보이고 진입로의 양편으로는 무척 오래된 것으로 보이는 종려나무들이 하늘을 찌를 듯 서 있는 것이 인상적이다. 입구의 오른쪽에는 금빛 찬란한 사원인 '호파방'(Ho Pha Bang)이 있다. 파방 사원은 루앙파방(파방의 위대한 도시)의 바로 그 파방(Pha Bang)으로 크메르 제국이 란상왕조를 세운 파응움에게 선물한 황금불상의 이름이다. 순금으로 만들어졌고 무게는 50kg이 넘으며 높이만도 83cm에 달한다는 파방은 2천년 전 스리랑카에서 만들어져 실론의 왕에게 선물로 준 것이 나시 크메르왕을 거쳐 파응움에게 전해진 것이라고 한다. 그 여정이 복잡하기도 한데 그것에

아름드리 종려나무 사이로 보이는 왕궁 안의 사원, 호파방.

서 그치는 것이 아니라 1778년 시암의 침략으로 위엥찬의 에메랄드불상과 함께 절취되어 방콕으로 자리를 옮기는데 지금은 파방만이 다시 반환되어 라오스로 돌아왔다. 파방은 왕궁에 호파방을 지어두었지만 지금은 보수공사 중인지 닫혀 있어 볼 수 없다. 호파방에 있는 파방은 진본인지 아닌지 설도

구구하다. 라오스정부는 공식적으로는 진본이라 누누이 밝힌 바 있다. 50kg 의 황금불상이니 말이 많을 법도 하다.

호파방과 비스듬히 마주보고 있는 건물 앞에는 라오스의 마지막 왕인 시 사왕웡(Sisavang Vong)의 입상이 서 있다. 뚱뚱한 몸집에 언뜻 보면 이웃집 아저씨처럼 보이기도 하는 이 입상은 소련에서 만든 것이라고 하니 혁명 이 후에 만들어진 것이다. 시사왕웡을 마지막 왕이라고는 하지만 사실은 1959 년 그가 숨을 거둔 후 아들인 시사왕와타나(Sisavang Vathana)가 왕위를 지 키고 있었다. 그러나 시사왕와타나는 왕위를 계승한 적이 없기 때문에 왕이 아니라는 것이 라오스정부의 공식적인 입장이다. 왕위계승식을 제대로 치르 지 않은 것은 사실인 모양인데 그렇다고 해서 시사왕와타나가 왕이 아니라 는 주장에는 무리가 있다. 그는 실제로 자타가 인정하는 왕이었고 1975년 12 월 자의는 아니었겠지만 그 자신의 이름으로 퇴위선언을 했으니 라오스인민 민주공화국도 인정했던 왕인 셈이다. 시사왕와타나는 퇴위 후 루앙파방의 외곽에 연금되었다 북동부로 옮겨졌다고 하는데 이후 그의 생사를 확인한 사람은 없다. 시사왕와타나의 아들인 왕세자 웡사왕(Vong Savang)은 태국으 로 탈주하는 데에 성공했다. 시사왕와타나의 왕으로서의 자격에 대해 지금 의 정부가 궁색한 태도를 보이는 것은 그의 죽음을 둘러싼 의혹 때문이기도 할 것이다.

왕궁박물관은 사원과 마찬가지로 신을 벗고 카메라를 맡긴 후 들어가야 한다. 바닥은 마루이고 넓이는 꽤 되기 때문에 청소를 자주 하는 번거로움을 피하려면 신을 벗기는 것이 상책이라는 생각은 들지만 그밖의 이유가 있을 것으로는 여겨지지 않을 정도로 왕궁은 소박하다. 어느 나라이건 왕궁을 돌 아보면 '이, 왕은 좋았겠어' 하는 생각이 절로 들게 마련인데 루앙파방의 왕 궁에서는 어지간해서는 그런 질투가 생기지 않는 것이다. 물론 시정의 여염

집과는 비교할 수 없지만 왕궁이라기보다는 그저 귀족의 별장 같은 느낌을 준다. 시원스럽게 넓기는 하지만 가구며 장식은 평범한 수준에 그치고 식기 또한 그렇다. 이곳에서 살았던 왕의 취향이 소박했던 것인지 아니면 왕실에 대한 대우가 이 정도에 그쳤던 것인지 둘 중의 하나일 것이다.

라오스인민민주공화국이 박물관이 되어버린 왕궁에 대해 특별히 적대감을 표출했다는 증거는 보이지 않는다. 예컨대 부수거나, 방치하거나, 봉건왕조의 죄악을 증명하는 교육장으로 활용한다거나 베트남 다랏(Đa Lat)에 있는 바오다이(Bao Đai)의 여름궁전에서처럼 황제의 침대에서 하룻밤을 지내려면 40달러를 내야 한다거나 하는 식으로 취급하지는 않았던 것이다.

프랑스에서 독립한 이후 입헌군주제가 수립되었지만 라오스 정치에서 왕실이 차지하는 비중은 작지 않았다. 왕자인 수완나푸마는 연립정부 수상을 세 번 지냈으며 '빨갱이왕자'라는 별명을 얻은 수파누웡은 공산주의자로서 라오인민당과 빠텟라오의 지도자이기도 했다. 1953년에 인도차이나공산당원이 된 수파누웡은 1957년의 총선에서 라오민족전선당의 중앙위원장으로 그 자신은 위엥찬에서 가장 많은 득표를 얻은 인물이었다. 1958년에는 그의 이복형제인 수완나푸마가 수상인 내각의 각료가 되었고 1959년 우익의 쿠데타로 체포되었지만 1960년에 탈출하여 께이손과 함께 빠텟라오의 지도자로서 무장투쟁을 이끌었다. 1961년에 있었던 라오스에 대한 제네바회담에서는 빠텟라오의 대표로서 활동했고 1962년 다시 합의된 연립정부에서는 부수상 겸 경제부 장관을 지냈다. 1963년 연립정부의 붕괴 이후에는 다시 북동부에서 10년 동안 가족과 함께 동굴에서 지내면서 빠텟라오의 투쟁을 지도했다. 1975년 그는 라오스인민민주공화국의 대통령에 취임해 1986년 퇴임했고 1995년 86세의 나이로 사망했다. 그의 이복형제인 수완나푸마는 우익이기는 했지만 극우는 아니었고 좌우합작에 기여한 정치인이었다.

왕궁이 박물관으로 바뀌기는 했지만 이렇게 보존되고 왕인 시사왕윙의 입상까지 선 배경에는 혁명에 있어서 수파누윙 같은 왕실 출신의 공산주의자 지도자의 존재가 있었을 것이다. 그러나 왕자를 지도자로 받아들이고 후일 대통령의 자리에까지 오르게 한 라오스 공산주의 운동도 역시 상식의 눈으로 이해하기에는 쉽지 않다.

루앙파방에서 왕궁박물관을 나오면 100m 높이의 동산이 눈앞에 있다. 그 동산의 정상에 있는 푸시(Phousi)사원을 향해 플루메리아가지들이 만든 아치 사이에 돌계단이 곧게 뻗어 있다. 마치 하늘로 향하는 길인 듯하다. 헌데 눈길을 끄는 것은 계단 초입 오른편의 낡은 사원인 왓빠후억(Wat Paa Huak)이다.

왓빠후억. 입장료는 자발적 시주로 대신하지만 내부의 벽화가 볼 만하다.

루앙파방에 있는 사원들 중 유일하게 입장료를 받지 않는 사원일 듯싶은 왓빠후억은 내부의 벽화가 매우 흥미롭다. 최근에 단장된 것이 아니라 19세기의 것 그대로인 벽화는 아직도 그 색이 생생하게 살아있는데 종교화이기도 하지만 한편으로 역사화 또는 풍물화로 보아도 무방하다. 메콩강변의 풍물이 그려져 있는가 하면 중국에서 온 사신들을 맞는 풍경도 그려져 있다.

대체로 벽화들, 특히 불상을 무신 정면의 벽화들은 마치 중국의 산수화 한 폭을 보는 것만 같아 남방불교와 북방불교가 교묘하게 충돌하는 현장을 보

340

는 듯하다.

　푸시에서 내려와 동산을 끼고 걸으면 시장인 딸랏다라(Talat Dala)가 나온

다. 해가 져야 그럭저럭 활
기가 도는 시장에는 한낮이
지만 관광객들을 상대로 하
는 몽족의 이런저런 물건들
을 구경할 수 있다. 이미 관
광상품화되어 있어 별다른
감흥을 느끼기는 어렵지만
손재주가 뛰어나다는 몽족
의 색과 무늬에 대한 감각을

딸랏다라에서 만난 몽족 수제품.

엿볼 수 있다. 시장 한편에서는 바느질을 하고 있는 모습도 보이는데 관광객
용인 것 같아 보이지는 않는다.

　왓위수나랏(Wat Wisounalat)은 탓막모(That Makmo, 수박탑)라고 불리는
수박처럼 생긴 탑이 있는 절이다. 1513년에 세워졌고 루앙파방에서는 가장
오래된 절 중의 하나이다. 본전에는 지금은 왕궁박물관의 호파방에 있는 황
금불상인 파방이 400년에 가까운 세월 동안 모셔져 있었다고 한다. 지금은
눈이 아래로 처진 거대한 불상이 본전의 중앙을 차지하고 있다. 물론 금빛
불상이다. 한가한 시간이었는지 한낮의 더위에 지친 학승들이 본전의 바닥
에 큰대자로 누워 오수를 즐기고 있다. 그중 하나의 손에는 작은 책이 쥐어
져 있다. 깰까 조심스러운데 어느새 기척을 눈치챘는지 주섬주섬 일어나 조
용히 사라진다. 상좌부불교의 계율은 오후불식(午後不食)이라 솔직히 말한
다면 오후에는 힘이 없어 보이는 승려들이 많다. 날씨까지 이토록 더우니 어
린 학승들이 부처님 앞에서 퍼져 있는 것도 이해하지 못할 바는 아니다. 하

한 승려가 왓시엥통을 지나고 있다.

긴 수도의 길이 쉬우면 어찌 그것을 수도라고 하겠는가마는.

본전 불상의 왼쪽으로는 목불이 줄지어 서 있다. 칠도 희미하고 세월의 켜
만큼이나 두텁게 먼지가 앉아 있다. 그 구석에는 딱히 정체를 알 수 없는 큼
직한 목조(木鳥)가 있다. 오리의 모습인데 두상이 특이하고 꽤 섬세하게 조
각되어 있다. 등에 길쭉한 홈이 패어 있고 그 홈에 맞출 수 있을 것도 같은
목불도 눈에 띄는 것으로는 부처가 타는 불조(佛鳥)인 듯싶다. 힌두의 비슈
누(Vishinu)였다면 가루다(Garuda)와 같은 것인데 과연 무엇인지.

본전 맞은편에 있는 수박탑의 원래 이름은 연꽃탑(탓파툼That Phatum)으로

342

기실은 수박이 아니라 연꽃을 표현한 것이다. 탑의 안에는 불상을 비롯하여 여러가지 귀한 보물들이 많이 있었지만 오래 전에 도굴되었고 그나마 남은 것은 왕궁박물관에 있다. 앞에서 한참을 이리저리 뜯어보아도 수박처럼 보이지는 않는다. 연꽃이라 알고 있어서인지 연꽃이라면 연꽃이지 수박은 아닌 것이다. 왜 연꽃탑이라는 멀쩡한 이름을 두고도 수박탑이라 이름을 붙였을까. 정신을 집중하고 뚫어져라 보니 해답을 찾을 수 있을 것 같다. 탑의 윗부분이 약간 길쭉하게 둥그스름한데 이 지역 수박이란 우리네의 것과 달라 딱 저 모양이렷다. 하지만 둥근 수박도 없는 것은 아닌데.

왓시엥통(Wat Xieng Thong)과 왓탓루앙(Wat That Luang) 등의 사원들을 돌아다니다보니 어디선가 둥둥 북소리가 들린다. 시간은 4시 즈음이다. 하루 일과를 마치는 북소리인가. 소리가 들리는 곳은 앞의 어느 이름 모를 사원의 고각(鼓閣)이다.

제법 둔중하게 울리는 것이 북치는 젊은 승려는 오후불식에도 불구하고 힘을 비축하고 있는 듯하다. 누구를 위하여 북은 울리는가. 북소리는 이제 숙소를 정하라고 알려주는 듯하다. 서둘러 남칸강변의 게스트하우스에 숙소를 정하고 때늦은 샤워로 온몸에 흥건한 땀을 씻어낸다.

하루가 가는 것이 못내 아쉬워 나선 루앙파방의 밤거리. 오후에 들렀던 딸랏다라에는 야시장이 섰다. 분주하기는 낮보다 밤이 더하다.

야시장의 한구석에서는 다트화살로 풍선을 맞추어 터뜨리면 경품을 주는 놀이가 한창이다. 제법 사람들이 몰려 있는데 풍선을 터뜨리는 일이 드물어 화살 끝을 뭉툭하게 해놓았는지 궁금해 만져보니 풍선 하나쯤은 충분히 터뜨리고도 남을 만큼 뾰족하다. 그것 참 이상하다. 1천킵(KN)을 주면 화살 세 개를 준다. 화살을 집어들고 던져보니 백발백중이다. 풍선 세 개를 간단하게 터뜨리고 화살을 주던 작은 여자아이를 보니 그만 울상이다. 상품은 세븐업이거나 M150이라 불리는 일종의 피로회복제이다. 세븐업을 가리키니 닭똥 같은 눈물이 금세라도 떨어질 것 같은 표정을 하고 미적지근한 세븐업을 손에 쥐어준다. 그 모습이 얼마나 안쓰러우면서도 귀여운지 부러 유쾌하게 깔깔 웃고는 세븐업을 돌려주었다. 멋쩍어하면서도 얼굴에는 환한 웃음이 번진다. 거리를 더 멀게 하거나 화살끝을 좀 갈아놓을 것이지. 헌데 풍선을 터뜨리는 꼴이 흔하지 않으니 도대체가 모를 일이다. 내가 다트의 귀신이란 말인가. 내가?

이제 위엥찬으로 돌아가 방콕행 비행기를 타면 그것으로 인도차이나와 작별을 고한다. 30일간의 인도차이나 여행은 결국 35일의 인도차이나 여행이 되었다. 60일은 되어야 약간의 여유를 가지며 다닐 수 있는 여정이었다. 결국 마지막 기착지였던 탓에 라오스에서는 너무 많은 곳을 가지 못하고 떠나게 되었다. 항아리평원이 있는 폰사완(Phonsavan)의 북동부 그리고 북부의 무앙싱(Muang Sing), 남부의 사완나켓(Savannakhet)은 다음으로 미루어야 한다. 일정이 빠듯해도 폰사완은 가겠다고 무척 다부지게 마음을 먹었기에 못내 섭섭하다. 폭격으로 웅덩이들이 패어 하늘에서 바라보면 장관이라는 슬픈 이야기가 배어 있는 곳, 무슨 항아리인지 학자들 사이에서도 의견이 분분한 거대한 돌항아리들이 널려 있다는 그곳, 살을 태울 듯이 더울 때에도 덥지 않고 우기에도 비가 그리 많이 오지는 않는다는 해발 1,200m의 그곳, 폰사완. 가지 못했다.

어차피 다시 돌아오기에 떠나는 것이 길이다.